吃飯

章小東 著

目次

推薦序

吃飯，如此美妙，又如此殘酷

文／劉再復（文學評論家）

在海外的生涯中，我和李澤厚先生[1]共同的最為親近的年輕朋友，要數章小東（章靳以之女）和她的丈夫孔海立（孔羅蓀之子）了。「關係」往往會影響評價，所以文學批評者最好不要和文學作者的關係過於緊密。不過，我們今天一起談論小東的小說，第一原則還是嚴守文學的尊嚴，面對的是小說《吃飯》的文本，而不是友人章小東。

小東這幾年發憤寫作，第一部長篇小說《火燒經》（這個題目起得不錯），已在台灣麥田出版社出版（二〇一二年），推薦者是大家熟知的文學批評家夏志清、葛浩文與王德威。德威兄還特別作了一篇認真的序文，他衷心覺得小東的小說寫得好。《吃飯》是她的第二部小說。我從馬里蘭劍梅處把小說打印稿帶回科羅拉多時，先請澤厚兄閱讀。他眼睛不太好，無法閱讀文本。我把故事情節講給他聽，還給他讀了一些段落。他聽了之後說：「小東不簡單，把海外的生活如實

1 著名哲學家，巴黎國際哲學院士。與劉再復合著對話錄《告別革命──二十世紀中國對談錄》（麥田出版），對中國二十世紀現象諸多針貶，被認為是回歸古典人文關懷、了解現代中國思想發展的重要著作。目前定居美國。──本書注釋均為編注

寫下來。我還是喜歡這種現實主義的寫法。」

澤厚兄如此肯定小東的小說，可能和小說的主題有關。小說乾脆以「吃飯」命名，不怕人家譏諷「不雅」，文本與題目契合，整部小說寫的全是吃飯的故事。作者用白描的手法把自己所見所聞的故事娓娓道來，不刻意雕琢，文筆質樸而乾淨，主題明晰而突出，寫實寫得讓人忘記是小說，彷彿是一部生活筆記。這種文體，早已有人稱作「紀實小說」。書中甚至直截了當地寫了一段李澤厚的「吃飯哲學」：

> 吃飯？我想起了著名美學家的「吃飯哲學」，那位思想界的巨頭把馬克思的「唯物史觀」冠冕上一個通俗的名字「吃飯哲學」，遭到不少假正經的學者們的譏諷。然而對我來說，反而還是「吃飯哲學」更加直接貼切。就好像台灣人把「文雅」的「如廁、方便、解手」等直接稱為「放屎」一樣，讓人感到痛快淋漓。……吃飯實在是人的生命當中不可缺少的一件大事，為了吃飯許多人甚至不得不違背自己的良心，而我不也是違背了自己的本身嗎？想到這裡有些傷感，看著酒杯裡空空蕩蕩的清酒，嘴巴裡泛起了苦澀。

小東認同「吃飯哲學」的理念，但整部小說卻一點也不理念。相反，這是一部最見生活血肉和生活氣息的小說。讀了之後，我們簡直可以聞到包子的香味、牛排的焦味、土豆燒牛肉的美味，甚至可以看到蘿蔔黃瓜的雪白粉嫩，鹹菜豌豆的碧綠生青。用王安憶的語言說，這叫做「生活的肌理」和「生活的質地」。章小東的《火燒經》寫的是國內的生活，那是動盪的年月是連飯也吃不上的年月；而這一部《吃飯》，寫的則是海外的生活，這是平常的歲月也是尋找「飯碗」的歲月，然而，又是找到飯碗卻丟失了「吃飯味道」的歲月。小說這樣結束：「我找到了吃飯，卻丟失了味道，這是我在異鄉的長夢裡常常出現的味道，過去的味道，小時候的味道，我自己的味道。」年少的時候，在家鄉上海，在父親、母親、外婆的溫馨「卵翼」裡吃飯，哪怕吃不飽，但飯菜樣樣都飄著親情滲入的香味。那時雖然清貧，卻不知道吃飯的艱難。出國之後，才知道在海外謀生很不簡單。謀求吃飽飯，創造一個生活的前提，這是大事。沒有這個前提，就沒有自由。沒有這個前提，什麼北美大地，什麼溫柔之鄉，什麼美妙理想，一切都不屬於我。

讀了小東的小說，我幾乎經歷了一次「驚醒」。原來，我的生活太舒適了。到了海外之後，雖說是漂流，實際上卻生活在自己的名聲之下，在校園裡自始至終拿一份薪俸，既無政治干擾，更無衣食之憂，簡直是生活在一片樂土之上。讀了《吃飯》，才重新想起了吃飯之難。連小東一家之難，也在閱讀時才發覺。一個赤手空拳的文科「留學生」丈夫，一個剛上小學的孩子，一個只會中文、不會英文的知識女子，三個人組成的家庭，在一塊陌生的土地上展開全新的生活。身邊沒有祖國，沒有父母，沒有兄弟親人。在新的國度與新的規範中，僅靠「丈夫」的一點「獎學金」是不夠的，必須自己去打工，但是剛剛出國時沒有「綠卡」，打工不合法，一旦打工，移民局的官員隨時都可以把你「帶走」，而偷偷打工，每小時只有四美元的工資，為了這四美元，小東必須從B城轉換兩次公共汽車去D城，可是因為英語不好，在轉車途中總是陰差陽錯，充滿「迷失」的恐懼，幾乎像在歷險。每天都有一份驚心動魄的「歷險記」，本是上海上層社會的知識女性，到了美國，經過一番歷險，方知吃飯的艱難。用這種艱難換來的「飯」自然不再香噴噴，而是充滿「苦味」，為了省錢，總是去搶購便宜貨。小雞降價（一隻一點五美元），立即去搶購二十隻；西瓜降價（九十九美分一個），趕緊去買二十個。結果最後幾個爛在地毯上，吃的時候，不僅沒有甜味，還有臭味。嘗到飲食的苦味與臭味之後，才懂得什麼叫做生活。

但小說並未停留於此，作者還把筆觸伸向社會的上層與底層，社會的兩極的生活如此不同。上層什麼都吃膩了，生命的課題是節食與減肥，她們需要小東一家去做客時帶去的是鹹菜鹹蘿蔔。而在社會底層，窮人們為了一口飯吃，簡直無奇不有，「無所不用其極」。能找到一份工作「賣力」算是幸運，倘若無法「賣力」，則有肉賣肉，有靈賣靈。讀到一個上了年紀的女人塗脂抹粉去「脫衣舞」場上班的故事，和一個「垮掉青年」在櫻花時節裡向遊客傾訴自己為了一口飯吃而賣身給兩個老女人的故事，令人毛骨悚然。尤其是後者，那個名字叫做「大衛」的小夥子，父親在中國城的餐館裡打雜，母親在車衣廠做工。十七歲時他因一時衝動而離家出走。然後胡裡胡塗地坐上「灰狗」（大巴士車）直奔拉斯維加斯，一路上被顛簸得五臟六腑都要從嘴裡跳出來，辛苦不算什麼，接下去便是無路可走，無飯可吃。為了活下去，他到處找工作，幫人打掃房屋，清理下水道，替富人撿狗屎，但還是難以活下去。最後，他竟然宣布：「只要給錢，我什麼服務都做，甚至男人。」他除了先後擔任兩個老女人的「包養男人」之外，便是充當「男妓」。

包養他的第二個女人是俄國新貴，這個變態女性只和二十歲以下的小「鴨」上床，經驗老到，心狠手辣，而且是一個性施虐狂。「每次做愛的時候，她都要把大衛緊緊綁在床上，然後鞭打、刀割甚至燒灼。她要看到大衛啼哭叫喊一直到大聲求饒，求饒聲愈大她就愈興奮，甚至亢奮得不能自制」。事後，大衛便會得到令他情願忍受這遍體鱗傷的報酬。大衛並沒有因此而變成壞人，他在渾身是病的時候，只求父母能原諒他，讓他最後見一面。他的人性還在，其所以充當「肉人」，充當動物，充當玩物，只是為了生存。《吃飯》作者寫到這些故事時，才寫到美國生活中那些鮮為人知的「質地」，那是自由世界另一面的真實。由此，也才讓人感到，吃飯，這是一個多麼殘酷、多麼尖銳、多麼致命的問題。沒有飯吃，會把一個人推到多荒誕、多黑暗的地步。沒有飯吃，不僅沒有自由，而且沒有尊嚴，甚至連做人的最起碼的、區別於禽獸的尊嚴都沒有。「只要有錢，我什麼服務都做，甚至男人」，名為大衛的小夥子這一絕望中的宣言，是無恥，但也是無奈，它揭示人性的脆弱，更揭示生存的殘酷。而另一種人，即常稱成「知識分子」的人，在小說中則是另一種絕境。他們不是「賣肉」，而是「賣靈」。所謂「賣靈」，是指顧不得那麼多書生面子了。作者本身就是知識分子，但她為了多賺幾個錢，也在週末到餐館「充當任人使喚的下人」。特別有意思的是，男老闆還特意給她一條帶著一個大口袋的圍裙。這口袋是裝小費用的。儘管幹活辛苦，但胸前口袋不斷鼓脹，卻使她興奮不已。所以她對丈夫說：「這個資本主義已經把我的士大夫的『萬般皆下品，唯有讀書高』的念頭統統洗滌到下水道裡去了。」

《吃飯》作者說「唯有讀書高」的念頭被沖到下水道去還屬於「自嘲」，而她周圍有些從大陸出來的「士人」才真的活得完全沒有尊嚴。《吃飯》作者在D城週刊工作時，遇到一個名叫「畢蘆」（人們稱他「畢教授」）的「士人」，他雖然能寫點新聞稿，卻沒有固定的工作，偶爾到「週刊」裡打點「寫稿工」總是神色緊張，餓兮兮的，上班時竟背著一個巨大的黑色垃圾袋。女老闆出門時，他立即走到洗手間，把老闆剛剛吃完午飯還沒有刷洗的飯盒和筷子刷洗一遍，用手紙擦乾，然後裝入他的垃圾袋裡。這個在大陸因為當過右派分子的「士人」，到了海外仍然心有餘悸，飢餓的陰影總是籠罩著他，有時竟然連續吃了五盒蛋炒飯。他每週到孤兒院去義務勞動兩小時，也是為了把孤兒們吃剩下的飯拿回家。大約是讀到這些故事，連李澤厚都說，東東小說寫得很真實，但有些地方是不是過於「誇張」？而我則認為，李澤厚先生和我一樣，早已遠離社會底層那些為飯食而掙扎的人們了。儘管以最明確的語言說明「吃飯」乃是人生第一要義，但要深知人生的艱辛與殘酷，那還是得自己去體驗。小東體驗得多些，所以她明白沒有飯吃時可以讓「士人」斯文掃地，於是寫出了真切的小說。而我們體驗得少一些，則只能從小東提供的故事裡，更加深化對於「吃飯哲學」的認識，覺得「吃飯」問題的確是極大的問題。所謂「人權」、「人道」，離開「吃飯」，只能是一句空話。最大的善，應是讓人類得以生存與延續；絕對的「真」（真理），只有一個，那就是必須讓人類得以生存、溫飽與發展。那些認為「餓死事小，失節事大」的道德家，不過是一些徒作空言、不食人間煙火的空談家。而那些嘲笑「吃飯哲學」的高士雅人，更是一些不知人間疾苦，也不知眾生溫飽乃國家第一大事的高調妄人。

「吃飯哲學」，是李澤厚對歷史唯物主義的通俗表述。他講的「吃飯」，不僅是指「食」，而是指「衣食住行」這一人類物質性生活整體。所謂「歷史本體論」，便是指「衣食住行」乃是歷史最根本的基礎。有了這個基礎，才有文化、思想、情感、意識形態等，歷史唯物主義原理永遠不會過時。澤厚兄認為，人是歷史的存在，也可以說是以衣食住行為根本並不斷改善的存在。人的嘴巴有兩個功能，一是吃飯，二是說話。也就是爭取「吃」的權利和「說」的權利。首先，吃不飽飯要喊要說話，這是非常必要非常重要的。吃飽了飯便更要說話，也就是更有底氣說話，更有力量說話；但這說話並不是跟著某些人唱革命高調或唱平等高調。中國文化大革命時，革命調子唱得最高，但肚子最餓。大躍進時期，什麼調子都高，結果餓死的人最多。現在也有人繼續唱高調，這些高調者是不是還要回到吃不飽的文革時代或大躍進的時代呢？

中國的民間智慧早已揭示：「民以食為天」，吃飯乃是天大的事，可是，自鳴清高的知識人卻不屑一顧，似乎不值一談，而我們在《告別革命》的對話中則鄭重地又作一番闡釋。關於「吃飯哲學」，筆者有幸聽到李澤厚先生多次談論，其要義有下列三點：一、「吃飯」是為了活著，即為了創造生存前提；二、活著並不僅是為了吃飯。因此有了飯吃之後，活的意義便成了一個問題。既然活著不是為了吃飯，那麼到底為什麼還要活？對於這個問題，各人有各人的回答，有的為自己的名利而活，有的為子孫的幸福而活，有的為國家的強大而活，有的為上帝而活，有的為「主義」而活，等等。活的意義必須自己去選擇去確定，不能由他人規定與確定；三、當不能吃飽飯時，個人為自身活著與親者活著而作的努力，也仍然很有意義。以這三條「吃飯哲學」原則閱讀章小東的「吃飯小說」，便能明白故事敘述者為什麼為吃飯如此打拚，又為什麼有了飯吃之後又感到飯的「無味」？人畢竟是人，人的肚子害怕被飢餓所折磨，而人的腦子則害怕被空虛所盤踞。是肚子重要，還是腦子重要？其實兩者沒有輕重之分，只有先後之分。人首先要衣食住行，然後才有思想、文化、情感等等，恩格斯在馬克思墓前的演說，道破了馬克思思想體系的第一基石和第一貢獻乃是揭示這一「先後」的真理。因此，在講述情感是最後的實在時（參見李澤厚《我的哲學提綱》），應當補充說，這實在的背後還有一個更根本的基礎，那就是人類的生存與延續。換句話說，是「情本體」的背後還有一個更深刻的存在，那就是「生存本體」。

以往（出國之前就開始了）李澤厚先生講「本體」這一大概念時，只講「工具本體」與「心理本體」，兩者都是歷史的產物。出國後，李澤厚又講「情本體」，其實，情本體也屬於心理本體。現在談論李澤厚的文章羅列太多「本體」，甚至還出現「度本體」，但「度」只是帶有本體性的實踐活動，並非就是本體。而情本體也不僅是世俗生活中那種情感，它又包括規範和塑造一代代人的心理形式。道德之所以具有絕對性，正是它包含著永恆意義的心理形式。立德，便是建立絕對心理形式。三不朽（立德、立功、立言）首先是立德，即首先是建立超功利的絕對道德形式。這種形式，正是中國的「上帝」。但不管是「情」，是「心理」，是「道德」，是「意義」，它們又都依賴一個更根本的基礎，這就是「生存本體」，所以李澤厚先生近年來一再講述「歷史本體論」和「人類學歷史本體論」。道德不是物質問題，而是文化問題，它相對「吃飯」（衣食住行），具有很重要的獨立性，但它的內容即倫理又與人類具體的生存條件即時代有關，道德的改進需要歷史條件。西方到了二十世紀二〇年代，婦女才贏得選舉權，到了本世紀，黑人才可能當選總統。歐巴馬也是歷史的產物，而這裡又都是經過許多人不斷的艱苦奮鬥才取得的，這種種奮鬥也構成了「活著為什麼」的意義。

章小東《吃飯》小說的精神內涵，其價值正是她在有意無意中捕捉到人類的終極本體。李澤厚肯定這部小說，恐怕也正是他說的「情本體」不再是被人們所誤解的那種抽象的框架，而是緊密地與人的生存（日常生活）聯繫起來，小說中所展示的生活細節，本身就是價值，它處處都在證明，情背後是一個更根本的絕對性存在，是一個「人首先要吃飯」的真理。

二〇一二年五月六日於美國科羅拉多

如果你告訴我，
你吃的是什麼，
我就可以告訴你，
你是怎麼樣的一個人。

——法國美食家Brillat-Savarin

寫在前面——

紅燒狗肉和罌粟花

睡夢當中，電話鈴遽然狂響，兒子的聲音從大不列顛傳送過來，這個六尺漢子正在太陽當頭的牛津校園用手機和我通話：「英國人問我，有沒有吃過狗肉？」

「沒有，當然沒有。」我毫不猶豫地大聲撒謊。

「那麼，儂有沒有吃過狗肉？」

「怎麼可能？媽媽從來也不會吃寵物的。」我繼續撒謊。

「那就好了，我要去上課了，下了課再給儂打電話。」兒子的電話掛斷了，黑暗裡留給我的只是一片「嗡嗡」的撥號聲。看了看夜光表上顯示的時間，長短針漸漸走向一條豎線。

「今天的黑夜怎麼這麼長？」我想了想便披上睡袍，走到碩大的玻璃窗前。拉開厚實的窗簾，窗子下面萬籟俱寂的庭院正幽幽地向著我顯示出鬼魂一般的陰森。鄰家的老狗在他的狗房子裡發出坦然的鼻鼾，似乎正在享受黎明前最後的安詳。

我把我的前額輕輕貼放在冰冷的玻璃平面上，突然，在我的眼前跳躍出來了小孃孃。我那個被黃浦江吞噬的小孃孃，此時此刻，正興匆匆地拎了一刀狗肉朝著我走過來了。她仍舊穿著那件被我幼時的保母，胖媽想辦法搓皺的「的確良」襯衫，三腳兩步地從後門衝進來。她把手裡的狗肉對著早已仙逝的胖媽高高舉起，胖媽連忙接過來問：「哪裡來的？可是新鮮？」

「當然新鮮，這是我們這群『黑幫』在郊區勞動的時候，鄉下人為了換糧票，偷偷賣給我們的。」小孃孃說著，就快手快腳地清洗起這塊狗肉來了。

我站在水池子的旁邊，看著自來水嘩嘩地流淌在這塊新鮮的狗肉上面，遙遠的褪色的記憶漸漸，沖洗得顯露出來。那塊狗肉好像沒有皮，粉紅顏色，被一層白色的筋膜包裹著。小孃孃找不到紅燒狗肉的菜譜，胖媽講她會做，就好像紅燒牛肉一樣。於是大鍋燒開水，把切成塊狀的狗肉投入，出盡腥血，又在一口鐵鍋裡放入食油燒至冒煙，下狗肉煸炒，加入黃酒、醬油、白糖和蔥薑，又下花椒、肉桂、八角、丁香、小茴香。小孃孃和胖媽挽著袖子忙得不亦樂乎，把個廚房間弄得砰碰三響，等到一只砂鍋燉上煤氣改用小火燒燜時，母親回來了。

母親一看到小孃孃就說：「儂膽子太大了，怎麼敢溜回來？」

「樂樂哮喘，吃狗肉會好的呢。我不敢回去，怕保母阿莘出去報告，所以就到這裡來了，一整條的狗呢，足夠大家大吃一頓。剩下的請胖媽幫我送去給樂樂吃，我就趕末班車回鄉下，沒有人會知道的。」

「真是可憐天下父母心啊，儂這樣奔波，不累死才怪呢。」母親憐愛地絞了一把熱水毛巾遞給小孃孃，又泡了一杯麥乳精。胖媽則在另一個煤氣爐頭上嘩啦嘩啦地炒麵粉，一會兒麵粉炒得焦黃，胖媽用筷尖挑了一小撮塞進小孃孃嘴巴裡。

「真香，裡面拌了芝麻，留一點給東東吧。」小孃孃說。

「不用，東東在家裡，總有的吃，儂帶去好了，再加一點糖。」母親說。說著說著，狗肉燒好了，滿屋子的奇香。胖媽給大家盛好飯，又連湯帶汁地舀了一勺狗肉蓋在上面，姊姊看到了說：「五香狗肉『蓋澆飯』啊！」

「鄉下人的狗是吃屎長大的，我在鄉下勞動的時候就看到那些餓狗，跟在小孩子的背後，舔伊剛剛拉完屎的屁股，要多惡心就有多惡心，我是不吃這種齷齪東西的。胖媽給我燒一碗泡飯，加一點鹹菜就可以了。」母親說。

「不要亂講，有句老話『狗肉滾三滾，神仙站不穩』呢。這肉香得一塌胡塗，儂曉得吧？廣東人稱狗肉是三六香肉。」小孃孃說。

「為什麼是三六香肉啊？」我問。

「三加六就是九，『九』的廣東發音和『狗』相同，為了避免直呼其『狗』，讓儂媽媽這樣的人感到不舒服，就拐彎抹角地稱之為『三六香肉』了。」小孃孃回答。

儘管母親對那頓五香狗肉「蓋澆飯」大殺風景，但一直到今天，我和姊姊回想起來，那仍舊是最美味的一頓狗肉了，鮮嫩筋道。加上在逆境當中仍舊津津有味地帶領我們大嚼狗肉的小孃孃，始終不能讓我們忘懷。

※

電話鈴又響起來了，兒子在電話裡對我說：「媽媽，昨天晚上我做了個很奇怪的夢，我夢見儂在廚房裡煮紅燒肉，那肉極其的香，儂講，這叫香肉，怎麼會有這麼好聽的名字叫『香肉』啊？是不是真有『香肉』呢？饞得我口水都要滴下來了。」

「做夢的事情怎麼可以當真？儂大概很久沒有吃媽媽煮的菜了，回來吧，媽媽想儂了。」我曾經說過，兒子就是到了八十歲，在媽媽的眼睛裡仍舊是個小孩子。可是現在，我怎麼告訴這個在視狗為寵物的國度裡長大的孩子，把一條大狗當作他最好的朋友的兒子，他夢裡吃的「香肉」就是狗肉呢？

兒子吃狗肉，是在丈夫赴美求學以後的那個冬天發生的故事了。我一個人背著兒子上下班，他教我唱歌，我教他講話。風裡來雨裡去，我把兒子包裹得嚴嚴實實，他把我抱得親親熱熱。我到食堂裡給他買了一個肉包子，那只包子熱呼呼地雪白雪白，碩大一個。兒子高興得用兩隻手緊緊捧牢，他「啊胡」一口，放在手裡看了看缺了口的包子說：「咦。沒有肉啊！」「儂的嘴巴太小了，還沒有咬到肉呢，再咬一口！」兒子「啊胡」又一口：「還沒有肉。」聲音有些沮喪。

我拿起包子看了看說：「哦喲，這一口咬得太大，把肉一口咬進嘴巴裡，吞下去了，還不知道啊！」

旁邊一個新分配來的大學生拉拉說：「不是咬得太大，而是肉太小了，一口咬不到，兩口就咬過去了。現在肉緊張，過幾天我想辦法給儂弄一點香肉，讓他好好吃一頓。」

我已經想不起來了那時候到底是肉少還是錢少，總之，在那些剛剛出道的大學生，為國家的前途大叫痛苦的時候，我這個比他們大不了多少的年輕少婦，實實在在地為現實生活大叫痛苦。我會真心實意地傾聽他們的痛苦，同時為兒子沒有肉吃而更加痛苦。我到現在也沒有弄明白，那時候為什麼肉會如此緊張，肉都到哪裡去了呢？

兩天以後是星期六，當時還沒有實行雙休日。拉拉把一個沉甸甸的蒲包塞在我的辦公桌底下說：「好東西，送給你的兒子。」

我會意地點了點頭，趁著午休，一個人急急匆匆拖著這只沉甸甸的蒲包回家。這是一個冬日的午後，我從花園的側門溜進去，把蒲包丟在院子裡的水龍頭下面，抬起頭來，看一眼無熱量的太陽，深深吸了一口氣。我是一個從來也沒有弄過狗肉的人，為了我的兒子，我必須親自動手。我好像看到了小孃孃在為樂樂燒狗肉，小孃孃朝著我笑了笑，我又聽到了她的聲音：「狗肉滾三滾，神仙站不穩……」

於是我一咬牙扯開了蒲包，立刻倒抽一口冷氣，向後退了過去，一隻猙獰的狗臉呈現到了我的面前。怎麼和當年小孃孃拎進來的狗肉是不一樣的呀？小孃孃拎進來的是狗肉，而這卻是一條剛剛殺死的全狗。狗的鼻子被重錘擊中打爛，喉嚨口被切開，血已經放得乾乾淨淨。可怕的是森白的牙齒和爆出的眼珠子，那兩隻怨恨的眼睛盯著我，使我觳觫。這以後，在我以後的生涯當中，我都沒有辦法忘記那兩隻怨恨的眼睛，常常是在半夜三更的時候，它們緊緊地盯著我，讓我不得安寧。

我飛快地把狗翻過身體，不要再看到那張猙獰的面孔，然後偷出姊姊的美工刀，在狗的後背上一刀切下去，割開了滑唧唧的狗皮。美工刀極其鋒利，使用起來相當順手，就好像手術刀一般。刀尖沿著狗皮底下的脂肪割過去，很快就把整張狗皮都剝了下來。遇到艱難之處，乾脆把四隻爪子、尾巴和腦袋一起砍掉。我在做這些事情的時候，屏息靜氣，就好像是一個熟練的屠夫。

連我自己也被自己的心狠手辣驚呆，我想這大概就是人的動物性——弱肉強食。

剝了狗皮的狗癱軟在水池子裡，就好像一個蜷縮在那裡的嬰孩，淡黃色的陽光，冰冷地灑落在粉紅色的狗肉上，我深深吸了口氣，繼續操作。仍舊是那把美工刀，狠狠戳入狗的屁眼，一下子就把肚子剖開了，鮮紅的內臟還有些餘熱，讓人感到噁心，我以為我會趴在牆根旁邊嘔吐，但是沒有。我非常鎮定，飛快地操作。

這一天的紅燒狗肉是母親烹飪的，我把整條狗都剁成了小塊，就交給了退休在家的母親，自己則回到辦公室上班。下班拉著兒子的小手回家，還沒有走進家門就聞到了廚房間裡芳香四溢，母親好像忘記了她早先說過的狗吃屎的故事，竟然帶著我的兒子大快朵頤，兒子高興得把個小肚子吃得圓滾滾。

但是這一天，命該我倒楣，一口狗肉還沒有嚥下去，一根骨頭卡到了喉嚨口，兒子和母親輪流拍打我的後背，那根骨頭仍舊不上不下卡得我眼冒金星，幾乎斷氣。最後只好把我放在姊姊的殘疾車上，拖到後馬路上的五官科醫院[2]掛急診。一位年輕的護士動刀動鉗，就好像我剝狗肉一樣，好不容易血肉模糊地拔出那根狗骨頭，她大驚失色地說：「啊喲，儂吃的是什麼魚啊，怎麼骨頭這麼大？」

我不予回答。回到家裡躺在床上，只聽見母親擁著兒子坐在床上看菜譜，這本印滿了彩色照

2 五官科醫院：科別包括耳鼻喉科、口腔科和眼科的醫療機構。

片的菜譜是兒子最早的啟蒙教育書籍。他們倆一問一答：「走油蹄膀好吃伐？」

「好吃咯！」

「糖醋排骨好吃伐？」

「好吃咯！」想起來有些奇怪，在我兒時的記憶裡，母親好像從來也沒有這麼津津有味地陪我看過菜譜，只有一把戒尺緊握在手，逼牢我背誦：「王者以民為天，而民以食為天。」背這部《漢書．卷四十三．酈食其傳》是我最憤恨的了，遠比《三字經》拗口難讀。背到最後，母親總歸還會加上一句：「記住，無論是國家還是家庭，這都是頂頂重要的呢。」

喉嚨口的疼痛一陣緊一陣，母親和兒子的笑語讓我無法入睡，於是夾著被窩睡到客廳裡父親的遺像底下。我感覺到，父親慈愛的大手覆蓋在我的眼睛上，疼痛漸漸離我而去。不知過了多久，突然聽到父親從蘇聯帶回來的那台笨重的無線電「嘟，嘟，嘟，嘟——」地叫了起來，睜不開眼睛，睜不開眼睛……，年輕的母親穿著一身花布旗袍，悠悠地來到我的面前……

她說：「起來了，太陽升起了。」

「……」

「起來了，該要上學了。」

「……」

「起來了，要吃飯了。」我一下子跳了起來，然而，房間裡一片寂靜，至於父親從蘇聯帶回來的那台笨重的無線電，大概老早就被扔在陽台上，任憑風吹雨打變成灰燼了呢。這時候一口冷風撞進喉嚨裡，我開始咳嗽。

我拚了命地咳嗽，從早咳到晚，從冬天咳到春天，從春天咳到夏天、秋天，又是冬天，一年過去了。在這一年當中，無論是西醫還是中醫，打針還是吃藥，舶來貨還是偏方，都停止不了我的咳嗽，我知道我不會好了，這是上蒼對我的懲罰，我不得不甘心受罰，因為我幾乎活剝了一條狗皮，我認命了。

我坐在辦公室裡形銷骨立，窗子外面剛剛還是紅日高照，一忽兒就變成電閃雷鳴，初夏的狂風暴雨讓我聯想起好婆的話：「打雷忽閃都是天老爺發脾氣。」不由祈求天神，讓所有的懲罰都落到我的頭上吧，千萬不要傷害我的兒子！一想到幼小兒子即將失去母親，人生的道路上誰會來照顧他吃飯？不由心痛。

一陣聲嘶力竭的狂咳，把我逼到頭昏眼花的境地，我以為馬上就要斷氣了。正在這個時候，一個頂頭雷，把我震得跳了起來，同時看到門外閃進一個小老頭兒，再仔細一看，那是圖書館員老丁，據說老丁當年是蔣介石的衛隊長，後來因為捨不得家小，沒有跟隨主子出逃，卻在共產黨的監獄裡蹲了三十年。放出來以後，就被安排在我們單位的圖書館，任一閒職，算是落實政策了。我記不得以前是否聽到過這個沉默的老丁講話，我以為他是啞巴。

此刻，老丁站在我前面，毫無表情地說：「窗子下面有一片紅、紫、白色，向上開放的花，每朵花有四個花瓣，單生枝頭，妖豔絢麗。葉子大而光滑，呈橢圓形。大雨過後去把花瓣外面的殼剝下來，不要洗，泡水喝，儂會好的。」

我咳嗽咳到了肝腸寸斷的地步，辦公室外面過路的同事無不為之心痛，甚至連這個啞巴也開口說話了。老丁說完之後，隔手就在大門口消失了，甩下被他震懾的我，一個人站在辦公室的當中發呆。人的求生欲往往是不可理喻的，一想到老丁剛才說的「儂會好的」這幾個字，我立刻跳將起來，不管是真還是假，想都不想一下就撲進瓢潑大雨當中。

果真，沿著大樓的花壇裡面站立著一束半人高的花叢，花莖直立，花葉互生，邊緣是不規則粗齒，具有羽毛形狀，忽閃著銀色光澤的綠色，呈現出幽幽森森的氣勢。那粉色的花朵有一種薄紙的質地，孤零零地高高地開放在花莖的頂端，下面還有一根長梗，很有挑逗的意味。我貪婪地把所有的花瓣外面的殼都剝了下來，包進一塊花手絹。雨突然停了下來，天邊升起一道七色的彩虹，被剝去外殼的鮮花，一朵朵在雨後的陽光底下耷拉下了腦袋。

回到辦公室，把花殼投入保暖杯，注入開水，一串青汲汲水泡從杯底泛起，我不加思索地一口喝下去，立刻整個的喉嚨都被一股辛澀的味道充漲得麻醉了，我以為我會嘔吐出來，不料卻好像中了邪一般一口一口喝得精光。喝光了以後咂咂嘴巴，裡面生出一股輕微的甘甜，有一種飄逸灑脫的感覺，當時我並不知道，剛剛喝下去的就是「魔鬼之花」。

回到家裡，母親的鼻子在我周邊嗅來嗅去，她說：「儂到啥地方去過啦？怎麼身上有一股阿芙蓉的味道啊？當年我的外公的鴉片房裡充滿了這種味道哦，儂的好婆是最痛恨的了。」

我沒有回答，心裡卻打鼓，又一想：共產黨已經統治了那麼多年了，怎麼會允許在國家機關裡種植罌粟？一定是母親弄錯了。

不幸的是：母親是對的；幸運的是：我頑固的惡疾——咳嗽停止了。我不知道應該感謝老丁還是痛恨老丁，第二天一大早，當我在上班之前趕去辦公室的時候，遠遠就看到老丁握著一把大剪刀，咔嚓咔嚓地把那片花的腦袋剪得乾乾淨淨，看到我，他隱晦地翻了翻眼睛，什麼話也沒有說。我曾經趴在那片土地上尋找被老丁摧毀的花朵，結果那裡的褐色的泥土就好像是張開了神祕嘴巴，把那絢爛華美的碎片統統吞噬了下去。只是在我身體裡面，留下了永遠的迷戀。

十多年以後，前往呼蘭河一個女作家的故居參觀。同行者們高舉著照相機，集中在這個女人早年的居所裡流連忘返。大家都想在那裡窺探到女作家成功的祕笈。只有我一個人，百般無聊地漫遊到了後院。

到了後院，我突然立定了下來，簡直不能相信自己的眼睛——因為我看到這個被女作家視為天堂的菜園子裡，竟密密麻麻地種植了深埋在我鮮血裡的罌粟花！這花比老丁指點我泡水的花更加鮮豔，更加茂盛，拳頭般大小的花朵多為半重瓣或重瓣，它們如火如荼地爭奇鬥豔。我感到自己的心臟急劇地跳動，生怕驚動這些神的精靈。輕手輕腳地走到跟前，在那股久違奇特的香味當中，跌倒在黑色的泥土地上。

頭頂上面是一片碧藍的天空，擁擠的白雲在那裡變幻著，透過密密匝匝的罌粟花瓣，一時間我看到了火燒雲。真的，我在這罌粟花的當中，看到了詭祕的火燒雲。

女作家帶著罌粟的毒素離開了她的呼蘭河，到處尋找她的前途；而我則帶著罌粟的毒素漂流到了異國他鄉，到處尋找「吃飯」的地方。

「那個地方叫『伊登』，人人不愁飯吃……」胖媽的雙下巴上方那兩片厚嘟嘟的嘴唇皮，在我眼前忽隱忽現，她神祕兮兮地對我說。

我不會忘記，胖媽講這句話的時候還是在很早很早以前，一個冰冷的清晨。我一個人坐在飯廳裡一張八仙桌子的後面，兩隻腳蕩來蕩去，苦巴巴地看著鼻子下面的一小盤捲心菜根。這些捲心菜根是胖媽從小菜場裡撿來的，沖洗乾淨放在清水裡煮熟，然後撒了兩粒粗鹽放到了我的面前。

旁邊一座老式的立鐘，「咔嗒咔嗒」地向前趕路，沉重的黃銅鐘擺前面的玻璃門上，映現出一縷嫋嫋升起的熱氣，這是從我的早餐——捲心菜根裡冒出來的。我用小手撥拉來撥拉去這盤子捲心菜根，我嚥不下去，心想：「要是有一口稀飯，只要有一口稀飯，我就聽話一天，不吵也不鬧。」

那個年頭被稱之為「三年自然災害」。仍舊是父親從蘇聯帶回來的那台笨重的無線電，被正在梳洗的母親扭轉到最高一檔，傳出來一男一女兩個義憤填膺的聲音，一字一句批評蘇聯赫魯雪夫「土豆[3]燒牛肉就是共產主義」的講話，他們說這是修正主義。

「伊拉啥事體這麼囟？為什麼這麼恨『土豆燒牛肉』？我喜歡『土豆燒牛肉』，我喜歡修正主義。」我嘟囔了一聲。

母親聽見了驚慌失措，她跑到我的面前說：「不許瞎講，小小的人，當心吃官司。」

「那不是修正主義，那個地方叫伊登，人人不愁飯吃……」胖媽說。

「儂最好不要把這種邪教的東西弄過來毒害東東！」母親說。這就是在那個「三年自然災害」的早晨，面對著一盆嚥不下去的捲心菜根，我第一次聽到「伊登」這個名字，從此銘刻心間，終生不忘。一直到二十多年以後，我終於決定整理行裝，出門遠行去尋找伊登，尋找吃飯的地方了。然而讓我始終不能明白的是：出身在窮鄉僻壤的胖媽，怎麼會知道伊登?!

記得，臨行之前，母親固執地把一件件做飯的家什和基本調料塞進我已經超重的箱子，臉上呈現的是生離死別的悲哀。她說：「出門在外，最要緊的是吃飯。凡是可以和儂一起吃飯的人，就會是儂的朋友。假如連中國飯也不接受，就不會是儂這個中國人的朋友！」

於是，我一到美國，就開始邀請大家來吃飯。二十多年過去了，連我自己也記不清楚，我一共請過多少人來吃飯，一共去過多少人家吃飯。我只知道，在這些無數次的吃飯當中，我把我的愛，我的生命，全部地奉獻……

我一直想告訴母親關於我的吃飯的故事，卻因為忙於尋找吃飯，拖過了一天又一天；我知道母親一直在等待我的吃飯的故事，卻因為害怕打攪我的吃飯，等待了一天又一天。

終於，一切趨向定當，我可以平心靜氣地坐在母親身邊，告訴母親，關於我的吃飯的故事了。不料，母親已經不會聆聽我的故事，不會吃飯了。對此我感到心痛。

假如可以讓我在「吃飯」和「母親」當中重新選擇，我一定會選擇後者。然而人生無悔，我

3 土豆：即為馬鈴薯。

已經過了知天命的年紀了。

因此，我的這本《吃飯》是為我的母親寫的。我要讓母親知道：我這二十多年吃飯的故事；我的這本《吃飯》是為我的朋友寫的，我要讓我的朋友們知道：我是如何在這無根的土地上吃飯的；我的這本《吃飯》是為我的兒子寫的，我要讓我的兒子知道：「無論在何時何地，最要緊的是吃飯——民以食為天！」

《吃飯》的故事都是真實的，人物是虛構的。假如你發現其中的人物很像你，那一定不是你，只是你也許有過類似的經歷，純屬巧合。而我僅僅是把這二十多年吃飯的故事，全部併攏在一起。

我感覺到遠在另外個世界的母親，已經開始傾聽我的故事了……

請客和吃飯

拖著沉重的鍋碗瓢盆，牽著兒子的小手，上飛機下飛機百般周折，總算到達了美國的科羅拉多州波德市，這是我在美國的第一個家。環顧四周有些失望，這裡比我想像當中的伊登相差甚遠。一個男人在我身邊忙進忙出，感覺有些奇怪，睏之懵懂地想：這個陌生的男人，就是和我結婚了十年的丈夫嗎？從今以後我就要和他在一個鍋子裡吃飯了嗎？

記得蘇青有本小說《結婚十年》，講的是她結婚十年就結束了的婚姻史。而我結婚了十年，才剛剛要開始了我們的婚姻生活。因為自結婚開始，我和丈夫便長期分居在兩地。特別是五年以前，丈夫乾脆出國深造了。五年了，兒子都已經五歲了，在他記憶當中的爸爸，僅僅是電話當中叫兒子的聲音以及信封裡拆出來的照片。

正想著，這個男人從冰箱裡拎出來一爿凍得「賊骨鐵硬」的豬玀肋排骨，「砰」一聲扔到水池裡對我說：「今天有二十多個留學生和他們的太太要過來為你接風……」

我一下子從時差當中清醒過來：「什麼？是今天？馬上就要請客？離吃飯的時間只有幾小時

了！」

「不要緊張，這不是請客，是吃飯。」丈夫說。

「請客和吃飯有什麼不一樣？」我問。

「當然不一樣，『請客』是東道主全包，『吃飯』通常是朋友聚餐。來『吃飯』的人自會帶一盆小菜，或者一瓶老酒。因此，你只要準備一道夠我們三人吃的菜就可以了。」丈夫說完了又加了一句：「大家已經等了很久了。」

我有些胡塗了，不知道這些素不相識的留學生是等我，還是等吃飯。聽上去「吃飯」要比「請客」簡單得多，可是對我這個在上海燒飯，向來有保母打下手的人來說，一時間，只會對著一整爿肋排骨不知從哪裡割下去。

整爿肋排骨躺在水池裡滿滿當當，看樣子就是二十多個人也可以吃得暢透暢透。有肉總歸是開心的，我擰開熱水龍頭，看著冰塊在水柱底下一點點融化，自己的腦袋也隨之活泛起來。

難怪大家都想到美國來，在這裡就是當個賣肉的人也比在上海輕鬆。這一整爿的肋排骨在上海只配吊肉攤頭前面的鐵鉤上，讓顧客用兩隻手指頭翻來翻去挑選的。選中了，那個套著一張油汲汲的橡皮圍裙的男人，就會「嘿」一聲吆喝著，把這爿排骨拎到他的砧板上，用一把古早的朴刀，梁山好漢一般，乒令乒令一頓亂斬，立時，一塊塊一寸見方的小排骨，便打理得潔淨，回到家裡，只須放在水龍頭下面沖洗一下，就可以下鍋了。而這裡的肋排骨，好像是剛剛從屠宰場裡運出來的一樣，斬也不斷就賣出來了。

美國豬玀似乎比中國豬玀大出很多，一整片的肋排骨，足有三尺多長一尺多寬，兩指多厚又及其沉重。我試著把肋排骨從水池裡拎出來，不料手一抖，「殼龍通」一聲，冰冷的肋排骨又跌回了水池裡。

「什麼聲音？你要我幫忙嗎？」正爬在客廳裡的地毯上，和兒子一起擺弄那隻從上海帶過來的「變形金剛」的丈夫問。

「媽媽，儂弄痛了嗎？讓我看看……」兒子飛到我身邊說。

「沒有關係，儂去玩吧。」我彎下身體親了親兒子，感覺到自己又有力氣了。我對自己說：「這是我在美國的第一頓飯，絕對不可以認輸。」

別轉身體把丈夫原有的一大套窄窄的長著牙齒的不鏽鋼刀具，放到了櫥櫃的高處。然後從鼓囊囊的行李箱裡找出母親塞進去的那包燒飯家什，其中有菜刀、砧板、擀麵杖以及固體醬油和各種香料，還有一小瓶醋。這些東西占據了整個的廚房，我看著它們滿意地笑了笑，因為它們就好像是我，從此要成為這裡的主人。

我把鋼刀放在肋排骨上面比試了一下，仿效賣肉人的架勢，先是順著骨頭把肋骨切成一條條的，然後才把這一條條的肋骨一寸一寸斬斷。我以為很難斬，結果還好，大概有三分之一是軟骨頭，三分之一是可以斬得動的硬骨頭，最後的三分之一才是厲害的。

差不多花費了一個多小時才把肋排骨分割好，這時候手臂有些痠痛了。想起來在上海是輪不到我下廚。曾經在姊姊坐月子的時候，一鑊子紅燒肉燒得焦炭一般，連雞也不要吃。不料，一飄洋過海，就變得能幹起來，幸虧母親把那本印滿了彩色照片的菜譜，也就是兒子最早的啟蒙教育書籍——菜譜送給了我，我便可以操刀掌勺當起了主廚。

我拉開冰箱，發現裡面的蔬菜都是成雙成對的，兩大包土豆、兩大包圓辣椒、兩大個包心菜。我暗自笑起來，這是美國買一送一的便宜貨。看起來我那個從來都是大手大腳大少爺的丈夫，也學會了撿便宜。

冰箱下面的保鮮抽屜塞得滿滿登登，拉了拉，拉不開，裡面有東西卡住了。再用一把力：「哇！這是什麼菜呀？怎麼如此巨大？頂天立地把整個抽屜撐得撲撲滿。」

「怎麼樣，看不懂了吧？這是上海白菜啊，人家講這菜就好像是中國來的移民，一代比一代發，幾十年下來，比美國人還高大。你芝加哥嬸嬸的重孫，不是比你嬸嬸幾乎高出一倍嗎？今天這一棵菜，足夠大家吃一頓了。旁邊抽屜裡還有兩棵芹菜，也是一樣大的。」丈夫說。

我拔出這棵上海白菜，和上海小菜場裡的小白菜相比，就好像到了恐龍世界。還好母親最後堅持塞給我一只黑漆漆的炒菜鑊子。炒菜鑊子是生鐵鑄成的，夠大，夠結實。不然的話，我真不知道怎樣才可以在丈夫那只小小的平底鍋裡把這些排骨和菜弄熟呢。

我馬上找出鑊子，架到灶頭上。不料新的問題發生了：中國的煤氣灶上面有一個可以翻上翻下的架子，無論大鑊子還是小鑊子都可以穩穩當當坐在裡面。而這裡的爐灶是用電的，平塌塌一個鐵架子，煞煞平地擱在一圈圈的電熱絲上面，尖底的炒菜鑊子放在那裡滾來滾去，一放手就打翻。眼珠子一轉，看到小花園裡有一只種花的瓦盆，先是小心翼翼地把瓦盆的底部敲掉，又沖洗乾淨倒扣在爐口上，雖然沿邊敲得像狗啃一般，但是那只炒菜鑊子擱在上面，倒也穩穩當當。

為了自己的小聰明，很有些得意。等到暮色漸漸降臨的時候，一道經過改良的無錫肉骨頭已經用小火燉在爐灶上了，那棵巨型的白菜也被我切成一片片鋪在肉骨頭的底下。此刻廚房間裡散發出一陣陣濃郁的香氣，令人陶醉。我想起來好婆的話：

「米飯、小菜都是通人性的東西，只要用心對待，就會得到回報。」

我順手拔出一雙母親給我帶來的筷子，插到肋排骨當中試了試，突然我的手哆嗦了一下，我發現這是一雙我小時候用過的象牙筷……

母親一定是有心把這雙象牙筷讓我帶出國的，這是我的象牙筷，上面有個豁口，是被我砸出來的。那還是在很早很早以前，我坐在好婆家的灶披間裡吃早飯。旁邊一扇卍字紋花窗的外面，一棵茂盛的無花果樹，在煙雨濛濛的霧色當中，正孕育著自己新生的果實。

好婆把「醉夫」「乳腐」放到我的面前，又端出一碗昨天晚上吃剩的鹹菜黃魚湯，我連湯帶魚舀出一勺放到嘴巴裡。啊喲，那鮮美的滋味一直滲透到我的骨子裡。

一個和尚杵著一把收起的溼漉漉的油布傘，陰沉沉地站在我的對面看著我，良久以後他對我的好婆說：「小姑娘要遠行吃飯。」

「遠到哪裡？」

「遠到伊的血緣夠不著的地方，遠到年年月月不相見的地方，遠到中秋的晚上不能回家吃飯的地方……」

「不要亂講，瘌痢頭，儂給我滾出去。」我生氣了，憤怒地把手中的象牙筷對著他扔了過去，砸在桌子上，又反跳了起來。

「看到沒有，我說對了，本來伊的筷子捏得老老高，就是要遠行，現在又把筷子扔了出去，幸虧被我接著，不然的話，小姑娘一輩子也回不來了。」說著，他把筷子輕輕放回到我的面前。

我看了看筷子，筷子頂上砸出一個豁口。我有心有意捏低一點，無用！我的命不幸被那個和尚言中，我真的出門遠行了。想到這裡有些百感交集，我要把這雙筷子清洗乾淨，收藏起來，留給我的兒子，告訴他，這就是媽媽遠行的命。

此刻，玩累了的兒子在臥室裡津津有味地聽他的父親講解《三國》，廚房間裡一張可以加長的餐桌已經擺好在客廳的當中，餐桌的一邊放著一大摞紙盤子和一包塑料叉子。椅子倒不是放在餐桌旁邊的，而是遠離餐桌立在牆邊排成了一排，就好像是冷眼關注著房間裡發生的一切。看著這張空空蕩蕩的餐桌，不由有些感傷，想不出來和丈夫分別的這多年當中，他是怎樣坐在那裡吃飯的，他會一個人吃飯嗎？我實在是一點兒也不了解他了。

趁著客人們還沒有到達的空檔，我把我的行李箱搬進儲藏室，這只老式的牛皮箱子還是父親的，父親每次出國都會帶著它。當母親把這只箱子交到我手上的時候，我知道母親是想告訴我，父親永遠陪伴在我身邊。

我把箱子打開，立刻有一股遙遠的親情把我緊緊包裹。我心痛地撫摸著箱子的每一個角落，發現逝去的年代在這裡留下了一道裂縫。我找出針線正準備修補，突然，我的手就好像被燙到般縮了回來，這是因為我在這條裂縫當中，箱子的內襯底下觸摸到一件硬物。我屏息靜氣，一分鐘以後輕輕把這個硬物抽了出來。我發現這是一個陳舊到了霉爛的小紙筒，上面還有父親的簽名，並註明：「購於」後面是一行俄語，我看不懂。我把小紙筒輕輕捧到桌子上，小心翼翼地打開，呈現在我眼面前的是一幅印刷得極其精緻的油畫。這是美國畫家霍普一九二七年的作品：〈自動售貨機〉，我的心顫抖了。

遠處挺拔陡峭的洛磯山峰，正幽幽地站立在我的窗子的外面，帶著鬱悶的眼睛注視著我，黯然銷魂地壓抑著我。我茫茫然地撫摸著手中小小的畫卷，一個戴黃色的氈帽的年輕女人坐到了我的面前。她是從哪裡來的？又要到哪裡去？她有沒有親友和家人？為什麼會如此孤獨寂寞地坐在這家空曠的餐廳裡？是不是也要到這裡來尋找「吃飯」？父親想要透過這幅畫告訴我什麼呢？

我的手指輕輕地滑過油印的畫面，悵然若失地靜靜等待著，等待著裡面那個凝視著一片空白的女人會給我一個回答。就這樣，不知道時光流失了多久，大門被推開了。好像沒有聽見敲門，眼睛一眨，一大群赤著腳的留學生們湧進來。他們很自然地把鞋子脫在門外，又七嘴八舌地和我打招呼，打斷了我的思緒。緊接著這些人，熟門熟路地到廚房間找出各自需要的餐具，刀叉碗筷，都是我剛剛想找又找不到的呢。頓時有一種被排除在外的感覺，好像這些客人才是這個房子的主人，而我卻變成了外人。

我有些張皇失措，最後看了一眼畫面上的女人，她渾身上下滲透著的蒼涼，立刻向我逼迫過來。

「好香啊！」一個高頭大馬的北京女孩驚叫了起來。我回頭一看，她已經把那只炒菜鑊子端出來了。我連忙跑到廚房抽出砧板，又把那只倒扣的瓦盆撥拉到砧板上，然後放到餐桌正當中，炒菜鑊子剛剛好地擱了上去。

「喲，真聰明，很有古樸的藝術感。」女孩子說。

「那當然，啥叫上海人啊！」一個帶著黑邊眼鏡的男青年一邊說一邊把一只密封的錫紙盤子放到了砧板的旁邊。

這時候，我發現那張不小的餐桌上已經擠滿了各種各樣的碗盤，這些碗盤的上面，多數蒙著一張保鮮紙，或者扺緊了一張錫紙頭。

「啊呀，我忘記燒飯了呢！」我說。

「算了，電飯煲太小了，只夠煮三個人的飯。反正菜夠多，不要飯了。」丈夫說。我沒有回答，只是快手快腳在一只玻璃烤盤裡洗好米，又按照比例放進水，扺上錫紙，放進預熱好了的烤箱。記得好婆對我講過：「『吃飯』一定要有飯，不然的話，就不是吃飯！」

這還是在那個瘌痢頭和尚對好婆講了我要遠行吃飯以後，好婆特別關照我的話。那時候，她真的把我當成了即將要遠行吃飯的外孫女。這天，好婆一邊憐愛地為我添飯，一邊告訴我：「每一個人都要出去找飯吃的，到了吃飯的時間，連佛也要出去找飯吃。佛教裡的《金剛經》就是從吃飯開始的，這是最平常的事了，更何況我們這些平常人，更要以平常心對待。」

「媽媽，我可以吃那個肉骨頭了嗎？快要被大家吃光了呢。」正在我沉浸在回憶當中的時候，兒子飛過來，抱著我的腿問。

我一看，真的！大家早已圍著餐桌開始夾菜了，那一大鑊子的肋排骨飛速下降。我連忙找出兒子的專用碗筷，趕緊為他夾了幾塊肉骨頭說：「當然，儂總歸是第一的。」

「伊拉怎麼都坐在地板上吃飯的啦？我也可以在地板上吃飯嗎？」兒子問。

「不可以，我們去那張桌子。」丈夫走過來說，並帶著他坐到房間角落裡的一張寬大的寫字桌前，從旁邊拉過來了一把椅子。

「我再去給你拿一點蠔油牛肉，這蠔油牛肉一向是我們這裡最好的菜呢。」我聽到丈夫對兒子說。

「我咬來咬去咬不動，還是吃肉骨頭，這肉骨頭真好吃，比好婆從無錫帶來的還好吃。」

「真的！大家都在搶呢……」丈夫說。我暗自笑了笑，便走到洗手間把自己梳洗乾淨，這才走出來加入到大家的中間。我和大家一樣，一隻手端著一個紙盤子，到餐桌上面拿菜。

「喂，這是誰烤的火雞腿啊？怎麼割不動的呢？」

「我烤了一個多小時了，不知道出了什麼問題。」那個帶著黑邊眼鏡的男青年看著他帶來的錫紙盤子，一籌莫展地說。

我一看，那是一隻碩大無比的帶著後腚的火雞腿，烤得焦焦黃黃的，煞是好看，只是一刀下去，絲毫不動。那個帶著黑邊眼鏡的男青年拿著洋刀在雞腿上割來割去，終於下了狠心用力砍下去，鮮血立刻冒了出來。

「啊呀，根本沒有烤熟呢，你以為便宜的火雞腿這麼好烤的嗎？」

「快點扔到廚房裡去，血淋淋的，太噁心了！」

男青年神情沮喪地端起了錫紙盤子，我伸手接了過來，端到廚房間裡。後面跟進了那個北京女孩。

「你的手藝真不錯，一眨眼工夫，肋排骨全部都沒有了！」她把那只底朝天的炒菜鑊子交給我。

「哦，謝謝你幫忙。對不起，怎麼稱呼？」我看著她問。

「叫我菲小姐好了，我還沒有結婚，有一個同居的美國男朋友，就是站在那裡喝啤酒的，他叫瑞。」菲小姐說著，遠遠地與瑞大方互贈了個飛吻。

我別轉過身體，把那隻血淋淋的火雞腿夾到砧墩板上，先用鋼刀把雞腿剁成小塊，然後連湯帶肉一起倒進炒菜鑊子，又切了兩個洋蔥和幾個土豆，大火翻滾起來。想起來了兒子最喜歡的咖哩，便倒了一些進去，立刻香氣撲鼻。正好烤箱裡的米飯烤好了，我抓著毛巾把烤盤拖了出來，輕手輕腳地剝開錫紙，只見一粒粒晶瑩剔透如珠似玉的米飯呈現到面前。我把米飯撥到了一邊，又把新煮熟的咖哩火雞堆放了進去。

「哇！真漂亮！儂會變戲法啊！」那個火雞的主人走進來說。

「喲，上海人啊？」我說。

「對，我叫天潤，是工程系的，老婆還在上海，不知道什麼時候可以出來。真謝謝儂今天幫了我的忙，不然的話，我就太尷尬了，」天潤一邊說一邊把咖哩雞飯端回到了餐桌上。

「咖哩火雞飯！好好吃啊！」

「很聰明的改良，烤出來的米飯真香！」就在大家圍著那盤子咖哩火雞飯驚呼的同時，冷不防大門「呼啦」一下被推開了。

七跌八衝地跌進來一個面如死灰的大男人。這個人長髮披肩，鬍子拉雜，他甩去兩隻鞋子以後，就一屁股坐到地毯上，噗哧噗哧地喘氣。

「陳鋼，你怎麼啦？撞到鬼啦？」

「……」

「喝口水，不要急。」丈夫走過去，從一只放滿冰塊的硬塑料箱子裡摸出一瓶白水遞給他。有人告訴我，他是藝術系的。

陳鋼喝完水緩過氣來便開始說話：「啊喲，嚇死人啦，我剛剛從橋底下走過來，碰到搶劫了！」

「真的?!你腦子不清楚啊，那些無家可歸的美國人都會蝸居在那裡的呢。」

「就是啊，我以為我這副邋裡邋遢的樣子不會引起他們的興趣，所以偷了個懶，抄了個近道。不料一走到黑黝黝的橋洞下面，一群烏漆抹黑的人就圍了上來。黑暗當中，只看見一個個眼珠子散發著白光。他們把我包圍在中間，摩拳擦掌地要吃掉我一樣，把我嚇得七竅生煙，幾乎癱軟到地上。」

「你們這些新留學生都習慣把錢都背在身上，以為存在銀行裡不方便，這下慘了，被強盜來了個兜底端。」有人說。

「還好，還好，我狗急跳牆，一輩子的智商立時三刻統統發動起來。真的，我從來也沒有這樣伶牙俐齒過，我立刻說：『啊！兄弟們啊！你我都是階級兄弟，你們的皮膚是黑的，我的皮膚也不白啊，我們都是兄弟，階級兄弟啊……，你們沒有錢，我也是沒有錢的……，我們是無產階級兄弟，共產主義是我們共同的目標……，兄弟啊！』說著，我哆哆嗦嗦地把口袋裡裝零錢的皮夾子拿出來給他們看。」

「這些人買你的帳嗎？」

「我打開皮夾子，裡面只有一塊錢和幾個硬幣，那個領頭的黑人看了看說：『你怎麼這麼窮？看看我的皮夾子。』說著便從身上摸出一個很有派頭的真皮錢包，裡面有好幾張大票子，他一邊給我看，一邊抽出一張塞在我的皮夾子裡說：『好了，你太窮了，我們是兄弟，就分你一張吧。』」

陳鋼的故事講完了，大家聽得心驚肉跳，一時說不出話來，不知是誰率先大笑一聲，屆時一發不可收，引出了滿屋子的哄堂大笑。

笑聲當中陳鋼又說：「不要嘲笑好不好，我嚇得把一盤子菜都不知道扔到哪裡去了呢。」

笑聲戛然而止，然而不到一分鐘又更加爆發起來。正在大家笑得人仰馬翻的時候，大門再次被推開，伸進來了一個文質彬彬的腦袋，這是丈夫的師弟史哲。史哲手裡拎著兩只巴掌大的鯪魚罐頭，他光著腳，站在陳鋼的旁邊，莫名其妙地看著大家對著他笑，有些窘迫地進退兩難。

他舉起手，把兩只鯪魚罐頭向大家晃了晃說：「很鮮。」

「什麼？你把中國城過期的罐頭拿過來唬弄我們啊？」大家一邊說一邊繼續大笑。

「過期了嗎？我沒有注意，因為我很喜歡，所以就拿過來了。」

「別裝蒜啦，九十九分，買一送一，以為我們不知道？又不是小學生做造句，還『因為……所以……』呢。」

看到大家對著這個新來者唇槍舌劍地攻擊，我感到有些於心不忍，於是走過去，接過罐頭說：「我也滿喜歡的，我來打開吧。剛剛過期是沒有關係的。」

有人遞給我一把開罐刀，我把開好的罐頭安置在餐桌上面，這才去找來自己剛才裝了一半小菜的紙盤子，繼續夾菜。夾了大半盆，看到靠牆有個空座椅，便坐了過去。

「你辛苦了，快歇一歇。可惜你煮的菜都沒有了，那道咖哩火雞飯真好吃，連那只烤盤也刮得乾乾淨淨了，你一口都沒有嘗到。真不好意思。」

「這樣才好呢，大家喜歡就好，自己煮菜自己吃起來總是沒有味道的，還是吃別人煮的菜新鮮。」

「那道涼粉是我做的，你吃吃看，喜歡嗎？」

「上海人叫麻腐，我最喜歡了，你做得很入味，又很清爽，這裡有賣的嗎？」

「這裡哪能買到這麼好的涼粉，是小珍自己用綠豆做的。工夫很大的呢，為了這盤涼粉，小珍大概一大早就開始忙起來了。」旁邊一個北方口音的留學生說。

「張莉，你不要這麼說，我比較笨一點，所以動作慢……」那個小珍謙虛地說，並藉口添菜，離開了。

「小珍是留學生太太，丈夫沒有拿到全獎，又有一個小貝貝，不能出去打工，家境差一些。她很要面子，每次出來『吃飯』，總是花費最大的力氣，用最基本的原料做出特別的小菜。不會弄兩只便宜罐頭來蒙混一下。」另外一個留學生太太跟我小聲地說。

「對了，你的手藝這麼好，我可以介紹你到中餐館打工。我打工的那家餐館老闆，總是對我另眼看待的。」那個張莉對我說。

「為什麼？」旁邊有人問。

「因為老闆一看到我就認定我是高幹子弟，他講我和別人的氣質不一樣。」張莉得意地吹噓。

我上下打量了一下這個有一點俗氣的女人說：「是有一點不一樣。」

「最讓老闆佩服的還是那道蠔油牛肉，你吃了沒有啊？那可是我們這裡的招牌菜呢。」

「哦？」我想起來兒子剛剛咬來咬去咬不動的牛肉。正好這時候有人在另外一邊叫了一聲張莉，她說：「你看，我是一個忙人，又有人叫我了呢，我去去就來。」

張莉離開以後，旁邊的一個南京太太說：「沒有什麼稀奇，她父親不過是北京的一個局長，這種局長在北京多如牛毛，只有這種小人物才會到處顯擺自己。那個叫她的東北人也是一個局長的女兒，小地方的物資局局長，可不得了，大概搜刮了不少民脂民膏，一來就用現款買了部新車，在我們這裡還是第一個呢！」

「聽說了嗎？化工系的小吳，出了車禍。」

「怎麼搞的？他喜歡自稱是貧下中農的兒子，好不容易積攢了幾百美元，買了部三手還不知道是四手車子，車子報銷了嗎？太不小心了。」

「沒有出人命就是不幸當中的大幸了呢，拖了一車的廢報紙去回收站賣，報紙沒有賣掉，車子報廢了……」

「……」吃吃說說，不知不覺地到了深更半夜，餐桌上一片杯盤狼藉。丈夫摸出一個半人多高的黑色塑料垃圾袋，大家把手裡的紙盤子、塑料叉子以及殘渣餘孽紛紛丟了進去，最後還有一大盤剩餘的蠔油牛肉，丈夫端起來看也不看，毫不猶豫地倒進了垃圾袋。

客人們七手八腳地幫我把桌子收拾乾淨以後，便各自夾起空盤子道別，只留下那只滿滿登登的垃圾袋。

我把已經睡熟的兒子安頓到床上，燈光下面，一張天真無瑕面孔上，呈現出來一片明朗的陽光，我專心致志地注視著兒子睡夢當中的每一個細小的動作，我感覺到我的鮮血在他的身體裡面流淌。

丈夫摸出一瓶五糧液，那還是十年前結婚的時候存積下來的，只是隨著時間流逝，裡面的酒精蒸發得只剩下半瓶了。他無聲地走到我的背後，我轉過身體，面對面地看著他，有些陌生，有些尷尬。

他遞給我一個酒杯說：「辛苦了……」

我以為他會感謝我一個人把兒子帶大，不料他說：「這頓飯讓你辛苦了，謝謝。」

風雞和ＢＢＱ

睜開眼睛的時候，天光大亮。我想起來了，我和我的上海已經遠隔重洋。兒子正趴在我的身邊，聚精會神地看著我說：「媽媽，儂睡覺的時候嘴巴一動一動的，一定在吃好東西。」

我笑起來，把兒子抱到懷裡說：「媽媽正在夢裡啃一塊肉骨頭，眼睛張開來一看，原來是儂啊！」

「不要啃我啊，爸爸說了，今天晚上有個外國教授請我們去吃飯，是吃烤肉，叫ＢＢＱ，有很多很多的肉骨頭呢。」

原來我和丈夫分別五年又重逢的故事，對美國人來說就好像是天方夜譚一般，許多人都想來看看我們，丈夫的一個老師約翰教授便決定在他的家裡舉辦一個盛大的ＢＢＱ，邀請大家一起來歡迎我和兒子。

「我又不是動物園裡的猴子，有什麼好看的？」

「你比猴子好看多了。」丈夫已經恢復以前的樣子，開始和我調侃。

「我們是不是也要帶一盤子小菜？」

「約翰教授特別關照，我們是特邀的客人，免帶小菜。我現在要到學校裡去了，你們自己在家裡好好休息。」

丈夫走了，我從床上跳了起來。兒子拉我到廚房說：「爸爸很有錢呢！他有很多好吃的東西，好像永遠都吃不光的啊。」

「真的嗎？儂怎麼曉得的？」

「儂看，冰箱裡有很多很多的肉，還有冰淇淋，牆壁角落裡有一箱箱的雪碧和可口可樂，在上海，好婆總歸是一瓶一瓶買的。我最喜歡雪碧了，可以喝一罐嗎？」

我知道這種易開罐的飲料，在美國是最大眾化的了，並不是有錢人的專利，我說：「一大早喝這種易開罐不大好，還是先吃早飯，好嗎？」

兒子聽話地點了點頭。吃過早飯以後，我把房間收拾了一遍，然後整理冰箱。不料一拉開凍箱的門，裡面劈里啪啦滾落出來四只圓滾滾的冰坨子。

「啊喲，這是什麼東西啦，還好沒有打到我的腳。」我叫了起來。

「媽媽，我來幫儂。」

「不要，不要，小心冰到儂的小手，媽媽心疼的呢，」說話間，我已經把四只冰坨子撿了起來。仔細一看，原來是四隻真空包裝的白臘克雞。白臘克雞在上海，一般是不上檯面的。這種洋雞的肉頭雖然比較厚，卻泡呼呼的，又有些腥氣。我呆瞪瞪地看著一並排的四隻雞，原本想把這四隻雞一起放回冰箱，但是怎麼也找不到空檔塞進去，最終只塞進了兩隻。

「媽媽，儂是不是可以來陪我看電視呢？很好玩的呢！」

「等我想辦法把這兩隻雞放回到冰箱裡就來，我怎麼也塞不回去了。」

「像好婆一樣，掛到陽台上去好了。」

「對了，那是風雞！讓我來做風雞吧。」兒子的話提醒了我，我立刻把兩隻雞扔到水池子裡，一邊擰開熱水化冰，一邊剪開包裝清洗乾淨，又拔出鋼刀剖開雞的後背，撒上鹽和香料，用一根竹筷把雞撐直了，最後找出兩根小繩子，把兩隻香噴噴的雞掛到了屋簷下。

一切收拾停當，我便泡了杯熱茶，定定心心地摟著兒子坐在沙發上看起了電視。電視裡播放的是動畫片，講的是老鼠和貓的故事，不知為什麼那隻強悍的貓終歸鬥不過機靈的小老鼠，兒子看得哈哈大笑，我卻有些擔憂：「這個故事怎麼有一點顛倒黑白，好壞不分的呢？」

但是整個故事的情節十分熱鬧，妙趣橫生，弄得我也被吸引進去，抱著兒子開心得大笑。就在我們倆笑得前仰後合的時候，電話鈴聲突然大作，一時間把我和兒子嚇得跳了起來。

「啥人會打電話來呢？」

「這電話鈴的聲音怎麼這麼響啊，嚇煞我了。」

「不要嚇，媽媽去接。」說著，我便走過去拎起了電話。電話的那一頭是個外國女人，我告訴她：「我不懂英語啊，拼寫，拼寫……」

我捧著本英漢小詞典，來來去去好幾個回合，總算拼湊出幾個單詞，那是：「小動物、虐待、懸掛、鳥類、抗議……」這是什麼意思？

電話那一頭的女人有些強硬起來，再笨的人也會領悟到這裡面一定有一件非常嚴肅的事情，無奈聽不懂。我心急如焚滿頭大汗，兩隻眼睛盯著窗子外面的停車場，祈禱著可以冒出來一個人幫我一下。

然而無望，碩大的一個停車場冷冷清清沒有一個人，只有那兩隻懸掛在屋簷底下的風雞，孤零零地在微風底下晃過來晃過去。

啊喲！雞！一定是這兩隻風雞發生了問題！這個女人在抗議我虐待小動物呢，好像還講，一歇歇有人要來示威……

怎麼會發生這種事情？我一下子醒悟過來，放下電話，直奔外面，把兩隻風雞拎了下來，又快速地跑回到房間裡，然後抓起電話說：「No雞！No雞！」

許久，電話的那一頭吐出了一個詞：「Thanks。」然後咯楞噔一聲掛上了。兒子莫名其妙地看著我說：「媽媽，儂做啥？跑進跑出就好像那隻叫湯姆的貓咪？」

「對了，媽媽這隻貓咪被老鼠捉牢了。」

吃過午飯，又舒舒服服地睡了一覺，看了看手表，快五點鐘了。我把兒子叫起來，為他換上一套出客的衣服，又塗了一點防曬油，自己則穿上一條長裙和一件繡花短衫。母子倆便光光鮮鮮地到大門外面的綠地上，等待丈夫一起出去BBQ。

「咦，這麼大的花園，還有溜滑梯、盪鞦韆，怎麼一個人也沒有的啦？」兒子大概想起來在上海排長隊等待滑梯的情景。他一個人興奮地在那裡爬上滑下，很快就好像有些無聊起來，小小一個人站在滑梯的頂上，兩隻小手扶著欄干向遠處眺望。不一會兒，他開心地跳起腳來，他說：「媽媽，媽媽，有人了，有人了。」

我回頭一看，原來是兩個收垃圾的工人，他們開進來一輛巨大的垃圾車，把一個三四米見方足有半噸重的垃圾箱，一下子就叉了起來，倒完了垃圾又把垃圾箱輕輕放了回去，然後便把垃圾車開走了。一切就在幾分鐘裡發生和完成，卻讓兒子高興得手舞足蹈。兒子快速地從滑梯上面滑了下來，跳到我的身上和我緊緊擁抱，我第一次感覺到他幼小的身體是那麼單薄。

這時候一輛細輪子的自行車飛一般滑到我的面前，一個高挑的金髮小夥子對我說了聲：「嗨！」

接著又說：「風雞，風雞……，風雞啊！……」

我頓時慌了手腳，怎麼又是「風雞」啊，是不是來找我抗議的？於是結結巴巴對他說：「No風雞！No風雞！」

他固執地說：「風雞，風雞……，風雞啊！……」我急起來了，打著手勢解釋：「No風雞，風雞吃掉了！沒有了，吃掉了！」

「什麼？吃掉了？」他瞪大了眼睛，流露出驚恐萬狀的樣子。

丈夫回來的時候，剛巧看到自己的老婆筆挺地站立在門口的台階上，面對著台階下面的一個老外，急吼吼地分辨，於是匆匆把他那輛藍色的別克停穩在停車位上，便一路小跑過來。

他先和那個老外打了個招呼，然後抱了抱兒子向我介紹：「這是大衛，剛才他自我介紹告訴你說，他是我們對門鄰居計鳳的男朋友……」

我愕然！

計鳳？鳳計？風雞？外國人先叫名字後叫姓，所以計鳳就變成了風雞了?!

「哈哈哈，怎麼樣，我勸你還是脫掉那件『獨立』的外衣，來依靠依靠你的丈夫吧，不然的話，隔壁的計鳳就要被你當成風雞吃掉了！」丈夫幸災樂禍地繼續大笑。

「儂不是講要帶我們去ＢＢＱ嗎？還不走啊！」我轉移了話題。

「好吧，先回去換衣服啊。」

「不是換好了嗎？儂看，媽媽還擦過唇膏呢！好看吧？」兒子說。

「好看，好看，我以為你們打扮得漂漂亮亮的，是為了迎接我啊，原來是為了吃飯。不過去參加ＢＢＱ，不用穿長裙，只要牛仔褲就行了。」

等到我們一行三人到達約翰教授家門口的時候，已經是一式T恤衫、牛仔褲、運動鞋了。

約翰教授的家坐落在一條僻靜的小街上，小街的兩邊已經停滿了各式的汽車，好像都是來參加ＢＢＱ的。快到約翰教授家門口的時候，丈夫突然停下腳步說：「對了，有一件事我先要和你講清楚。」

「什麼事？」我被他一本正經的樣子嚇了一跳，是不是他想告訴我這些年他吃飯的祕密？

「我就是想告訴你，這裡是西方國家，男人見了女人的禮儀總是要擁抱一下，親吻一下，法國人還要親吻兩下，你不要見怪，都是正常的。」

我鬆了口氣，立刻笑道：「啊哈，太好了，我只要看到男人，立刻吊到伊的頭頸上親來親去就可以了。」

「不可以！」丈夫叫起來，我大笑。這時候，兒子打斷了我們的對話：「不得了，這裡有這麼多人啊，我今天從早到晚除了你們以外，一共才看見四個人：兩個人是收垃圾的，一個人是送信的，還有一個人就是剛剛那個叫『風雞，風雞』的大衛。我還以為，這裡是個沒有人的地方呢。」兒子扳著手指頭數來數去。

「你記性真好，小腦筋把每一個人都記得這麼清楚。」丈夫誇獎著兒子。

「因為人太少了，我才記得的。要是在好婆家裡，我就數不清了。咦，這是什麼味道？這麼香？」

我用力嗅了嗅鼻子，連我這個長期患有慢性鼻炎的人，也可以聞到空氣裡蔓延著一股奇特的肉香。

「喂！你們來啦，就從院子裡進來，大家都在等待你們呢！」一個講著美國中文的老外一身牛仔打扮，隔著院子的柵欄和我們打招呼。

「他就是約翰教授。」丈夫說。

「看上去有些像工人，不大像知識分子。」我說。此刻這個約翰教授正站在一個長方形的地洞旁邊，地洞的周圍用石頭壘起了一道矮牆，那裡面是燃燒的樹枝和木炭，上面有一個鐵絲網，鐵絲網上面是一排排的豬肉、牛肉、雞腿、香腸等等。那些塗滿了醬汁的肉類，被炭火燒烤得吱吱作響，熔化的脂肪不時滴到樹枝和木炭上，濺起點點火焰。

「歡迎，歡迎你這個遠道來的客人，約翰為了讓你們嘗一嘗正宗的ＢＢＱ，今天特別起了個大早，搭起了這個改良的印第安人的地灶，味道就是不一樣啊。」一個精瘦的中國女人對著我們說，這是約翰教授的太太，台灣人。

「太麻煩了，真不好意思。」我說。

「謝謝！」丈夫連忙加了一句。

「哦，這是你們的兒子啊？好可愛啊！」約翰教授太太又說。

「哪裡啊……」我還沒有說完，丈夫又搶著回答：「謝謝，謝謝！」約翰教授太太笑著對我說：「昨天我和你丈夫談到你們分別五年以後的重逢，他告訴我你們將重新認識一次，重新戀愛一次呢，真浪漫。」

我連忙回答：「謝謝。」同時看了一眼有些窘迫的丈夫，心裡說：「我學得很快吧！不就是別人講一句好話，馬上回答一個『謝謝』嗎？」

周邊不少男女圍攏過來，他們紛紛向我們祝賀，祝賀我們的重逢。於是我不斷地向他們「謝謝」。

「嗨，來吧，這一批肉烤好了，小夥子，先來一塊！你幾歲了？」約翰教授大聲招呼我的兒子。

「五歲！謝謝！真香！」我的兒子也學得很快。接著，大家都托著一個硬紙盤過去拿肉。我在約翰太太的幫助下，夾了豬肉牛肉和一根香腸，又加上番茄醬、胡椒粉和鹽等調料，便走到旁邊吃起來了。這是我第一次吃ＢＢＱ，確實別有風味。特別是那塊牛肉，雖然硬了一點，但是很有嚼勁，愈嚼愈香，回味無窮。大家邊烤邊食邊飲邊談，不亦樂乎。我用眼睛搜索到我的兒子，看到他正努力地對付一根肉骨頭，弄得滿臉是醬，丈夫走過去，用一大把餐巾紙在他的嘴巴上擦來擦去，讓我感到一種很滿足的感覺。

抬起頭來，張望一下日光，這裡的白天怎麼會一直亮下去的呢？已經是晚上七點多鐘了，頭頂上的太陽仍舊金光燦爛，就好像剛剛升起來一樣。

一個高挑的中國女學生坐到了我的旁邊，她說：「我叫美珍，台灣來的，就住在你的樓上，有空上來玩。」

「謝謝，請多關照。」我連忙說。

「不用客氣，你初來乍到，我可以為你介紹一些中國朋友，週末一起去查經班，很熱鬧的。」美珍熱情地說。

「好——，」我一時沒有弄清楚什麼是查經班，又不好意思詢問，坐在對面一個小巧的太太，好像看出來了我的窘迫，等到美珍去拿玉米的時候，她就坐到了我的身邊。

她說：「我叫阿穎，從香港來的。美珍是一個虔誠的基督徒，她的查經班是教會活動，那就是一大群中國人在一起吃吃飯，學學聖經。我看到你有一個極其可愛的兒子，如果有興趣的話，可以來參加我們天主教的活動，聖母是最慈愛的了，你會感覺到她很親近。」

阿穎剛剛說完，一個漂亮的混血女孩走過來說：「我叫艾米，我的父親是中國人，母親是法國人。剛剛你的兒子告訴我，過一個星期他就要上學了。我想，等到你兒子上學以後，你會很寂寞的，我讓我的朋友來教你英文好嗎？」

「你的朋友來教我英文？」

「是的，免費上門教學，連教科書也是贈送的呢！」

「這麼好？你的朋友不用讀書、上班嗎？」我有些不能相信的樣子問。

「當然要讀書、上班。但這是奉獻，是比所有其他事情都重要的呢，我也和他們一樣，每個星期都要抽出一天來奉獻的。」

「向社會奉獻嗎？」

「向上帝奉獻，我們所享受的一切都來自上帝，他造太陽給我們日光，造月亮和星星使我們晚上也有點光，造地球給我們居住……」

艾米的眼睛裡充滿了虔誠，一字一句地說著，這是我有生以來第一次接觸到佛教以外的宗教思想，我感到很新鮮。想起來西方文化當中，有兩大傳統——希臘羅馬文化和基督教文化，他們既是現代西方社會的思想基石，又仍然影響著現代人的思維，信仰，以致生活習慣，卻沒有想到，這些宗教文化會如此深入地滲透到每一個角落。我一邊聽一邊想：看起來要在這片土地上生活，首先就要了解這裡的宗教文化。

正想著，兒子舉了一只盤子飛到我跟前，他說：「媽媽，媽媽，儂吃一口，這塊不知道是什麼東西，真好吃，有一點像上海天鵝閣的奶油焗麵呢！」

「這叫義大利千層肉醬麵，是一道非常有名的菜，通常用四到五層新鮮的雞蛋麵片組成，每層裡面填入肉糜、奶油調味汁、番茄醬、乾乳酪等等，放在烤箱裡烤出來的。」阿穎熱心地向我解釋說。

「真的很香啊，我好像沒有吃到番茄醬呢。」

「馬琳是摩門教徒，摩門教是禁絕菸、酒、咖啡和茶。他們吃粗糧加工的產品、水果、蔬菜和有限的肉類，所以馬琳做的義大利千層肉醬麵比較清淡，也比較適合中國人的胃口。」阿穎又說。

這時候胖乎乎的馬琳走過來了，阿穎馬上笑著用英文說：「馬琳，他們都喜歡你的肉醬麵呢！」

「太好了，下次到我家裡來吧，我們有很多中國兄弟姊妹呢。」阿穎幫我翻譯了這句話。

「謝謝。」接下來阿穎、馬琳、艾米和美珍等等都圍在一起有說有笑，一點兒也沒有教派之間分歧的爭執。大家似乎已經忘記了當年馬丁．路德宗教改革時期新舊教之間的血腥。

我的感覺很好，我喜歡這種和睦相處，太太平平的生活。這時候又走過來了一位馬太太，她自我介紹是天津人。一聽到我的祖籍也是天津，立刻拉著我的手說：「老鄉見老鄉，兩眼淚汪汪。」

我笑起來了，我告訴她：「事實上，我只有到天津去過一次，還是在很小很小的時候呢。」

馬太太說：「無論你是哪裡人，都是中國大陸人，就算是老鄉了。你剛剛來，先休息兩天，過兩天我來介紹你到中國餐館打工，可以先給客人倒倒茶水，以後做熟了，可以端盤子，到那時候，你就出頭了，一個週末會賺到一兩百美元呢。」

我笑了笑說：「那就謝謝了。」嘴巴裡卻泛起一股說不出的酸苦。遠處的丈夫大概注意到了我的異常，他舉著一瓶啤酒走到我的跟前，我接了過來，狠狠地喝了一大口。

「馬太太是個很熱心的人，一定是要介紹你去餐館打工，這事情不急，過幾天，等你在家感到無聊了再說。事實上，你只要一個星期去打一兩天工，一個月打兩三百美元，付付房錢就可以了，其他時間仍舊可以在家做你自己喜歡的事，不要為吃飯擔心。」

馬太太和丈夫的話讓我感到悲哀，在美國出頭的日子難道就是端盤子嗎？伊登，我的伊登變得夢幻一般，我有一種欲哭無淚的感覺。八〇年代的留學生和現在的留學生完全不同，我們不僅不可能從家裡得到資助，因為經歷了那場史無前例的大革命，父母老早就清貧得一無所有了，我們還要想辦法剋扣自己，逢年過節寄些美元回去，幾乎每一個留學生和他們的太太都在打苦工。

我歎了一口氣，看了看自己的兩隻手，儘管在出國之前就做好要和鋼筆再見的準備，卻沒有想到這麼快。我不甘心，我在心裡對著在天之靈的父親呼喊：「給我力量！給我力量！我一定要自己站起來！」

太陽終於落下去了。太陽一落下去，遠處的洛磯山就變得陰沉起來，詭詐地聚集起野地裡的冷風，無聲無息地侵襲著我軟弱的身體，把剛才那點兒祥和一掃而光，我感到無依無靠。

ＢＢＱ的篝火漸漸熄滅，約翰教授和他的太太把剩餘的食品分別裝進一個個食品袋裡，然後分發給大家。就在大家紛紛起身說再見的時候，一輛破舊的福特汽車帶著巨大的聲響「嘎」一聲停到了大門口。

「哦喲，你怎麼這麼晚才來？我們都吃飽喝足要結束了呢！」來人木噱噱的跌撞進了大門，這是一個謝了頂的小個子男人，他扶著門框說：「我太太死了，剛剛在大街上出了車禍，被撞死了……」

「……」

「怎麼可能？我下午還看到過她……」約翰教授的太太用眼神阻止了說話的人，然後把這個謝頂的男人扶到椅子上。這個男人就好像沒有知覺一般，直挺挺的杵在那裡。許久，突然趴到桌子上，發出了女人般的哭嚎。

原來他的太太打兩份工，中午在快餐店賣快餐，下午收工以後便趕到市中心的一家中餐館端盤子。這天，快餐店結帳的時候發現少了二十美元，老闆拉長了面孔一定要她找出來。後來還是老闆的太太回來說，是她在錢箱取了二十美元給女兒買裙子，才算平息了一場風波。這時候馬上就要到四點鐘了，於是這個打工太太急急忙忙跨上自行車就往市中心趕。

打工太太一身的疲憊，一肚子的怨氣，十字路口忘記朝左看一看，正巧一個失業潦倒的白女人駕駛了一輛「老坦克」、一個右轉，「砰碰」一聲，打工太太連人帶車一起飛到她的前車蓋上，又「砰碰」一聲，彈到了旁邊路牌的鋼筋水泥柱子上，立刻肝腦塗地。

所有的人都被這個突如其來的噩耗擊倒。一個外國女教授流著眼淚從外面走進來，她說：「我第一次看到你太太的時候，她一句英語也不會說，只是非常和善地看著我笑，我一點也不了解她。後來我開始了解她了，可以和她對話，這不是因為我向她靠近過去，而是她向我靠近過來，她艱苦地學習英語。留學生的太太們都很艱苦……」

約翰太太說：「她艱苦到了連一頂自行車的安全帽也捨不得買，為了讓兒子早一點出來，節省了每一塊錢……」

丈夫一隻手摟著兒子，一隻手捂著兒子的耳朵對我說：「沒有想到我們這批中國人第一個死亡的是因為飛來橫禍……，我有全額獎學金，艱苦一點，夠了……」

這個原本是歡迎我到來的BBQ，結果變成了送別一個暴死的太太。離開約翰教授家的時候，大家連說聲再見的心情都沒有了。第二天早晨，丈夫到學校去之前，走到我的面前，用力地抱了抱我。我理解他的心情，他對我說：「好好待著……」

而我則聽作是：「好好活著！」太陽升起來了，我和兒子穿戴整齊走出門去。在我兒子的手裡有一只廢棄的可口可樂易開罐，易開罐的頂部已經被我剪成了花邊樣，我們在小溪旁邊停了下來，輕輕把易開罐放進水裡，灌滿了溪水，又在路邊的草地裡，摘下一朵朵不知名的小野花。我把野花插了進易開罐，然後走到那個十字路口。

老遠就看到在那個十字路口，鋼筋水泥柱子的路牌底下，安放著一個翠綠的自行車安全帽，安全帽是嶄新的，上面的標牌都還沒有來得及撕去。我把我的易開罐安置在安全帽的旁邊，然後拉著兒子向這位不知名的、從未謀面的先行者致哀。

眼面前突然浮現起北京白雲觀裡的一副對聯，這副對聯是從明朝開始就懸掛在那裡的，其中的七個字久久不能拂去：「天下無如吃飯難」。

伊登離我更加遙遠了。

蛋糕和春捲

兩個星期以後，我開始到科羅拉多州的華文週刊上班，其實在週刊工作和在餐館打工並沒有多大區別。有一天我推著一車新出版的刊物在中國城各個商店分發，迎面撞到那個利用課餘時間在餐館打工的陳鋼。陳鋼正推著一車垃圾從廚房後門出來，看到我有些尷尬。

我靈機一動說：「一車子報紙，一車子垃圾，價值是一樣的。」陳鋼想了想突然明白了，他大笑，我也笑了。當時科州規定的最低工資是每小時四美元，無論在週刊還是在餐館都是每小時四美元，因此垃圾和報紙的價值就變成一樣的了。至於在餐館端盤子，那是另外一回事，這要看顧客出手的大小了。

科州華文週刊設立在丹佛市，距離我所居住波德小城當中還相隔了兩個城市，當我拿到這個工作的時候，心裡有些發毛，丈夫站在一邊說：「你自己想清楚，每天上下班要換兩班車呢！」我彷彿聽到話裡還有一句話：「你行嗎？」我看了看牆壁上那幅〈自動售貨機〉裡的女人，咬了咬牙回答：「我想清楚了。」現在這幅〈自動售貨機〉已經裝入鏡框掛到我的床頭上了，鏡框裡原本是丈夫和留學生們的合影，被我壓到油畫的背後。我給畫面上這個孤寂的女人起了一個名字叫：Sharon，這一天一大早醒來，睜開眼睛就對著畫裡的Sharon說：「我要去上班了……」

Sharon沒有回答，我的眼睛直愣愣地盯著她那張塗滿了厚厚一層白粉的面孔，在白粉底下的眉宇之間，我彷彿窺視到那裡充滿了恐懼。這恐懼，是來自對陌生的未來的無法探知。這就是我，怎樣的未來將會在前面等待著我呢？我打了一個寒顫。

兒子爬到我的身邊說：「不要擔心，隔壁的小珍阿姨讓我回來就到她家裡去，一歇歇爸爸就回來了，再一歇歇儂就回來了。」兒子說著，聽上去不是我要安慰他，而是他在安慰我。

吃完早飯，我把兒子送到學校，看著他小小一個人背著一個大書包，一步一步地走進那個陌生的環境，我有些心痛。兒子反身看了看我，我很想跑過去抱一抱他，但是他向我揮了揮手，便走進教室去了。

兒子在我的視線當中消失了，我有些失落。身邊的丈夫掏出四張一美元的鈔票放在我面前說：「看清楚了嗎？上車的時候往售票機裡塞兩張，然後讓司機給你一張票根，憑著票根，你可以免費轉乘丹佛的市內汽車。」

我拿過鈔票，胡亂地放進口袋裡，拎起午飯盒子就急匆匆地去趕長途汽車了。汽車站離我的家不遠，步行了十來分鐘，看見前面有個玻璃亭子，裡面還有一排乾乾淨淨的木頭椅子。我剛剛想坐下來歇口氣，一輛巨大的汽車就在我的前面停了下來。一個健壯的黑女人坐在司機座位上，笑容可掬地向我打招呼。我手忙腳亂地把兩張鈔票塞進售票機，不料，兩張鈔票塞進去了，那個黑女人仍舊伸出五根手指頭。

我指了指售票機，表示我已經把車錢塞進去了，黑女人則指手畫腳地解釋了一大番，最後抓過我的手，在我的手心裡寫下了一個二・五〇。我明白了，車票漲價了。我想到我的口袋裡只剩下二美元了，那是我的回程車費，現在我該怎麼辦？黑女人看明白了我的窘迫，她寬容地向我擺了擺手，先是示意我可以上車，後又從她自己的錢包裡掏出了兩個二十五分的硬幣，讓我放進口袋裡，這是添給我回程時候用的。

我不知道怎樣表達我的感激之情，只是一個勁地說：「謝謝！」汽車開始上路了，我把自己安置在第一排的座位上，前面是一張碩大的玻璃，玻璃底下一輛輛小汽車在奔馳，這使我有一種居高臨下的感覺，一時間，洛磯山的風景盡收眼底。車廂裡沒有幾個乘客，和上海擁擠到了像沙丁魚罐頭一般的公共汽車有著天壤之別。大家友好地向我點頭打招呼，使我感到很安逸，我有些開心起來，我想這就是我在美國邁出去的第一步。

長途汽車停在丹佛的市中心，街道很寬，行人不多，每一個人都好像很愉快，我在街角找到了我要換的車班，我在心裡默默記住了這條街名：十七街。

上了市內汽車以後，我便開始數站頭，在我數到第十三個站頭的時候，華文週刊到了。

華文週刊坐落在一個中國購物中心的二樓，在一個拐角處，我找到了一塊印有週刊字樣的門牌。這畢竟是我在美國的第一份工作，我慎重地吸了一口氣，推開了那扇玻璃門。一時間，我愣住了，那裡面就好像打過仗一樣，書刊、雜誌、廢紙一天世界。

女老闆看到我來了，如同老熟人一般，急急忙忙說：「你來了就好，明天出刊，今天是最忙的呢。你是有經驗的，看著做吧。先把上星期的版樣拆下來，再把新的文章補上去，我要出去收廣告費了。」

話沒有說完，人已經出去了，我還沒有回過神來，她又反了回來：「你看我這人忙得胡塗了，鑰匙到哪裡去了？東東，你先幫我找一找我的鑰匙好嗎，謝了，謝了……」

「鑰匙啊？什麼鑰匙？你手上不是有一串鑰匙嗎？」我說。

「哦，真的呢，原來就在我自己的手裡啊！謝謝，謝謝！我來不及了，要走了。對了，有廣告要記下來啊，廣告是最重要的！下午有個學生妹妹會來打字，你就交給她要打字的資料……。中午還有一個台灣太太會來上班，她是新聞專業出身的，有問題你就問她好了，週刊的事情就拜託了，拜拜！」女老闆一陣風似的旋了出去，我只好硬緊頭皮應付。

女老闆一走，兩部電話鈴此起彼伏，我一邊排版一邊接電話，一會兒是分類廣告，一會兒是社區消息，還好講的都是中文，總算可以應付。快到中午的時分，果真來了一個面善的台灣太太，她告訴我她在這裡是半職，因為是新聞系畢業的，總不願意放棄老本行，所以來了這家週刊。說著她就坐下來寫專訪，她寫得很快，又把我接到的社區消息前後次序整理了一遍，便把這些稿子一份份夾在一起，說是到了下午，一併交給學生妹妹打字。這時候，我已經知道這位台灣太太叫「怡君」，嫁了一個韓國人。她和我同年同月出生，家裡除了丈夫和兩個女兒以外，還有一個七旬的老父。

正忙著，學生妹妹走進來了，她靦覥地看著我笑了笑，就坐到一台電腦前面開始打字，而我則趁這個當兒趕快吃飯。飯盒子裡的飯菜是昨天晚上丈夫就裝好的了，裡面除了蔬菜炒肉片以外，還有一塊大排骨。這塊大排骨是我留給丈夫吃中午飯的，他把排骨埋在我的飯底下了。我已經很久沒有體驗到這樣的關愛了，有些受寵若驚。

昨天晚上的排骨炸得又香又脆，達不到上海西餐廳「天鵝閣」的水準，也有「紅房子」的水準。我是用從美國超級市場裡買來的麵包粉做出來的，但我的做法和美國人的做法不同。美國人在塗麵包粉之前會先蘸上雞蛋和鹽，而我則是蘸上了醬油，撒一點點菱粉，用刀背拍了一遍，再拍上麵包粉，這樣炸出來的排骨可以稱之為中國味道的西式排骨。

丈夫和兒子一人啃了兩大塊排骨，吃完以後，丈夫撫摸著自己充脹的肚子說：「不得了，天天吃大餐，我們都要變成大胖子了。」

不知道什麼道理，在上海習慣稱吃西餐為「大餐」，中國菜則是「小菜」。剛剛結婚的那陣子，因為常常到「天鵝閣」吃「大餐」，朋友們開玩笑送來一塊橫匾，上面寫著兩個字：「合肥」，至今還掛在我上海的床頭呢，想到這裡不由笑出聲來了。

正笑著，外面走進來了一個穿著風衣的美國大男人，他的面孔不善，一絲笑容也沒有，對著我講了一大串英語，我一點頭緒也摸不到。回過頭去一看，怡君剛剛出去買午飯了，那個學生妹妹也不知道去了哪裡，整個辦公室只有我一個人，我不由緊張起來。

我對他說：「這裡是週刊，你懂不懂？週刊的辦公室是不允許閒人隨便進出的，你給我出去！出去！」

這個男人顯然聽不懂我的話語，卻明白了我的逐客令。他變得粗暴起來，哇啦哇啦惡狠狠地大叫，我反而不再害怕，站起來用我的身體向他逼過去，哇啦哇啦地罵了回去。大男人節節敗退，退到大門口的時候，我打開大門，順勢推了他一下，把他關到門外去了，又在他的鼻子前面把門鎖扣上。

大男人氣得眼珠子也要跳出來了，後來想想假如他真是壞人的話，一拳頭就可以把這扇玻璃門打爛，但是他沒有這麼做，只是氣急敗壞地站在玻璃大門外面，從他的公事包裡抓出一本小本子，氣呼呼地在上面寫了幾個字，又撕了下來，「啪」一聲貼到了玻璃門上。

辦公室裡一片寂靜，只有我自己「噗哧噗哧」的喘氣，我拖來一把椅子，面對著大門坐在那裡，繼續吃飯。正在這個時候，玻璃門外面呈現出兩個惶恐不安的腦袋，再一看，原來是女老闆和怡君，她們倆在下面的停車場剛巧遇到，遠遠地看見了辦公室裡發生的這一幕。

女老闆一腳跨進週刊，就抓住我的肩膀大聲地說：「東東啊！你好大膽啊！你知道那是什麼人嗎？那是移民局來查身分的呀！」

怡君說：「我剛剛在下面買牛肉麵，那個在餐館裡端盤子，沒有工卡的王小姐就被移民官帶走了呢。我心裡打鼓，因為學生妹妹只有在校內打工的身分，想不到被你誤打誤撞，撞過了這一關。」

女老闆說：「我也是為學生妹妹捏了一把汗，咦，學生妹妹到哪裡去了？」學生妹妹的腦袋從廁所裡伸了出來，原來她一直躲在馬桶間。學生妹妹是沒有事情了，而我則必須帶著身分證和打工卡去見移民官，這就是那張貼在玻璃門上的紙頭上的命令。還好，移民局的汽車還停在停車場上，女老闆帶著我找到了那個移民官。

剛才凶神惡煞的移民官，現在倒變得客氣起來，他認真地驗證了我的身分，最後放行的時候還對我講了一句：「祝你有一個美好的下午。」

我正不知道如何回答，女老闆歡天喜地說：「有吐！有吐！」

「有吐」，這是我後來最喜歡用的一句英語，樣樣好話飛過來的時候，只要「有吐」出去就可以了，當然也有「吐」錯地方的時候，那是後話。而當時女老闆看到萬事大吉了，便拉著我就急急忙忙回到辦公室，趕著忙碌去了。

這一天，一直工作到晚上九點多鐘才把週刊的版樣全部做好，那年代還沒有電腦排版，每一條消息每一個廣告都是用手貼上去的，到了最後幾個小時，連女老闆的老公也在下班以後趕過來，一起勞作。總算做完了，大家都累得腰痠背痛。

女老闆要親自把大樣送進印刷廠，我則急急忙忙去趕那輛回程的市內公共汽車。上了汽車發現，黑暗當中只有我一個乘客，年輕的司機問了我一句話，我搖了搖頭，他看我聽不懂也不再追問，揮了揮手，說了一聲「OK！」就上路了。

我把疲憊的身體仍舊安置在公共汽車的前排座椅上，面對著偌大的玻璃窗打了個哈欠。那裡的街景早就被一片墨色吞噬，唯有兩道直射的車燈好像是在隧道裡打印出變形的想像。我彷彿替代了〈自動售貨機〉裡的Sharon，坐在空無一人的餐廳當中。

我開始數站頭。大概在數到第五個站頭的時候，汽車停到了人行道的邊邊上。車門打開了，並沒有乘客上來，只聽到一陣「嗡嗡」的聲響，公共汽車的台階變成一片平板延伸了出去。我把腦袋伸出去看熱鬧，只見一輛殘疾車上到平板當中，那平板就好像升降機一般，穩穩當當地升了上來。就這樣，這片平板反覆升降了兩次，帶上來一對腿腳不方便的男女。汽車司機站了起來，把他背後的一排座位翻了起來，騰出一排空位，把他們的殘疾車安置在那裡。一切都發生在幾分鐘之內，接下去那片平板又恢復成台階，車門關好了，公共汽車繼續上路。

那對坐在殘疾車上的男女，像兩隻小鳥一樣並排坐在那裡，卿卿我我地說起了悄悄話，我則想起了我的姊姊。我的坐在輪椅裡的姊姊，是一輩子也沒有享受過這種升降機呢，每次上下公共汽車，都是那樣的艱難。姊姊比我聰明，讀書讀得比我好，人也長得比我漂亮，卻因為殘疾，歷經坎坷。此時此刻，我的姊姊在上海不知道正在幹什麼，我為她的遭遇感到不平。

我一邊想一邊數站頭，當我數到第十三個站頭的時候，我預先站了起來，那對坐在輪椅裡的男女立刻示意我坐下，並幫助我拉了一下車窗上面的一根繩索，繩索一拉，就發出了門鈴一般的響聲，司機座位的上頭的一盞電燈亮了起來，上面呈現出來「要求停車」字樣，司機從反光鏡裡對著我說了聲：「OK」，便把車子停到了站頭上。

「謝謝！」我跳下公共汽車，對著司機和那對男女揮手道謝，汽車開走了。

汽車開走了，我一個人站在月台上，想到只要上了那輛長途汽車，就可以到家了，立刻就有一種如釋重負的感覺。然而，就在這個時候，恐怖的事情發生了，我發現我站在一個陌生的街口上，完全不是我早上轉車的地方。

一定是出鬼了！明明是同樣的汽車，十三個站頭，怎麼會是完全不同的地方呢？那時候我不知道市中心的街道多數都是單行道，來去汽車的站頭設立在不同的地方。這裡不是十七街，而是十六街。雖然十七街和十六街相差只有一條街，卻有著天壤之別。十六街是條步行街，白天這裡是上班族的天下，那些摩登男女一個個夾著個公事包，一本正經地匆匆趕路。可是到了夜晚，到了只有酒吧還開門的時候，馬路上除了酒鬼，就是要飯的了。

孤身一人站立在酒鬼和要飯的當中，語言不通又迷失了道路，我只有心驚膽跳。我不知道怎麼辦才好，到處都是烏漆抹黑的黑人，其中有一個人正醉醺醺地向著我走過來。

「哈羅！貝貝，過來……」我的腳骨發抖了，無知覺地後退著，我想我的末日到了。正在這時候，我忽然看見拐彎角上走出來一對年輕的黑人男女，他們西裝革履，時裝打扮，我就好像是抓到了救命稻草一般飛奔過去。我當時只會說兩個單詞，一個是「汽車」，一個是「波德」。這對男女大概被我突如其來的出現嚇得瞠目結舌，但立刻明白了我窘迫的處境，只是無奈聽不懂我的話語。他們看到我急到了火燒火燎的樣子，不知怎麼辦才好。

幸虧那個女人靈機一動，從皮包裡摸出一枝筆和一本記事簿，她比劃著讓我在上面畫畫，我明白了，便在那張紙上面畫了一幢房子，一輛汽車和一個人，我指著圖畫告訴他們：「我……汽車……波德……」，又急中生智想出來另外一個單詞：「家」。

那聰明的女人想了想恍然大悟，她向那個男人解釋了一番以後，那個男人一拍腦門對我說：

「跟著我，跟著我！」

這三個字是我熟悉的，因為當時上海的電視裡正在播放「跟著我」這檔學英語的節目。於是我便跟著這對男女穿過了馬路，他們的長腿邁得很快，我幾乎奔跑起來，當我們來到了下一個路口的時候，一輛公共汽車停到了我的面前。這不是我要乘坐的長途汽車，這對男女卻不由我分說，就把我塞進車子裡。車門在我的腦後「唰」一聲關上了，那對男女隔著車窗和司機解釋著什麼，又向我揮手道別。

我很焦急，我不知道這輛汽車會把我帶到哪裡，我的口袋裡又沒有多餘的錢來乘坐這輛汽車。然而這些都不是大問題，最大的問題是，當我舉目觀望的時候發現，這輛車子相當擁擠，而且都是已經喝得爛醉的黑人，我是其中唯一的女人，我要癱倒下去了。

車窗外面的摩天大樓的茶色玻璃散發出冰冷的寒氣，車窗裡面的黑人兄弟熱氣騰騰的喧嘩，他們看到我亢奮起來，拍手跺地在車廂裡又唱又跳。整輛汽車跟隨著他們跳動的節奏，劇烈地晃動起來，愈來愈厲害，力度之大，我以為汽車要打翻了。

我盡量縮小身體，兩隻手緊緊抱住了汽車裡的扶手。我不知道今天晚上還能不能回家，能不能看到我心愛的兒子，想到這裡，我為自己在美國找吃飯如此艱難而感到心酸。

就在這個時候，車廂裡的酒鬼們突然大呼小叫起來，他們一個個都看著我，我不知道發生了什麼事情，只看到車門在我的面前打開，車子停在一個斜坡的旁邊。這裡不是車站，可是車子上的人一起鬨我下去。我的後背嗦嗦發冷，斜坡下面是高速公路的進口處，他們難道是想把我推到高速公路上，集體謀殺我嗎？我死死抱住鋼管不放手，恨不得和鋼管融化成一體。

車上的人看我不肯下車，立刻擠過來兩個彪形大漢，他們一邊一個把我夾了起來，我根本沒有抵抗之力，就好像一隻小雞一樣，兩隻腳懸到半空當中。他們拎著我從斜坡上面衝下去，所有的人都在叫喊，只有我咬緊了嘴唇。我想明天早上，我那支離破碎的屍體將被人們在高速公路上發現，我只希望不要太可怕，不要嚇到我的兒子。

夜間的冷風在我的耳邊呼嘯，我抬起頭來，最後看了一眼滿天的繁星，一輪明月掛在正前方，我和我的兒子說了聲再見，便把眼睛閉上。

突然，風停了，叫喊聲變成了歡呼聲，我感覺到我的兩隻腳站立到了堅硬的地板上。睜開眼睛一看，原來我已經被放進了一輛公共汽車裡。早上把我帶進城的女司機正衝著我微笑，那兩個把我架進汽車的大黑人，站在汽車外面的黑暗當中露出了雪白的牙齒，對著我擺了擺手說「再見」。

後來我才知道，那輛在市中心奔跑的公共汽車是步行街上的免費汽車，那對年輕的黑人男女特別關照司機把我送到長途汽車站，因為晚上八點以後的長途汽車是一小時一班，所以司機在得到大家的同意以後直接趕到了車站。不料老遠就看到去波德的汽車已經開出車站，於是大家嘶聲叫喊，堵截了出站的汽車……。

我不知道怎樣感謝這群素不相識的黑人兄弟們，我知道我不會再和他們相會。很久以後，當我可以用英語敘述我的故事的時候，那個長途汽車的女司機聽了以後，指了指她的膚色對我說：「記住，以後看到這樣膚色的人遇到困難的時候，請幫助他。」

這個長途汽車的女司機開始教我英語，她是我到美國以後第一個英語老師，那還是在我被兩個大男人架進她的汽車時候她自己決定的。當時我驚恐未定地坐到了第一排的座位上，她教我說：「可以告訴我嗎，到波德的公共汽車站在哪裡？」

她一路開車一路說：「到波德的公共汽車站在哪裡？我的家在那裡。」我一字一句地跟她學：「到波德的公共汽車站在哪裡？我的家在那裡。」我的心漸漸平靜了下來。遠遠地看到洛磯山的頂部有一顆巨大的五角星，丈夫告訴過我，那是因為美國的一架飛機慘遭歹徒劫機，那些人質一直沒有辦法回家，於是，洛磯山的居民們就設法在美國最高的洛磯山頂建造了這顆星星，他們希望這些人質可以在遠處感覺到——星星底下就是他們的家。

我看著星星在心裡說：「星星底下就是我的家。」當我推開家門的時候，坐在沙發裡相互依偎著，睡著了的丈夫和兒子一下子驚醒，兒子飛到我的懷裡，我扔掉了手裡的包包，緊緊抱著他，他說：「對不起媽媽，我沒有到床上去睡覺，因為今天是儂第一天上班，我一定要等儂的。」

兒子說著又從我身上跳了下來，到冰箱裡拿出一塊變了形的蛋糕，丈夫說這是兒子學校裡發的，自己捨不得吃，一路上捏回來要留給媽媽。

我把蛋糕放到盤子裡，丈夫又從烤箱裡端出一盤脆蓬蓬的春捲。

「誰做的？這麼專業！」我問。

「是爸爸看著書做的，專門去買了黃芽菜，皮子外面還沾了發麵粉，放在油裡炸的時候就胖起來了，好像老城隍廟裡買來的一模一樣。就是在炸的時候，手手上面燙出一個泡！」兒子說。

我曉得丈夫不會做飯，能夠做出這些春捲是不容易的，我似乎看到他這多年一個人吃飯的模樣。丈夫把燙傷的手藏到了背後說：「沒有關係，一點點。我只是想給你一個驚喜，還記得我們第一次約會嗎？那是在上海延安路陝西路口，一家半地下室裡的小吃店裡吃春捲。」

看著蛋糕和春捲，我想說：這就是我要尋找的伊登啊。

漏餡的餃子

到美國以後第一次吃中國餃子，竟然是在我的美國朋友凱蒂的家。凱蒂是我幼年時代的朋友蕾蕾在美國當訪問學者的時候認識的，那時候我還沒有飄洋過海。蕾蕾託她到上海來的時候，給我的兒子帶了一塊巧克力，我們就認識了，而且混得像老朋友一樣。

凱蒂第一次到我辦公室來是在初夏時分，這個高挑的美國女孩，隨意地披了一件淡雅的夏裝，把辦公室裡小青年的眼珠子都勾引出來了。他們擠眉弄眼地示意我留她一起吃午飯，我發現她什麼也沒有吃。只是用筷子挑了幾根冷麵，又用一個小湯匙喝了兩口雞毛菜湯，就不再喝了，因為湯裡有味精。後來她說雞毛菜比菠菜好吃，就把湯裡的菜都挑出來吃掉了。她對我說，早就在賓館的飯廳裡聽到過「雞毛菜」，只是「雞毛」這兩個字讓人惡心，所以一直不敢嘗試，沒有想到這個「雞毛」這麼鮮嫩。

我笑了，告訴她，四川還有一道叫「螞蟻上樹」的名菜，也是很有滋味的呢，但是凱蒂和「螞蟻」無緣。我發現凱蒂和很多美味都無緣，她幾乎是個絕食者，我以為她不習慣中國飯，她告訴我說，她很喜歡中國菜，她不是絕食她是節食，基本吃素。

「節食，為什麼？」我無法理解。她說：「我的外祖母因為不節食，五十歲的時候就『乒』一下死掉了，我的母親因為不節食，六十歲的時候就『乒』一下死掉了……」

我想她大概要說，如果她不節食的話，到了七十歲的時候就會「乒」一下死掉。可是對我來說，如果可以舒舒服服地活到七十歲，「乒」一下死掉也是開心的呢。像她現在這樣節食真是痛苦，每次都要我帶她到各個地方去品嘗上海特色，但是真的帶她到西藏路去吃排骨年糕、威海衛路去吃炒麵大王、老城隍廟去吃南翔小籠包的時候，她總在一邊嘸口水。

沒有想到，我到了美國在華文週刊剛剛工作了兩個星期，凱蒂就設法找到了我，她在電話裡笑道：「怎麼樣，很吃驚吧，我一下子就找到你了！你現在是出大鋒頭了，我在紐約的電視裡都看到你了呢。」

「怎麼會？我雖然在週刊工作，但那是地方小週刊，和電視台沒有關係啊！」

「和你的工作無關，和吃東西有關。」

原來這天是我第一次領工資，雖然錢不多，但畢竟是我辛苦了兩個星期的報酬，我很高興。下班的時候，女老闆帶我到對面的銀行幫我把支票兌換成現金，又告訴我聯邦街上有一家超市的東西又便宜又新鮮，就是要自備購物袋。

「我去看看吧。」說著，就在「家得寶公司」的門口，扯了一捲免費的塑料繩子，然後搭乘公共汽車前往那家便宜貨超市。

雖然在丹佛來來去去只有兩個星期，可是此時此刻我已經誤打誤撞變成了「老丹佛」了，特別是每天都要經過的聯邦大街和市中心，對我來說，簡直熟悉得就好像是上海的淮海路一樣。當我找到那家便宜貨超市的時候，門口正在舉辦促銷，一長排敞口的冰箱裡放滿了一隻隻小母雞。這種雞還沒有兩個拳頭大，但是烤出來比大量飼養的白臘克雞好吃多了呢。只是這種雞比較貴一點，通常和大雞一樣價錢，兩美元一隻。而今天的促銷價是買一送一，不過一次要買足二十隻。我仔細查看了包裝紙上的日期，又翻來翻去挑出最大個的，二十隻小雞足有二、三十磅呢。

二十美元可以買到二十隻小雞真是空前便宜，因為便宜也就忘記了重量，挑好了小雞就去付錢，付了錢才想起來這個超市沒有購物袋。還好備有那捲「家得寶公司」的免費的塑料繩子。於是我找了一個空檔把繩子打開，又把二十隻小雞一分為二，然後一隻一隻就好像上海小菜場裡縛螃蟹一樣把它們縛成兩串。

拎起來試了試，有些重，可以說是很重，不去管它了，想到回家為兒子做一道他最喜歡的「八珍烤雞」便一咬牙一手一串拎了起來，上了直達市中心的公共汽車。可是還沒有到步行街就發現這裡有些異常，今天既不是節假日又不是休息天，市中心為什麼這麼多人呢？

我拎著雞，跳下了公共汽車，已經有些熟識的司機對我說了聲：「再見！」我想也沒有想就回答了一句：「有吐！」吐出來以後才發現不對，這個「有吐」不是什麼時候都適用的，「再見」後面就不可以用「有吐」！但是已經吐出去收不回來了，好在公共汽車的司機知道我是一個新移民，不會在意的。

我當時並不知道這一天三K黨在這裡集會，想像當中的三K黨都是面目猙獰恐怖的樣子，不然的話怎麼一定要用一只三角形的帽子把整個的腦袋包起來呢？但事實上三K黨公開橫行的日子已經成為歷史，在美國只有一部分州允許他們的存在。我始終沒有弄清楚科州是否允許三K黨存在，只相信他們的集會申請得到了批准，不然的話，怎麼會有那麼多的警察保護他們呢？

要動用警察保護他們，是因為反對者的聲勢巨大，當三K黨途經步行街的時候，那些汙垢的垃圾就會從四面八方飛過來。我以為這個時候他們的三角帽只是用來保護他們的腦袋。按照我的性格是最好擠到最前面看熱鬧，無奈手裡拎著兩大串小雞，只能十分困難地擠在滿是反對者的人行道上行進。

正在這個時候，我看見在三K黨的最後是壓陣的警察，警察們排著橫隊，背著身體向後退。在三K黨和警察的當中有個五、六米的空檔，於是我靈機一動就鑽到空檔裡去了。這裡既沒有人擠到我，也沒有垃圾飛過來，我以為是最安全的了。只是沒有想到電視台的錄影機鏡頭對準了我，這也就是凱蒂在紐約的電視裡看到我的緣由。

這個鏡頭雖然播放了不到一分鐘，但也是相當奇怪的了：一個東方女人手裡拎著兩大串「泰森」小雞，雄赳赳氣昂昂地跟在三K黨集會隊伍的後面，不要被誤認為是「泰森」的廣告才好呢。

「哈哈哈……」凱蒂在電話的那一頭大笑。

「走在三K黨的集會隊伍的後面，你是什麼感覺？」凱蒂終於停止了笑聲問道。

「你想做電話採訪嗎？告訴你吧，我在數『八珍』烤雞的八樣料，那是：茴香、花椒、桂皮、肉豆蔻、丁香、蔥、薑、醬油，還要加一些中國人的補藥。」我回答。

「好了，不開玩笑了，我的家就在波德，我是在那裡長大的，明天我要從紐約飛回去，我的父親說請你全家來吃飯。」

停了一下凱蒂又加了一句：「我告訴過我的家人，你是中國最好的廚師，是不是可以帶一道真正的中國菜？別忘記『素食』。」

放下電話我有些手足無措，蕾蕾曾經告訴過我：「凱蒂出身於底子殷實的猶太老家庭，住在綠蔭環抱的一幢豪宅裡。她的母親去世以後，她的父親又有續弦，也是猶太人的後裔。」

「他們家裡的規矩很大的呢。」蕾蕾又補充了一句。果真如此，當天的信箱裡就躺著一只沉甸甸的信封，上面沒有郵戳，是由專人送來的，因為家裡沒有人，就放在信箱裡了。打開一看是一份精緻的請柬，上面還印了一個棕紅色的火漆徽章。請柬上面的字好像是用鵝毛筆寫出來的一樣，粗細有致。

丈夫看了看說：「現在這樣的家庭在美國也是不多的了。」

「我們要帶什麼東西去呢？蒸一籠素菜包子？」我問。

丈夫回答：「不好，根據我的經驗，美國人最不喜歡這種白呼呼、泡呼呼的東西了，還不如春捲。」

「不好，凱蒂不吃油炸食品的。伊也很少吃麻糬這一類的中式甜食。」我說。

「算了，不要做菜了，送一條真絲圍巾或者兩面繡的擺設……」丈夫說。

「不好，不好，凱蒂是個中國通，伊在上海的時候，我專門帶伊到蘇州的工藝品門市部去買了一大捆這種東西呢。再說，伊點明要真正的中國菜。」

我第一次發現，到有錢人家去做客，實在是件非常頭痛的事情呢。我有些後悔，不應該答應去吃飯的，甚至不應該和凱蒂認識的。這時候小珍帶著女兒過來串門，進門就問：「什麼東西這麼香？」

丈夫說：「是『八珍烤雞』烤好了吧？先吃烤雞！不要為這個凱蒂頭痛了，還有一天時間去想呢。」

兒子說：「我已經隔著烤箱的玻璃看了好幾次了呢，金黃金黃的，我的喉嚨裡都要伸出手手來了。」

我笑了，兒子最後的那句話完全是我母親的口氣。我想起了我在上海的家人，此時此刻他們應該起床了，母親還不知道，我已經把她的拿手菜「八珍烤雞」改良成為美國菜了呢。

小珍在一邊說：「別人做一道『八珍烤雞』要五、六個小時，先要把各種香料放在鍋子裡煮兩個小時，等湯冷卻以後，還要把雞放進去浸泡兩小時，再加蔥薑料酒醃製，最後才掛在烤箱裡烤。你回家最多才一個多小時，入味嗎？」

「你嘗嘗。」我得意地說。自從去上班以後，便明白了一件事，那就是在美國打拚吃飯，樣樣事情都要做得快。不然的話，一家三口的嘴巴都只好紮起來了呢。

「真好吃，你怎麼做的？」小珍問。

「先把小雞沖洗乾淨，再用針線把雞脖子縫起來，插上三根筷子，讓小雞可以倒站在那裡了。這才把香料找出來，配不齊的就用美國超市裡的九層塔、義大利香芹等等代替，然後一起放進打肉機裡打碎和醬油攪拌在一起，用手再把這自製的香料醬在小雞的身上抹一遍，餘料倒進剪去屁股的雞肚子裡，塞進烤箱裡。因為所有的香料都打成了粉末加上醬油，很快就會滲入到雞肉裡。二十分鐘以後，噴香的『八珍烤雞』就可以吃啦。」

「打肉機可以把茴香、花椒、桂皮也打碎嗎？」小珍問。我看了一眼丈夫說：「打是打得碎的，但是想要打成粉，只好用打咖啡豆的機器了……」

我的話還沒有說完，丈夫就驚呼起來了：「啊喲，明天早上我的巴西咖啡就會變成『八珍咖啡』啦！不過家裡打咖啡豆的機器也太老式了，對了，你今天好像發工資了，是不是可以送我一台新的呢？太好了，舊的不去新的不來！」丈夫高興起來。

我無話可說，我正計畫要給兒子買一台任天堂遊戲機，那是需要一百多美元的。為了我的兒子，我得加緊打工。

第二天是星期五，不用到週刊上班，原本的計畫是，每星期五上午在家休息，下午到兒子的小學裡的書店義務工作一小時，算是我的一個小奉獻。其實這個義工也不是完全沒有報酬的，兒子因為這一小時，可以到書店拿一本免費的新書。這實在是滿合算的，美國的書籍極其昂貴，一本小人書常常超過四美元的呢。一小時即可以拿到一本書，又可以了解一下兒子在學校裡的情況，還可以順便學學英文，真是一舉三得的好事。可惜小學裡的書店一個學期只開張兩個月，一年只有十六個星期，我得抓緊時間去把這十六個星期的義工時間都登記下來，那就是十六本新書啦。

這一天清晨，我比往常起得還要早，丈夫在被窩裡說：「義務勞動的時間是下午一點半，你用不著這麼早就起來的。」

我說：「儂不用管我，我不要浪費上午和中午，我要到餐館裡去打工了。」丈夫一下子清醒過來，他站到地毯上睜大了眼睛問：「你說什麼？你不是一向以為最痛苦的事情就是到餐館去端盤子的嗎？」

我說：「這個資本主義已經把我的士大夫的『萬般皆下品，唯有讀書高』的念頭統統洗滌到下水道裡去了。現在我先走了，等一下兒子醒來告訴伊，下午就可以看到媽媽了，伊等這一天等了很久了。」

「等一等，現在這麼早，餐館還沒有開門呢，你這是到哪裡去啊！」丈夫赤著腳追了出來。

我告訴他，那是兩份工作，先是在一家快餐店包春捲，然後再到隔壁一間中餐館端盤子。說著，我就把兩隻腳插進一雙上海生產的回力牌運動鞋裡，出門了。

想起來有些奇怪，這雙運動鞋還是老丁送給我的，那天午飯以後，老丁夾了一個申報紙捲起的包包走過來，他把紙包塞在我手裡說：「送儂一雙運動鞋，我看到儂要走很多很多的路，穿著運動鞋走路，在一個陌生的人群當中走路。」

「老丁儂看錯了，我穿運動鞋會生溼氣的。」那時候我剛剛拿到簽證，還沒有告訴單位裡的任何一個人。

老丁仍舊固執地說：「儂要多準備幾雙運動鞋，儂要走很多很多的路。」此時此刻，我就是穿著這雙運動鞋，混雜在上班族的當中，行走在波德的大街上。

走到十字路口的時候，不由自主地對著那根鋼筋水泥柱子的路牌默默地低下了腦袋，我想告訴倒在這裡的先行者，我要在這條路上走下去，絕不讓自己跌倒，為了這個波德留學生當中，第一個死去的不知名的人，更加堅強地活著。

我知道快餐店躋身在繁忙的購物中心的角落裡，只是在我推門進去的時候，購物中心還沒有開門，裡面空無一人。從後門踏進廚房，立刻被一股油汲汲的味道包圍住了，兩個粗短的墨西哥男人，把一大臉盆的春捲餡和一大摞春捲皮搬到我的面前。

這些春捲皮比大餛飩皮還要厚，春捲餡是用超市裡最廉價的包心菜、胡蘿蔔、炒熟的豬肉牛肉糜攪拌在一起的，裡面還有一種美國的木耳。這種木耳硬扎扎的，咬起來「沙沙」響。我看見墨西哥人舀了一大勺味精進去，難怪不少美國人就好像中了邪一般喜歡這只春捲，只是這只春捲吃下去，就會像老鼠吃了藥一般，拚命喝水的呢。

一大臉盆的春捲餡很快就包完了，又搬來一盆，也包完了。女老闆驚喜得目瞪口呆，她說：「我還從來沒有看到過一隻手抓餡，一隻手一捲就可以把春捲包好的呢，你真快！」說著就從錢箱裡拿出十美元塞在我的手裡，又說：「下個禮拜一定要來啊！」

我來不及和女老闆客套，別轉身體直衝隔壁的中餐館，因為周邊公司的不少白領都到這裡來用午餐，中午顯得特別繁忙。男老闆扔給我一條帶著一個大口袋的圍裙，後來我才知道這只口袋是裝小費的。

照理說這是我人生當中第一次充當一個任人使喚的下人，應該有些悲哀或者頹喪。可是沒有，因為我胸前的口袋不斷地鼓脹，對此我興奮不已。同時，這也是我第一次發現，「微笑」竟然是可以換錢的。依仗着自己的體力，穿梭在前廳的餐桌當中，很快就變得駕輕就熟了。收工的時候，從口袋裡抓出一把銅板和紙幣，數了數，才兩個小時竟有二十多美元，難怪有人說我在「週刊」要筆桿子是浪費時間呢。

只是鬆懈下來就感覺到了渾身痠痛，先是那只巨大的托盤，五個手指頂在肩膀上，那裡至少一菜一湯一碗飯，加上碗筷杯盤，啤酒飲料，啊喲，我的手指都紅腫起來啦！這時候老闆遞給我一只飯盒，裡面裝好了他的兩道拿手菜，一道叫「左宗棠雞」，另一道叫「蘑菇丐盤」。我好像在中國從來也沒有聽到過這兩道菜，後來電腦搜索，在中國歷史上找不到「左宗棠將軍」和雞有什麼關聯。至於蘑菇丐盤聽上去有一點丐幫的氣勢，實際上不過是蘑菇炒雞片，裡面也有很多味精。

這天下午，做完義工，帶著兒子一路走回家，那是我最幸福的時刻了。兒子舉著他的小人書，在我身前身後跑來跑去，告訴我學校裡的故事，我們倆穿過小河濱，大草坪。突然，兒子跑到我的面前，認真地對我說：「今天媽媽來接我，我真開心。」

我蹲下身子，緊緊抱住我的兒子，他的小身體完完全全貼在我的身上，我將永遠不會忘記那一時刻。回到家裡，扭開電視，那裡面又是我們最喜歡的「老鼠和貓」，於是我們一邊看電視，一邊啃那道左宗棠雞，味道有一點像麥當勞裡的炸雞塊蘸番茄醬。兒子突然問：「今天晚上我們吃炸小雞好嗎？」

「啊呀！不好了，今天晚上要到凱蒂家去吃晚飯，我還沒有想出來帶什麼菜呢！伊拉喜歡素食，怎麼辦？」

「鹹菜蘿蔔各人喜歡。」兒子順口說了一句母親常說的上海話，立馬讓我茅塞頓開。

想起來前幾天超市裡的小紅蘿蔔降價，一美元買了十把。我打開冰箱拿出蘿蔔清洗乾淨，加了一根美國大黃瓜，又用上海帶過來的日本刮刀刮成了細絲，用鹽醃了一下；另外在切下來的蘿蔔纓子裡撒上粗鹽，起了一個油鍋，爆香蔥花。我先把蘿蔔絲和黃瓜絲裡的水擠乾，滾燙的蔥油澆了上去，立刻香氣撲鼻。蘿蔔纓子也醃好了，切得細細的，原本應該和毛豆一起炒一下，因為沒有毛豆，只能用超市裡的冰凍小豌豆代替。等到丈夫從學校裡回來的時候，一盆冷盤——蘿蔔黃瓜雪白粉嫩；一盆小炒——鹹菜豌豆碧綠生青，而我則老早就抱著兒子坐在沙發裡，一邊看那隻貓被老鼠追逐得逃來逃去，一邊哈哈大笑。

正在這時候，凱蒂打電話過來說她已經到家，如果可以的話，她讓我們早一點動身，因為她家在山裡面，她擔心天黑了不好開車。

我們三人穿戴整齊上路了。

丈夫自如地駕駛著小車緩慢地在環山道上爬坡，看看兩邊，一邊是懸崖峭壁，一邊是萬丈深淵，嚇得我只有把兒子緊緊圍在手臂裡，終於兒子大叫起來了：「媽媽，儂快要擠死我啦！」

丈夫大笑：「放心，我是不會把你們開到山崖底下去的。」

「看起來富人不好當呢，每天開車提心弔膽，壽命也要嚇短的。」

「哪有富人還要開車的？這麼大的富豪都有私人司機。」說著，小車轉了一個彎，那是一條更加窄小的道路，路口還有一個小牌子，兒子指著上面一串字母說：「這個字我剛剛學過，叫『私人的』。」

我問：「這是什麼意思？」

「意思就是凱蒂的家到了，這條路是她們私家擁有的路，不相干的人是不允許進來的。」

丈夫的話音未落，前面一幢大房子裡的狗群狂叫一片。同時聽到凱蒂喝狗的聲音：

「停下來，停下來，這是我的客人。」

緊接著就看到凱蒂張開雙臂向我們迎了過來。凱蒂和我們一一擁抱，先把我的兩盤菜端進房子，然後帶我們去看她的馬。我知道凱蒂喜歡馬，在上海的時候我打開我的皮夾子，給她看兒子的照片，而她則打開她的皮夾子，給我看她的馬的照片。此刻這匹油光錚亮的高頭大馬就站在我們的面前，凱蒂把我的兒子舉到馬背上，牽著馬在草場上散步。秋日裡西下的太陽正沐浴著我們，微風吹散了我們的頭髮，我說：「凱蒂，你的家真美……」

「謝謝，是很美，但是母親去世以後，就不一樣了，我很少回家，這次還是因為你來了……」

「凱蒂，凱蒂……」遠處的叫喊打斷了我們的對話。凱蒂看了看手表說：「快吃飯了，我們去洗手吧。」

踏進洗手間讓我目瞪神呆，一面巨大的鏡子鋪滿了一堵牆壁，四周鑲滿了電燈，把一塵不染的洗手間照得雪亮，連我面孔上幾粒不引人注目的雀斑也顯示得清清楚楚，我洗了洗手，連忙逃了出來。兒子進去以後也馬上竄了出來，他一把捉牢我說：「媽媽，馬桶是鈔票啊！」

「什麼意思？」我又回到洗手間，剛才沒有注意，原來那只抽水馬桶是特製的，用一種透明的材料，材料的當中鑲滿了硬幣，一個個閃閃發亮。後來凱蒂告訴我，這些都是她後母的設計。

距離開飯的時間還有一點空隙，凱蒂帶我們參觀了她的臥室，那裡面有一張巨大的畫像，上面是一個和凱蒂很相像的女人，一看就知道這是凱蒂的母親。奇怪的是在房間的一角，有一台木頭的織布機和一台紡車，織布機上還有一張沒有織完的毯子，凱蒂坐在矮凳上搖了兩下紡車，臉上悲苦的神情，讓我不敢發問。

終於有人來請我們到餐廳去了，這裡有一張一、二十尺長的餐桌。凱蒂的父親正襟危坐在頂頭面，她的後母遠開八隻腳地坐在他的對面，凱蒂說，無論家裡還有沒有其他人一起吃飯。他的父母總是這樣面對面坐著吃飯的。凱蒂的父親是個謝了頂的老頭，他讓我和丈夫坐在他的左右側，我的右手邊是兒子，丈夫的左手邊是凱蒂，再下面是他們的鄰居，凱蒂看到我疑惑的樣子笑著解釋說：「這是我們最近的鄰居，他們居住在好幾英里以外。」

大家坐定以後，凱蒂的父親開始致歡迎詞。這個擁有豪宅的主人是當地一家大醫院的老闆，他的歡迎詞非常長，首先是歡迎我們這些遠道的客人和他們的近鄰以及久不回家的女兒，又讚美了豐富的食物，再就是時事新聞包括他醫院裡的病人，非洲的飢民……

總之在他的講話當中，我的兩隻眼睛一直盯牢餐桌當中一排蓋著銀蓋子的銀盤，想像著裡面的山珍海味。眼面前鏤花的銀質刀叉明光錚亮；身上一張綢緞的餐巾上面精細地刺繡著一個大大的G字，這是凱蒂姓氏的第一個字母；那些英國瓷器上的藍色圖案，倒有一點像我好婆家裡餐具上的花紋……，我的肚子已經餓得「咕咕」叫了。

總算開飯了，首先上來的一盆鮮紅的番茄湯，凱蒂介紹這是用西班牙的番茄和中國芹菜再加上義大利的香料和橄欖油製成的，很有營養。我舀了一勺還沒有放到嘴巴裡，兒子在旁邊輕輕說：「媽媽，儂慢點喝，是冰的。」

接下來凱蒂又介紹說，她的後母為了招待我們這家中國客人，特別花費了一個下午，製作了一道最正宗的中國主菜，那就是放在中間蓋著銀蓋子的盤子裡的——餃子！凱蒂一邊說，一邊迅速地拎起一個個銀蓋子。

啊喲，這是什麼餃子啊？皮和餡子統統分道揚鑣，一堆堆可憐巴巴地貼在銀蓋子下面的鑲著金邊的盤子上。餃子皮是用雜糧麵粉製成的，黑乎乎的，我和兒子努力地把凱蒂分在我們盤子裡的餃子皮和餃子餡往嘴巴裡放。雖然淡而無味，卻品嘗到了美國家庭招待客人的認真。凱蒂的父親和他的鄰居好像並不在乎放在嘴巴裡的食物，只是不斷地為共和黨和民主黨爭持不休，丈夫偶爾也會參與。

最後那道菜大家一搶而空，那就是放在中間一只高腳盤子裡的蘿蔔黃瓜和鹹菜豌豆。凱蒂的後母把鹹菜豌豆放在盤子的中間，蘿蔔黃瓜圍在四周，這兩道最普通的鹹菜、蘿蔔變得高貴起來。就好像是應驗了中國人的一句老話：「人要衣裝，佛要金裝，馬要鞍裝。」就連鹹菜、蘿蔔，也要包裝呀。

這天晚上回家的路上，當我們的小車遠離凱蒂家的時候，我在黑暗當中問丈夫和兒子：「你們在想什麼？」

「家裡的炸小雞！」他們倆異口同聲地叫了起來。

從來也沒有免費的大餐

剛剛過了金色的九月，一轉眼就迎來了「萬聖節」，緊接著又是「感恩節」。打開房門，外面已經是大雪紛飛了。科州的冬天來得早，清晨在冰凍的雪地裡追趕汽車，一腳一滑，常常會有陌生的小車停到身邊，搖開結滿冰花的窗子問：「你需要幫助嗎？」

「謝謝，公共汽車站就在前面呢！」揮了揮手道別，心想這個世界真好，隨即便湧出來一份暖洋洋的感覺。

下班回家，丈夫已經把一隻風雞放在氣鍋裡燜煮得滿屋子飄香。一家三口熱呼呼地坐在一起吃晚飯，突然大門被推開，小珍和她的丈夫撞了進來。

「我們上了你的老當啦！」一向溫柔的小珍一進門就有些氣急敗壞地對我說。我一嚇，差一點把手裡的湯碗打翻。丈夫連忙把他們兩個請到沙發上坐下，又給他們一人倒了一杯龍井茶，問清緣由。

原來，前幾天小珍丈夫的一篇論文發表，得到他們系裡的一個優秀論文獎，還有兩百美元的獎金呢。這實在是一件可喜可賀的大好事。於是小珍夫婦商量，決定闊綽一次，邀請導師到中餐館去吃一頓中國飯。

可是哪一家中餐館好呢？正巧手邊有一份科州的華文週刊，其中「工商報導」欄目裡刊登了一篇我寫的「人間仙境，美味中餐」，特別介紹了一家中國城新開張的中餐館。那裡面從地理位置、周邊環境、清潔衛生、美味佳餚、服務態度無不加以讚美，特別是一道道特色菜，讀起來不由讓人饞涎欲滴。

小珍夫婦讀著讀著就決定了，他們要到這家被我描寫得美輪美奐的餐館「真好味」去請客。這天小珍夫婦駕駛著他們的小車，在中國城裡轉來轉去，還迷失道路，總算找到這家餐館的時候，發現那是坐落在垃圾回收場的對面的一家小餐館。踏進餐館的大門，立刻在心裡大告不妙，那地板滑唧唧的，不知道多少油膩積存在上面。無奈導師已經端坐在沒有桌布的桌子後面了，他們也只好硬著頭皮坐了過去。

接下去的事情更加悲慘，幾道冷菜黏答答的，一定是放在冰箱裡好幾天了，再要一道宮保雞丁，上面的花生米已經返潮，還有些耗氣的味道……

小珍說：「我一邊在心裡臭罵你，一邊還要面帶笑容應付那個美國導師，你真不知道我心裡有多少怨氣啊！」

看著小珍差不多要落下眼淚的樣子，我心裡有著說不出的內疚。自從到了這家華文週刊，我不再用我的名字「東東」寫文章了，通常是用「小西」。有一點「南轅北轍」的意思。我說過，我已經練成了不用頭腦只用手寫文章的本事。在中國學新聞，第一堂課就要學會做「黨的喉舌」，而在這裡最要緊的是學會做「鈔票的喉舌」。一份廣告收進來了，那就是鈔票，就是生存，就是有飯吃了，常常一家餐館的門是朝哪裡開的都不知道，就會對著一張廣告單子寫出一篇天花亂墜的文章。

看在吃飯的份上，什麼樣的文章都會寫出來的。有一次一個華商的太太不幸逝世，我竟然連這個人是高是矮是胖是瘦也沒有看到過，對著一份訃告，寫一篇動心動肺的悼念文章，第一個上當的又是這個小珍。那天她捧著週刊，流著眼淚和我商量，說是要給這個逝者的孩子捐一點錢。一而再，再而三地讓老實的小珍上當實在有些於心不忍，真不知道怎樣賠償她才好。突然想起來，今天早上坐在長途汽車上，一個已經混得很熟的同車乘客麗莎告訴我，感恩節馬上就要到了，她丈夫的教堂要舉辦盛大的晚餐，可以邀請我的全家以及中國朋友去參加。

我知道麗莎的丈夫是位牧師，主持了一個相當規模的長老會教堂的工作，已經好幾次讓我到他們的教堂裡去了，還說要開車來接我呢。想到這裡，我立刻對小珍說：

「小珍，餐館的事真是對不起你了，這樣吧，我來找一個地方，我們一起去吃火雞大餐吧，好嗎？」

「有沒有大火雞啊？」小珍三歲的女兒揚起小腦袋問。

「有，當然有，就好像動畫片裡的一模一樣。」我先要安撫好小珍的寶貝女兒。果真有效，小女孩高興地跳來跳去：「吃火雞嘍！吃火雞嘍！」

「不要跳，不要跳。小心跳出毛病。」小珍的氣一下子消了一大半，丈夫又拿出來一大把兒子在萬聖節的時候要來的糖果塞在小女孩的手裡，小女孩愈加高興了，小珍只好笑了，不過在小珍離開的時候，我還答應她，下次她再要請客的時候，我一定幫她做一桌子最好的中國菜。

我剛剛把小珍一家送出門外，丈夫一把抓我進來問：「你真的有地方可以去吃免費的火雞大餐啊？這種吃白食的機會對於留學生來說是最受歡迎的了，在什麼地方？可以帶多少人去？」

「當然啦，就是那家最大的長老會教堂，麗莎說可以帶朋友，沒有說多少人呢。儂想帶多少人？」

丈夫說去年的火雞大餐是在一個嫁給了美國人的台灣太太家裡吃的，曾經答應過今年要請他們一家來吃火雞，另外還有一個台灣來的單身母親是那個台灣太太的好朋友，她們總是在一起的，丈夫也到她家裡吃過飯，還有一對剛剛從北京來的夫婦，還有……

聽到這裡，我立馬打斷了他說：「不得了，儂要帶多少人啊，別人以為我這是吃大戶呢！讓我先去問問麗莎再說。」同時心裡又在想：原來我不在的時候，丈夫就是這樣到處吃飯的呀，不知道欠了別人多少飯呢！

第二天，我小心翼翼地對麗莎說：「麗莎，我大概有三十多個朋友想來參加火雞大餐……」沒有想到麗莎一聽就興奮地叫了起來：「真的嗎？太好了！我的丈夫一定會非常非常高興的。我開教會裡的大車來接你們吧！」

「真的不會給你們的教會帶來麻煩嗎？」我有些懷疑地問。麗莎當即回答：「不會，不會，我們教會是最歡迎朋友的，看到有這麼多新朋友來和我們一起慶祝感恩節，我的丈夫一定會高興得給我一個大大的親吻呢！好了，到時間我來接你們吧。」麗莎的樣子，就好像不來接我們，我們會逃走一樣。

「我們自己開車來好了，你去接其他更加需要接的人吧。」

感恩節的早上，剛剛起床，小珍就打電話過來，說是因為晚上不用準備晚餐，白天可以放鬆一下，她邀請我們一起去丹佛觀看感恩遊行。於是我們兩家，合開一輛小車，到達丹佛的市中心。老遠看到許多大公司都紮起了彩車，還有中小學生的儀仗隊，以及戲劇表演、體育比賽等。想起來這個節日原本是為了感謝上帝的恩惠，感謝印第安人幫助「五月花」的船民生存下來，還有慶祝豐收的意思。現在除了感謝上帝，慶祝豐收以外，感謝印第安人的部分相對縮小，我到了美國好幾個月了，好像還沒有看到過一個印第安人呢。我問丈夫：「印第安人在哪兒？」

丈夫回答：「那是要到專門的地方才可以看到的，真正的印第安人現在是很少見到的。」

兒子說：「我們學校裡就有一個印第安小朋友，和其他小朋友沒有什麼兩樣。這幾天，他們全家都到他的祖母家裡去過節了。」

丈夫說：「你那個印第安小朋友早就是混血混得不能再混了，他們標榜自己是印第安人是有好處的，升學可以加很多分。有意思的是那個小朋友的祖母好像還是個中國人，他的爸爸說他母親會做烤鴨，他們要去吃烤鴨的。」

聽起來感恩節也是全家團聚的日子，有點像我們中國人的「中秋節」。許多遠離家庭的親人都會從四面八方趕回來，一家人熱熱鬧鬧地聚集在一起，品嘗美味的感恩節火雞。

講到感恩節火雞就想起來晚上的火雞大餐，因此一看完遊行，就急急忙忙地回家。胡亂吃了幾口飯，各自到床上休息了一下，還不到三點半，丈夫把大家召集在一起出發了，因為感恩節的火雞大餐一般是從下午四點鐘就開始的。

長老會教堂坐落在波德的一個小山坡上，老遠就可以看到古老的尖頂。那上面還有一個就好像是成龍的《警察故事》裡面的大鐘，每到敲鐘的時候，全波德都可以聽到的呢。此刻大鐘正「噹噹噹噹」地敲響了四下，雄偉渾厚的鐘聲讓人對整個的教堂肅然起敬。

我們的小車到達教堂跟前的時候，麗莎已經站在台階上張望了，當她看到我們的小車隊，竟然高興得拍起手來，她指手畫腳地把我們引向停車場，然後帶領我們一行三十多人，浩浩蕩蕩地走進了教堂大廳。大廳裡面熱氣騰騰，喜氣洋洋。一排排幾十尺長的桌子，從頭到尾從左到右鋪滿了整個大廳。麗莎把我們三十多人分成兩排，面對面地坐在其中的一張長桌的兩邊，剛剛坐定，隔壁桌子上的教友就反過身子來和我們打招呼，原來我們是他們的教堂第一批的中國客人。

火雞大餐開始了，麗莎的丈夫搖著一只鈴鐺讓大家安靜下來，並帶領大家禱告，感謝上帝的恩賜，其中特別感謝上帝為他們帶來了我們這些中國朋友。而對我這個從來也沒有吃過這麼正宗的烤火雞的人來說，在牧師講話的當兒，所有的注意力都集中在他前面那張長桌上的一排火雞上面了，只看到一隻隻火雞燒烤得焦焦黃黃，還沒有放到自己的盤子裡，就聞到其中誘人的味道了，簡直就是香飄萬里。

牧師冗長的演講總算結束了，他非常慎重地舉起一把長長的帶著牙齒的鋼刀，從火雞的胸脯開始，精細地一刀一刀切出薄片，然後招呼大家排著隊上前分享。在那張放著火雞的長桌上，除了火雞以外還有紅薯、玉蜀黍、南瓜餅、紅莓苔子果凍等。特別是在火雞的旁邊，小山一般高高地堆起來了黃乎乎黏糊糊的食品，麗莎介紹說：「這是乾麵包、蔬菜、火腿肉拌好各種調料塞在火雞肚子裡同烤出來的『四大福』，很有味道的呢，你嘗嘗。」

我看了看這個「四大福」很不雅觀，礙於麗莎的熱情只好舀了一小勺。又看到大家都在排隊要火雞胸脯，旁邊油光錚亮的火雞腿和火雞翅膀竟然無人問津，原來在美國人的眼睛裡，肉有紅白之分，牛肉、豬肉是紅肉，雞肉、鴨肉是白肉，但是雞肉鴨肉裡面的胸脯是白肉，翅膀和腿又是紅肉。他們以為白肉是健康的高級的，紅肉是不健康的廉價的。其實白肉就是我們中國人常常說的「死肉」，紅肉才是「活肉」。丈夫已經變成美國人了，要了一大片白肉，我則仍舊是中國人的腦筋，給兒子叉起一個雞腿，自己要了一隻翅膀，就回到座位上去了。

周圍的教友們都把火雞蘸著紅莓苔子果凍一同吃，我看到丈夫的盤子裡也有一堆果凍，要過來一點兒，放在雞肉上試了試，不大習慣，和那個「四大福」差不多味道，甜汲汲鹹汲汲的，遠不如撒上椒鹽來得味美。可惜這裡沒有椒鹽，只好將就一下撒了一點鹽。

那隻火雞翅膀真是碩大，愈是到骨頭之處愈是鮮美，聽說宋美齡也還是中國人的腦筋，晚年在紐約的寓所裡，只喜歡吃火雞脖子和帶骨頭的部位，弄得她的手下的中國人因為整天要吃老太太剩下的雞胸脯叫苦不迭。我走到那張放著火雞的長桌前，看來看去找不到火雞脖子，想必這種部位在西方人眼睛裡是不登大雅之堂的，就好像在我家裡的雞翹，還沒有烹調就被扔到垃圾箱裡了。

這天的火雞大餐吃到我再也不想吃火雞為止，麗莎看到我喜歡雞腿雞翅膀，不容我拒絕就把剩餘的幾十隻雞腿雞翅膀都裝在食品袋裡送給了我，說是請我幫忙，謝謝我了，不要浪費呢。

吃飽喝足回到家裡，不知為什麼那麼疲倦，三個人倒頭就睡，一直到第二天的天光大亮，後來聽說火雞肉有催眠的作用。

按照常規感恩節是在每年十一月的第四個星期四，從這一天起將連續休假，但是華文週刊需要把前一天送到印刷廠的大樣拿回來，拆乾淨，才不會影響下一週的出刊。於是感恩節的第二天，丈夫說：「今天還是過節，公共汽車減少班次，我送你去上班吧，反正拆大樣很快，我和兒子等你一下，然後一起去看看藝術博物館，這幾天免費呢。」

到了辦公室，推開大門，發現裡面除了女老闆夫婦以外，還有一個畢蘆。畢蘆是個七十多歲的老頭，在我進華文週刊以前就在那裡工作了，好像不是編輯，也不是記者，又不是收廣告的、記帳的、打字的。他不是全職，也不是半職，只是說不準什麼時候就坐在週刊的辦公室裡了。女老闆讓他寫文章，他很能寫文章，讚美的罵人的，什麼文章都能寫，寫完了以後還會恭恭敬敬地把他的真名和工卡號寫在後面。一開始我弄不清楚其中的奧祕，後來才知道這是為了要吃飯的錢，也就不再追究了。

第一次看到畢蘆是在最繁忙的星期三，我正忙得手腳並用的樣子，女老闆說：「不要急，讓我打個電話把畢蘆叫過來，幫你一下。」

電話剛剛打過去不到十分鐘，畢蘆就背著一個巨大的黑色垃圾袋撞進來了。我以為是收垃圾的，一腳把一個廢紙簍踢到他的垃圾袋旁邊，他似乎有一點不高興了。一本正經地從口袋裡掏出一張印滿了頭銜的名片對我說：「我姓畢，是教授。」

我沒有理會，只是把一堆社區消息推到他的面前說：「老闆讓你寫一下有關社區活動的報導，那裡面有電話號碼，不清楚的地方打電話去問。」

講老實話，有人來幫我寫社區活動的報導是我最開心的呢，因為這是最難寫的。華人社區裡面為了一點點小小的權益，勾心鬥角，弄不好引起口舌大戰，實在惹不起。畢蘆聽了我的話，便接過那疊社區消息，看也沒看就放到寫字桌的上面，隨後走到洗手間，把女老闆剛剛吃完午飯還沒有刷洗的飯盒子和筷子刷洗了一遍，用手紙擦了擦乾，就走到他的垃圾袋旁邊，打開口袋狠狠地挖出一盒蛋炒飯來了。

他坐在我的前面「紮搭紮搭」大聲吞嚥，弄得我煩躁之極，而他愈發放肆起來，乾脆蹺起著二郎腿，搖頭晃腦地吃了一盒又一盒。我簡直不能相信，這麼一個老頭兒，竟然連續吃了五盒蛋炒飯。當他吃完第三盒飯的時候，大概是有力氣說話了，他就告訴我，他每週一次到旁邊的孤兒院去義務勞動兩個小時，工作是照顧那些孤兒吃飯，孤兒們吃剩下的飯，他就可以拿回家，差不多可以吃一個星期，一直到下週再去拿。

聽到這兒不由讓我動了惻隱之心，心想這個老頭兒雖然有飯吃，但是天天吃這種垃圾一樣的剩飯，和那個人人不愁吃飯的伊登相差太遠了。他的子女如果知道的話，會多麼心疼啊。正在這當兒，畢蘆總算吃完了，他舒舒服服地對著我打了一個飽嗝，又從筆筒裡拔出一把裁紙刀，肆無忌憚地剔起了牙齒。就在我感到極為噁心的時候，女老闆在隔壁發話了：「畢教授啊，東東很忙呢，你趕快幫幫她吧，不然的話她加班晚了，趕不上汽車，回不去了呢。」

「沒有關係，回不去就住我那兒吧。」

「我可以住到怡君家裡去的。」

「喔喲，你還怕我會吃了你？」畢蘆說著，眼睛裡突然露出猥瑣的目光。

「他媽的，你以為我是什麼人啊！」我正忙得氣不打一處來，看到這個糟老頭子的手偷偷放到我握筆的手上，一氣之下罵了出去，接著又指著他的鼻子說：「自重一些，畢蘆——！」

不料，那個「蘆」字還沒有落音，畢蘆就好像一顆子彈一樣跳將起來，筆筆挺地對著我來了個大立正，同時發出了一聲驚天動地的叫喊：「有！」

這聲音把寫字桌也震動了，女老闆嚇得幾乎從椅子上掉下來，打字小姐把一摞打字稿統統掉到地上，我驚呆了。幸好這時候怡君推門進來，她一看到這個陣勢連忙說：「畢教授來啦，快寫報導啊，今天我還想早一點回去接孩子呢。」

「我……」畢蘆氣餒下來。怡君繼續：「畢教授，我給你倒一杯水吧，快寫啊！」

事後怡君告訴我：「這個畢蘆在中國大陸因為極右被關押在大牢裡二十多年，因此一聽到有人叫他『畢蘆』就會條件反射，以為是在監獄裡了，給你來個大立正，大叫一聲『有』，活活把你嚇死。不過通過今天這件事，他不敢再惹你了。」

這天下班的時候，女老闆突然想起了她的飯盒，找來找去找不到了，她一拍腦門說：「一定又是那個畢蘆拿走了，他已經拿走我一箱子的飯盒了呢，我明天都沒有飯盒帶飯了。」大家一起笑了起來。

女老闆和怡君雖然在背後叫畢蘆，可是在畢蘆的面前絕對是稱呼他為「畢教授」或者「畢先生」的。按照女老闆的話是：「多叫一聲教授，少出很多麻煩。」只有我不甘心叫他「教授」，因為他做出來的事情實在不像一個教授。有一天，畢蘆突然問我：「你的母親是不是姓陶？」

我心裡奇怪，他怎麼知道我的母親姓陶？再一想不奇怪了，早上要給母親寄信，匆匆忙忙忘記塞進郵筒，還放在包包裡呢。一定是畢蘆偷看過我的包了，他有窺視別人東西的習慣，實在是可惡。但仔細想想又有些可憐，七十多歲的人了，為了吃飯，背著個垃圾袋到處奔波，顧不得臉皮了，只要有人出錢讓他寫文章，他就會坐在那裡按照出錢者的意願，「啃吃啃吃」寫半天。有人譏諷他沒有自己的立場，他氣得渾身發抖說：「我！我是知識分子，不和你們這些沒有知識的人一般見識！」事後，又照樣「啃吃啃吃」為別人寫文章，那腔調就好像魯迅筆下的阿Q。

感恩節的第二天，當我們一家三口踏進辦公室的時候，畢蘆第一個跳起來和我丈夫握手，儼然一副老闆的面孔。當他知道我的丈夫是東北人的時候，立刻講：「我們是老鄉，我認識你父親，你的母親很漂亮，哪天我到你家裡去好好和你聊一聊。」

正在拆大樣的我來不及阻止，丈夫已經胡裡胡塗地答應了，畢蘆一看到丈夫被他騙進，高興得兩隻手也不知道放在哪裡好了，他得寸進尺地說：「明天就去吧。」

「不行，明天我們有安排！我要去看小珍！」我說。

「是嗎？我怎麼不知道？老先生明天有空，就讓他明天晚上來吃晚飯吧，小珍可以白天去看的。」丈夫竟然不接翎子，弄得我氣不打一處來，這一天和丈夫一路鬥嘴回到家。

第二天一大早睜開眼睛的時候，窗子外面一片雪白，兒子趴在窗台上看著雪景說：

「外面真冷啊，一個人也沒有呢！」

我伸了個懶腰說：「快到被子裡去，不要著涼了。被子裡真舒服，再睡一會兒吧。」

「咚咚咚……」突然大門被敲打得山響，我和丈夫驚嚇得同時跳將起來，兒子倒一下子縮進了被子裡。

「啊喲！一定是失火啦！」我們對視了一下，立刻一起衝出去開門。大門外面站立著凍得快成冰坨子了的畢蘆。

「不得了，你怎麼這麼早就到這兒來啦？出了什麼事？」丈夫問。

「你，你不是請我來吃，吃飯的嗎，我趕，趕，趕了早車，就來，來，來啦。」畢蘆掛著結了冰的鼻涕，打著冷顫說。

我聽了簡直就要昏厥過去了：「那是吃晚飯，現在是早上九點鐘還不到，早飯還沒有吃呢！」

「正好，正好，總算趕上吃早飯了。」畢蘆做出一副趕得早不如趕得巧的模樣說。

「畢蘆！你太過分了！」說完，我狠狠地瞪了丈夫一眼，然後一甩手進了臥室，留下他獨自面對那個筆筆挺地來了個大立正，同時發出了一聲驚天動地叫喊的「有！」的畢蘆。

進了臥室，坐在床沿愈想愈鬱悶，好不容易一個長假，都讓這個畢蘆給攪沒了。丈夫走進來，看到我眼淚汪汪的樣子只好連連對我說：「對不起，對不起，我不知道會弄出這等事情呢。」

看著丈夫一副說不出苦惱樣子，只好無言。剛剛緩過氣來，一想不好了，瞪大了眼睛發問：「畢蘆在哪裡？一個人在客廳裡嗎？這是一個有偷看別人東西，還有順手牽羊習慣的人呢！」

我一邊說一邊跳了出去，只看到畢蘆正從丈夫的高幫皮鞋裡摸出兩隻臭襪子，往自己的赤腳上套，我對著他聲嘶力竭地大叫：「畢蘆，今天你不許動我家裡的一針一線，不然的話我就把你丟出去！像你這樣的人，真應該在監獄裡再關二十年！」

這以後，畢蘆就一直赤著一隻腳，拎著一隻來不及穿上去的臭襪子，筆筆挺地站在門背後，等待有人上來解圍。最終總歸是我的丈夫看不過去了，把他解救出來吃飯。

這一天這個畢蘆真的在我家裡吃了早飯，吃了中飯，又吃了晚飯，把麗莎送給我的一大堆火雞腿雞翅膀統統吃光，還把冰箱裡原本要倒出去的，幾天以前的剩菜剩飯也都打掃乾淨了。臨走的時候，畢蘆裝模作樣地要把腳上的臭襪子脫下來，丈夫說：「天這麼冷，不穿襪子腳要凍傷的，你就穿回去吧。」

我說：「你脫下來，我也要丟出去的呢，記住，這是第一次也是最後一次，再見！」

畢蘆終於走了，他用手掌抹了抹嘴巴，心滿意足地走了出去。走到路燈下面，蹲了下來，兩隻手伸到鞋子裡抓腳，又站起來向前走，又蹲下來抓腳。我站在窗子裡面看著他這個樣子反反覆覆地一直走到大街上，丈夫問：「這個人的腳有毛病嗎？」

我笑起來：「儂忘記啦，這雙襪子是儂發腳氣的時候穿的，我還沒來得及扔出去！」

兒子走過來問：「這是啥人啊？」

「吃白食的。」我回答。

「什麼叫吃白食的？」

「就是免費吃飯。」

「哦，我知道了，就好像我們到教堂去吃免費的火雞大餐一樣的吧？」

蕭山蘿蔔乾和雪地上的披薩

在科州生活的那幾年，除了和丈夫兒子一起吃飯以外，最多就是和丹丹在一起吃飯了。丹丹是我在週刊工作了半年以後才出現的，那時候怡君另謀職位離開了週刊，畢蘆也因為不習慣我吼他「畢蘆」，只能躲在家裡寫文章，於是正在州立大學攻讀會計專業的丹丹，就在課餘時間裡到週刊來幫忙了。

丹丹和我有很多共同之處，手快腳快講話快，罵人也快，我們配合得相當默契。第一次在週刊一起吃飯的時候，打開飯盒子，丹丹就夾了幾根金黃色的蘿蔔乾放到我的碗裡，我咬了一口綳綳脆，連忙問：「真是稀罕物，這麼香，哪裡買到的？我丈夫最喜歡蕭山蘿蔔乾了。」

丹丹回答：「對不起，買是沒有的，自家做的。」原來她用的就是最一般的白蘿蔔，連皮切成條，然後用鹽和八角花椒醃一下，擠出水分，把蘿蔔放到風口吹乾，又放回剛才擠出來的水裡泡一會兒，再風乾，再泡，一直到蘿蔔水全部都被蘿蔔吃回去了，而且風乾了，一淘籮最正宗的蕭山蘿蔔乾也就做好了。丹丹還教我做山芋乾，煮熟的山芋裡面混進芝麻，按在餅乾盒子的蓋子裡，風乾了再切成片。

我們倆就這樣一邊嚼山芋乾、蘿蔔乾，一邊吃飯，很快變成了最要好的朋友。這一天當我們把大樣送進印刷廠的時候，一個工人告訴我們：「附近一家超市要舉辦一個『月光大拍賣』的活動，很好玩的呢！」

丹丹一聽，晚飯也顧不上吃了啦，拉著我，換好運動鞋就趕了過去。到了那裡月亮剛好升起來。滿月的銀光，鋪灑了一地，映照著停車場上擁擠的汽車。一忽兒有個舉著鈴鐺的小丑出來開門，大家蜂擁而上，一起衝進店堂。這個小丑不斷地搖鈴，鈴鐺搖到哪裡，哪裡的東西就會降價。丹丹和我手挽著手，生怕被瘋狂的購物者擠倒，又不甘心遺漏減價的好東西。跑來跑去，不一會兒就是渾身臭汗了。

隨即抽獎活動開始啦，只看到一個名字跳出來，那個主持者對著手裡的紙條翻來翻去念不出聲：「Zh……，Zh……，長頸鹿啊？」

丹丹對著我大叫起來：「這不是你嗎？美國人念不來『章』，Zh就變成『長頸鹿』啦！」

我哭笑不得，上去領了兩瓶墨西哥的調味粉，便和丹丹一起離開了超市。隨後丹丹把我送到公共汽車站，我抱著大包小包站在那裡等待末班車。寂靜的黑夜裡，一輛漆黑的「寶馬」，「嘎」一聲急促地停到我的身邊，一個帶著禮帽的男人打開車門，戰戰兢兢地走到我的面前，他瞪大了眼睛上下打量了我一圈說：「老天爺！這不是真的，越戰的時候，你明明死在我的面前，是我開槍打死了你，你到底是人還是鬼？」

接著，這個西裝革履的老男人又語無倫次地反反覆覆對著我闡述，他在打死我以後日子也不好過，幾乎夜夜都要夢到我，夢到我血淋淋地向他索命，索兩條人命，因為那時候我的肚子裡還有一個孩子……。

一開始，我完全被這個突然從天而降的「寶馬」男人嚇呆了，但是很快就回過神來，並被他的真摯感動。剛剛要開口向他解釋，只看見丹丹急急忙忙把車子又開了回來，她也「嘎」一聲把車停到我的身邊說：「快上車，我送你到長途汽車總站去。小心，這一定是個酒鬼或者是個壞人！」

我來不及分辨，就被丹丹一把拖到汽車上，緊接著她狠狠踩下油門，小車就好像上了膛的子彈，「嗖」一下竄了出去。回過頭去透過小車的後窗，看到那個男人一副悵若失的樣子，我對丹丹說：「這個開『寶馬』的男人正在懺悔，看樣子不是一個壞人。」

丹丹立刻反駁：「不要以為開『寶馬』的都是好人！說不定是人販子！世界上壞人多得是，你這麼容易上當受騙，總有一天被人家賣到非洲去！」

我笑了，我說：「不要這麼謹慎好不好，想把我賣出去，不是那麼容易的呢！」不料第二天，如此謹慎的丹丹，做出來一件極其不謹慎的事情。這天下班，剛剛長途跋涉地回到波德，前腳踏進大門，電話鈴就響了起來。丹丹在電話的那一頭氣喘吁吁地說：「明天有二十多個人來我家吃飯，你過來幫我一下！」

「哪裡冒出來的吃客？剛剛在辦公室好像沒有聽到你說有客人來呢！」我感到奇怪。

「我也是幾分鐘以前才決定的。」原來丹丹吃完晚飯和她的丈夫若為一起到附近的購物中心散步，小夫妻一踏進商場，就看到一大群東方人的面孔，他們聚集在一家西裝店的櫥窗外面交頭接耳，當他們確定了丹丹和若為是自己的同胞，立刻好像是抓到救命稻草一般圍了過來。一問才知道，他們是國內來的雜技代表團，途經丹佛，因為氣候原因滯留在這裡了。

看著這群陌生人可憐巴巴的樣子，丹丹和若為竟然當即決定，明天請他們全體人員到家裡吃一頓中國飯。

「好大膽！你忘記了自己剛剛說過的『世界上壞人多得是』了嗎？」我問。

「不會的，不會的，成都來的，是老鄉啊。」丹丹興奮地說，好像來的都是她的親戚一樣。

「這麼多人怎麼擠得進你家的公寓啊？」我問。

「沒有關係，都是中國人，擠擠熱鬧。」丹丹在講這些話的時候，似乎忘記了他們的小公寓只有一個臥室。

「好吧。」我的回答有些勉強，因為第二天是星期五，好不容易可以和兒子在一起。不過為了丹丹，只好答應了。

第二天接了兒子就和丈夫一起直衝丹丹的家，來不及喝口熱水便和丹丹合夥做菜。先做一道紅油炒手，因為沒有薺菜，就用美國人做沙拉的一種叫荸薺菜代替，這種菜清香裡面帶一點苦，剁碎以後和豬肉蝦肉拌在一起還真有一點薺菜的滋味。至於紅油裡面的辣椒和花椒，當然都是用我丈夫淘汰下來的那台打咖啡豆機器，攪拌打碎的。

丹丹特別從超市搬回來了一隻美國人用來做野餐會的豬前腿，在小陽台上架起炸鍋，做出一道巨大的走油蹄膀。就在這道奇香撲鼻的走油蹄膀，引起街坊鄰里的注意的時候，若為提早下班趕回來了，他要顯擺一下自己的身手，做一道正宗的魚香茄子。

通常男人做菜都要女人打下手的，可是若為不一樣，他一個人包辦，生怕我們把他的絕活弄壞了。只見他先把一個個美國大茄子洗乾淨，一剖二，用兩根筷子夾在兩邊，斜刀切成十字花，又撒上麵粉，放進剛才炸蹄膀的大油裡炸得金黃開花，然後另起油鍋，放入蔥薑蒜郫縣豆瓣醬等等，大火翻滾，蓋上的鍋蓋悶了悶，打開蓋子一看，哇，麻辣軟糯，色香味俱全。

「我以前怎麼不知道，老公還有這一手？」丹丹歡呼起來了。若為也得意地吹噓：「當然啦，你老公還是挺能幹的呢！好了，我們兩個男人出車去接客人，你們準備開飯吧。」

等到這群熱熱鬧鬧雜技演員進門的時候，我和丹丹已經把家裡所有的平面都拼湊到了一起，變成了一張高高低低的長桌，一直從廚房間延伸到客廳裡。上面擺滿的熱菜和冷菜。大家迫不及待地擠進了座位，其中一人變戲法一樣摸出一瓶五糧液。

若為大叫一聲：「啊喲，這才是真正的好酒！」

「好酒！」丈夫完全忘記了他還要開車。

我已經弄不清自己最後是怎麼回家的，只記得回到家裡以後，丈夫跌跌撞撞地從車子裡下來，站在寂天寞地的停車場上對我說：「真要謝謝若為兄，很久沒有這麼放鬆了。」

那時候若為已經是工薪階層的人了，時而會請我們外出吃飯。除了中國餐館以外也嘗試了越南菜、韓國菜。有一次一個外來戶在丹佛開設了一家點菜式樣的自助餐館，老闆大概有心要推廣真正的中國菜，每一道菜都親自掌廚。他讓顧客自由點菜，隨點隨做，吃飽為此，結果每一個顧客都記熟最昂貴的幾道菜，那菜做得非常地道，食客們個個稱好，只有若為說：「這家店的老闆發瘋了，做菜不賺錢，只會付出，不會收回，不看好。」

果真不久，這家店就倒閉了。我和丹丹送報紙的時候，看到那位老闆哭喪著坐在中國城的門口。他說丹佛的人把他的家產統統吃光，現在連個住處也沒有了，暫時和一個過路的李大廚擠在一起。

和李大廚相識是另外的一個故事，那時候華文週刊的閱覽室堆集了不少台灣運過來的書本讀物，一天下午，李大廚進來翻看書報，自我介紹說，他是外州來的，因為這裡的冬天一片冰天雪地，不宜開車跨越洛磯山，所以暫時在這裡歇息一段時間，順便想找一份當大廚的短工做做。

我記不清了李大廚是從芝加哥開車過來，途經丹佛，要到加州去，或者是從加州過來，途經丹佛，要到芝加哥去。印象當中，這個胖乎乎的老頭兒好像有計畫要開一家餐館。於是，女老闆便起勁地幫李大廚翻閱報紙，尋找分類廣告裡招聘廚師的消息，同時也介紹丹佛的情況，一會兒就混熟了。

當女老闆得知這位李大廚和我同住波德，靈機一動便說：「李先生你看，又要下雪了，請你回去的時候把我的小姐帶回到波德好嗎？省得她趕公車了。」

說著又跑進辦公室對我說：「時間差不多了，快跟李先生的車回去吧，省時又省錢。」

一聽到可以省時又省錢，站起來就跟著這個李大廚上路了。現在回想起來真有些後怕，那時候怎麼不多想一想，萬一這個人是個壞人，哪怕不是壞人，只是在半道上幹點壞事，那是在叫天天不應，叫地地不應的冰天雪地裡，只有死路一條了。然而在當時，我什麼也沒有想，只是一頭鑽進了李大廚的車子。

李大廚駕駛著一輛前長後長的老坦克美國車，看得出來這部汽車曾經豪華過，破爛的座椅都是真皮的。這種汽車裡面的空間很大，雖然破舊，但是坐在寬敞的座椅上還是很舒適的。我坐在前排的副駕駛座上，後面的半個車廂裡堆滿了各種雜物，散發出一股「捂糟糟」的味道。有意思的是這位李大廚，一隻手扶當著方向盤，一隻手優閒地擱在車窗上，儘管駕駛著一輛破車，那氣勢卻好像是坐在一輛豪華的大紅旗轎車裡面。

「姑娘，在國內是從事什麼工作的呀？」李大廚一開口怎麼不像一個大廚，而有一種久違的官腔？

我偷偷打量了一下李大廚，胖乎乎的一個老頭兒，看不出具體年齡，總有六十多歲了。我決定主動出擊：「李先生，您在國內是從事什麼工作呢？聽口音是北京來的吧？聽說您當過大夫？為什麼要改行當大廚啊？」

「我不是在醫院當大夫的……，我很會做菜，但大廚不是我的專業……」李大廚繞了個圈子，沒有直接回答。

「哇，您是私人醫生啊？文革以後好像沒有私人醫生了呢，您靠什麼生活？」

「姑娘，你年輕，你不會知道我的工作的。我在國內的時候，做過很多的事情。你不會懂的。現在我有子女在芝加哥，我寫作。」

「寫作？我也寫作。李先生，以後有機會我一定要拜讀您的大作。」

「不要客氣。」李大廚說完就沉默了，我突然發現，李大廚剛剛上高速公路的時候，開錯一個岔口，完全是反方向。我驚叫起來：「下一個出口趕快出去！」

李大廚嚇一跳，急急忙忙把車停靠到路邊，我們徹底迷路了。這一天終於回到家門口的時候，已經是九點多鐘了，我謝了謝李大廚。李大廚坐在他的老坦克裡搖下車窗對我說：「姑娘，對不起了，原本以為可以讓你早一點回家，不料起了個大早，趕了個晚集。再見，希望你以後會讀到我的作品。」

李大廚的老坦克在黑暗當中消失了，一切都好像夢幻一般。我轉身逃出寒冷推開了家門，意外的是熱烘烘的客廳裡都是人，丈夫衝過來對我說：「大家已經準備幾路出發去尋找你呢，丹丹打了幾十個電話詢問，所有人都嚇昏了！」

我感到很溫暖，電話鈴又響了，我拎起了電話告訴丹丹說：「我餓了！」大家都笑了起來。

這以後我決定學習開車，當我可以獨自駕駛著別克車奔馳在科州的高速公路上的時候，那種感覺真好。我常常會在半途當中把汽車停到休息區，一個人站在那片高土地上看天。清澈的天空好像並不是那麼遙遠，彷彿是一個巨大的拱形屋頂高高地架起在洛磯山脈上。一時間，那座通常是雄渾威嚴的洛磯山變得柔和起來。遠遠看過去，峻峭的山峰竟和我的眼睛平行，我深深吸了口氣，真有一種兩腳入地三尺，天地和自己融為一體的感覺。

我喜歡開車，習慣從聯邦大街穿過，丈夫和丹丹總是讓我避開這條嘈雜的馬路，但是我就是嗜好嘈雜。有時候目睹警察在這裡追緝販毒者，就好像看電影一樣，只是沒有遇到過槍戰，心裡感到有些欠缺。

又是一個星期四，完成了一個星期的工作，口袋裡揣著工資，歡歡喜喜地開車回家。剛剛混入聯邦大街上擁擠的快車道，我的汽車喇叭突然不按自響起來。這是一輛老式汽車，喇叭特別洪亮，一聲接著一聲就好像打著節拍的惡作劇。前前後後的汽車都亢奮起來，合著我的汽車，一起按響了喇叭，有的人還在汽車裡扭來扭去，汽車也被他們帶動得跳起舞來了，整條聯邦大街響徹瘋狂的喇叭聲，而我卻魂飛膽落，慌了手腳。

我緊張得滿頭大汗，左右擺弄，然而這個喇叭就是不肯停止。我心裡很清楚，此時此刻，如果有人被這喇叭聲激怒，就可以開槍把我打死。旁邊一輛汽車裡的一個大黑人，一開始也和大家一起開心地按喇叭，但很快就弄清楚了我的處境，於是不顧危險，把自己的汽車橫到慢車道當中，阻擋其他車輛的行進，讓我的車子轉到路邊的一個停車場。

黝黑的停車場上一盞照明燈也沒有，我從車子裡跳了出來，喇叭繼續狂叫。我圍著汽車轉了三個圓圈，一籌莫展。突然，旁邊一幢無窗的大房子打開了一扇小門，裡面強烈的燈光直刺我的眼睛。在這白炙的光亮裡面，我看到有三個慓悍的男人朝著我走過來，「今天死定了！」我想。

原來這幢外面看上去黑黢黢，裡面卻燈火輝煌的大房子，是個相當有名的脫衣舞俱樂部，那裡面很有些不願被媒體曝光的人物，當然絕對不能允許一陣緊一陣的汽車喇叭聲在大門口招攬行人的矚目。那三個慓悍的男人應該是俱樂部的警衛？保鏢？打手？走到近處，面目並不猙獰，他們很快就讓我的喇叭停止了叫喊，看到我面如土色驚魂未定的樣子，立刻遞給了我一瓶蘇打水，又邀請我進去稍稍歇息。

這是我一生當中唯一的一次走進這種場所，那裡面的音樂聲和起鬨聲震耳欲聾，一個已經脫光得只剩下一條丁字褲的女人，正爬在一根閃亮的鋼管上表演各種動作，有人拿出一張鈔票塞到她的褲子裡，她便扭動起來，又有人塞鈔票……。

我覺得奇怪，這些塞鈔票的人並不動手動腳，塞了鈔票就放女人離開，有的甚至都不多看一眼。後來才知道，很多人只是借著這裡鬧哄哄的環境談生意的。當這個女人扭到我跟前的時候我發現，這個女人已經不年輕了，妝嫫費黛掩蓋不了歲月的傷痕，刺鼻的香水抑制不了疲憊的氣息。同時不能令人置信的是，我發現這個人似乎有些眼熟，卻一時想不起來是在哪裡見到過的。

我苦思苦想一路想到家裡，一直想到跳進澡盆，擰開自來水龍頭，急遽的水柱嘩嘩地從我的頭頂上面沖洗下來，就好像是身處瓢潑大雨之中。透過敞開的浴室的門，我一眼看到床頭上面的Sharon，Sharon坐在無桌布的餐桌後面，桌子底下露出兩條光溜溜赤裸的腿，讓我感到從她心底裡散發出來的寒冷。

突然，我想起來了！那是一個大雨的天氣，我在雨中追趕公共汽車，一個牙齒脫落的女人，摟著一個半黑的小男孩在車棚底下躲避。因為她幫我叫住了啟動的汽車，我謝了謝她。就是她，我很難忘記那張蒼老的面孔，當時我想不出來是怎樣一種吃飯的生活，會把這個女人壓榨得牙齒全無？不料會在這個脫衣舞俱樂部再次見面。

後來在這個公共汽車站上，我又看到過這個半黑的小男孩。小男孩頂著一頭鬈曲的褐髮，跟隨著進站的汽車奔跑。小朋友們邀請他一起去玩，他回答：「你們去吧，我不能去，我正忙著呢！」說著便抓住停在路邊的汽車的車門，開口訊問駕駛員：

「你看到過我的爸爸嗎？請你叫他回來吃飯，我和媽媽在等他……」

這實在是一幅悽慘的畫面，我感到悲哀。正想著，丹丹來電話了，她在電話裡聽到了我情緒的異常，於是說：「喂，不要為別人感傷了，還是週末一起到新開張的金礦賭城去玩一玩，我們的女老闆在那裡搶到了一份整版的廣告，上面還印有贈送的餐券呢。」

金礦賭城坐落在科州的中心，是一座著名的山城，長期以來以金礦聞名，據說當年孫中山還到那裡去遊說過。後來金礦不再產金子了，蕭條了很久。我剛剛到達科州的時候，金礦還是一個具有淘金歷史的旅遊點。秋日裡安靜的山城，被金色的陽光包圍著，乾燥的稻草和碩大的南瓜扎扎實實地堆放在沿街的店門口。這些店堂裡，到處可以看到原始的金片和晶瑩剔透的珠寶，只是沒有什麼人光顧。現在為了經濟發展，整個城市重新建設，那些古老的劇場、酒店甚至住宅都變成了賭場。

我們是乘坐賭場的專車進入賭城市的，因為我的兒子太小，不被允許進入賭場的大廳，所以我們商量好了，輪流用餐券在餐廳陪兒子吃飯，輪流到賭場去拉老虎機。不知道是因為那天賭場新開張，老虎機出錢的機率特別高，還是我們的手氣特別好，我們每個人都贏了錢。我抓著一大把一下子從機器裡面吐出來的銅板，高興地跑回餐廳，我告訴兒子，這些錢是給他買玩具的。

這時候，兒子卻十分痛苦地看著我說：「媽媽，我吃了太多的大蝦和牛肉，悶牢了呢。」「哦喲，快點到馬桶間去啊！」我抓起兒子就跑，心急慌忙一腳踏錯進了男廁所，那裡面一大排站著尿尿的男人一起回過頭來。我一嚇，以為這些人要把我扭送到保安部門去了，就好像當年在學校讀書的時候，一個男生誤闖女廁所被開除的一樣呢。不料這些男人看到我開心得一塌胡塗，一起善意地歡呼起來：「歡迎，歡迎，進來吧！」

我只好一邊對他們說：「對不起，走錯門了……」一邊逃了出來。回到餐廳，只看到丈夫和若為，有說有笑地大吃大喝。那裡的大蝦非常新鮮，從這一天起我學會了一種新的烹調方式，那就是只要原料新鮮，就不用放任何佐料，清水裡煮一煮，原汁原味比什麼都好吃。丹丹原本是個海鮮過敏的人，看到我們如此陶醉的樣子，便不顧一切地拿出「冒死吃河豚」的勇氣，和我們一起饕餮海鮮大餐。

正吃到撐腸拄腹的時候，一個面熟陌生的台灣太太走過來，她看了看我們說：「一個大陸來的中國學生，剛剛出了車禍，死了……」

所有的食物一下子都卡在喉嚨裡了，丹丹站起來說：「回去吧。」我們兩家人坐上了回程的班車，車上無論是贏錢的還是輸錢的，都興奮交流著對新賭城感想，只有我們四個人，個個哭喪著臉。車子到了終點站，我們決定驅車前往出事現場。

若為說：「開一輛車吧，可以壯膽。」

「隨便，我反正沒有力氣開車了。」我說。當若為把車子停穩在那座出事的小山坡旁邊的時候，警察已經到了，我和丹丹出示週刊的名片，便被允許進入現場。這裡是孤山野嶺，寒風凜冽，一輛陳舊的本田汽車從斜坡上滑下來，狠狠地撞在一棵大樹上。我摸出了一台傻瓜機，繞到正面，當即噤若寒蟬，幾乎昏倒過去。只見整個車頭都撞得凹進去了，一個魂飛魄散的腦袋，從前車玻璃裡破窗而出，頭破血流地卡在那裡。前車蓋上，還有一塊從他嘴巴裡噴出來的，沒有吞嚥下去的饅頭。我的手劇烈地顫抖，無法按下快門。

丹丹走到我的身邊支撐著我，我們倆無聲地向這位和我們一樣遠離家鄉的陌生人默哀。在他那輛破車外面的雪地上，散亂著一小堆「披薩」，這是從車子裡撞出來的，還沒有來得及送出去的外賣。

看著這張無生命的年輕的臉，我問：「這樣出來吃飯值得嗎？」

丹丹回答：「就好像賭博。」我說：「他輸了。」

丹丹說：「我們更要贏。」

科州和美國東西兩岸的地區相比，實在是一個空間遼闊，人煙稀少的地方，也許就是因為空間過於遼闊，人和人之間便會自然產生一種特別的吸引力。每逢週末、節假日，大家就想方設法尋找名目，聚集在一起吃飯，開開派對，當地的大學被稱之為派對大學。

這天下午，丹丹在辦公室接到湖南姑娘的電話，說是她老公這個週末出城，於是邀請大家到她家裡吃飯。我笑起來了說：「這個湖南姑娘又出什麼新花頭啦？」

湖南姑娘並不是湖南人，她是從台灣來的山東人。父親是個國民黨的低階軍官，當年拋妻離子隻身逃竄台灣，變成了一個眷村的頭領。這個頭領霸氣十足，一眼看中當地部落裡的一名原民姑娘，於是一揮手，帶上了他的阿兵哥們強行搶劫，這些殘兵敗將無法回攻大陸，可是對上這些部落裡的原民男子綽綽有餘，姑娘的父老兄弟浴血奮戰，終究寡不敵眾，眼睜睜地看著自己的女孩被捆綁下山。

然而這個原民姑娘性格倔強，脾氣火爆，頭領和她生死搏鬥，原民姑娘寧死不屈直至瘋狂。

這以後，阿里山上的原民部落消失了一名美麗婀娜的姑娘，阿里山下的眷村裡多了一個披頭散髮的瘋子女人。瘋女人為頭領生育了這個湖南姑娘。據說，瘋女人忘記了一切，只記得她的老家門口有一片湖水，她的家就在湖水的南面，因此就給女兒起了一個「湖南姑娘」的名字。

湖南姑娘漂亮到了誇張，濃眉大眼，豐滿結實，筆挺的鼻子下面是性感的嘴巴。她的性格極為豪爽。她那年長的德國丈夫是她從她的女老闆那裡搶來的，當然不是用武，而是用她那雙會說話的眼睛。湖南姑娘告訴過我，當她的女老闆得知自己的男朋友被搶以後，氣得渾身顫抖，惡狠狠地把一盒子飯扔到她的身上。我大笑起來說：「這是應該的，你不可以搶了別人的男人還要做出一副委屈相，只是浪費了一盒子的好飯。要我的話，就扔垃圾！」

湖南姑娘聽了我的臭罵也不生氣，反而和我一起哈哈大笑起來，就這樣我們成了好朋友。一天中午正在辦公室裡吃飯，湖南姑娘的腦袋在門外出現，她神祕地對著我和丹丹招了招手說：「今天晚上到我家來吃飯，我會給你們一個驚喜。帶上你們的夫君，還有東東的兒子，我老公最喜歡他了。」

下班以後，大家歡歡喜喜地驅車前往湖南姑娘的家。她的家坐落在一個高地上，入口處的路牌上除了路名以外還有一行小字「死路」。我和丹丹看著這兩個字心裡有些發毛，若為說：「別疑神疑鬼啦，不過就是告訴你這條路是沒有出口的死胡同罷了。」

車子駛到這條死路的盡頭，就是湖南姑娘的家，這是那個德國佬專門為湖南姑娘設計建造的，古樸的原木裡鑲嵌著巨大的玻璃，就好像是座高高在上的現代化城堡，把丹佛的萬家燈火盡收眼底。小車剛剛停穩，德國佬的奧迪尾隨而至，這個擁有一家科技開發公司的大老闆，此刻一身家常便服，手裡拎出兩大桶肯德基炸雞，兒子高興得歡呼起來，我連忙說：「啊喲，你太客氣了，小孩子哪裡吃得了這麼多。」

「不夠，不夠，車子裡還有兩大桶呢！幫我一起拿出來好嗎？」德國佬一邊說一邊招呼大家，這時候湖南姑娘出現在台階上。

「你們是想開一家肯德基雞店讓我們驚喜嗎？」大家一起發問。湖南姑娘站在那裡，搖著頭大笑起來。原來這一天一大早湖南姑娘開車路過一條小河，突然看到一隻受了傷的鴨子一瘸一拐的走在草地裡，不知怎麼回事，一個念頭冒了出來：「捉回去做烤鴨！」於是她左看右看確定沒有人，便脫下外套一個箭步撲了出去，緊緊捂住了鴨子，又快手快腳地把鴨子塞進後車蓋裡去了。這就是湖南姑娘原本說的，要給我們的「驚喜」。

湖南姑娘想起來在台灣的時候殺過雞，殺鴨子大概也差不多。於是歡天喜地回到家裡，磨好了菜刀，捉住鴨脖子就割了下去。出乎意料的是鴨子的生命力要比雞強很多，一刀下去根本死不了，竟把脖子反轉過來，糾纏住了湖南姑娘的手腕，弄得到處都是血。湖南姑娘和野鴨子拚死搏鬥，還好看見刀架子上插著一把中國剪刀，靈機一動，一剪刀把鴨脖子剪斷了事。

氣喘吁吁的湖南姑娘顧不得歇息，燒開一大壺水，挽起袖子繼續奮鬥。她把水嘩嘩地燙到野鴨子身上，想不到一壺開水燙下去，一股惡臭升上來。湖南姑娘說：「簡直就要把我熏得昏過去。」

但湖南姑娘向來是個不肯認輸的人，她咬緊牙關繼續拔毛。不料野鴨子的毛又密又短，拔得她頭昏眼花，仍舊拔不乾淨，乾脆剝皮。等到剝好鴨毛，開膛破肚沖洗乾淨，塗好烤鴨粉，放入烤箱，又打掃乾淨廚房，湖南姑娘發現自己已經是筋疲力盡了。她躺到澡盆子裡放鬆，幾乎進入夢鄉。不一會兒她的老公回來了，一開門就大叫起來：「親愛的老婆！你是不是把狗屎踩進家裡來啦，怎麼這麼臭啊？」

湖南姑娘連滾帶爬從澡盆子裡跳出來，真的，滿房子的臭氣，打開烤箱更加是臭氣熏天。再一看，那隻鴨子瘦骨伶仃地縮得只有一半大小，用筷子戳了戳，老得根本沒有辦法戳進去。德國佬做夢也沒有想到自己的嬌妻會去抓野鴨子來解饞，要是給外人知道，一定是個了不得的新聞。再看看那隻蜷縮成一小團的臭鴨子，德國佬真是哭笑不得。此刻，他以為忙碌了整整一天，徹底失敗的老婆會沮喪得大哭起來，不料，這個湖南姑娘哈哈大笑，然後便把這隻放滿佐料的野鴨子扔出去餵狗，又差使她的老公到肯德基買了一大堆炸雞塊。

回想起那一幕，我連忙問丹丹：「你說湖南姑娘邀請大家到她家裡吃飯，會不會又是吃肯德基炸雞塊啊！」

「不會吧，就是吃炸雞塊也滿好，只要大家在一起開心就好了。」

「我還是包一籃子粽子吧，端午節快到了呢。我多包一點，把你的也一起包了。」

「好，多包一點，若為和我都喜歡你包的粽子，我去買肉好了。」

「不用，我到屠宰場去買肉，那裡有新鮮肉。」這一天我在中國城買了十五磅圓糯米，第二天又開車至L城的「狼忙」屠宰場買來了一條豬腿。兒子看到這麼多肉便說：「媽媽，今天就吃粽子好嗎？」

「這怎麼可能？已經三點多鐘了，那是要到半夜三更才吃得到了呢。」丈夫從外面走進來說。

我看了看有些失望的兒子立刻說：「好，今天就吃粽子，六點半開飯。」說著，我便先舀出一小鍋糯米淘洗乾淨，又割出一條豬肉切成雞蛋大的十小塊，然後大火起了油鍋。我把蔥薑放進油鍋，放入豬肉、醬油、料酒和糖，還切碎了一大把香菇，撒了一小把蝦米和花生一起翻炒，等到豬肉的外表結牢了，立刻倒入糯米，一會兒，糯米漲大，湯汁收乾了，味道正好。我把洗好的粽葉和一大鍋熱氣騰騰的糯米、肉端到客廳裡，一邊包粽子一邊陪兒子一起看電視，兒子看到我在忙碌，便坐到我的身邊說：「媽媽，我來幫儂！」

「不要，不要，記牢一句話，我們家的男人是不下廚房的，因為男人下了廚房就讀不來書，做不來大事了，這是媽媽的好婆專門關照的呢。對了，儂的爸爸呢？快叫伊來，到廚房裡燒一鍋子煮粽子的水。」

「啊喲，爸爸就不是男人了嗎？」

「你媽媽叫爸爸到廚房做事的時候，總歸會忘記爸爸個男人了。」丈夫聞聲出來說。

「儂爸爸讀書已經讀得滿好了，可以下廚房了。」

「謝謝誇獎。」丈夫說著到廚房去燒開水，我偷笑起來。就這樣說說笑笑，十個粽子一下子包好了，我把粽子放到鍋子裡煮，又繼續做明天要帶到湖南姑娘家裡去的粽子。還不到六點，滿屋的粽葉飄香，用筷子捅了捅，因為糯米和豬肉都是預先炒得半熟，所以很容易煮爛，到了六點半，就開始吃粽子。兒子在給丹丹的電話裡說：「好吃得頭也要飛出去了！」

「那就讓你媽媽明天多做一點啊！」丹丹說。

「會的，會的，現在我們家的廚房裡都是粽子啦！」兒子高興地說。第二天，我找出來一只前一年聖誕節的時候，別人送過來的大號水果籃。把粽子放在裡面，蓋上一塊藍花布，很有鄉下人回娘家的味道。先到丹丹家，若為說湖南姑娘來電話了，讓我們兩家開一輛小車，怕她家門口的停車位不夠。

到了湖南姑娘家才知道，真的是停車位不夠了呢，那條死路上面停滿了各種小車，人氣十足，完全變成了一條活路了。遠遠看到德國佬竟站在大門口像警察一般指揮來指揮去，問及出差的事，他一本正經地回答：「一，擔心老婆把周邊的野鴨子都捉回來；二，擔心老婆要買炸雞塊的時候找不到人，所以提前回來啦！」

湖南姑娘迎出來說：「真是亂講，明明是取消了一個參觀計畫，才早回來的。啊喲，這麼多的粽子啊，真好，這下真的不用買炸雞塊了。」

我們笑著踏進了門廳，一下子就被裡面熱氣騰騰的氣氛渲染了。

「嗨，聽說你包粽子了，好想吃啊！」

「有沒有蘿蔔乾啊？我想了好久了！」大家七嘴八舌地圍了上來。我一看，這些都是湖南姑娘的同黨——嫁老外的中國人。湖南姑娘告訴我說：她們這些同黨，今天要成立一個「紅雙喜俱樂部」。我笑道：「又是一個吃飯俱樂部吧，有活動叫上我們啊！」

話音未落，那個從雲南來的長頭髮娜珠，兩隻手捧著丹丹給她準備的蘿蔔乾，已經「呱嗒呱嗒」地大嚼起來了。

「這樣吃法，不怕鹹啊？」丹丹說。

「我嘴巴淡，就想吃鹹菜，要是有雲南大頭菜就好了。」娜珠苦著臉說。

「你看，沒有懷孕的時候想懷孕，現在知道苦了吧。」剛剛生了個兒子，胖得就好像是個皮球一樣的川妹子走過來說。

川妹子是通過一個國際婚姻介紹所認識了她的夫君本傑明的，本傑明是個打過越戰的退役警察，退役的時候拿到一筆退役金，就用這筆錢在自己的汽車間裡開了一家倒賣醫療器械的公司，竟然發展到了相當的規模。在他玩夠了女人以後，突然想要一個老婆了。大概是因為有過太多的美國女人，便想要一個純情的東方女人當伴侶。於是花費了兩千五百美元，通過婚姻介紹所，預訂了韓國、台灣、越南、馬來西亞和中國的五個地區的五個女人的約會。鬼使神差，原本想最後一站到中國，因為介紹所的員工定錯了機票，變成第一站就到了中國和川妹子相識了。

到了中國，本傑明倒也不避嫌，老老實實告訴川妹子——她不過是五個候選人當中的一個。川妹子說：「當時把我氣得眼珠子泛綠！原本想給這個老外一個閉門羹，轉眼一想，他既然能夠輕輕鬆鬆地付出兩千五百元，又可以自由自在地在外面混五個星期，一定不是窮光蛋。於是，決定使出渾身解數，把這個老外留了下來。」

川妹子出身軍人家庭，父親是個參加過韓戰、越戰的軍官，當她第一次把本傑明帶到父親面前，例行程式的時候，父親一張口就說：「他媽的，你這個美國鬼子，打死過多少中國人？」川妹子的翻譯是：「不錯，歡迎你成為我們家族的一員。」本傑明忙不迭地表示：「謝謝，我也很高興，川妹子會成為我們家族的一員。」川妹子的翻譯是：「不敢，中國的軍人是全世界最厲害的軍人，是戰無不勝的。」老頭子說：「這話不錯，手下敗將，到這裡來幹什麼？還不滾回美國去！」川妹子的翻譯是：「很好，把我女兒帶走吧，好好愛護她。」

正在這時候，女傭給川妹子身患絕症的母親端來了中藥，川妹子示意本傑明把中藥遞給半躺在沙發上的母親。這個高大的美國人不習慣彎腰折背，乾脆單腳下跪，雙手捧過了藥碗。母親感動得在以後的生命裡逢人就說：「我的女婿孝順啊，跪在地上伺候我喝藥啊！」

當時川妹子也被本傑明的舉動深深打動，可是到了美國以後她發現，美國人下跪太容易了，甚至餵狗的時候，都習慣單腳下跪，川妹子為母親大聲喊冤。

此時此刻川妹子正抱著她的新生兒子，向本傑明發出新的命令：「明天，你到醫院去做結紮，實行計畫生育。」

「什麼叫計畫生育啊？還要結紮？會不會痛得很啊？」本傑明張口結舌。

「你既然討中國人做老婆就要按照中國人的政策行事，一胎生，二胎紮，如果不服，該紮不紮，見了就抓！」

「什麼意思啊？還要抓？可是我還想要一個女兒呢，不然的話我們的兒子太孤單了。」本傑明小聲地咕嚕了一句。

「你還想要一個女兒啊？你還想讓我屁股朝天像一隻豬一樣啊？」川妹子大叫起來。大家都笑了，只有本傑明尷尬地做出一副難為情的樣子。

原來，不知道是什麼緣由，這些異國婚姻的夫婦在一開始都很難懷孕。本傑明為了生兒子，也不知道是從哪裡弄來的祕方，在做愛以後，讓川妹子屁股朝天，趴在那裡好幾小時，竟然成功了。

但是那個娜珠，依樣畫葫蘆嘗試了好幾次，卻一點用也沒有，最後到了徹底絕望的時候，她的夫君，一個在讀博士生，決定陪老婆回中國去抱養一個孩子。結果踏上了本土，娜珠就懷孕了。

正在本傑明和川妹子為生兒子爭持不休的時候，廚房裡傳出了湖南姑娘的大笑聲，走過去一看，只見湖南姑娘面前的盤子裡，堆起來小山一般的冰淇淋，而他的丈夫還在那裡認真地說：「go! go!」看見我們、那個德國佬立刻說：「我老婆怎麼連這麼簡單的中文也聽不懂了？我說的是『夠』！『夠』！」

湖南姑娘聽了愈發大笑，笑得上氣不接下氣的當兒，珠莉抱著她的狗兒子走進來，這個廣東姑娘有些蒼白。她原本在中國是廣播電台裡面的廣東話播音員，有一次到巴黎開會，邂逅洛磯山電台的天氣預報廣播員查理斯。查理斯是個落魄的英國貴族後裔，一副紳士派頭，一下子就把珠莉吸引了，完全墮入了熱戀之中，很快就結婚了。可是當珠莉帶著她的美國夢，千里尋夫到達她的新的家的時候，頓時傻了眼。珠莉做夢也沒有想到查理斯是一個深山墓地裡的守墳人，只有在惡劣天氣的時候，才臨時充當一下當地的天氣預報廣播員。

那是一片古老的墓地，查理斯一個人居住在墳地對面的木房子裡，木房子有一點像中國的吊腳樓，爬上十幾級樓梯，踏上平台轉過身體，正好對準了墓地的大門。查理斯不喜歡見人，也沒有朋友，方圓幾十里沒有一點人氣。查理斯甚至不喜歡現代化的東西，因此在他的木頭房子裡沒有電源、煤氣。他們用的是蠟燭、井水和柴禾。清晨，珠莉一大早起來打水，陽光鋪灑在井台上，包裹了她的全身，然而她仍舊感到很冷。

查理斯穿著浴衣優閒地踱到平台上說：「親愛的，看到了嗎，墓地的左面的邊緣，我父母的墓穴旁邊，有一塊平地，你過去清理一下，那裡是你我的歸宿，你將永遠永遠和我廝守在一起。」

珠莉聽了發瘋一般把水桶扔進水井，歇斯底里地狂奔到那裡，撲倒在平地上，大哭起來。這哭聲呼天搶地，生命的絕望，死亡的渴望，一起在她的哭聲裡迸發出來。就在這時候，一輛血紅的小跑車「嘎」一聲停穩在墓地附近的公路上，穿著同樣血紅顏色皮鞋的兩隻腳從汽車裡伸了出來，這就是湖南姑娘。

湖南姑娘後來說：那天她發現，前一天被她扔出去餵狗的野鴨子連狗也不要吃，只是撕來扯去地亂搞一番，看著野鴨子傷痕累累的屍骨，湖南姑娘動了惻隱之心，她決定把野鴨子包裹起來，放在一個皮鞋盒子裡，到郊外去為它尋找一個安樂的園地，不料一上山間小道，湖南姑娘就迷路了。

於是鬼差行駛一般，湖南姑娘來到了珠莉——一個披頭散髮的中國女人身旁。她們這兩個互不相識的中國女人一下子緊緊擁抱到了一起，放聲大哭。湖南姑娘想不出來自己為什麼要哭，只是一個勁地流淚。後來，她倆一起在珠莉腳下的平地裡深埋了野鴨子。再後來，湖南姑娘專門為珠莉找來了一條黃狗，取名為「寶寶」，送給了珠莉。從此寶寶和珠莉形影不離，在荒野的墓地裡和珠莉相依為命。

最後的悲劇發生了，那是在我離開科州以後的故事。有一天，一個過路的陌生男人來向珠莉問路，他已經來過好幾次了，珠莉一聽到這個陌生男人的汽車喇叭就會興奮地飛出去，那個男人瀟灑地敞著衣領，站在那片平地上等待珠莉，當珠莉亢奮地面對著那個陌生男人，仰著腦袋大笑的時候，查理斯的步槍對準了珠莉的後腦勺。

槍聲響了，硝煙的後面，是那個陌生人驚恐失色的面孔，珠莉痛不欲生的面孔和寶寶被子彈打出個大洞的面孔。寶寶用自己的腦袋阻擋了呼嘯而過的子彈，然後抽搐著撲倒在血泊當中。珠莉撕心裂肺的慘叫讓人無不為之顫抖，甚至開槍的查理斯也跌倒在地上了。從此珠莉變成了瘋子，她在墳地裡奔跑，一邊跑一邊說：「我的兒子死了，被我的丈夫殺死了。」

珠莉發瘋的故事是很久以後，丹丹在電話裡告訴我的，而在那一天，湖南姑娘請客的那天，也就是我第一次看到珠莉的那天，我就發現這個女人始終抱著她的狗兒子不放。不知為什麼，那條狗，陰森森地瞪了我一眼，這使我聯想起來冬日裡被我剝了狗皮的那條狗。

當時，珠莉把自己的臉和她的狗貼在一起，我聽到那條狗竟然發出了人的語言：「go! go!」聲音是短促的，卻是真實的。緊接著那狗又說：「cookie! cookie!」

我驚呆了，湖南姑娘拿了一塊曲奇餅乾塞在狗的嘴巴裡，又走到我身邊輕聲說：「可憐的珠莉！整天在墳地裡奔跑，沒有一個人和她講話，長年累月只有寶寶陪她在一起，終於寶寶開口和她說話了。」

我驚魂未定，不敢確信，可是又千真萬確地聽到那狗說：「go! go!」良久之後，只有感歎一聲說：「老天曉得，這條狗有些神奇，不要短命才好啊！」

湖南姑娘連忙捂住我的嘴巴：「讓珠莉聽到不得了，她會找你拚命的！」我剛剛要分辨，丹丹塞給我一片其嫩無比的牛肉，「哪裡來的神戶牛肉？是從日本空運過來的嗎？」我吃驚地問。

「一個天津的唱歌演員帶來的，她剛剛告訴我，她和丈夫開了一家養牛場，專門模仿生產神戶牛肉。」丹丹說。

「盜版神戶牛肉嗎？真是大本事！」我更加吃驚地問。

「輕點，輕點……」丹丹的話音未落，那個小個子女人已經走到我們的跟前，她倒不在乎我的「盜版」之說，微笑著和我打招呼：「嗨！聽說我們是老鄉，有空到我的農場來玩，看看我們的盜版牛肉啊！」

我有些尷尬，不過仍舊好奇地問：「你不在天津好好唱歌，跑到這裡來養牛，多辛苦啊？」

我以為她會回答「為了吃飯」，不料她告訴我是為了尋找「婚姻」。原來這個叫姍姍的女孩也是通過那個國際婚姻介紹所過來的，當時她的第一任丈夫拋棄了她，正在她萬念俱焚的時候，她的朋友推薦她參加了這個介紹所。那時候姍姍只提出兩個要求：「人品好，愛勞動。」

婚姻介紹所沒有騙姍姍，真的為她找到了一個「人品好，愛勞動」的鮑伯。但是當姍姍第一眼看到鮑伯的時候幾乎昏過去，這是一個只有一條腿一隻眼睛的越戰老兵。

姍姍說：「我無法抱怨，這是我自己的選擇，也是我的命。」姍姍告訴我們，當年鮑伯拖著一條腿一隻眼睛回到他在洛磯山下的家鄉，繼承了父母留給他的五條老牛，不死不活地一個人過起了鰥夫一般的生活。後來婚姻介紹所把姍姍送到鮑伯身邊，鮑伯以為這是天上掉下來的仙女呢。儘管姍姍日日以淚洗面，但他仍舊對姍姍疼愛有加，終於姍姍感動了。

姍姍感動了以後，就挽起袖子和鮑伯一起投入到養牛場當中。一講到養牛，這位昔日的唱歌演員彷彿又回到舞台上，她亮了亮嗓子說：「我們的牛就好像皇帝一樣，吃的是栗子喝的是啤酒，一出生就開始為牠們按摩，還要讓牠們聽音樂！」

「不得了，成本有點太高了吧！」丹丹說。

「成本是很高，但是收益也很好，而且供不應求，紐約的餐館都過來訂貨，我們現在已經發展到幾十頭牛、十幾個工人、機械化的設施還有一架小飛機。」姍姍說到這裡有些得意起來。

「哇！牧主老財啊？有沒有剝削窮苦的農牧民？」我開玩笑地說。姍姍大笑起來：「哪裡啊？在這個資本主義的社會，老闆就好像奴隸，你看今天是休息日，工人們都放假了，我的老公就不可以放假，他讓我帶著我們的牛肉出來參加中國老鄉的聚會，自己在家看護一頭快生產的母牛。一會兒我還要早一點回去，我擔心他一個人在家弄不過來呢！」

「我看你是不放心你的老公呢！」她的好朋友湖南姑娘走過來調侃。

「是啊，是啊，經你這一提醒，我真的要偷偷回去看看我那帥氣的老公在幹什麼，他可是打著燈籠也難找的好男人啊！」姍姍一邊說一邊笑，在笑聲當中突然一個只有兩根手指頭的手，夾了一張名片伸到我的面前。抬起頭來一看，那是一個年紀不輕臉上有著傷疤的東方男人。

這個男人並不和我說話，只是塞給我一張名片以後又塞給我一疊印滿鉛字的打印檔案，仔細一看是賣舊貨的，從臥室裡的大床一直到廚房裡的鍋碗盤瓢應有盡有。再一看名片是某某商會的主席，來頭很大的樣子。在他背後的沙發裡，蜷縮著一個典型的上海女人。

這個上海女人有著姣好的面容，一頭長波浪，她把自己深埋在柔軟的皮沙發裡，不停地嗑瓜子。我有些好奇，坐到這個上海女人身邊說：「這是要搬家啊？真好，舊的不去新的不來啊。」

又回過頭去對丹丹說：「這裡面有一只小小的石磨，倒是滿稀奇的。開價高了一點，儂去還個價怎麼樣？」

那個上海女人聽到我的家鄉口音，立刻眼淚汪汪地說：「不要買這個石磨好嗎？這是我從上海背過來，姆媽的姆媽的姆媽留下來的呢。」

「你發瘋啦，這麼重的東西，怎麼背得過來？太不值得了。」丹丹說。原來這個年輕的上海女人是兒童師範畢業的，老城隍廟附近一家菸紙店的獨生女，聽上去有一點老故事《林家鋪子》

的味道。也是因為多出幾分姿色，又多讀了一個中專，於是對每天早上要倒馬桶，晚上要爬上爬下的顧街樓，有著講不出的怨恨。她一心要離開這裡的跆硌路，終於通過娘舅的老婆的結拜姊妹的鄰居的介紹，認識了這個擁有餐館又是商會主席的老華僑，和我一樣，很有些尋找伊登的味道。

商會主席到上海相親的時候闊綽得很，每天進出高級餐館，大包小包的禮物，雖然一隻手少了三個手指頭，年紀又大了一點，仍舊讓街坊鄰居有著講不出的羨慕。

「我以為自己是鴻運高照，前途無量了呢。不料上當受騙，那餐館是老早倒閉的，商會主席不過是名片上面的一個頭銜，相親的錢也是借來的。他是因為酒後開車，撞死了結髮妻子，撞掉了三個手指頭，欠了一大堆的債。現在已經落到了窮困潦倒的境地，三鈿不值兩鈿地變賣東西，動不動就發脾氣，甚至打人。」

「你看他的兩隻眼睛，陰沉得嚇煞人，你一定要想辦法自立。」丹丹說。

「我不會英語，又不會開車，家裡的東西一件件變賣，我都不知道明天有沒有飯吃呢。」上海女人的聲音裡充滿了悲哀。

「你們在講什麼？」商會主席帶著夾生的微笑走過來發問。丹丹馬上回答：「老鄉見老鄉兩眼淚汪汪。」

「哦，我看我們還是回去吧，這裡的人太多了，你會頭痛的。」商會主席仍舊是微笑著，又用兩隻手指頭把我們的老鄉拎了起來。這個女人竟毫無抵抗之力，一步三回頭地向大門口走去，我看到這個女人的尼龍襪子上有一條很長的裂縫，就好像是生活刻在上面的破損。

以後，我再也沒有看到過這個上海女人，甚至不知道她的姓名，不知道她有沒有保住那個她姆媽的姆媽的姆媽遺傳下來的小石磨，也不知道她後來有沒有好好吃飯。

不一樣的蔥油餅

自從湖南姑娘成立了那個「紅雙喜俱樂部」以後，這些飄洋過海嫁老外的中國媳婦總是想方設法巧列名目聚在一起吃飯。這一天是怡君父親的生日，於是理所當然地湧到了怡君的家裡。那時候怡君已經離開了週刊，成功地在市中心開張一家禮品店，從看老闆眼色吃飯，一躍為自己當老闆，怡君確實是成功者。這一天正是星期五，聽說怡君要做台灣油飯，丹丹和我便率先前往幫忙，而丈夫、兒子和若為則先在家裡看足球。

到了怡君家按下門鈴，半天沒有人開門，隱約聽到裡面有人大聲叫喚：「進來，進來，自己進來。」原來大門並沒有上鎖。推門進去，只見怡君的一雙手正插在一大鍋溼漉漉的糯米當中。

「不好意思，我騰不出手來開門啊。」怡君說。

「沒有關係，老伯不在嗎？我們應該先向老壽星祝壽的呢！」丹丹說。

「啊喲，他和他的幾個老朋友在中國城裡飲茶，一會兒才會回來，你們還要給他帶禮物，真是太客氣了。」怡君忙不迭地說。

怡君一向禮貌周全，每次見到我們都不會忘記帶些禮品，特別是送給我的兒子。講起來她有一個禮品店，但總歸是一份人情，怡君是我認識的台灣朋友當中最具有傳統禮儀的一位了。因此，這次我和丹丹商量好了一定要給他父親送一壽禮。那是一支精裝的中國人參，還有三大包從麥當勞買來的漢堡包。特別聲明：漢堡包不算禮品，是給那些習慣美國食品的孩子們的。

這些漢堡包還是我從波德帶過來的呢，那時候波德的麥當勞促銷起司漢堡，每日下午兩點到三點之間，起司漢堡只有五分錢一個，一個人限買十個。於是我們一家三口分別出陣，三大包漢堡包就這麼買來了，才花了一．五元。第一次發現這個好事是因為附近的一個非盈利機構來找小孩子們拍照，拍好照以後，就帶他們去吃漢堡包。丈夫告訴我：「這些非盈利機構就是靠這些小孩子的照片來證明他們的活動，可以申請到一大筆資金呢。」

母親來美國看望我們的時候，我也去買過三大包促銷的漢堡包，記得她看著高高堆起在餐桌上的漢堡簡直不能相信。那天，大家一個又一個，一直吃到再也不要吃漢堡包為止。今天，我們路過那家促銷店的時候，正看到門口的小丑在那裡打廣告，於是抵抗不住誘惑，又買了三大包。怡君聽完我的故事笑起來了，她說下次孩子們搞活動的時候，一定請我代購。說著說著她騰出雙手，為我們一人泡了一杯蜜綠鮮豔，帶著金黃色的茶水過來。

「啊喲，烏龍茶啊，我最喜歡這種喝起來齒頰留香，回味甘甜的茶了。」我說。

「嘗嘗看，這不是烏龍茶，叫文山包種茶。這種茶盛產於台灣北部，與凍頂烏龍茶並稱為台灣的兩大茗茶，在台灣一向有『北包種，南烏龍』的說法。」怡君介紹說。

我舉起玻璃杯看了看，只見那茶葉呈條索狀，一根根在茶水當中舒展開來，散發出優雅的花香。喝一口，滋味甘醇滑潤。丹丹說：「真享受！」

「原本應該用紫砂壺的，因為知道東東一向喜歡玻璃杯，所以不講究了。」怡君說。

丹丹笑起來說：「東東喜歡玻璃杯是她特別的講究，她從來不相信紫砂壺裡泡出來的茶，她覺得不好的茶經過紫砂壺也會有好味道。她只相信自己的眼睛，一定要看著茶葉在玻璃杯裡一點一點舒展才放心。」

我有點不好意思：「唉！最好不要出我的洋相好不好？」怡君倒不介意，只是笑著說：「幸虧我用了玻璃杯，不然的話這杯包種茶要被貶低了呢。我們台灣的包種茶以台北文山區所產的最好，那裡氣候終年溫潤涼爽，雲霧瀰漫，土壤肥沃。據說採製的工藝很講究：雨天不採，帶露不採，晴天要在上午十一時至下午三時間採摘。」

「可是為什麼要稱之為包種茶呢？」我問。

「那是因為早先的時候，當茶製成以後要用雙層的毛邊紙緊緊包牢，以防茶香外溢，還要在包裝紙上蓋上茶名及行號的印章，所以稱之為包種茶了。」怡君回答。

怡君說著，我卻想起來要幫怡君做油飯，結果怡君早把準備工作都做好啦，我們只是在旁邊一邊喝茶一邊看著她操作和解釋。

怡君告訴我們說，那糯米是一大早起來就清洗乾淨，浸泡上的。關鍵是紅蔥頭和台灣香腸臘肉一定要多放一點。我們看著她起了個油鍋，把蔥粒、薑粒、蒜粒放下去爆香，又把泡軟切成絲的香菇、蝦米、香腸、臘肉等一起放下去翻炒，在翻炒的過程當中，一點一點加入糯米，也加入料酒、高湯、鹽、醬油和麻油，最後撒入胡蘿蔔、小豌豆等蔬菜，蓋上鍋蓋就燜上了。

在翻炒的過程當中，因為糯米愈放愈多，也就愈翻愈重，我們三人輪流上陣，我炒著炒著發現，那糯米和我包粽子的糯米不一樣，是長形的，怡君說：「做油飯的糯米最好不要用圓米，長米做出來有勁頭。上桌之前再加點香菜，那味道才會出奇的好呢。」

看著怡君套著鑲邊的飯單，站在爐台前面不慌不忙地做了這樣又做那樣，有條有理地把小菜一樣樣端上桌子，忍不住說：「怡君啊，你好像不是在廚房間裡做菜，而是在音樂廳裡彈鋼琴。」

怡君笑道：「你不知道啊，我是從小就做慣的，真正的『勞動人民』出身呢。」趁著客人還沒有到齊，怡君給我們講起了她的身世。她說：「你們一定不會相信的，我的父親是個當年大陸派往朝鮮的自願軍。」

「什麼?!」我和丹丹一起大叫起來。

「不要吃驚，我的父親就是被稱之為『一萬四千個反共義士』當中的一名。」怡君繼續說。

原來怡君父親的老家在河南，是個窮得連褲子也穿不上的地方，那時候她的父親只有十幾歲，為了吃飽飯就去當了志願軍。結果第一批衝過漢江，距離首爾僅二十公里的時候便當了戰俘。怡君的父親不大願意回憶在戰俘營的生活，只曉得和他一起被俘的是他的班長，一個國民黨投誠共產黨的老兵，也是河南人。

這個老兵私底下對怡君的父親說，他是沒有辦法的了，因為上有老下有小，一定是要回老家去了，而怡君的父親隻身一人，還是到台灣去吧，至少有飯吃。在戰俘營的時候，兩邊的宣傳都很厲害，戰俘之間因為意見不一甚至動武。怡君的父親始終沒有透露心態，一直到最後，進行戰俘「交換」的時候，聯合國的軍人一個個分別詢問戰俘，出來的時候怡君的父親就站到了台灣人的隊伍裡。

怡君的父親還記得，他最後用毫無表情的目光，向站在中國人的隊伍裡的班長再見，等到二十多年以後，回到老家，再次看到班長的時候，班長因為蔣匪的歷史加上韓戰的「叛徒」，已經變成一個攤在地上的要飯的，一眼也瞎了。班長向他伸出骯髒的手，怡君的父親連忙從旁邊的小攤上買了一碗胡辣湯，眼睛一眨，湯就沒有了。怡君的父親慌了手腳，他簡直懷疑那只碗也被班長吞下去了呢。

看到班長的飢寒交迫的樣子，怡君的父親真心實意地為自己當初的選擇而感到慶幸。儘管身上被刻上了「反共抗俄」的刺青，一開始的生活也是很艱難，但只要勞動總是吃得飽，也吃得很好，這裡面還有怡君的母親的功勞。

講到怡君去世的母親，怡君說：「我的母親才是個女強人呢，她要比我父親大六歲，原本是個國民黨低階軍官的太太，出生於地方上的大戶，跟隨丈夫登上了出逃台灣的輪船。那時候，她的丈夫一條腿已經被子彈打穿，在海浪的顛簸當中，不幸病毒感染身亡。」

到了台灣，怡君的母親，這個有膽有識的年輕的寡婦，在碼頭上擺起一個賣小食的小挑子，夏天賣西瓜，冬天賣餛飩，不冷不熱的時候賣賣茶葉蛋，後來怡君的父親給她打下手，結婚以後擺了一個賣大餅、油條的攤頭，再後來，發展到了有一個自己店面的小食店。怡君的父母很勤勞，日出而作，日入而息，人緣又好，街坊鄰居都喜歡他們。

怡君不會忘記，每次放學回家，老遠就看到家裡的炊煙，於是加快了腳步，從敞開的店堂走進去，先熱呼呼地吞碗餛飩麵，或者加了油條的鹹豆漿，或者……，然後就到樓上的房間裡做功課。做完功課又下樓幫忙父母做生意。

她說：「我喜歡在爐台前面幫父親打下手，看著父親做蔥油餅、拉麵條，父親那雙沾滿麵粉的手就好像是在創造藝術品一樣，包子、餃子一個個在他的手指中間滑了出來。在我的印象裡，父親的雙手永遠都是沾滿了麵粉。我在報上發表的第一篇文章〈父親的手〉，就是坐在店頭的角落裡，看著父親勞作的手寫出來的。」

怡君的父親對於他這種豐衣足食的現狀是相當滿足的，雖然起早摸黑非常辛苦，後來還得了類風溼關節炎，十個指頭的都腫脹起來，但只要吃飽飯，還有什麼可以抱怨的呢？母親就不一樣了，她倒也不會抱怨，只是好像有些心事，得空便會朝著大陸的方向發呆，一直到她的彌留之際，怡君才曉得，母親在大陸還有一個殘疾的兒子，那是她和那個死去的丈夫的孩子，因為自小患有小兒麻痹，行動不便，就留在老家了，死活無音訊。

「母親是患病毒性感冒引起心肌炎而去世的，她去世的時候始終沒有閉上眼睛，她一定要我去找到那個同母異父哥哥，告訴他，母親從來也沒有忘記過他。」怡君說。

「你找到你的哥哥了嗎？」我問。

「我是瞞著父親，最早到中國大陸去的台胞，從浙江找到了江蘇，才找到我異父的胞哥。」原來怡君母親去世的時候，告訴她自己前夫的姓名和部隊番號，怡君順藤摸瓜找到了那個男人的原籍是浙江。

不料到了浙江才發現，怡君的哥哥早就被他的叔伯趕出家門，淪落到了蘇北。又因為出身不好，加上殘疾，活得非常辛苦，常常是吃了上頓沒有下頓。怡君說：「要是母親看到的話，一定會心痛的，我也不斷地出眼淚。最後我是光著腳離開他的，因為我把身上的衣服，甚至腳上的襪子都脫下來給他了。後來我還出錢雇人幫他蓋了三間草房，買了一個外地逃荒的女人給他做老婆，伺候他。」

「不得了，你還會倒賣人口啊?!」我大叫一聲。

怡君把自己的食指豎起在嘴巴的前面，示意我們不要作聲，因為她聽到大門被打開的聲音，這是她的父親。她不願意讓父親知道母親的祕密，她害怕父親會傷心。我和丹丹一起站立，恭恭敬敬地準備著向這位老自願軍問好。

進來的好像不只是怡君的父親，還有她父親的朋友，其中摻雜著湖南姑娘的聲音，以及若為、丈夫和兒子的寒暄。突然一個洪亮的聲音壓倒了大家：「老同志，辛苦啦！」

我一愣，咦?!這是哪裡來的共產黨的幹部訪貧問苦啊？好像很久都沒有聽到過這種稱呼了呢。急忙走出去觀看，只看到湖南姑娘一手拎著一個禮包，一手挽著一個壯實的東方老人站在門廳裡換鞋子。看到我，老人率先對我說：「你好！我的姑娘早就向我介紹過你了，你們是好朋友，在這遠離家鄉的舉目無親的地方生活，應該互相幫助，就好像是兄弟姊妹一樣。」他說著便握住我的右手，有力地搖了搖。

我有些懵了，這聲音這舉動怎麼就好像早年在上海的單位裡，上級領導來視察工作一樣，我以為他接下去要說：「我們都是來自五湖四海，為了一個共同的革命目標走到一起來了……」

這時候湖南姑娘趕忙介紹說：「東東，這是我父親，剛從台灣過來的。」我的眼面前立刻浮現出一個橫行霸道的蔣匪軍官，帶著他的阿兵哥們，上山搶奪原民姑娘的畫面，但是跟前的這位老人，絕對是和藹可親的老幹部。私底下我把我的想法對湖南姑娘說了，姑娘姑娘倒也不忌諱，她說：「哦？真的嗎？看起來共匪蔣匪都是一樣的，就好像你我都是一樣的呢。」

湖南姑娘說話的時候，那群飽經創傷的老兵，一個個走進客廳。而我卻突然發現，幾天不見，湖南姑娘怎麼消瘦憔悴了這麼許多，於是說：「你好像減肥減得太多了，顯老唉。」

湖南姑娘搖了搖頭說：「我母親去世了。」

「什麼時候發生的事？上次在你家裡，還沒有聽說啊？」我顧不得走進裡屋，站在過道裡就問。

「就是上次一起吃飯的那天半夜，我收拾完畢準備上床休息，弟弟打來了越洋電話，他語無倫次地告訴我：『母親去世了』，第二天一大早，我就一個人趕回去奔喪。」

湖南姑娘的兩隻眼睛有些溼潤，我感覺到了她內心的痛楚。她告訴我，她的母親是個剛烈的女子，寧瘋不屈。發瘋以後，最痛恨的人就是她的父親了，常常在眷村裡披頭散髮地亂跑。一看到她的父親又撕又打，而看到自己的孩子，就會安靜下來，抓著他們的手回家，煮一些東西給他們吃。她的母親為她的父親一共生育了四個孩子，卻仍舊不能原諒孩子的父親。

「你是否責怪你的父親呢？」

「不知道。看到母親的痛苦，我當然憎恨父親的霸道，把一個純情的鄉下姑娘活生生逼瘋。可是父親也是痛苦的，我怎麼能不同情他呢？常常可以看到這麼一個威武的軍人，躲在避人的地方獨自流淚。自母親一開始發瘋，他就懺悔了。他曾經跪在部落裡，任憑舅舅們痛打不還手，他發誓永遠善待自己發瘋的老婆，不離不棄一輩子。」

湖南姑娘的父親是這麼說的，也是這麼做的，後來她母親得病，父親細心伺候。一直到一九八八年以後，許多台灣的老兵陸續回家探親，一個同鄉帶來消息說，她父親的元配送走了公婆以後，隻身一人孤守在山東老宅，得知青梅竹馬的老伴早已另娶成家也不責怪，反而說：一個人在外很不容易，有個伴也是情有可原，要他好好保重，不要掛念，並告知他的兩個女兒已經出道，嫁入當地的長官人家。

湖南姑娘的父親悲喜交加，終於忍耐不住，年前把老婆託付給隔壁的阿叔阿嬸，自己偷偷跑回大陸探親。湖南姑娘說：「父親回來以後，閉口不談自己在老家所受到的款待，只是悄悄地回到家裡，把自己的鋪蓋從臥室裡搬出，再也不和母親同房。」

奇怪的是，看到自己丈夫恨不得咬掉一口肉的湖南姑娘的母親，這一次一反往常，得知丈夫這天要回來，早早地就在家裡洗頭洗澡，梳洗得乾乾淨淨，又做了幾樣下酒小菜，安安靜靜地等待丈夫回家，後來，又安安靜靜地看著丈夫搬出自己的臥房，她不吵不鬧一點表情也沒有。湖南姑娘說：「從這以後，父親就沒有和母親同住過一間房，他好像是做了壞事一樣，正眼都不敢看母親一下，只是對母親伺候有加，相敬如賓。每天還會攙扶著母親在眷村裡走路，引起左鄰右舍的羨慕。」

這一天湖南姑娘的母親突然清晰地對丈夫說，她想要丈夫陪她一起回娘家。湖南姑娘的父親立刻到街上置辦了大大小小的禮盒，又叫來了計程車。當汽車開到近處，她的母親要求自己走完餘路。

講到這裡，湖南姑娘的眼睛裡滲出了眼淚，她接著說：「二十八年以前，母親就是從這條山路上被父親劫持下來的，現在同樣的一條山路，母親被父親攙扶著走上去。一模一樣的山，一模一樣的路，不一樣的只是：下來的時候還是一個含苞欲放的小姑娘，上去的時候已經變成了一個病病歪歪的老太婆。最後母親走不動了，就趴在父親的背上，讓父親一步一步地背到家裡。」

湖南姑娘的母親到了家裡的時候，已經站也站不住了，她用她的部落母語，請求鄉親父老原諒她的丈夫，並告訴大家這些年生活得很好，只是有福無命，病入膏肓。她跪在地上，祈求山神接受她這個不孝的女兒，並保護她的四個兒女……幾天以後，湖南姑娘的母親死於腎衰竭。

湖南姑娘的故事講完了，她從皮夾裡掏出一張她母親的照片，照片只有兩寸見方，好像是翻拍的，模模糊糊地可以看到一個面孔浮腫，神色呆板的女人，假如可以把五官分割開來，倒也是眉目嬌豔，和湖南姑娘有幾分相像。湖南姑娘真愛地凝視著照片，她又說：「葬禮以後，父親蹲在母親的墳頭不願離開，我和弟弟妹妹們強行把他拖了下來，問他是否想回到大陸生活，他說大陸的老婆對他很好，每天起床就開始伺候他，一直到晚上洗完腳。但是他選擇不再回去，而是到美國來，和我們生活在一起。」

湖南姑娘說著說著就把眼睛抬起來，看一眼客廳裡的父親，這時候她的父親正和另外一個不穿軍裝的軍人在分辯著什麼。「幸虧川妹子的父親剛巧從大陸過來探親，你看他們，很談得來呢，讓我放心很多。」

「什麼？一個是國軍，一個是共軍，怎麼可以弄到一起？」我大吃一驚。

「不要忘記國軍、共軍都是軍人，加上我的老公是個美軍，他們有軍人共同的話題。」

這時候我也抬起眼睛，只看到客廳裡人頭濟濟，都是男人，包括我的兒子，一起聆聽當年的幾大戰役，其中的淮海戰役是湖南姑娘的父親和川妹子的父親真槍實彈對峙過的，想不到當年的死敵，現在可以坐在一條沙發上談天。我看到我的丈夫和若為也混在裡面，他們正在和湖南姑娘的丈夫交談。

「你們知道嗎？我也是一個戰俘呢，被中國人俘虜的。」湖南姑娘的老美丈夫說。

「那一定是朝鮮戰爭。」我的丈夫說。

「對了，是韓戰。當時我只有十幾歲，端了一把機關槍在高地上，下面是漫山遍野的東方面孔，我從來也沒有看到過這麼多的東方人，他們一個個那麼矮小，面黃肌瘦的，就好像是一群沒有發育好的小孩子，一行行一排排地衝了上來。」

「你以為是小孩子，所以就不怕他們了？」若為問。

「錯了，這是我所看到過的最可怕的軍人，因為一排子彈打出去，前面的戰士倒下去了，後面同樣的面孔又補了上來，似乎永遠也打不完的一樣。同樣的面孔，同樣的年輕，同樣的沒有表情，就好像是沒有靈魂的肉體，再仔細一看，其中很多人手裡甚至沒有武器，就這麼端了一根棍子，直挺挺地上來了。那是沒有辦法開槍的，只有舉起雙手投降了。」

這時候，廚房間裡飄出一陣蔥香，丹丹嗅了嗅鼻子說：「蔥油餅！」在我眼睛裡還呈現著一排排打不死的志願軍的面孔的時候，丹丹已經把我拽到了廚房間。我發現這裡更是熱鬧非凡，所有的女眷都在這裡，一個胖乎乎的大媽正帶領大家做麵食。我坐到她的對面，不知為什麼，讓我突然聯想起了我的胖媽，可是胖媽的蔥油餅和她做出來的蔥油餅是完全不一樣的。

胖媽做蔥油餅就好像是一件聲勢浩大的工程，先要把廚房間的八仙桌擦洗乾淨，又要鋪上比桌子還大的面板，然後用一根三尺多長的擀麵杖，把醒好的麵糰擀成巨大的麵餅，幾乎鋪滿了整個的檯面，這才撒上蔥花、鹽花，塗抹上豬油，捲成三四尺的長卷，一小段一小段地切開，做成一個個小餅。

而眼前的這位大媽，手持一根比巴掌大不了多少的擀麵杖，在一塊小小的砧板上操作，她說：「我從來都是在砧板上做蔥油餅的，住在眷村的時候，廚房只有一點點大，可以做餅的平面只有這塊砧板，旁邊小小的一個爐子上架著一個小小的鍋子，我就骺著背，站在那裡做餅。那時候真艱苦，常常是一陣颱風，便把鍋碗盤瓢統統颳跑了。」

「什麼？你們在露天燒飯的嗎？」我不解地問。

「姑娘，你不知道，當初跟著蔣總統遷徙到了台灣，每天都在叫喊反攻大陸，總以為馬上就要打回去的，眷村不過是臨時歇歇腳的地方，上面的長官也不允許大家有長期的打算，而是讓部隊隨時都做好開拔的準備，所以早期眷村的房子都是用簡易材料搭建起來的臨時房子。最普遍的叫克難房，屋頂蓋稻草、竹片爛泥牆，常常是外面下大雨，裡面下小雨。那種房子連私人廁所也沒有，洗澡都是在房間裡，用一個大鐵盆，倒進燒熱的水洗的。」

聽起來有點像越王勾踐臥薪嘗膽的故事，回想起國內的軍區大院，卻是另外一番情景。軍區大院裡面是供給制，起碼是吃得好，不用擔心肉票，可以在那裡走進走出，絕對是高人一等。眷村和軍人大院，勝者王敗者寇。我撕了一張剛剛出爐的蔥油餅，放進嘴裡，有些硬，用力咬下去，那是完全不同的蔥油餅，裡面包含著另一種吃飯的艱辛。

留學生宿舍

我一邊品嘗著蔥油餅，一邊想像著台灣眷村的情景，眷村是不是和我們所居住的外國留學生宿舍有些相像呢？這就好像是遠古時代的群居，緩緩流過來的一個淺灘。在這個淺灘裡面，聚集了變了名稱的群居。

人類的祖先，在一開始生產能力低下的時候，為了求生存、不得不群居。這種習俗不知不覺地烙印在我們的骨子裡了，於是大家喜歡聚集在一起，左鄰右舍擠在一起，逢年過節大家聚在一起吃一個飯，平常日子多做一個新鮮小菜，也要端到隔壁人家分享一下，這就是我們在外國留學生宿舍的生活。

波德的外國留學生宿舍占據了波德的大片土地，有一點像上海的新村房子，只是沒有新村的高牆和大門，到處都是出入口，只要在房子之間看見一個空隙，一腳踏進去，就是進了宿舍區了，我們住在靠大馬路的第一幢，剛剛住定下來的時候，兒子放學回家，指著木柵欄院牆上的門牌號一字一字地念著：「意義—意義。」

我大吃一驚，兒子從來都沒有學過漢字，怎麼會一下子讀出這麼幾個字，連忙跑出去一看，原來是「EE-11」。第一個E代表兩室一廳的小樓。第二個E是這種款式的E號樓，11則是我們家的門牌號。我跟隨著兒子閱讀了一遍：「意義—意義」，從此愛上了我們的「意義」。「意義」是我踏上這片土地的第一個家，以後搬了好幾次家，一直到我在包含了五個臥室的花園洋房裡酣睡的時候，睡夢裡呈現出來的，仍舊是那套小小的學生宿舍「意義」。

二十年以後舊地重遊，丈夫把我們的「沃爾沃」停穩在「意義」的門口，我看到一個五六歲的東方小男孩在門洞裡跳進跳出，又看到一對年輕的夫妻，從一輛兩扇門的汽車裡搬出大大小小的食品袋，最後是個巨大的西瓜，女人搬了搬，搬不動，男人一步上前，輕鬆地抱了起來。我笑了，眼淚留下來了。

我想起來當時我們的別克車也只有兩扇門，那是我第一次看到兩扇門的汽車，我問丈夫：「為什麼只有兩扇門？」

丈夫眨巴著眼睛回答：「不是兩扇門，是三扇門！沒有看見嗎？後車蓋也是一扇門。」我無話。後來這輛「三扇門」的汽車，帶給了我們許許多多美好的時光。同樣三扇門的汽車，同樣的一家三口，同樣的大西瓜……

小珍推門走進來，手裡托著一只紙盤子，裡面放著幾片切好的西瓜，她把西瓜放在桌上說：「阿爾伯特盛的西瓜大減價，才九十九分一個，挑大個的，足有二十磅，先嘗嘗，特別甜。」

我拿了一塊給我的兒子，兒子說：「好吃！」

「我們也去買吧！」我說。

「等我們的老公回來再去買，那些西瓜放在一只巨大的木頭箱子裡，要自己挑，還要自己從大箱子裡搬出來，我們是搬不動的。」小珍的話音未落，她丈夫的腦袋從門外伸了進來。

「不要等你家老公了，大家都去了，一會兒大西瓜就會被挑光的，我已經把車停在你家的門口，一起去吧。」小珍的丈夫說。

到了那家摩門教徒開設的阿爾伯特盛大超市，只看到各種膚色的留學生，圍在一只像小游泳池大小的木頭箱子旁邊，手忙腳亂地挑選大西瓜。小珍的丈夫身手敏捷，乾脆挽著褲管，赤著腳跳進了大木箱。他眼明手快地把最大的西瓜從當中搬到邊邊上，我和小珍連忙把他搬出來的西瓜抬到購物車上，很快兩輛購物車都裝滿了。小珍和我不斷地叫：「夠了，夠了！」但是小珍的丈夫來勁了，他熱心地幫助別人，甚至陌生人，一直弄到渾身上下都是汗。

回到家裡，我和兒子把西瓜滾在客廳的當中，就好像是一排蹲在那裡的胖小子。兒子東摸摸西摸摸，開心地說：「就吃這個好不好，我都抱不動了。」

「我來，我來，這西瓜真大，一定很甜。」丈夫回來了，他抱起了那個大西瓜，放在飯桌上，一刀切下去鮮鮮紅。於是一家三口大嚼西瓜，一直吃到連晚飯也吃不下去的時候，仍舊還有大半個留在桌子上。

這以後的整整一個星期，我們天天吃西瓜，恨不得早上也要吃西瓜了呢。終於到了週末，為了「逃避」吃西瓜，我們決定到山上去野餐。洛磯山的風景很美，有山又有湖，遠處白雪皚皚，近處波光粼粼。每天早上出門上班，抬頭就是這座突兀森鬱的山脈，常常有些深不可測的感覺，現在到了近處，一切都變得慈眉善目起來。

我們的小車順著崎嶇的山間公路，來到了恬淡沉靜的「熊湖」旁邊。在這美不勝收的大自然當中，我們靜靜地走出小車，屏息靜氣地享受著野外的風景。一隻小松鼠跳到我們的身邊，兒子扔給牠一片麵包，又一隻跳過來，兒子拍了拍空手掌說：

「沒有了，真的沒有了！」

小松鼠像是聽懂一般地歪著腦袋看了看，便離開了。這時候兒子打開他最喜歡的雪碧喝了兩口放下說：「易開罐的飲料喝下去有點黏乎乎的，愈喝嘴巴愈乾，我想家裡的大西瓜了。」

丈夫說：「真的，還是西瓜爽快。」

我說：「好啊，回家吃西瓜吧。」

於是在太陽開始西斜的時候，我們驅車回家。到了家裡，打開大門，丈夫皺著眉頭嗅了嗅鼻子說：「我們的房間裡怎麼有一股奇怪的味道？」

我也警覺起來，提起鼻子到處亂嗅，真的，有一種的發餿味道，順著味道巡視，筆直地走到客廳裡。當即丈夫「啊呀」一聲大叫，他的一隻光腳板踏進了一汪積水當中，再一看，原來是搶購來的大西瓜，擱在地毯上開始腐爛了。其中一只已經浸泡在爛水裡，奇臭無比。

「快點，快點拿拖把！」丈夫大叫。

這真是「貪心不足蛇吞象」，這天為了那些九十九分搶購來的大西瓜，我們忙到了頭昏眼花的地步。先是把腐爛的西瓜扔出去，又把沒有腐爛的西瓜擦乾淨，一個個放到木頭椅子上，最難清洗的是浸透爛水的地毯，就在我們夫婦倆一籌莫展的時候，陳鋼從畫室裡回來，原本是想進來蹭點東西吃的，不料來得早不如來得巧，他二話不說就把身上的T恤脫下來鋪在地上。

陳鋼說他是有經驗的，用舊衣服吸水，一會兒就吸乾了，再用清水拖幾遍就可以拖乾淨。問及那件T恤怎麼辦，他倒十分乾脆：「反正是九十九分一大包從救世軍裡買回來的舊衣服，不用洗了，直接扔進垃圾桶去就可以了。」

「好婆和大姨媽在就好了……」兒子抱了抱坐在椅子上的大西瓜說。兒子的話，讓我想起來上海買西瓜排長隊的情景，常常還是計畫供應的。不知道我離開她們以後，誰去買西瓜？

丈夫看到我在筋疲力盡當中又增添的感傷，立刻拉著我們走出家門，來到留學生宿舍對面的綠地裡，一邊散步一邊呼吸一下新鮮空氣。那裡有一個二三層樓高的飛船模型，兒子爬上去大聲地說：「媽媽，媽媽，爸爸告訴我，朝著太陽落下去的地方看過去，就是好婆，我看到好婆了，好婆和大姨媽正坐在圓台旁邊吃西瓜，西瓜是我用飛船運過去的，她們開心得大笑……」

屆時，我的胸口被一陣刺痛堵塞：我那遙遠的母親，是否感覺到我們的思念？還是因為她的思念呼喚起我們的思念呢？我坐在飛船模型底下的鞦韆上，晚風把我微微托起，眼面前一粒粒蒲公英的種子在飛揚。隱隱約約彷彿聽到那支蒲公英的歌曲，只是我從來也不願意當蒲公英，我不願意到處飛揚，蒲公英那把小傘下面遮蓋的不是自由自在，而是不由自主的苦衷。

「嗨，你們一家三口怎麼一回事？一個在飛船頂上大喊大叫，一個在綠草地裡踱來踱去，一個坐在鞦韆架子上面低頭感傷，還是一起到我家去吃火鍋吧。」音樂系的訪問學者魯光夫婦，把他們的小車停在綠地旁邊，用帶著四川口音的普通話大聲對我們說。

兒子一聽，風一般從飛船模型上旋了下來說：「好啊，好啊！我最喜歡小龍媽媽的小餛飩了。」魯光夫婦有個讀中學的兒子叫小龍，周圍的孩子們習慣稱呼他們為小龍媽媽和小龍爸爸。

「儂怎麼知道小龍媽媽會做小餛飩？」我有些吃驚地問。

「對不起，放學回來儂不在家的時候，小龍媽媽做小餛飩給我吃。因為怕儂罵，就沒有告訴儂。」

「啊喲，儂還到什麼人家裡吃過東西？」

「小珍阿姨家的鍋餅、上海媽媽家的油條、台灣阿婆家的糯米雞、七伢吉家裡的壽司，還有……」

「不得了，儂這是吃百家飯啊?!日本人家裡的壽司也會去吃？媽媽一定要還禮的呢。」

「不是我去要的，是他們叫我去吃的，我也請小朋友到我們家裡吃東西的呢。」

「儂有什麼東西可以請客？」

「油煎包子、羅宋湯！小朋友最喜歡了！」怪不得，常常做了一大堆油煎包子和一大鍋的羅宋湯，第二天回家一看，老早就鍋底朝天了，原本以為是丈夫的朋友來喝的，不料是兒子在家裡開派對。想到這兒，倒也有些心安理得起來，反正是吃過來吃過去。又一想，不對，他這麼小的一個人，怎麼可以自己開火熱湯呢？太危險了。

「一開始是小珍阿姨來幫我熱的，後來我就學會了自己用烤箱和微波爐，很方便的呢，我還烤過披薩。」

我一下子把兒子緊緊抱在懷裡，眼淚也要流了出來：「兒子，媽媽對不起儂了，沒有辦法照顧儂。儂這麼小的一個人，就要自己為自己煮食吃飯。答應媽媽，一定要當心，不要把自己弄痛。」

「這是幹什麼啦？兒子自己會煮食吃飯，說明兒子的能幹，你應該高興。不要這麼哭哭啼啼的樣子，走吧，到我家去吃小餛飩啦！」魯光夫婦一邊說一邊把我們拉到了他們的小車上，一分鐘以後，我們一起回到了學生宿舍，魯光夫婦的家。

魯光夫婦住在B款式的平房裡，推開後門就是廚房，廚房當中有一張圓桌，圓桌上面永遠都安置著一個熱辣辣的電火鍋。魯夫人把電火鍋的開關擰大，不一會兒，那裡面火紅的高湯的就翻滾起來了，房間裡溢滿了香辣的氣息。

「啊喲，正宗的四川火鍋啊！真過癮！」丈夫說著，就從魯夫人剛剛從冰箱裡端出來的一大盆肉片裡挑出一片牛肉放進了火鍋。

「這是重慶火鍋不是成都火鍋。」魯光說。我說：「重慶火鍋和成都火鍋有什麼不一樣的？對我來說都是四川火鍋，從頭頂心一直辣到腳底板。」

魯光聽了連連說：「不一樣，不一樣！成都火鍋辣不過重慶火鍋。」重慶火鍋厚味重油，又稱為毛肚火鍋或麻辣火鍋，起源於明末清初的重慶嘉陵江畔，據說那裡的回民不吃牛內臟，他們宰牛以後就把內臟丟了出去，被江邊的苦力工人撿回來，洗乾淨切成片，放在他們又麻又辣又燙的麻辣湯裡燙，就變成重慶火鍋啦。

重慶火鍋的祕笈還在於那鍋麻辣湯，麻辣湯的配製相當複雜，那是要用郫縣辣豆瓣、永川豆豉、甘孜牛油、漢源花椒等等熬製而成，另外還要加入調味料，常常多達幾十種，香氣四溢。吃客們在爐火熏烤中汗流浹背，有的乾脆赤膊上陣。不知道是重慶火鍋的粗放造就了那裡豪爽的氣派，還是那裡豪爽的氣派造就了重慶火鍋的粗放。

魯光說：「只有你自己到那裡去嘗一嘗，才能體驗到其中的精髓。」據說火鍋起源於重慶，在成都發揚光大。火鍋由重慶傳到成都後，風格和內容都有了很大的擴張。口味由單一的麻辣味滋生出鴛鴦火鍋，三味、四味火鍋，還有藥膳火鍋、魚頭火鍋等。成都火鍋精細一些，他們講究用料，講究刀工。湯汁也複雜許多，常常要用雞、魚、牛棒骨熬成高湯，加入五香味和豆瓣味。

「其實我們這裡的既不是成都火鍋又不是重慶火鍋，因為這裡面既有成都火鍋的精細又有重慶火鍋的豪爽，這是我們留學生宿舍的魯家火鍋。」魯夫人一邊端出青菜豆腐，毛肚牛肉……，一邊自豪地說。

這時候的我和丈夫，已經辣得只會張著嘴抽氣，顧不上開口說話了。倒是兒子坐在一邊，津津有味地吞嚥著他的小餛飩。這時候，廚房間的後門被推開了，擠進來一個圓乎乎的白人腦袋，他用英語一連串地說：「正好是時間，正好是時間。」

這個人的腰圍雖然要比我們三個人合在一起還粗，走起路來倒輕巧。他一邊說一邊熟門熟路地走到水池旁邊，從碗架子上拔出兩根筷子，又從櫥櫃裡摸出一只小碗，然後堂而皇之地坐到了桌子的邊上。坐定下來以後，他先在自己的小碗裡加入各種調料，還到處尋找芝麻醬，看樣子是老吃老做的了。一直到他把一大塊牛肚塞進嘴巴，這才騰出眼睛來注視我們。

等到他把嘴裡的東西嚥下去了，他自我介紹說：他的名字叫密考伯，是魯光夫婦的鄰居。因為有一次下班，路過魯家的廚房，聞到裡面奇香無比，就站在那裡嗅鼻子，被熱情魯光夫婦請進家門，從此變成魯家飯桌上的一個常客。密考伯西裝筆挺地坐在火鍋旁邊，好像是坐在高級餐館享受大餐一樣。他吃得很快，也不怕辣，還舀了一大碗飄滿了辣椒的火鍋湯，有滋有味地吞嚥了下去。

我看著密考伯的樣子目瞪口呆，差一點想問他是不是查爾斯．狄更斯筆下那個去了澳洲的密考伯的後代，只是那副吃相實在不能讓人恭維。我悄悄走到正在加緊切肉的魯夫人旁邊問：「這個大肚子好像要把你家的冰箱都吃下去了，這怎麼吃得消？」

魯夫人說：「別這樣想，我不會因為多一個人吃飯而破產，也不會少一個人吃飯而發財，他獨身一人，這麼大的年齡也找不到老婆，很孤單。其實多一個他，多一個朋友，多一份笑聲是多麼開心。有時候他幾天沒來，我們還挺想他的呢。」

我聽了這話似乎有些耳熟，只是一時間想不出來是誰的話了。回過頭去只看到三個男人正坐在那裡一邊喝酒一邊談笑風生。那個密考伯油光滿面，特別是那刮得精光的下巴，在白灼的燈光下面看上去滴溜溜滑，丈夫醉醺醺地和魯光調侃說：「坐在這個人對面吃飯，胃口大開，好像是要用搶的一樣，慢一點就要被他搶光了！」

魯光醉醺醺地回答：「搶著吃飯才有味道，讓我來搶這塊牛肚，啊喲，被他搶掉了。」我聽了大笑，此時此刻我才真正感覺到多一個朋友，多一份笑聲是多麼開心，就是找到伊登，也很難找到這樣的意境呢。

這天晚上，我們回到家裡的時候已經快十點鐘了，先把兒子拎到澡盆子裡洗澡，不料他說已經洗過了，檢查了他的內衣真的是乾淨的，心想兒子確實是長大了，不用我操心了，欣慰之餘竟有些失落。

兒子上床繼續聽他的爸爸閱讀《三國演義》。我則到廚房間打開冰箱上面的冰凍室，掏出一大包牛骨頭。這些牛骨頭是從附近的超級市場裡免費拿來的，我剛剛到波德的時候，早先住在學生宿舍的馬太太跑來告訴我，超市裡面可以拿到免費的牛骨頭。我有些不相信，後來發現，每天下午，都會有一個活動的凍箱放在肉架子的旁邊，那裡面有一包包標明是免費的牛肉骨頭。這些骨頭非常肥大，又很新鮮。

我把這些骨頭清洗乾淨以後，便放入一個最大的湯鍋裡煮開，又一起倒入水池子再洗一遍，然後放入高壓鍋內燜到骨質酥爛的地步，用鐵絲網的笊籬濾出清湯，放入切碎的捲心菜、胡蘿蔔、土豆、番茄、洋蔥頭、西芹等等一起在高壓鍋裡再壓了一遍，最後倒進一只超大的慢燉鍋裡加入調味品燉。我發現這裡的牛骨頭油厚骨髓多，蔬菜不需要煸炒，直接加入猛煮，不用特別的技巧，就會燉出一鍋非常美味的羅宋湯了。

很快整個的房間裡都溢滿了熱呼呼的濃厚的羅宋湯的香味，隔著慢燉鍋透明的玻璃鍋蓋，可以看到鮮紅的湯汁上面包裹著厚厚一層清澈的牛油，滲透了湯汁的蔬菜充滿了誘惑力。我從冰箱裡又拿出一條美國的義大利蒜泥紅腸，切成大片倒進了鍋裡，把慢燉鍋設定在最低的保溫檔，這時候已經是半夜了。丈夫從臥室裡走出來，我告訴他，這是我為兒子的小朋友預備好的，他明天可以大大方方地請小朋友來喝羅宋湯。

丈夫對我說：「啊喲，你把整幢房子都弄得奇香無比，只要是中國人路過這裡都會推門而入的，說不定還沒有到兒子放學，這一大鍋湯就會喝光了呢。」

原來在我們這個學生宿舍，只要家裡有人，大門從來不上鎖。丈夫在家寫論文，大門也就隨時會被推開的了。只要家裡有吃的，大家都會前來分享。有時候家裡沒有好吃的，丈夫就到別家去覓食。去得最多的地方便是魯家了，因為魯家的那只火鍋是一年四季都是煮開在那裡的。

我聽了不由感到欣慰，想起來從小受到的共產教育，不料在這遠離家鄉的留學生宿舍得到體現。這種體現的經濟基礎就是免費的牛骨頭，家家戶戶都囤積了一大堆的免費的牛骨頭，隨時隨地都可以煮出一大鍋牛骨頭高湯。

後來離開波德，到了美國東部，這裡超市的牛肉極其講究，特別是「紐約牛排」鮮嫩到了入口便化的地步，但是我仍舊不能忘記波德那些放在活動的凍箱裡的免費牛骨頭。我真希望永遠都有這些免費的牛骨頭，可惜二十年以後，當我舊地重遊的時候，我發現，牛骨頭不再免費，而是七十九分一磅了。連骨頭也要錢買了，可見經濟的蕭條。這時候再回想起當年的羅宋湯，變得更加鮮美。

那天，丈夫看到我為兒子和他的小朋友預備好的羅宋湯，二話不說先從慢燉鍋裡盛出兩碗，然後我們倆便坐在餐桌的旁邊，一碗接著一碗地喝。這時候我好像發生錯覺，彷彿又回到了幼年時代，母親和乾媽帶著我在上海的「天鵝閣」，坐在臨街的火車位上，脖子上圍著一條雪白的餐巾，眼面前擺著一客濃郁的羅宋湯，輕輕舉起一把銀質的湯匙，一匙一匙地把這厚重濃味的湯汁送到嘴巴裡……

「天鵝閣」是坐落在上海淮海路上東湖路和襄陽路當中的一家義式西餐社，朝東有一家叫茂豐的南貨店，門口兼賣水果，再過去是一家銀行，再過去是一家菸紙店。

朝西有一家小得不能再小的百貨商店，再朝西是一家食品店，食品店坐落在高高的台階上面，夏天的時候，店面口有一台畫著光明牌冰棒、雪糕、冰磚的臥式冰箱，臥式冰箱上面有兩個面盆大小的圓孔，那裡蓋兩只箍著橡皮圈的鐵蓋子。

就在這些與平民百姓的日常生活休戚相關的小商店的當中，有一個用一小塊一小塊黑色大理石鑲拼起來的門面，玻璃大門上面的門楣，是用同樣顏色、同樣質地的大理石包裹著的一隻亮晶晶的騰飛在半空中的天鵝浮雕，十分別致。這就是「天鵝閣」了。

文革之前，母親和乾媽常常會帶我到那裡去吃西餐，推開明亮的玻璃大門，老闆娘坐在前廳一個弧形的高高的帳台後面，黑色的天鵝絨旗袍的領口上有一枚碧綠的翡翠別針，雍容華貴，不落俗套。店堂裡還有一副吳湖帆的對聯：「天天天鵝閣，吃吃吃健康」。店堂間並不大，是一個橫套間，一幫資產階級的老爺、小姐、太太、公子都是那裡的常客。一客奶油雞絲焗麵，服務員端上來的時候總歸要提醒一句：「當心——燙。」吃客們輕輕挑開表面焦黃的起司，那下面乳白色厚重的濃湯還在翻滾。我就是在那裡學會了使用刀叉，用得比筷子還嫻熟。

文革以後，天鵝閣變成了紅衛食堂，出售大眾小食。本來坐落在店堂裡的帳台被拆除了，老闆娘也不知道到哪裡去了。後來又偷偷出售羅宋湯，不過名稱變了，直接叫紅湯。有紅腸紅湯和牛肉紅湯，一樣地道。那時候還出售一種叫油煎包子的咖哩麵包，有一點像蘇聯電影《紅梅花開》裡面叫賣的那種。丈夫和我戀愛的時候，常常就是在那裡約會，一道葡國雞，一道雞絲奶油焗麵，那陶缽端上來的時候，裡面吱吱地冒著焦黃的泡，外沿燙得無法觸手，撕開柔軟的精白麵包，蘸著絕味的湯汁。一時間，童年時代遙遠的記憶，逝去的親人，一起呈現到眼面前。

到了美國以後回國省親，我和姊姊一起去尋找天鵝閣，短短一條路，比以前拓寬了許多，走來走去幾十回，只有一幢冷冰冰的現代化大樓。天鵝閣的消失，是我最感失落的了。丈夫說：「用不著失落，你已經把天鵝閣搬進了我們家的廚房，你自己嘗一嘗，這道羅宋湯是比天鵝閣還要天鵝閣的了。」

結果這天的羅宋湯還沒有輪到兒子的小朋友來喝，也沒有輪到丈夫的朋友來喝，就被我們一家三口喝光了。

新疆烤肉和香檳

密考伯要舉行婚禮的消息在留學生宿舍不脛而走，這是同一對新人的第二次婚禮。大家都興奮起來了，特別是我，因為我應該是那十八個蹄膀的主人。年輕的時候就喜歡為朋友的朋友或者鄰居的同學物色對象，結局總是亂點鴛鴦譜，不僅沒有成功的範例，還要吃力不討好。

而這一次把新娘紅雋介紹給密考伯純屬拉郎配，並不指望他們的婚姻成功，只希望他們可以順順當當地走過程式，丈夫一開始就在旁邊說風涼話，不料，結局恰恰相反。

認識紅雋是因為她介紹了兩個偷渡客到華文週刊買翻譯機，當時華文週刊的女老闆正為「好易通」推銷他們的產品。記得那是出刊的第二天，相對而言，也是一週當中稍稍可以喘一口氣的日子，我正在吃午飯，女老闆在外面的會客室大呼小叫喊我出去，她說來了兩個不會說英文又不會說中文的大陸人，不知道要什麼東西。

我一聽就來氣，什麼叫不會說英文又不會說中文的大陸人，不要貶低大陸人好不好？於是放下飯碗就走了出去。一看真的傻了眼，一對憨厚的鄉下人站在門口對著我憨笑。他們從頭到腳都是簇新裝飾，就好像借來的一樣，腳上同樣簇新的耐吉鞋上面沾滿了泥巴。一開口，完全是另一國的語言，任憑我使出渾身解數，也沒有辦法弄清楚他們想要幹什麼。

這時候，在下面停車場停好汽車的紅雋走進來了，那是一個四十多歲的粗粗拉拉的女人，有點像男人。一件方格子的襯衫洗到了褪色的地步，卻是乾乾淨淨的包裹著她肥胖的身體。紅雋介紹說：她帶過來的是兩個福建偷渡客，被移民局逮捕以後，找了個因為生育第三胎而尋求政治庇護的理由又放出來了。因為想要在美國生存下去，就要學英文，所以帶他們到華文週刊來買一部好易通的翻譯機器。

女老闆一聽到是買翻譯機的就起勁起來了，她把各種型號的翻譯機都放到檯面上，然後耐心地一一介紹，無奈講來講去講不通，只好求紅雋幫忙。這時候紅雋告訴我們，其實她也不認識這兩個偷渡客，只是看見他們在她擺的小食攤旁邊轉來轉去，通過手勢和個別單字，得知他們的大概情況，所以在收攤以後，就把他們帶過來了。女老闆和紅雋同樣的熱心，我則在一邊感到百般受辱，這兩個人連普通話也不會說，甚至不會認字，偷渡到這裡來幹什麼？真是丟盡了大陸人的臉面。

我別轉身體，回到我的辦公桌室裡繼續吃飯。突然聽到辦公室敞開的大門被輕輕叩響，抬起頭來一看，是紅雋。紅雋說她也是從上海來的，我大吃一驚，心想：「這個人怎麼一點兒也不像上海人呢？」

讓我更加吃驚的是：紅雋直呼我的姓名，說她從小就認識我，她住在我好婆家後面的小馬路上。她還說，在上海的時候，常常可以看到我們陶家後代在弄堂裡走進走出，鼻子朝天，目中無人的樣子。我聽了大笑，一邊感慨「世界真小」，一邊解釋說：「那是因為在文革當中，我們這些『黑人』不願意在外人面前呈現出我們的低人一等，故作姿態的。」

紅雋搖頭，表示不能認同。接著，她繞過桌子，走到我跟前輕聲地說：「儂在文革當中再苦也不會有這種經歷，儂是永遠不會理解他們的。我知道，儂在心裡是看不起這些人的……」

她用手指了指那兩個偷渡客接下去說：「這些人活得非常辛苦，身上背了一大堆的債，別人講：一切從零開始，表示一無所有，而他們是從負數開始，不僅一無所有，還倒欠。他們得以出國，都是村子裡的老鄉七拼八湊弄了一筆錢給蛇頭，聯保他們出來的。」

後來我才曉得，這兩個人為了到美國來找飯吃，每個人給了蛇頭三十多萬人民幣，這還是當時的行情。但這三十多萬人民幣對他們來說簡直是天文數字，根本不可能負擔得起，於是幾家人把錢集中在一起付了頭款，想辦法把其中的一個人先弄出去，以後再由這個人想辦法把其他人一個一個帶出來。偷渡客付了鉅款以後，並非萬事大吉了，一路上的辛苦幾乎無法用語言形容，弄不好還會把性命也丟在偷渡的道路上。

這兩個到華文週刊來買翻譯機的偷渡客姓鄭，來自福州附近的農村。當他們和我混熟了以後，我便想辦法套出他們偷渡的故事。沒有想到，我坐飛機連同轉機，最多二十個小時的路程，對他們來講是整整兩個多月。

鄭氏夫婦偷渡的時候，香港還沒有回歸大陸，他們先用一個假身分證，進入深圳特區，又用一本假的澳門護照進入香港。在香港乘飛機前往法國巴黎，接著持偽造的台灣護照前往非洲的赤道幾內亞，申辦瓜地馬拉等美洲的小國家簽證以後，再飛回法國。然後乘飛機前往瓜地馬拉、瓜地馬拉到墨西哥，一路上乘坐橡皮閥飄流、悶在運貨的廂型車裡行駛，以及兩隻腳徒步跋涉。到了墨西哥就是偷渡道路的最後一站，鄭氏夫婦不會忘記，那是一大群偷渡客躲藏在無窗的小卡車裡十幾個小時，終於熬到了黑夜，然後步行，最後是奔跑，穿越邊境進入美國。

那時候的美墨邊境，不像現在這麼森嚴壁壘，沒有幾丈高，翻捲的鐵絲網。鄭氏夫婦清楚地記得，正當他們感到心力交瘁、萬念俱恢的時候，帶領他們奔跑的蛇頭突然指著遠處的一棵大樹說：「到了那裡就安全了。」即刻，這兩個人就好像是在死亡當中看到一線生機，上千米的路程一口氣也不敢歇息，拚了命地撲將過去。等到緊緊抱住那棵大樹的時候，只有吸氣沒有出氣的份了。

紅雋對我說：「留學生靠讀書和考試，偷渡客靠鈔票和拚命，到美國來的目的都是一個——吃飯……」

我對她的說法有些不以為然，話不投機半句多。看到她還想要繼續發表高論的樣子，便找了一個空檔，打斷了她的話題：「那麼儂是怎麼到美國來的呢？」

我以為這個問題觸到了她的痛楚，她是一定不肯回答的。想不到她愣了一下以後，當即就把她的故事全盤托出。

紅雋比我大十歲，她說在她的記憶裡幾乎找不出父母的印象，她好像模模糊糊地感覺到自己有一個哥哥，哥哥把幾粒紅顏綠色的玻璃彈子放在她的手心裡，讓她放在地上滾來滾去。其實有關哥哥的記憶也不是真實的，只是因為後來一直躺在她的抽屜角落裡的玻璃彈子，讓她在空白的記憶裡勾畫了這麼一幅圖畫。

紅雋的父母是在上海解放前夕，隨著國民黨出逃台灣的，當時她只有三歲，帶上她不方便，就把她留在上海了。原本以為這不過是小別，不久就會回來的，不料小別變成了永別。紅雋再也沒有看見過父母。

紅雋跟著她的外公外婆長大，那時候，外公外婆在他們石庫門房子的前房為紅雋搭了一張小床，小床擠在外公外婆的大床旁邊，牆角裡嵌著一張用幾塊松木釘起來的小桌子，小桌子的抽屜裡面除了那幾粒玻璃彈子以外還有一個老式的鏡框，鏡框是空的，照片被拆卸掉了，紅雋說：「小辰光，我把這只鏡框當玩具，翻來翻去，後來才曉得那裡面原本是我爹爹姆媽的結婚照，那是他們留在上海唯一的照片，被我的娘舅撕掉了。」

紅雋不記得兒時家庭的溫暖，外公外婆，舅舅舅媽，姨夫姨媽還有眾多的表親住在一幢房子裡，時而發生摩擦，有時候紅雋多吃一個雞蛋，或者和表姊妹搶小菜，舅媽的面孔就會拉得老長。外婆用筷子敲著她的頭頂說：「儂這討債鬼啊，我真是前世裡欠了儂，什麼時候可以賺錢，自己吃自己的了，就不用看別人臉色啦。」

所以，紅雋很小就知道她的父母沒有養她，她是吃別人的飯，寄人籬下的。「寄人籬下的日子不是好過的，我從來也沒有穿過新衣服、新鞋子，在外面低人一等，在家裡也是低人一等的，我好像是一個罪人，我的罪行除了我的父母沒有為我付飯錢以外，我父母到台灣去這一事實，還讓我的表哥不能加入共青團，這是我的舅媽最生氣的了。伊常常指桑罵槐，弄得我抬不起頭來。」紅雋說。

紅雋對她那個冷漠的家毫無感情，當她得知因為她父母的關係，不可能考上大學時候，便毅然決然地報名去了新疆建設兵團。她在新疆建設兵團的時候，發生了文化大革命。她的外公因為她的父母關係，被打成現行反革命，遊鬥的時候心臟病發作暴死街頭。外婆被她當了造反派的兒媳婦從前房趕到灶披間，寒冬臘月蜷縮在煤氣灶旁邊，半夜裡煤氣中毒慘死。

紅雋說：「外公外婆去世以後，我曾經想找回抽屜裡的玻璃彈子和那個沒有照片的鏡框，結果老早就不知去向，連我留在那裡的一點點衣物，也被家人扔了出去。我變成了一個徹底沒有親人，沒有家庭，沒有牽掛的人了。」

那時候不少新疆建設兵團上海青年，開始想辦法要離開戈壁灘的沙漠，而紅雋對此一點興趣也沒有，她參加過墾荒，也在一望無際的草原上放過羊，她好像真的要在那裡生根了似的。一直到那塞外的野風，把她的臉皮割裂得好像沙皮一樣的時候，她的哥哥，那個送給她玻璃彈子的哥哥，通過台胞辦公室在石河子找到了她。

她的哥哥看到她，摸著她頭頸後面的一粒痦子第一句話就說：「儂真的是我的小妹啊！我苦命的小妹啊，爹爹姆媽都沒有能看到儂一眼就去世了。姆媽為此至死不瞑目。」

後來這個哥哥又說：「幸虧姆媽沒有看到儂，假如伊看到儂如此辛苦，面孔看上去比伊臨終的時候還蒼老，一定會傷心的。」

哥哥牽著她的手，帶她去買衣服，帶她去做頭髮，最後就把她帶到美國來了。不幸的是，當她剛剛開始新的生活，長期咳嗽的哥哥被診斷為肺癌，而且已經到了第四期。紅雋日夜伺候剛剛得到又要失去的哥哥。她說：「我眼睜睜地望著生命從哥哥的軀體上一點一點離去，最後的時刻，枯竭的血色一寸一寸地退落，整個的人變得冰冷僵硬，我拚命地拉住哥哥的手，因為伊是我在這個世界上唯一的親人了，但是我拉不住……」

哥哥去世以後，紅雋的嫂嫂開始對她冷眼相待，甚至惡言惡語要把她趕出家門。紅雋說：「我又落入了寄人籬下的生活當中，回想我的一生，似乎無時無刻都是在這種痛苦的境地裡掙扎，我想起來哥哥和我重逢的時候告訴過我，姆媽生下我第一眼就看到我頭頸後面有一粒痦子，外婆歎了口氣說：『人背痣，霉運壓！』可見我就是倒楣的命。」

紅雋在哥哥去世以後，決定不再離開美國了，因為這裡是她的家，這裡的房子是她的父母辛苦打拚，積攢下來留給他們兄妹的。她想她不應該是寄人籬下，而應該理直氣壯地住了下來。於是用她的哥哥在世時給她的零用錢，用別人的姓名租借了一輛快餐車，在大學城裡擺了一個新疆烤肉攤，每日裡早出晚歸，風裡來雨裡去，辛辛苦苦賺錢養活自己。

在紅雋講述故事時的時候，我注意到她的手背上有燙傷的疤痕，我曉得這都是烤肉的時候爐火濺上來燙到的。我問她痛不痛，她說：「還好，已經麻木了，儂摸摸看。」

「啊喲，儂的皮膚怎麼像樹皮一樣的啦?!」我叫了起來。正在隔壁吃飯的女老闆聞聲跑過來說：「讓我看看，讓我看看。真可憐，我介紹你參加『NuSkin』俱樂部吧。」

「什麼？『新皮』俱樂部？」紅雋問。

「那是『老鼠會』。」我一聽這種生意經就煩，在美國經常會有各種各樣的老鼠會出現，賣吃的、賣用的，還有賣沒有用的東西，每一次冒出一個新的老鼠會，許多中國人就從四面八方聚集在一起，開會、討論、介紹經驗，好像真的一樣。我以為這種老鼠會就是把朋友口袋裡的錢騙到自己的口袋裡來，所以一旦有人拉我參加老鼠會，我就不再和這個人做朋友了。

但是女老闆不一樣，她是最起勁這種事情了，我從來也沒有看到她因為老鼠會賺錢，只有花錢，最多是搬了一大堆沒有用的化妝品、裝飾品、食用品等等放在辦公室裡送人。我以為紅雋不會對這種花錢又花時間的買賣有興趣，不料她一聽就來勁了，跟著女老闆到隔壁房間去聽她介紹她的「新皮」，後來還成了女老闆的同黨。

紅雋成為女老闆的同黨以後就常常在收攤以後彎到我們辦公室裡來，她們知道我討厭老鼠會，也不來煩我，兩個人在女老闆的辦公室嘀嘀咕咕計算鈔票和發展的對象。紅雋是老鼠會最積極的會員了，她隨時隨地都帶著她的「新皮」，有一次我的兒子嘴巴上發熱瘡，她立刻從她的包包裡摸出一罐「新皮」，在我兒子嘴上擦了擦；丹丹臉上長痘，也是這罐「新皮」，在丹丹臉上擦了擦；最可怕的是，有一次我發痔瘡，紅雋摸出來的是同樣一罐「新皮」。

我發現紅雋變了，變得女人了，手上的老皮也變得細膩很多，特別是她的精神狀況。由於紅雋的變化，我對老鼠會的看法有所改變。我發現老鼠會除了買進賣出以外，最重要的就是聚會，那些飄泊的異鄉人時而聚集在一起，歎歎苦經，講講歡樂，哪怕只是坐在一起吃吃點心喝喝茶，也是孤獨當中最好的調節呢。

紅雋在這些聚會當中，總歸會帶一大盤的烤肉。她的烤肉絕對一級棒。她會烤豬肉、牛肉、羊肉、雞肉，甚至又老又硬的火雞肉也會烤得滋味十足。有一次看到紅雋在烤肉攤賣羊肉串，那羊肉燒烤得金金黃，一粒粒在炭火中吱吱作響，入口滑嫩。寒風裡，我站在她的對面，隔著不時濺起的火焰流下了眼淚，我想起來當年結婚的時候，在北京的東來順宴席上面的羊肉串。

我問過紅雋烤肉的祕笈，她笑道：「盡心盡力。」

紅雋對待她的烤肉攤，真的是做到了盡心盡力，她從來也不會在中國城或者一般超市購買肉類，一定是要驅車一個多小時到屠宰場去採購，她說原料新鮮是最重要的。買了肉以後還要買香料，她從來也不偷懶去買那些加工好的香料，所有的花椒、辣椒、孜然等等都是她自己打磨的，幾乎是現賣現磨。

我吃過紅雋烤的火雞，通常不被我接受的火雞胸脯被她烤得溼潤鮮嫩，原來她是把所有的調味料用注射器注入火雞的肉層當中。她得意地說：「這樣烤出來的火雞，儂想叫它不入味都不行。」

紅雋的人緣很好，大家都喜歡她和她的烤肉，有一次，當地頗有名望的華人書法老人，劉爸爸和他的牽手吃過紅雋的牛肉串之後，特別揮筆抄錄了道光二十五年，詩人楊靜亭〈都門雜味〉的詩句：「嚴冬烤肉味堪饕，大酒缸前圍一遭。火炙最宜生嗜嫩，雪天爭得醉燒刀。」

劉爸爸的書法是差他的洋媳婦送到紅雋手上的，結果那個時髦的外國女人顧不得賣相，站在風頭裡，一口氣把紅雋烤肉攤頭上的各類花色品種統統品嘗了一遍，最後還抱著紅雋說：「我愛你！」

但是有一個人不會愛紅雋，那就是她的嫂嫂。紅雋和她的嫂嫂就好像是釘頭碰鐵頭，誰也不讓誰。終於有一天，紅雋敗下陣來，她腳後跟的軟當被她的嫂嫂抓住了，那就是她的身分出了問題。

紅雋當年沒有輪上八九大赦，後來她的哥哥病入膏肓，來不及為她辦理綠卡，紅雋的旅遊簽證過期以後，變成了一個「黑人」。這幾天，她的嫂嫂揚言，要報告移民局把她驅逐出去。

於是，天不怕地不怕的紅雋亂了陣腳，她有些六神無主了，她說：「怎麼辦？這個王八蛋想要獨吞爹爹姆媽的心血，我要和她拚了！早曉得應該聽哥哥的話，隨便找一個人嫁了，弄個身分再說。現在立時三刻叫我到哪裡去嫁人啊？就是假結婚也找不到人呢！」

紅雋的一句話提醒了我，我的腦子裡突然間冒出了密考伯，於是把紅雋的故事繪聲繪色地對密考伯敘述了一遍，一看到密考伯產生了同情心，立刻趁熱打鐵，速戰速決，兩個星期以後，紅雋和密考伯雙雙前往市政府，領取了結婚證書。六十天以後又到同一個辦公室得到了一份許可書。一切就算辦妥了，紅雋堂而皇之地開始申請綠卡。

紅雋開始辦理綠卡以後和我們疏遠起來，丈夫對我說：「這種事情知道的人愈少愈好，紅雋這是保護大家呢。」我想了想也有道理，不去追究。

時間不知不覺地過去了，紅雋結婚的時候還是冰天雪地的冬天，一忽兒春暖花開，又一忽兒就到了炎熱的夏天了。這一天下班，我剛剛坐進汽車正準備發動引擎，紅雋從汽車的另一扇門裡鑽了進來。「啊喲，儂這是從哪裡冒出來的，好幾百年不見了呢，怎麼變得滋潤起來，又有什麼喜事啊？是不是拿到綠卡了呢？」我連珠炮一般地發問。

「我，我要結婚了。」紅雋像個大姑娘一樣羞澀地說。

「這又不是什麼新聞，儂不是老早就結婚了嗎？啊喲，不對，看儂的樣子是要真的結婚了呢！跟什麼人？真的嗎？」我驚愕至極。

「還有什麼人，不就是儂介紹的密考伯嗎？」紅雋繼續羞澀。我則顧不得她的羞澀了，一把抓住她問：「喂，告訴我，這個密考伯是怎麼把儂搞定的？什麼時候發生的事情？」

「不要講這麼難聽好不好？我們是相愛結婚的。」「相愛」這兩個字從這個四十多歲的半老徐娘嘴巴裡吐出來有一點點肉麻，我的腦子發生錯位地說：「哎，不要把我當成移民官好不好？又不是申請綠卡。」

「我說的是實話，我們真的是真心相愛才結婚的。」紅雋這一次一點也沒有忸怩的姿態，反而好像發誓一般，完全把我震動了。原來半年以前，當密考伯表示願意幫助紅雋解決身分問題的時候，紅雋感激流涕，她即刻就掏出準備好的五千美元作為酬金，放在一個信封裡面交給了密考伯，這以後他們開始為辦理各種手續而奔忙。

大概是三個月以後，密考伯的家人得知密考伯結婚的消息，立刻表示這是他們家族裡的大事，不可以如此草率了事，一定要到教堂去舉行儀式。密考伯不便向他們解釋其中的祕密，只好和紅雋商量。其實這個時候的紅雋已經對這個善良的密考伯產生了好感，她有些習慣每天都要看到這個走起路來一步搖三搖的美國大胖子，好像和他在一起是件順理成章的事情。更何況密考伯是為了她才演這齣戲的，她理所當然應該陪密考伯一起到教堂裡去走一趟，以安撫密考伯的雙親。

紅雋說：「當我和密考伯面對面地站在聖壇的前面，那個身著長袍的牧師一字一句地宣布我們是『丈夫和妻子』的時候，我突然百感交集，想到我這一生的苦難，孤苦伶仃活在這個世界上，一個親人也沒有，從來也沒有談過戀愛，年紀這麼大了，好不容易結一次婚還是假結婚。我淚如湧泉，大哭起來。大家都以為我是過於激動，流出來了幸福的眼淚，紛紛為我祝福。」

紅雋的眼淚感動了當時在場的一位美國律師，他主動免費為密考伯和紅雋辦理了原本他們自己申請綠卡的手續。紅雋不知道她的眼淚還感動了一個人，那就是密考伯。很快，紅雋的臨時綠卡批下來了。這一天，密考伯特別驅車到紅雋的快餐車去接她下班，回到家裡，密考伯為紅雋斟上紅酒，然後慎重地摸出一只信封，裡面是紅雋當時交給他的五千美元，一分也沒有少。

緊接著密考伯單腳跪下向紅雋正式求婚。他說：「我知道你心裡很苦，你走過了一條缺『愛』的道路，其實我和你一樣，從來就是被人譏笑，被人看不起。沒有人知道我的內心是美麗的、誠懇的，就是和你一樣，你的美麗就是在於你的真誠，我愛你，至死不渝。」

「我怎麼可能拒絕呢？密考伯比我年輕，雖然伊的肥胖讓人難以接受，又有很多毛病，可就像伊自己所說的，伊的內心是美麗的、誠懇的，這就夠了，我真的願意和伊廝守一輩子，就好像一根藤上的兩個苦瓜。」紅雋說完又加了一句：「儂不知道密考伯有多麼善良呢！」說話的同時，臉上呈現出完全不是苦瓜的神情。

「對了，我來找儂，是為了邀請儂全家來參加我們真正的婚禮的，我和密考伯商量好了呢，要好好辦一辦，請柬過兩天就寄出來。」紅雋說著就從我的車子裡跳了出去，她說她要給密考伯購買山楂：「對糖尿病人有幫助呢！」她朝著我揮了揮手，隨即消失在中藥鋪子的門洞裡了。

密考伯的婚禮是在郊外的一家俱樂部裡舉行的，魯光夫婦帶領了他們的一大幫音樂系的朋友，主動擔當起當日的音樂演奏，從孟德爾松的〈婚禮進行曲〉和瓦格納的〈婚禮進行曲〉一直到〈新疆之春〉和蒙古的〈牧歌〉還有羅馬尼亞的〈雲雀〉，大家一邊喝酒一邊跳舞，熱鬧得一塌胡塗。

紅雋那些「新皮」的同黨，借用了紅雋的烤肉家當，在露天支起了烤爐，不斷地為大家提供新疆烤肉。那只巨大的結婚蛋糕是我們丹佛的華人聯合贈送的，上次為這對新人主持婚禮的牧師和幫紅雋申請綠卡的律師也都來了，還有密考伯的親友和我們學生宿舍的鄰居……足有好幾百人。想不到的是，紅雋的嫂嫂也來了，紅雋說她真的很幸福，當她幸福的時候，就不會計較別人曾經對她的傷害，設身處地想一想，嫂嫂也是不容易，更何況她的嫂嫂是她侄子的母親，那個侄子是紅雋家的根，是紅雋在美國，唯一的有著血緣關係的親人呢。

我看到紅雋的嫂嫂和紅雋，在這盛大的婚禮上一邊吃著烤肉，一邊說說笑笑，她們親密無間的樣子，讓人感到她們之間的親情。「砰碰」一聲，喜慶的香檳打開了。

菜泡飯和 Orzo

「我的肚子餓了！我的肚子餓了！我要餓死了！」一百多個小美國人對著我大吼，嚇出了我一身冷汗，立時從噩夢當中驚醒過來。張開眼睛看到的不是天花板，而是透出了天光的房頂。房頂是用木板拼搭起來的，夾縫當中可以看到一隻小鳥正站在那裡，探頭探腦地向我張望。

「這是在什麼地方啊?!我怎麼會睡在這種四面透風的地方？」我一時胡塗，完全忘記了我已經遠離科州，到達了一千多公里以外的明尼蘇達州了。

手上的電子表「答答」地報起時來，啊喲不好，已經是五點鐘了，趕快爬起來做饅頭，不然的話那一百多個小美國人真的要對著我大吼了呢。現在我完全清醒過來，我不僅是在明州，還是在明州郊外的萬湖村中文夏令營擔任大廚。回想起來自己也記不得了，一向被教育成唯有讀書高的千金小姐，是什麼時候開始完全拋棄了士大夫的念頭，只要有錢賺，當個燒飯師傅也是開心的呢。

我匆匆起床，看了一眼還在酣睡當中的兒子和丈夫，幫他們把踢開的被子蓋好，便提著我的盥洗用品，推開了房門。一時間，剛剛從地平線上升起的霞光把我緊緊包裹，我瞇縫起了眼睛，深深吸了口清晰的空氣，立刻就感覺到一陣透體的新鮮，我想我是到了伊登。

我伸出腳，踏在滿是露水的草地上，朝著遠處沒有炊煙的廚房走過去，在我的左手邊有一片大湖，掌管水上活動的宋老師已經在那裡跳水了，他是從紐約來的，原本是中國的一名籃球運動員，現在改行學會計，放假的時候也到萬湖村來打工賺錢。其實這裡賺的錢並不多，但是吃住不用花錢，在這裡工作一個月，背回去的是一份全工資，也是相當可觀的。我的丈夫到美國以後，每個夏天都會來這裡主持中文教學項目，除了賺錢以外還有一份感情。

萬湖村一共有十多個不同語言的夏令營，每個夏令營都好像獨立王國一樣，坐落在與世隔絕的森林當中。第一天進村的時候還要通過「關卡」，領取夏令營的「護照」，就好像真的一樣。兒子是開心的，想到兒子，我便回過頭去看了看我們睡覺的木屋，那間東倒西歪木頭房子，在初升的太陽底下變得金光燦爛起來，我想起了《草原小屋》。

就在我回頭看兒子的當兒，一條草蛇「唰」一聲從我的腳邊竄過去，嚇得我驚叫起來。「不要叫，不要叫，我來抓住牠！」和我們一起過來賺錢的魯光從我的身後趕上來說。

魯光是也在廚房工作，在廚房工作的還有天潤，另外還有兩個洗碗的美國大學生，一共五個人，為一百多個小美國人煮飯。因為我是主廚，終歸會起得最早，只有比我年長魯光常常會主動幫我一把。此刻，魯光正在草地上撲來撲去，他把外套也脫下來了，抓在手裡捉蛇。

「嚇死人啦！快走吧，一點也不好玩。」

「啊哈，我捉到啦，好肥一條草蛇，皮色也很有光澤，一會兒我把他剝下來，送給你做個皮夾子。」

「快，快丟掉，救命啊！」我大叫起來，魯光被我的尖叫嚇到了，他的手一鬆，草蛇「嗖」的一聲從他的外套裡溜了出去，逃走了。

魯光懊惱至極：「一頓辣子蛇肉泡湯啦。」

「什麼，你竟敢想在大廚房裡活殺草蛇？幸虧沒有讓你的陰謀得逞，要是讓那兩個美國人知道了，弄不好要坐牢的。」

「不會的，我會神不知鬼不覺地活殺這條蛇，蔥薑蒜末爆炒，加點小辣椒，那才叫香呢。然後端到我們的小木屋裡去，和你老公一起喝兩杯，好像神仙一樣！」

殺蛇不是一件容易的事情，記得出國以前，我曾經去一間頗有名望的烹調學校學做小菜。熟識的校長專門陪我到教室裡，他說：「這裡是最時髦的廣東菜。」

我還來不及和那個瘦弱的小個子老師打招呼，只看到他眼明手快地從一只玻璃缸裡鉗出一條三尺多長的黃蛇，一轉眼已經釘到了板壁上，然後一把竹子尖刀在蛇的脖子處畫了一個圈，又用兩隻手一扒拉就把蛇皮擄下來了，緊接著是一陣眼花撩亂的操作，很快一條白淨的草蛇被剁成了小段。我看到在那些蛇肉還在砧板上顫抖，就「嗞啦」一下投入到燃燒著火焰的油鍋裡。包裹著火苗的蛇肉在油鍋裡抽眩，看得我毛骨悚然，從此與學做廣東菜斷交。

想到這裡，我立刻對魯光說：「你趕快斷了吃蛇的念頭，還是幫我到廚房裡蒸饅頭吧，一歐歐那些小美國人唱起肚子餓的歌，就好像要吃人一樣，讓人聽了不寒而慄。也不知道是誰的原創，真缺德。」

「你真的不知道誰是原創嗎，那是你的老公啊！還有臭襪子歌等等。聽上去這些歌很無聊，但確實幫助他們記中文單詞，很實用的。」

說著說著，食堂到了。推開木質的大門，裡面是空無一人的飯廳，一排排粗糙的橡樹條桌和條凳還散發著新木頭的氣息。飯廳被一排木板隔開，那排木板的上半部分可以拆卸，拆卸下來以後，就可以看到裡面的廚房了。廚房裡的衛生由那兩個美國學生負責，其中有一個是剛剛考入耶魯大學的女孩子，聽說她是一個富豪的女兒，卻一點也不嬌慣，洗起碗來比我家的胖媽還利索，我封她了個內務總管的銜頭，結果她制定了一個廚房工作十八條，從洗手戴帽，一直到食物衛生，認真得讓我也受不了。天潤譏笑我是自己給自己套了個緊箍咒，自作自受。所以我喜歡在她不當班的時候到廚房裡做事，免得讓她抓到把柄。

此刻那個耶魯女孩還在睡覺，那是因為我在她的十八條裡又加了一條，那就是「內務總管每日在熄燈以後必須親自按照十八條裡的規定檢查工作，並用鹼水把所有平面擦洗一遍。」

耶魯女孩當即小心翼翼地問：「可不可以用美國的漂白水，比較簡單。」我說：「不可以，這裡是中國夏令營，中國夏令營要按照中國人的方法打掃衛生。」於是她不得不每天把我從中國城裡買來的石鹼砸成小塊，泡化開來。這實在是很費時的一件事情，常常忙到半夜，為此我又讓她上午不用上班。

耶魯女孩不在廚房了，我便感覺到自如很多，先到冰室裡把昨天下午已經蒸好的饅頭搬出來，分別堆在三個籠屜裡隔水蒸上，然後再到洗手間的水池裡洗臉刷牙。魯光則在一邊把前一天的剩飯集中在一起，又加入絞碎的薺菜、蘑菇，注入清水，大火燒開，一會兒，一鍋鮮美的菜泡飯就煮好啦。美國火腿末是最後加的，因為要把素食者的食物先舀出來。隨即又「偷偷」撒上一把起司粉，立刻大廚房裡溢滿了垂涎欲滴的香味。

這道中西「亂搭」的菜泡飯是我首創，那是因為在一開始我就發現，這群小美國人最不能接受的就是稀飯。一連好幾天，我披星戴月爬起床，辛辛苦苦地熬煮稀飯，結果總是得不到青睞。強制丈夫和中國人，每人喝上兩大碗，最後弄得所有的黃皮膚同胞，看到我就好像看到瘟神一般地躲得老遠。丈夫譏笑我在練無用功，讓我放棄稀飯，但是這裡的語言村有規定，要讓大家了解所學的語言國最基本的飲食，稀飯當然就是首選啦。

「過幾天習慣了就好。」我堅持說。果真幾天以後剛剛吃過早飯，幾個小男孩就到廚房裡問我要剩餘的稀飯，我一聽來勁了：「有一點冷了呢，我幫你們熱一熱好嗎？」

「冷的好，冷的好，我們就是要冷稀飯。」

「那讓我們用推車送過去好了，很重的呢。」

「不用，不用，我們自己來吧。」這些孩子一邊說一邊歡天喜地抬著滿滿一鍋稀飯走了。而我則好像打了個勝仗一般，輕輕地哼唱起鄧麗君〈月亮代表我的心〉來了。

這天是星期六，不用上課，各個活動小組都在做遊戲，一群男孩子竟然在飯廳裡比賽喝牛奶，他們把塑料杯子放在長桌上排成一長排，灌滿了牛奶，一個小男孩一口氣喝了十二杯奪冠。

在孩子們的歡笑聲當中，我把午飯的準備工作做好了，看看時鐘才十點，於是走出廚房，稍稍喘一口氣。萬湖村真是一個世外桃源，這裡的夏天一點兒也不炎熱，碧波蕩漾的湖水清澈透亮，一眼可以看見湖底的小魚游來游去。兩隻手搭起了個涼棚對著湖邊眺望，那裡的孩子們正在進行划船比賽，一艘艘裝飾成五顏六色的小船在湖面上飛馳，湖邊的女孩子們發出了瘋狂的尖叫。看著看著，真羨慕他們無憂無慮的好日子，可以如此放肆。

突然我想起來了一件大事，我對魯光說：「不得了，這麼大的運動量，今天的米飯可要加倍了。」

「啊喲不好，你看！他們給失敗者的懲罰是什麼？就是那一大鍋的稀飯啊！」魯光沒有回答我的話卻大叫起來。

說時遲那時快，只見第一艘到岸的勝利者跳下船隻，直奔那口鍋，幾個人一起把鍋子抬到湖邊，爭先恐後地用塑料盤子舀出稀飯扣到後來者的臉上，大家你追我逃，又喊又笑，不一會兒就把一鍋子白米稀飯摔打得精光，我看呆了。

我想起來「三年自然災害」的那個早晨，面對著一小盤捲心菜根，苦思苦想一口稀飯。那時候的一口稀飯，對我來說就好像是山珍海味一般，我的眼淚流了下來。兒子走到我的身邊，我蹲下身子對著他的面孔說：「中國人有句老話『誰知盤中飧，粒粒皆辛苦』，永遠也不要糟蹋糧食，這是要遭天雷打的呢。」

聽到最後幾個字，兒子的眼睛裡呈現出恐慌的神情，丈夫走過來，拍了拍他的小腦袋說：「媽媽的意思就是不要浪費，媽媽不喜歡浪費。你現在去找小朋友玩吧。」

兒子一轉眼就鑽到他的小朋友堆裡去了，丈夫轉過身體對我說：「你最好不要把兒子嚇死，這裡是美國，是一個提倡消費的國家。他們的消費在你的眼睛裡就變成了罪惡的浪費了。告訴你，美國的人口只占世界人口的百分之六，但是消耗了地球上將近一半的資源。假如他們像你一樣『不浪費』，世界上就會減少多少就業機會？餓死多少人呵？」

「照儂這麼說，我的『不浪費』反而變成罪惡了？」我被惹怒了，十分光火。

「這話是你自己說的，自己去想吧。」丈夫一邊說一邊溜走了。

我想得頭昏腦脹，仍舊想不通。第二天是星期日，夏令營的美國天，也就是回到美國人的生活裡去。美國多數家庭在星期天只開兩頓飯，一頓是早中飯，另一頓是晚飯。這兩頓飯不用我管，由夏令營的營長掌廚。營長是一個學過幾年中文的美國人，平時以做木匠為生，小時候就是這個夏令營裡的學生，所以每年夏天到這裡來延續他的夏令營情結。

星期日的一大早，「小木匠」就圍著一條雪白的飯單到廚房裡來了，他讓他的老婆打下手，煮了一大鍋開水，然後倒進去一大包麥粒狀的麵點，他說這種麵點叫orzo。就在等待orzo煮開的時候，我看見小木匠往另外一個鍋裡放入青豆，煮好以後過冷水瀝乾。放入大碗裡，拌入橄欖油和鹽，加入烤過的紅辣椒，撒上起司粉、迷迭香、番紅花等，然後把這種種佐料倒入orzo裡，攪拌均勻，一會兒一道吸飽了美味湯汁的麥粒狀的麵點就做好了。

咋一看，這orzo有一點像大號的米飯，放在嘴裡很有彈性也很有嚼勁。嘗一嘗，味道竟然是如此美妙。一時間，我茅塞頓開，我想起來了，我可以把上海菜泡飯和orzo「亂搭」一下。結果我的實驗成功，一大鍋「亂搭」的泡飯，當即就被小美國人一搶而光。

我感到非常得意，因為我發現——中西結合的「亂搭」實在是相當聰明的烹調方式，後來發現「亂搭」在幾年以後的美國極其時髦，被稱之為「fusion」，可以翻譯成「混合」。到處都有中西混合、南北混合，有的明明不是「混合」也會被灌上「混合」兩個字。常常把完全不同的烹調方法「亂搭」一下，立刻會產生意想不到的驚喜，而我老早就創造了我的「亂搭」了。

我正站在廚房裡，把一大鍋「亂搭」的上海菜泡飯分別舀到十個放沙拉的木頭大碗裡，然後分發到十個飯桌上，兒子一陣風地飛了進來。他十分緊張地抱著我的大腿說：「不得了啦，外面有一隻紅顏綠色的大鳥，神氣活現地站在我們的木頭房子門口，面孔血血紅，發出老老響的叫聲呢！我嚇得從後窗子裡跳出來啦！」

「什麼東西這麼可怕？讓我去看看！」剛剛把熱呼呼的饅頭端到前台上的魯光說。魯光最熱中於這種事情了，我擔心他又會去把那個怪物捉回來，立刻阻止，但是已經來不及了，他拉著我兒子的手跑得老遠。一忽兒他們倆高高興興地回來了，果真手裡捉著一隻東西，走到近處一看，原來是隻大公雞。

「哈哈哈，連雞也認不得，還說是大鳥呢！」天潤在一邊譏笑我的兒子。

兒子有些不好意思地辯解：「我從來也沒有看見過活雞啊，再加上媽媽從來也不許我進廚房的呢！」

「快放掉，又不是在中國上山下鄉，偷農民的雞吃！」我捉牢兒子去洗手，一邊告戒他以後不許去抓這種齷齪的東西，「上面有細菌的！」我說。

我看到魯光在一邊對著我的兒子眨了眨眼睛，立刻警覺起來：「你們有什麼事情沒有告訴我？」

「沒有！」他們異口同聲的回答。這天中午吃的是冷麵，我用義大利乾麵代替了中國拉麵，不容易黏在一起，也不容易斷，很有嚼頭。我發現這群小美國人吃東西的時候，「疙瘩」起來來得個「疙瘩」，隨和起來又來得個隨和。因為這裡的芝麻醬比較昂貴，而且一定要到中國城去訂購，所以改用最普通，最便宜的花生醬。改用花生醬的另一個原因是：花生醬是美國人熟悉的食品，他們對自己熟悉的東西總是接受比較快，而且特別喜愛。

我把花生醬用麻油、醬油、醋調好和義大利麵拌在一起，滿滿登登一大鍋放在前台上，又醬爆一鍋豬肉粒和用清水炒了一鍋菠菜放在一邊，魯光是不會忘記他的四川辣醬的，對於他來說，一般的辣醬不過癮，自己磨了一瓶辣椒粉，澆入熱油，立刻辣得大家眼淚鼻涕一大把。不料，那些小美國人倒是喜歡的，一轉眼，所有的鍋子和那只辣椒瓶都地朝天啦。

午飯以後開始做第二天的饅頭，魯光把麵粉倒入攪拌機，天潤把牛奶注入，牛奶是政府免費贈送的，每隔兩天就有當地的送奶公司專門送過來，因為很多，我們恨不得炒菜也要放牛奶了呢。

魯光和天潤一邊發麵一邊說話，天潤說：「我老婆簽證通過了，下個月就要到美國來啦。」

「哦喲，你好像新婚不久就出國了，還沒有過過小家庭的生活吧？」

「是的，有沒有經驗之談？」

「當然啦，最煩人的就是做家務，這種時候最容易發生矛盾了。」

「那怎麼辦？我最煩洗碗打掃衛生這種事情了。」

「告訴你一個訣竅，每到這種時候，你就做出一副笨手笨腳的樣子，很想做事又不知道從哪裡下手，最好像一根木頭一樣，杵在你老婆礙手礙腳的地方，甚至打翻一個醬油瓶或者鹽罐子等等，不斷地問：『要不要幫忙？』一副誠心誠意要幫忙結果只會幫倒忙的樣子，弄得你老婆煩了，一定會說：『算了算了，你去忙你的吧，這裡的事情我一會兒就做好了！』於是，大功告成，得到恩准，你一邊表示還想幫她做家務，一邊開溜，溜得愈遠愈好，想幹麼就幹麼去啦！」

魯光洋洋得意地說。

正在這時候，一個腦袋從廚房的邊門冒出來，露出半個身子說：「啊喲，你們正在忙啊？」這是我的丈夫，他不容我回答就走到我面前，擋著我的道說：「要不要幫忙？」我還來不及回答，他又說：「算了算了，我還是去忙我自己的吧，省得礙手礙腳的……」

魯光和天潤哄堂大笑。丈夫被他們笑得莫名其妙，我則一本正經地說：「儂一點兒也不礙手礙腳，快幫我把垃圾倒掉。」說著我又別轉身體對魯光說：「這是從你的經驗之談裡得到的啟示，現買現賣。」

這天晚上，我準備到湖邊去洗桑拿，回到房間裡卻怎麼也找不到我的小臉盆。屆時，兒子蹲在牆角邊怯生生地看著我，我突然想起上午，魯光對著我兒子眨眼睛的模樣。於是把兒子抱到身邊，溫柔地說：「阿拉兩個人就好像一個人一樣，最要好啦，儂樣樣事體都會告訴媽媽的，從來也不會瞞媽媽的，對嗎。」

兒子被我騙進，抱著我的腦袋說：「儂不可以罵我的，魯光伯伯教我捉了一隻大烏龜，現在正藏在我屁股下面的小臉盆裡。」

我鬆了一口氣，心想還好，不是一條蛇。把兒子從小臉盆上拉起來，果真一隻巴掌大的烏龜趴在那裡。兒子用筷子挑了一點飯粒餵牠，牠縮頭縮腦不予理睬。我是最不喜歡這種齷齪兮兮的小動物了，但是為了不讓兒子掃興，只好說：「牠還不認得儂啊，過兩天認得儂了，就會變成儂的朋友了。」

半夜被兒子推醒：「不得了，有人在我的床旁邊喘氣！」仔細一聽，確實有一個微弱的喘息的聲音，在我們大床內側的小床旁邊持續。為了不吵醒勞累了一整天的丈夫，赤著腳跳起來，打開手電筒一看，哦喲！剛才還是縮頭縮腦的烏龜，現在頭頸伸得老長，兩隻眼睛定烊烊地盯著我的兒子，可憐巴巴地好像要流出眼淚一樣。兒子嚇得渾身發抖，緊緊抱著我的大腿說：「媽媽，伊想伊的媽媽了！對不起，對不起，我不應該把伊捉回來的，伊在求我放伊回去呢！」

滿天星斗底下，兒子在我身邊，抱著那只小臉盆向著湖邊的小水溝走過去，到了水溝旁邊，他把烏龜放到了草地上，看著烏龜朝著水溝爬過去，又消失在黑暗當中，我聽見兒子說：「再見……」

回到睡覺的小木屋，兒子好像放下了負荷，倒頭就進入夢鄉，而我則久久盤腿坐在床板上，望著木板屋頂夾縫裡洩漏的藍天。我感覺到冥冥之中，萬物有靈，不然的話，烏龜怎麼會爬越了大半個房間，去求睡得最遠的兒子呢？一定是牠知道了只有兒子會送他回去。

烏龜折騰了我大半個夜晚，弄得我疲憊不堪。第二天是萬湖村的國際日，也就是說萬湖村的十幾個語言夏令營聚集在總部，一千多個夏令營的學生加上附近的居民，和一些遠道的客人以及學生家長足有三四千人，熱鬧得像趕集。各個不同的語言夏令營還要貢獻兩道拿手菜，一葷一素。我們的菜是——炒素和甜酸雞。

原本以為這不過是小菜一碟，沒有什麼高難度，不料一踏進總部的大廚房就傻了眼。只見裡面的炒鍋有半個乒乓台這麼大，是方形的。菜鏟比挖土的鏟子還要大，一鏟下去五六磅，魯光、天潤和我車輪大戰，不一會兒兩條手臂痠痛痠痛。一開始還講究先爆蔥薑大蒜，再放主菜，最後加入調料，到了後來，管他是蔥薑大蒜還是油鹽醬醋、捲心菜胡蘿蔔，一古隆冬統統倒下去，翻炒到熟透了，便鏟入一個個盛菜的方盒子送入飯廳，第二鍋菜還沒有放下去，空盤子已經收回來排在爐灶旁邊等待了。至於那道甜酸雞變得更加簡單，先把裹著發麵粉的雞塊放在油鍋裡炸，炸熟以後乾脆直接放入方盒子，倒入甜酸汁等就搬出去啦。

我實在是累得要昏過去了，趁著魯光和天潤翻炒的當兒，坐到外面的長凳上去休息一下。丈夫看見了跑過來遞給我一杯熱茶，兒子則用他的小手為我按摩，我感到說不出的滿足。一對美國老夫婦端著裝滿菜餚的紙盤子坐到我的身邊說：「這些中國菜是你烹調的嗎？」

我嚇了一跳，以為他們會說真難吃，不料他們伸出大拇指說：「真好吃，這是我們吃到過的最好的中國菜，中國菜原來是這樣的啊！好吃極了！」

我曉得這是美國人最嫻熟慣用的「客氣」，我的臉紅了，我感到內疚，這是我唯一的一次唬弄了不懂中國菜的人，假如再有機會的話，一定要為他們做一頓真正的中國菜。

鹹肉和火腿

從明州回科州的途中，特別繞道去了一趟芝加哥，看望那個重孫比她幾乎高出一倍的嬸嬸。嬸嬸看到我的第一件事就是把我拎到她車庫裡的一台巨大的磅秤上，然後說：「你至少要減二十磅！」

說著，嬸嬸來到廚房裡一個精緻的台秤旁邊，秤來秤去，最後分給我半勺米飯，兒子一勺，丈夫兩勺，另外一人一小塊三文魚，水煮的菠菜倒是一人一大堆，這就是當天的晚餐了。

三文魚是野生的，好像什麼佐料也沒有放，蒸得有些半生半熟，想加一點鹽，找來找去找不到。嬸嬸說：「我們家是從來不進鹽的，鹽對身體不好。」

這時候，坐在我身邊的兒子的喉嚨裡發出一種很奇怪的聲音，回頭一看嚇了一大跳，只見他張大了嘴巴，兩隻小手在嘴巴裡亂掏。再一看原來是一根長長的菠菜，一半已經嚥到喉嚨裡，另外一半還拖在嘴巴外面，噎得他眼睛也要翻白了。連忙幫他把這根菠菜拔出來說：「這根菜怎麼這麼老的啦？咬也咬不爛，要出人命了！」

「亂講！這是我們菜場裡自己培育的，很多纖維，健康食品。」嬸嬸說。嬸嬸是老華僑了，她的祖父當年在廣東被捉過來修鐵路，後來憑著精明和機智，開了一家洗衣房，到了她的父親手裡就變成了菜市場。菜市場的規模不大，在中國城裡占有了一間旺鋪，生意很好。嬸嬸說她一輩子也沒有離開過中國城，她也不願意離開中國城，因為在她的那個年代，中國人是很受歧視的，只能躲在中國城。嬸嬸沒有受過高等教育，卻很有智慧，她不甘心低人一等，幾次投資成功，終於在芝加哥最豪華的地區，用現款購買了一處豪宅。

嬸嬸說：「我也是被逼上梁山的，那時候，只要是好區的房子就不肯貸款給中國人。我沒有借銀行的一分錢，而是把一大包現款全部放到買主的面前，那兩個白人一下子瞠目結舌了，立刻把房子賣給了我。」

我不知道如此富有的嬸嬸是不懂得生活還是過於懂得生活，這天晚上她從冰箱裡摸出一小串葡萄，一人三粒分到我們的盤子裡，又在旁邊放了一小匙冰淇淋，那是連牙縫也塞不滿的呢。到了半夜我們一個個被餓醒，然後飢腸轆轆地坐在床上等天亮。我實在沒有辦法接受嬸嬸的生活方式。不料後來她的生活方式給她帶來了一百多歲的健康和長壽，許多譏笑她的人卻一個個早她離世。

記得第二天嬸嬸再三挽留我們多住幾天，被我堅決地謝絕，我只想趕快離開她的家，一大清早就整裝待發，飛快地鑽進自己的小車，直奔最近的麥當勞，把其中的早餐吃了一個遍。

隔天回到家裡，第一件事情就是洗澡，因為在嬸嬸家裡擔心用水過度，連澡也沒有好好洗。

當我剛剛跳進澡盆子，丹丹就來電話了，我站在澡盆子裡說：「讓我先好好沖洗一下吧，不知道為什麼，明州的水永遠都是滑唧唧的，怎麼也洗不乾淨。」

「那是因為水中礦物質的含量太高而造成的，並不是髒水。」丹丹說。

「對身體有沒有害啊？可憐的是那些孩子，他們的父母也真做得出來，一放暑假就把他們送進去了，整個暑假都不能好好洗澡。」我又想起來那一群和我朝夕相處的孩子們。

「若為的老闆就是這樣的，兩個孩子一人一個大包，裡面塞滿幾十套換洗衣物，然後就把他們打發到夏令營去啦。一個接著一個，一直到暑假結束為止。背回來的衣服臭不可聞，因為他們自己也不會洗，到了最後只好倒來倒去穿髒衣服。」

「那他們的父母幹什麼去啦？」

「他們也一人一個包，出去遊山玩水了呢！」

「他們怎麼不趁放假的時候為孩子們做一些好吃的？」

「做夢！若為的老闆和他的老婆平時也不做飯的，都是在外面吃完了才回去。」

「孩子們吃什麼？」

「週末的時候到超市裡買一大堆成品和半成品的快餐食物，堆在廚房裡，孩子們餓了就自己去抓一點放在微波爐裡熱一熱，或者熱也不熱就塞到嘴巴裡去填飽肚子。這就是有錢人啦，一點家庭的氣氛也沒有！」

「作孽！還是我們這些窮人的孩子有福，我是無論如何也不會讓我的兒子去吃這個苦頭的。

啊喲，我的兒子怎麼沒有聲音的啦？不要又在闖禍才好呢！」

「沒有啊，媽媽，儂快點洗澡，剛剛保爾哥哥來過了，因為電話一直占線，他就騎自行車過來了，他來通知我們到小溪旁邊去野餐的呢。」兒子聽到我的話大聲回答。

保爾是我們寄宿家庭湯姆森的兒子，已經過了結婚的年齡還是單身一人。他的父親湯姆森是一個退休了的中學校長，母親瑪莎是個家庭婦女。他們在波德最安靜的住宅區擁有一幢連體洋房，一半自己居住，一半出租給了一個年輕的訪問教授。

我不知道「Hostfamily」這個名詞是不是美國人的首創，只知道我們那個年代的留學生，似乎人人都有一個Hostfamily。這裡的Host不一定和「寄居」這兩個字有什麼直接關係，常常只是住在同一個城市裡的一個美國家庭。不過他們真的會像是你的父母一樣來關心你、幫助你。從明州回來以後有些想不通，美國人連自己的孩子也恨不得推出去，怎麼會如此熱心地接待那些素不相識的外國人？是不是在經濟上有什麼好處？起碼是可以免稅？

「不會，他們完全是義務的，這些美國人，主要是老一輩的美國人，那時候的女人多數是家庭婦女，足有閒情逸致。加上美國人一向熱情好客，他們習慣在幫助不同國家的留學生的同時，體現自己的強勢。」若為說。

「我覺得其中還有一份友情，湯姆森在一開始並不是我們的寄宿家庭，只是在一次聚會當中，談到教育問題的時候十分投緣，後來主動找我，一來一去變成了我的寄宿家庭。沒有任何文檔上的公證，完全是朋友的關係。」丈夫說。

我則以為和湯姆森投緣還是因為我們都對「吃」有著很大的興趣，常常發現一道新鮮的菜餚，就相互展示。這次讓我們到小溪旁邊去野餐，一定又有新花頭。我急急忙忙把自己沖洗乾淨，又把兒子塞到澡盆子裡。想起來儲藏室裡還有一塊自己醃製的鹹肉，取出來放在一大鍋的白水當中，大火煮開。

看著那塊瘦肉堅實，色澤鮮紅，肥膘稍有黃色的鹹肉，不由得意起來。記得剛到美國因為風雞鬧出的笑話，只有罵自己實在是笨蛋，現在無論是雞鴨魚肉，就是掛在正門口的門梁上，也不會被冠上虐待小動物的罪名。那是因為我在風乾這些「小動物」之前，都會為牠們穿上一件兒子小時候的小布衫。小布衫高高地懸掛在那裡，誰也想不到裡面還會隱藏著一隻「小動物」。我的這塊香味濃郁味道獨特的鹹肉，就是這樣醃製出來的，今天一定要讓湯姆森夫婦嘗一嘗。

鹹肉還在鐵鍋裡翻滾著，我以為這樣可以把多餘的鹹鹽逼出來。同時趁著這個空檔，我又取出四杯麵粉，以滾開的沸水沖燙麵粉，揉透成麵糰，再切成均勻的小塊做成小圓劑子，每兩個劑子中間沾滿麻油，合在一起擀成薄薄的一張餅，餅放入鍋中烙烤，一會兒呈現出一個個氣泡，翻一個面再烙，烙熟了趁著燙手的時刻便把餅撕開回復成兩張，然後一張一張平放在一條乾淨的茶巾上，包裹起來使之保持溫熱，這就是春餅了。

春餅原本是立春時節的食品，裡麵包上芹菜、韭菜和春筍，意思是勤快、長久和發達，後來發展成為家常食品了。東北人有句老話說烙餅要：「三翻、六轉、十二拍」。「翻」是大家都知道的，「轉」是使餅在鍋中的地位變換，「拍」則是烙好以後再拍拍，這樣做出來的餅才會酥鬆起層。

春餅做好了，鹹肉也煮熟了，我把滾燙滾燙的鹹肉扔進冰凍箱裡，五分鐘以後不再那麼燙手的時候，就可以抓起來切片。先用菜刀把鹹肉的四邊整修得方方正正，這才切成極薄的片，一層層地排在食品盒子裡，又往上面撒上一把香菜末。在我完成這些工作的時候，洗乾淨的兒子跪在椅子上一邊看著，一邊把我清理下來的碎料統統塞進嘴巴裡了，弄得兩隻手上都是油。我問他：

「好吃吧？」

「好吃，好吃！」兒子忙不迭地說。

「那趕快去把手洗乾淨，保爾哥哥大概已經先到小溪旁邊了，他們一定沒有吃過春餅夾鹹肉，肯定會大大的驚喜。」說著，我就把鹹肉放到野餐籃子裡，把春餅塞在鹹肉的旁邊，又順手從櫥櫃裡拿出一瓶甜麵醬和一瓶辣醬一起帶上，丈夫則在一旁拎起兩打青島啤酒，兒子也擠進廚房，摸出兩桶洋芋片，兒子說過這種桶裝的洋芋片，是全美國最好吃的零食了。

我們的別克沿著小溪無聲地行駛著，透過敞開的車窗，空氣裡溢滿了木炭燃燒以後的煙熏味，立刻讓人感覺到一種無法抗拒的放鬆。波德就是有這個特點，一到烤肉的季節，哪怕還沒有到烤肉的季節，人們就會從久閉的冬日裡來到戶外，支撐起烤爐，好像天天是休假一樣。

到了洛磯山跟前的時候，小溪旁邊出現一大片綠地，那上面零零星星地站立了不少公共烤爐。這種烤爐非常簡易，一個個烏漆抹黑的鐵箱子下面是一根很粗的獨腳。獨腳也是鐵製的，十分穩當。老遠就看見湯姆森一家，在一塊天然的石頭旁邊占領了一個烤爐。烤爐旁邊的草地上已經鋪好了一方厚厚的野餐布，湯姆森夫婦正忙碌地把野餐籃子裡面的東西往外搬，保爾則在一旁擺弄那只爐灶。

「保爾哥哥，等等我，等等我啊！」兒子舉著他的洋芋片一邊跑一邊叫，他是最喜歡生火了，剛剛已經和他的保爾哥哥說好了要一起生爐子的。

「嗨，你們好啊！先來一瓶中國啤酒吧！」丈夫拎著他的啤酒也過去了。我只好一個人拎起我們的野餐籃子慢慢騰騰地在後面跟了過去。

「來啊，快來看！這是什麼啊！」瑪莎對著我舉起一只食品盒，我加快了腳步跑到她的面前，只看到打開的盒子裡和我一樣撒滿了香菜，撥開香菜一看：

「哦喲，你這是從哪裡弄來的金華火腿啊？」我驚喜地看著那一排排切得十分精細的火腿肉。這些火腿皮色黃亮、肉色紅潤、香氣濃郁、這種素以色、香、味、形「四絕」聞名於世的火腿，非金華火腿莫屬了。

「這是真的嗎？真的是你上次說的金華火腿嗎？」瑪莎得意地問，原來那還是我第一次吃美國火腿的事了。當時瑪莎很得意地搬出一個銀色的大烤盤，裡面盛著一個油光錚亮的美國火腿，上面刷滿了厚厚的蜂蜜，特別問我「味道怎麼樣？」我當時直言告訴她和我想像當中完全不一樣。我不大習慣這種又甜又鹹的火腿，又順便把我們的金華火腿介紹了一遍，最後還說：「那火腿才是鮮美至極的呢。」當時我看到瑪莎吧嗒著嘴巴，幾乎流出口水來啦。不料這件事一直讓她記在心裡，也不知道這次她是從哪裡弄來了這塊金華火腿。

瑪莎用一根牙籤挑起一塊肥瘦搭配的火腿肉塞到我的手裡，我嘗了嘗，發現這好像是一塊改良過的金華火腿。肉質沒有金華火腿那麼緊，也沒有金華火腿那麼鹹，但卻是金華火腿的鮮美。瑪莎看著我疑惑的面孔，禁不住大笑起來說：「哈哈，最最利嘴的東東也把我們的維吉尼亞火腿當作成他們的金華火腿了呢！」

哇，原來這根本不是金華火腿，而是美國著名的維吉尼亞火腿。那一天，當瑪莎聽到我介紹金華火腿的時候，就聯想到了維吉尼亞火腿，終於有一個朋友到維吉尼亞去度假，帶回來了一隻正宗的維吉尼亞火腿。這種火腿有時也叫「斯密斯菲爾德火腿」，屬美國國家級商品的一種。其產品地理標誌受法律保護，而且只能由維吉尼亞的斯密斯菲爾德鎮進行生產和銷售。據說維吉尼亞火腿是用花生、桃子作飼料餵養的家飼野豬種豬肉醃製，再用蘋果木、核桃木煙熏，掛在熏房成熟的。

我覺得好吃，捧出還有些溫熱的春餅，放在野餐布的當中，撕出一張，包上火腿肉，又加上一把生菜便大嚼起來。而瑪莎則很有興趣地把我做的鹹肉，夾進一個小小的晚餐圓麵包裡大口咬下去。

她一邊吃一邊說：「我們只有鹹牛肉，那是愛爾蘭人的節日『聖派翠克節』最主要的食品，通常是配土豆和捲心菜吃的，下次我來做給你們吃。不過你做的這種鹹豬肉很有特色，有一點像維吉尼亞火腿，又有一點像鹹牛肉，口感很好，不會那麼油，也不會那麼乾，我要學一學。」

瑪莎說著便轉過身，朝著一邊喝啤酒一邊在烤爐上翻弄辣椒的湯姆森和我丈夫招了招手說：

「喂！你們都快過來嘗嘗，這是中國的鹹豬肉啊！」

我站起來走到他們的身邊，發現那個烤爐的爐門已經關上了，上面的鐵架子上蒙著錫紙，錫紙上面排滿了辣椒，這些辣椒有紅的、橘紅的還有黃色的，看上去都是甜椒。湯姆森說：「這麼好的辣椒不能用太大的火烤，烤焦就可惜了，所以要把爐門關上，再在烤架上封上錫紙，然後才放上去。烤好了，剝去外皮，夾在三明治裡，非常好吃的呢。」

「你們去吃鹹肉和火腿吧，我來弄這裡的辣椒。對了，我的兒子到哪裡去了？」我問。

「和保爾一起爬山去了呢，你看在那裡！我去叫他們回來。」湯姆森說著就甩開了長腿朝著山坡跑過去。

看著湯姆森敏捷的腳步，我不由感慨地說：「湯姆森一點也不像一個已經過了退休年齡的人，瞧他的身手，和年輕人沒有什麼兩樣。」

「湯姆森是被迫提早退休的，你最好不要在湯姆森面前提到退休這兩個字，他會很生氣的。」丈夫連忙對我說。

「怎麼會有這種事情，又不是中國的文化大革命。」我想到了丈夫的母親，就是在文革期間被迫提早退休的。

「究竟是怎麼一回事我也不清楚，只知道他出身美國傳統家庭，祖籍挪威，屬於那種很正統的白人，有人傳言是因為『種族歧視』被迫提早退休的。」丈夫說。

「種族歧視？他和我們相處得就好像是一家人一樣，這是為了要在外人面前表現出來他沒有種族歧視？還是他本來就沒有種族歧視？」我問。

「我一開始也有這個疑問，但是他對我的關心和關照是無法假裝出來的，我認為我們無權懷疑，絕對不會是種族歧視。」丈夫回答。

正說著，湯姆森一隻手拎著我的兒子，一隻手拎著兒子的洋芋片，非常嚴肅認真地一邊說話一邊走過來。走到跟前，保爾招呼我的兒子和他一起到小溪旁邊去洗手，湯姆森則走到我的旁邊，用一根細細的竹籤插起一粒胖乎乎的棉花糖，小心翼翼地放在明火上烤了烤，一會兒，棉花糖的表面積起了一層小泡泡，焦紅焦紅的。湯姆森把這粒燒烤過得棉花糖塞到我的手裡，我咬了一口，不知道為什麼，我突然想哭。

我嘗到了一種遙遠的隔世的小時候的味道。我想起來了，就是這個味道，幼年時期的保母奶無奶，把我從高牆的豁口裡塞出去，自己則隨即側著身體擠了出來，然後對著坐在五樓玻璃窗後面的姊姊揮了揮手，便歡天喜地跑了出去。奶無奶把我高高地舉到沿街台階上面的櫃檯前面，我舉起手裡的鈔票說：「我要『東方紅』！」

「東方紅」是一種三色的點心？糖果？反正就是這個味道。在我還不會講話的時候，在我還沒有得到允許走出深宅大院的時候，我已經知道這種奇特的淡奶味道叫「東方紅」了。後來，在那個飽經磨難的歲月當中，我曾經一次又一次回到那裡，在那堵森嚴壁壘牆壁外面走了一圈又一圈，我再也找不到那個豁口，我再也不屬於大牆之內，我以為再也找不到我的味道了。不料此刻，我又回味到了「東方紅」，我感覺到悲喜交集。

湯姆森沒有注意到我的異常，只是十分感慨地對我說：「你的兒子真是一個好孩子，他告訴我有關明州烏龜的故事，為了這隻烏龜，他還特別到圖書館查過資料，可見他對知識的渴望，也可以感覺到他對上帝賜予我們的萬物充滿了愛心。」

講到這裡，湯姆森停頓了一下，似乎很慎重的樣子說：「我希望可以做他的教父。」

我一時不知道怎麼回答，正在這時候。臨近烤爐旁邊的一大群墨西哥人裡面，一個沙啞的女聲朝著湯姆森打招呼：「湯姆森先生，你好嗎？」

湯姆森愣了一下，但馬上回答：「好啊！你怎麼樣，琴娜？」我回過頭去，只看到一個典型的墨西哥女人朝著我們走過來。烏黑的頭髮，烏黑的眼睛，方方正正的身胚，好像一塊麻將牌。她的手裡抱著一個小毛頭、跨上坐著一個黑黝黝的孩子、衣襟上拉著一個還不太會走路孩子，另外還有兩個小小孩鼻涕答答地跟在後面。琴娜原本還想和湯姆森多交談幾句，無奈那些小孩子大哭小叫，只好草草收場了。

回到我們的野餐布旁邊坐定下來，我發現湯姆森的神情突變，他看著遠處那個墨西哥女人對瑪莎說：「你看看，那個女學生琴娜，已經是五個孩子的媽媽了，看上去好像又懷孕了呢。怎麼這麼會生孩子，像兔子一樣的呢，活著就是為了生孩子的嗎？」

「那麼天真活潑的女孩子，二十多歲的年紀，看上去三十歲都不止，很蒼老啊。」瑪莎說。

原來就是這個琴娜給湯姆森惹的禍，回想起來這個琴娜，當年還是湯姆森最得意的門生呢。

「她喜歡拍照片，而且頗有造詣，在我的地下室裡還留著她當年的一件作品，拍的是一隻向著太陽伸過去的手。」湯姆森看著遠處說。

我看到過這張放大的黑白照，十分大膽，那隻手的拇指和中指，經過特技處理，緊緊捏住了陽光。好像是美麗的未來都捏在她的手指當中。

拍這張照片的時候，她剛滿十五歲。可是不久，這個十五歲的女孩子便和一個在屠宰場裡工作的屠夫弄出了第一個孩子。當湯姆森得知這個屠夫不僅有過兩個老婆，還有近十個孩子的時候十分生氣。湯姆森便和琴娜長談，告訴她如果不要這個孩子，前途無量。

湯姆森記得，那也是在一個秋夏交接的傍晚，湯姆森把琴娜帶到了展覽大廳，站在這幅命題為〈未來〉的照片底下，一遍又一遍地講述自己的意見，並答應一定推薦她去美術學校深造。

琴娜微笑著聽完了湯姆森的講話，回去全盤向著屠夫托出，這個英文不通的屠夫，居然通過他們「西裔」的社團出面，告了湯姆森一狀。於是便發生了湯姆森被迫提早退休的事件。理由是種族歧視，這還算是教師工會出面力爭的結果，不然的話更加嚴重：「鼓動墮胎」。那時候墮胎在科州是違法的，就好像殺人一樣。

至於那張〈未來〉的照片，是一年以後，琴娜徹底休學的時候送到湯姆森家裡的。那天琴娜還是和一年以前一樣，只是手裡多出來一個抱在懷裡的孩子，肚子裡又懷上了第二個孩子。她挺著一個大肚子，微笑著看著湯姆森，湯姆森收下照片以後便扔到地下室裡了。只是這以後。原本並沒有種族歧視的湯姆森真的開始種族歧視了，他的種族歧視的對象只是墨西哥人。每當他一提起墨西哥人就咬牙切齒，他說這些人什麼都不會，好壞不分，只會生孩子，生一大堆不求上進，不要讀書的孩子有什麼用？把一個國家的教育水準統統拖下水啦！

湯姆森說著說著憤怒起來，他說：「波德公立中學這兩天鼓動大家捐錢，說是要翻修學生的托兒所，這真是無稽之談！就好像是在鼓勵學生生孩子一樣。自己還是一個孩子呢，還要抱著一個小孩子來上學，怎麼讀書學習啊?!」

「不要亂說好不好，一會兒又要闖禍了呢！」瑪莎在一旁阻止說。

「我才不怕呢，我現在已經退到底了，城市居民一個，在這個自由的國度裡，有什麼可以害怕的？東東你說對不對？」湯姆森衝著我問了一句。

「對，對，不要害怕，我不會弄個『西裔』社團出來告你們的！」我連忙回答。不知道為什麼，大家聽了我的話，都大笑起來了。只有我一個人，心裡偷偷為那個斷送了自己未來的琴娜深感糾結。看著琴娜拖了一大堆孩子，在爐火旁邊彎著身體忙碌的樣子，耳邊又不時傳來她那沙啞的訓斥孩子的聲音，我感到悲哀，同時又有些疑惑，我問湯姆森：「這個純色純淨的墨西哥人，怎麼會有這麼一個大路的俄國人的名字？」

「不大清楚，據說是她的父親給起的。她的父親在她七歲的時候去世的，又有人說是失蹤了。她的母親倒是另類，沒有再嫁，一個人守著琴娜，和她的娘家父母兄弟住在一起。」湯姆森說。

「湯姆森你還記得嗎？有一次我們邀請學生到家裡來ＢＢＱ，這個琴娜看著門廳裡的油畫告訴我，他的爸爸也會畫畫的，家裡還有不少作品。」瑪莎說。

「不記得了，奇怪的是她的母親怎麼沒有賣掉，一定是不值錢。」湯姆森輕描淡寫地說。

「算了，不跟你說了，老腦筋。」瑪莎善意地揮了一下手便站起來，收拾東西去了。

這一天野餐結束的時候，我把餐具收拾好以後看看天色還亮，便對丈夫說：「我有一點想去看一個人，她好像就是從維吉尼亞過來的。」

「儂講的是『狼外婆』啊？我也很想她家的兩條牧羊犬呢！」兒子一下子就猜到了我的心事。

丈夫接著說：「好啊，我看到你向瑪莎多要了一塊維吉尼亞火腿和鹹肉包在一起，原來是留給狼外婆的呀。聽了湯姆森的故事有些講不出來的滋味，我們到狼外婆家裡轉一圈吧，也許可以換換心情。她上次對我說過，她最喜歡不速之客，給她一個意外，會讓她開心許久。」

「狼外婆」的寓所坐落在波德市中心最豪華的富人地區，那裡是一幢幢風格各異的老式建築。這些建築常常被茂盛的植物包裹著，從外面望進去，往往讓人情不自禁地想像著裡面的安逸。令人陶醉的空氣裡，蔓延著當年和丈夫談戀愛的那條馬路上的激情。那是上海的一條最僻靜的馬路，路邊塗滿了瀝青的籬笆裡面時不時伸出幾根碧綠的樹枝，年輕的丈夫一路走一路給我講述《基督山恩仇記》，那時候他正被邪惡壓迫在社會的最底層，他的眼睛因為痛苦變得憤怒，其中一股蓬勃向上蹈厲奮發的欲望把我震悚。

十多年過去了，人到中年的丈夫，把別克停穩在這條異國他鄉的馬路旁邊。同樣的僻靜，卻完全是另外的心態了。我看著丈夫拉著兒子的手，歡快地向著狼外婆的後花園門口走去。兒子在大門口的樹杈後面找到了門鈴，按下去，許久……，沒有回應，連那兩條德國牧羊犬也沒有跳出來迎客。想起來了，這兩條大狗已經在年前相繼去世。從籬笆的縫隙裡張望進去，花園裡雜草叢生，斷了枝條的迎春花橫七豎八地撲倒在地上，那幢覆蓋著爬牆虎老房子看上去有些人去樓空的味道。兒子還在按鈴，我卻感覺到了不祥……

狼外婆

良久，我站在狼外婆的籬笆外面，滿眼狼藉當中，想像著狼外婆踏著小徑出來開門，那是我第一次在美國過復活節，四月裡的波德還沒有到春暖花開的時節，狼外婆則早已一身輕巧的春裝了。她身著一件本色的帶有層疊蕾絲的亞麻上裝，下面是一條紅色碎花布的波西米亞拼接長裙，領口和裙邊還布滿了刺繡和珠串，特別是灰白的髮際旁邊插著一朵小紅花，遠遠看去就好像是一個天真活潑的小姑娘。

走到了近處大吃一驚，只看到她滿臉的皺紋，真不能想像一個富家女人會長出如此多的皺紋，就好像是一塊飽經創傷的老樹皮，還要被一把尖利的小刀密密麻麻地刻上了深深的裂痕。幼小的兒子嚇得岔了氣，他躲到我的身後輕輕說：「啊喲，好像是《小紅帽》裡的『狼外婆』呢！」從此我們在背地裡稱她為「狼外婆」。

狼外婆是外國留學生辦公室正式指派給我們的寄宿家庭，她實在是一個善良得不能再善良的女人了。那一天，她和藹地拉著我兒子的小手，帶他參觀她的花園，花園裡的草坪修剪得唰唰齊，四周圍種滿了花朵，她有兩隻大狗。

狼外婆告訴我兒子說：「這是德國牧羊犬。」很快，兒子就和狼外婆的德國牧羊犬成為了好朋友，他們在草地上滾來滾去。

有一天，狼外婆交給我兒子一根狗鏈子，從此只要我們一到「狼外婆」的家裡，兒子就可以握著狗鏈子帶著他們一起上街。後來狼外婆還允許我的兒子帶著她的牧羊犬到學校去了一次，當然只是在學校的大門口，牧羊犬體型高大，雖然已經是八九歲老狗了，但是外觀仍舊威猛，牠們跟在兒子的屁股後面圍著操場巡視了一遍，兒子在他的小朋友當中的威信立馬大增。

狼外婆實在還是一個非常細心的人，一次兒子吃壞了東西上吐下瀉，她旋即拎出來一包超市裡買的酸果蔓，兌水煮開，竟然一喝下去就見效。於是這種九十九分一大包的酸果蔓在我們留學生宿舍迅速傳播開來，大家在認識酸果蔓的同時，也就認識了狼外婆。只要狼外婆一出現在我們的留學生宿舍，大家都會親熱地圍著她問好。

一個陽光燦爛的下午，我正在家裡打掃衛生，一輛銀光錚亮的凱迪拉克「咔」一聲停到門口。抬頭看見狼外婆笑吟吟地從車上走下來，手裡拎著一只銀色的電水壺，這種水壺在那個年代的美國是很少見的。還沒有走到跟前，狼外婆便大聲對我說：「嘿，你看，我給你帶來了什麼？這是跑遍了全波德才找到的。你上次說中國人不習慣喝涼水，有了這個壺，燒水就方便多啦！」

我感動到了想哭的地步，不由快步迎上前去，緊緊抱住了狼外婆。我抱住了狼外婆，只感覺到她骨瘦如柴的身體裡發出「咯啦」一聲響，我以為她快散架了，立刻鬆開手。我從來不敢打聽

「狼外婆」的年齡，也不敢打聽她有沒有家人，只看到她獨來獨往，好像獨身，只有到了逢年過節，那幢老房子才會變得人聲鼎沸，熱鬧到了不可開交的地步。

我到美國以後的第一個聖誕節，也是在狼外婆家裡度過的。那天我們一路走一路給兒子講述《賣火柴的小女孩》，還沒有講到故事的最後，兒子就有些不耐煩了，他說：「這個小姑娘這麼苦惱，要餓死了，為什麼不直接敲開那扇富人的門，直接到裡面去吃火雞呢？就好像到狼外婆家裡來吃飯一樣。外國人最喜歡在聖誕節的時候請大家到家裡吃飯了，狼外婆昨天在電話裡告訴我，伊在附近的超市裡定了很多很多的東西，有火雞、火腿、熏魚、甜番薯、蔬菜，反正要什麼就有什麼，狼外婆會給這個賣火柴的小女孩吃東西的。」

我和丈夫一時無言，只好跟著兒子踏進了狼外婆的客廳。一踏進狼外婆的客廳，立刻被熱鬧的氣氛渲染，裡面到了人滿為患的地步，好像每一個角落都塞滿了人。大家在客廳、餐廳、起居室，甚至廚房裡面擠來擠去，我不知道這裡有沒有狼外婆的子女，只覺得這些客人來自東南西北各個地區，相互之間也沒有什麼關聯。狼外婆忙進忙出，招呼大家「請隨意自助」。兒子已經和那兩條牧羊犬滾在一起了，幾乎要把客廳當中的聖誕樹打翻。

狼外婆仍舊是那身長裙裝扮，只是頭上換了一朵聖誕花，顯得非常喜慶。她搖著小鈴宣布聖誕大餐開始了，大家一起湧向餐廳裡，那裡面真的就好像是兒子說的那樣，「要什麼有什麼」，餐桌上的食物幾乎堆成山。面對這些食物，大家先在狼外婆的帶領下感謝上帝的恩惠。然後便大吃起來了。我只聽到餐桌上面不停發出刀叉碰擊的聲音，誰說文明社會最講究吃飯禮儀？這裡體現的只有自由的風範。

酒足飯飽以後，大家紛紛離開餐廳，圍住了客廳當中的聖誕樹。這是一棵頂天立地的聖誕樹，站立在客廳的當中，四周堆滿了禮物，這裡的禮物五花八門應有盡有，那都是狼外婆這幾天從各大百貨公司跑進跑出，採購回來要送給大家的禮品。

此刻「狼外婆」神采奕奕地站立在聖誕樹的旁邊，她讓大家在禮物堆裡尋找各自的名字。到了最後還有三個大包沒有認領，報出姓名，竟然是我們一家三口。打開包裝：我的是一件線織的上裝；兒子的是一本《大百科全書》，最令人捧腹大笑的是，丈夫得到了一條花裡胡哨的真絲內褲。狼外婆說：「好，好，我就是想讓你們大笑一場的，這笑也是我送給你們的禮物。」

這時候我發現狼外婆自己沒有得到禮物，立刻偷偷脫下手腕上的一只銅胎掐絲琺瑯景泰藍手鐲，包上剛剛拆卸下來的包裝紙，讓那隻牧羊犬送到狼外婆的手裡。狼外婆收到以後驚喜萬分，當即戴到手上，隨後便圍著那條大狗跳起舞來了。一個脖子裡繫著三角圍巾的大男人拉起了手風琴，大家前呼後擁地跳起美國鄉村的「廣場舞」。

大家又唱又笑，一直鬧到大半夜。等到歡樂的客人們紛紛離去，我便幫助狼外婆收拾殘局。聽見狼外婆正在付給那個手風琴師酬勞，這個手風琴師看上去有些眼熟，後來才記起來，這個人好像就是在市中心賣唱的東歐人。不久又發現，到狼外婆家裡來的客人多數是勞動人民，有打掃衛生的、運貨的和郵遞員，還有一個低智慧的水泥工。

這天歡宴以後的狼外婆，顯得特別的疲憊和衰老，她無力地癱倒在一張搖椅上，一副氣力放盡的樣子讓我不敢窺視，抬起頭來，牆上一張狼外婆年輕模樣的照片，就好像掛在我家牆上〈自動售貨機〉裡的Sharon，此刻那個仙姿佚貌女郎已經變成了一張皺皺巴巴老樹皮，是不是生活裡的Sharon也一樣的了呢？每一個人的最後都會一樣，我也一樣，想到這裡淒入肝脾。

我輕輕把電燈一一關上，又悄悄帶上了大門，看到丈夫和兒子正在路口等我，不由感到欣悅而寬慰，這就是我在這個世界上的親情啊。

最後一次和狼外婆在一起也是聖誕節。那天收到她的電話，電話的那一頭傳來了她十分沮喪的聲音：「今年我沒有辦法舉辦『聖誕晚餐』了，我的孩子們說我的身體支撐不了，不允許我請大家來過節了呢……」

「啊喲，舉辦一次聖誕晚餐也真的是太辛苦了，你可以到你的子女家裡去過聖誕節也是很開心的，不用為我們擔心，我們會好好過節的。過了節以後，我們再來看你……」我連忙安慰她。

「我，我沒有地方去，孩子們沒有請我去過節，他們有自己的朋友……，很忙……，我只好一個人在家……」狼外婆斷斷續續的回答讓我大吃一驚，這太悲慘了，我不敢想像這麼喜歡熱鬧的狼外婆，將怎樣一個人度過聖誕夜。

「什麼？你一個人在家？有一點……，好了，你到我家裡來過節吧，我來舉辦聖誕晚餐。」我一激動，都沒有來得及經過大腦的思考，就立刻發出了邀請。我說讓我來舉辦一個中國式的聖誕晚餐，我要邀請狼外婆作為我的座上客。

放下電話，正為自己的決定而激動萬分，電話鈴又起來了：「喂，知道嗎，聯邦街上那家超市裡的火雞大減價，論個不論重量。」這是丹丹。

這一天和丹丹兩人趴在那只冰凍箱上大半天，自己都快變成一坨冰塊了，使出渾身解數，挑出一隻最大的火雞。回到家裡先用一把尖利的小刀，把火雞脖子底下的甲叉骨割斷，又順著胸骨和背脊骨把雞肉完整地剝了下來，雞骨頭煮湯，雞身體裡塞滿了糯米、鹹肉、香腸、牡蠣、蝦米、香菇等等，然後再把這隻火雞塞進一只起司布的口袋裡，放進烤箱裡的烤盤上，烤盤下下面鋪滿了茶葉，三百度熏烤了大半天，這隻火雞簡直是世界之「最」。

想起來有一點滑稽，因為這一天是西方人的節日，通常都是我們中國人到美國朋友家裡去過節，但是大家一聽到狼外婆要來我家過聖誕，留學生宿舍的許多中國朋友都謝絕了外國朋友的邀請，捧著自己的拿手菜，喜氣洋洋地到我家來過節啦。陳鋼嬌小的太太叫美眉，剛剛得到批准到美國來陪讀，她專門做了一道紙包雞。她用錫紙把醃製好的雞塊包成三角形，又放進油鍋裡炸，雖然是油炸，卻沒有油膩，又保持了油炸的溫度，使雞塊又嫩又入味。當那擺成銀元寶小山的雞塊端上桌的時候，狼外婆高興極了，她拉著美眉的手愛憐地說：「啊喲，你怎麼這麼能幹啊？雞肉又鮮又嫩又不油膩，真是美味，一定花費很大工夫，辛苦這兩隻手了。」

美眉笑道：「好吃就好，中國菜要好吃就在於花工夫，今天你到我們中國人家裡來過節，只要吃得開心，花點工夫是值得的。」

「這是什麼酒啊，怎麼這麼醇香？」狼外婆看了看手裡的酒杯突然說。

「哦，這是楊梅酒，暖胃的，就好像你的酸果蔓一樣。我和丈夫一起為你自製的。」小珍連忙擠過來說。小珍的女兒經常受益於酸果蔓，所以他們夫婦倆為了感謝狼外婆，早就準備好了這瓶楊梅酒。

「怪不得這麼純，再給我一杯。」楊梅酒的勁道上來了，丹丹偷偷把狼外婆手中的楊梅酒，換成了酸果蔓的果汁。狼外婆沒有察覺，只是看著天潤年輕的妻子說：「多麼漂亮，我看到你就好像看到了年輕時代的我自己。」

接著狼外婆借著酒勁，講起了自己的身世：狼外婆出生在維吉尼亞一個菸草商的莊園裡，父親擁有碩大的菸草農場和幾十個農工；狼外婆沒有稱他們為奴隸而稱他們為農工，大概是因為她出身的時候已經沒有奴隸了吧，我暗自揣摩。

狼外婆說：「我的爹地來自德國，媽咪是俄國貴族的後裔，因為媽咪在做姑娘的時候摯愛畫畫，爹地還為她開了畫廊。」

難怪一直到現在，我還可以看到狼外婆家裡堆積了許多油畫。狼外婆這個富貴人家的獨生女，一講起她的童年往事，立刻會想到維吉尼亞宜人的氣候，肥沃的土地，狼外婆又好像身著她那套飄逸的彩裙，奔跑在她家那片充滿了菸草味的天地當中了。

狼外婆就是在這片天地當中長大的，她似乎有些不食人間煙火，完全關閉在爹地和媽咪的溺愛裡面。有時候，在她情竇初開的時節，也會夢想到她的白馬王子，只是這些念頭讓她臉紅，她不要去想，爹地和媽咪會幫她安排的。一直到她的父親拉著她的手，把她送到一個留著小鬍子的英國紳士手裡的時候，她都不知道什麼是男女之間的愛。

結婚以後狼外婆才知道在她結婚的那天媽咪為什麼哭到昏死過去，原來由於爹地的經營不當，她家的農場已經到了日暮西垂的地步，為了挽救辛苦積攢的家業，爹地忍痛把自己的掌上明珠嫁入當地的豪門，以為這個豪門可以帶給女兒幸福，也可以挽救他的農場。

不料這個風度翩翩的英國紳士，不僅吞併了她的家產，還帶給了她無邊無際的痛苦。結婚之前，這個紳士總是在下午茶的時候戴著紳士帽、白手套，騎著他的駿馬過來了，然後是甜言蜜語把不諳人事的狼外婆弄得個神魂顛倒。有一次茶水不慎燙到狼外婆的手指，這個紳士表現出來的簡直是心痛欲絕的模樣，把狼外婆感動得幾乎昏倒。狼外婆完全沉浸在熱戀之中，自己杜撰自己的《傲慢與偏見》，以為小說裡的故事就是現實。想不到這個紳士的目的達到了，立刻判若兩人。

結婚的那一夜，是狼外婆最為痛心疾首的一夜。這個英國紳士徹夜不歸，狼外婆徹夜不眠。第二天這個紳士回到家裡，汙垢的長靴踐踏在華麗的地毯上。隨著這張狼外婆的母親多年編織的地毯被玷汙，這個畜生直言不諱地告訴狼外婆：「昨夜是在鎮上的妓院度過的。」狼外婆的眼淚換來的是英國紳士的譏諷，狼外婆說：「英國紳士從來也沒有用過他的拳頭來打我，他用的是舌頭來傷害我，在我生第三個女兒痛得死去活來的時候，他卻告訴我，他的姘頭在生孩子的時候要比我漂亮多了。說完，他就跳上了他的駿馬去看望那個女人了。」

「大概是老天也為我打抱不平，這個英國紳士走出門去就再也沒有回來，一個星期以後，發現他失足跌進農場裡的儲糞池，活活淹死了。」狼外婆講到這裡，大家都不由自主地為她鬆了一口氣。只有狼外婆在胸口畫了一個十字說：「上帝保佑，讓他的靈魂安息吧。」

那個英國紳士死後，最為疼愛她的爹地，在發現他的乘龍快婿的惡劣行徑的同時，又發現他的農場竟然落入那個婊子的手中，於是氣血攻心一命嗚呼。狼外婆這個年輕的寡婦，不得不拋頭露面地幫助年邁的媽咪，主持起畫廊的工作。五六年以後，母親病危，彌留之際拉著她的手，把她託付給了娘家的遠親，一個酒坊的老闆。

這個酒坊老闆是一個酒鬼，兩隻眼睛永遠血血紅。他沒有花言巧語，直接上床，把「狼外婆」按在身體底下狠狠地發洩了一通，狼外婆懷孕了。狼外婆為這個老闆生下了一個兒子，胡裡胡塗地成了這個老闆的妻子。「這個老闆從來也沒有用過舌頭來傷害我，他用的是拳頭來打我。」狼外婆說。

「不要看這個男人五短身材，打起人來簡直就是鋪天蓋地。不管場合，不管地點。他好像活著只有兩件事，一是酗酒，二是打人，打我打孩子。打得我渾身是血，到處是傷。我的面孔就是被他酒坊裡的笤帚刮出了道道裂痕。」

狼外婆講到這裡，坐在她身邊的美眉不由撫摸了一下她的臉頰說：「這個男人真應該殺千刀！」

「不要這樣講啊，他已經歸天了。他是因為酗酒過度，掉進他自己的釀酒的酒缸裡，淹死了。」狼外婆歎了口氣。

「後來呢？」美眉追問。

「後來我就離開了我的維吉尼亞，再也沒有回去過。對了，我還要告訴你們的是：和我一起離開維吉尼亞的是媽咪當年從西部買過來的一個男傭。這是一個墨西哥人，他的名字叫摩西。摩西幫我把維吉尼亞房地產和酒坊等等都賣了出去，又把我和媽咪的畫廊一起搬到了這裡。我們在市中心買了一個不小的店面，賣畫也賣工藝品，摩西不計報酬也不計回報，就是一心一意地幫助我。」

摩西有著濃密的黑髮，神采奕奕的眼睛和挺括有型的鼻子。他在很年輕的時候就來到了狼外婆的家裡，因為忠誠，變得一家人一般。一開始他是在狼外婆媽咪的畫廊裡工作，在客人們挑選油畫的時候任憑他們差來差去。常常也有些女客，會居高臨下地戲弄一下這個英俊的墨西哥小夥子。漸漸地摩西懂得了一點繪畫的知識，曾經偷偷把自己的作品掛在畫廊裡出售，但是無人問津。

狼外婆出嫁以後，摩西就成為她爹地的管家和跟班了。女主人特別為他裝備了全新的行頭，還有一匹標悍的阿拉伯馬。每日裡，摩西都跟在男主人的身後，巡視那個日漸衰敗的菸草場，那些債主只要看到這個氣宇軒昂摩西，連債也不敢要就繞道走啦，其中包括那個豪門親家。

摩西始終是狼外婆最得力的助手。當狼外婆拖了一大堆孩子來到這個人地生疏的波德的時候，唯有摩西車前馬後地保護著她。狼外婆不會忘記那天，當她踏上新家那個剛剛油漆過的木台階的時候，不由渾身癱軟，一下子跌倒在摩西的手臂上，摩西疼愛地把她抱起來，圍在懷裡，狼外婆感覺到自己彷彿融化了，全部的身心都和摩西融化到了一起。

「我第一次嘗到了愛，摩西每天夜裡都會把我抱在懷裡搖來搖去，一邊告訴我，他是多麼的愛我，他的胸膛是寬闊的，令人信賴，令人感到安全並且可以放心大膽地去依靠的。摩西說過他愛我愛到了瘋狂，那是天長地久永生永世的感情。我感到了從未有的幸福，我真希望時間就停留在那一刻。然而好景不常，摩西失蹤了。」

狼外婆說到這兒，所有的女眷都驚叫起來：「為什麼？」

狼外婆久久不能出聲，丹丹無聲地給她遞上一杯熱茶，狼外婆接下去講述：「我和那個英國紳士結婚了差不多十年，有三個孩子；和酒坊老闆結婚了也差不多十年，有兩個孩子。和摩西沒有結婚也沒有孩子，只是同居二十年，我們不需要形式不需要孩子，也不管別人是怎麼看的，只要兩個人的相愛就足夠了。這二十年的甜蜜足以彌補我前二十年的痛苦，我想這是上帝對我的厚愛。」

摩西失蹤了，摩西是在幫助狼外婆修好了前門前的台階，把腐爛的木板換上了水泥地以後失蹤的。對此，狼外婆悲痛欲絕。她封閉了前門，改從花園門進出，狼外婆說：「我要讓那嶄新的台階永遠站在那裡等待摩西。」

狼外婆的故事講完了，大家紛紛倒吸一口冷氣，想起來狼外婆也真是苦命，美眉已經忍不住流出了眼淚，她的丈夫陳鋼則在一邊柔聲地安慰她。丈夫則發現，狼外婆的子女恩准她外出吃聖誕大餐的時間已到，便讓丹丹夫婦一起把狼外婆送回家，狼外婆一開始還有些摸不著頭腦，一個勁地問：「這麼盡興的聖誕晚餐，誰要先走啊？」

得知要走的不是別人的時候，狼外婆只得依依不捨地向大家道別。算起來聖誕大餐和狼外婆一別至今，已有大半年過去了。兒子還在按鈴，我則決定到那扇久閉的前門看一看。

黑暗裡，我看到蒼白的台階陰森森地站立在那裡，黑幽幽的門洞上，有一個閃爍著青藍顏色光芒的貓眼正盯著我。一個老男人走過來，牽著兩條黑色的牧羊犬，看不見他的臉面，聽到他說：「你想看琴娜嗎？她在社區醫院，快去，否則要來不及了。」

「琴娜？誰是琴娜？聽上去有些耳熟，卻忘記是誰了。」我說。丈夫拉著兒子從後面奔過來說：「你自言自語和誰講話，琴娜是狼外婆的名字，留學生辦公室是這樣登記的，只是我們一直稱她為『狼外婆』，就把她原本的名字忘記了。」

我一下子領悟了，回頭看一眼那個冒著鬼火的貓眼，一把抓住丈夫，抽筋一般地叫了起來：「快，快，快到社區醫院！」

別克車在社區醫院的大門口還沒有停穩，我就一腳跳了出去，大聲關照丈夫和兒子等在車子裡不要動，自己便「嗵嗵嗵」地踏上了醫院的台階。大廳裡沒有人，值班的護士走開了，我自行在前台上的住院者的名單裡找到了「琴娜」這個名字，等不及電梯，一路小跑到三樓。不知道為什麼這麼順利，打開病房門，狼外婆一個人微笑地斜靠在高高的病床上。她看著我說：「你真快……」

「告訴我！趕快告訴我！我已經知道了：你的第一個男人——英國紳士被你塞進儲糞池裡；第二個男人——酒坊老闆被你塞進釀酒缸裡；第三個男人——墨西哥的摩西，被你塞到哪裡去了？」我幾乎認不出是自己的聲音了。

狼外婆狡黠笑了笑說：「你真聰明，你已經知道了。」昏暗的床頭燈映照在她嗜血的面孔上，她的心臟已經沒有力量再把鮮血撞擊出來，但是她仍舊在講話：

「第一個男人是摩西幫我的爹地把他送進墳墓的；第二個男人是摩西幫我把他送進墳墓的；至於摩西，是我把他送進墳墓的。」我聽到狼外婆講到這裡的時候，怪笑了一聲，頓時毛骨悚然。

「我告訴過你，我是那樣地愛摩西，愛到了瘋狂的地步，我把自己的一切都奉獻給了摩西，不顧鄰居們在背後的說三道四，放棄了我的社會地位，改變了我的生活習慣，甚至不顧孩子們的反對……，但是他背叛了我。在我們共同生活二十年的時候，我突然發現，他在外面有一個女人，一個西裔女人，甚至還有一個七歲的女兒叫『琴娜』！這一致命的打擊足以使我昏倒，撕心裂肺的痛楚，讓我日日在地獄裡煎熬。」

狼外婆講到這裡換了一口氣，接下來的聲音好像已經是從另外一個世界裡傳過來的一般，她說：「我絕對不肯放過這個背信棄義的東西，偷偷從德國訂購過來兩條牧羊犬，關在地下室裡天天撲咬摩西的衣褲。我咬牙切齒，恨之骨髓。終於有一天，一切都安排妥當。我挨著摩西坐在前門的台階上，這是曾經帶給我如此亢奮的台階。我掩飾住內心的憤恨，溫柔地遞給他一杯現磨咖啡，並告訴他我已經知道了一切。我說我不想破壞他的自由，只是想請他為我做最後的一件事，那就是把腐爛的台階修好。摩西感激涕零，跪在地上認罪，並表示一定要回到我的身邊，山盟海誓愛我一輩子。我的心已變成灰燼，再也沒有復燃的機會。這一天，摩西從晚上一直工作到凌晨，當最後的星星跌落下去的時候，摩西昏睡在他自己挖掘的——前門台階的地基裡。這時候訓練有素的牧羊犬神速地解決了這條賤命。我便使出吃奶的力氣在上面填滿了摩西自己攪拌好的水泥。」

第二天狼外婆雇來一個低智慧的水泥工，抹光了台階，鋪好地磚。從此摩西就在狼外婆第一次和他做愛的地方長眠。

自助餐

我已經完全忘記了自己是怎樣回到家裡的，只記得一踏進家門吞嚥了兩倍的安眠藥，一頭倒在床上，逼迫自己進入黑色的長夢。睡夢裡，好像聽到有人在叫我，聲音是熟悉又遙遠的，仔細地分辨，想不出來這是什麼人。害怕那是狼外婆在背後追逐我，不願清醒，閉上眼睛繼續睡覺。

一直到第二天夕陽跌落的時候，我才睜開眼睛。躺在床上，靜靜地注視著丈夫包裹在落日裡的背影。我知道他正在電腦上投寄尋職信。這實在是我們最焦慮的一件事情了，丈夫的背脊在嬌豔的紅暈裡一動也不動，但是我卻能體會到他內心的煩躁。

翻過身體又看見掛在床頭上的Sharon，因為是平躺在那裡，抬起的面孔正好和Sharon那雙呆滯的眼睛打了一個照面。儘管我這裡是炎熱的夏天，依然可以感覺到她那裡的寒冷。無暖氣的暖氣遠遠地蜷縮在巨大的窗子底下，唯一可以給她帶來希望的咖啡杯也在漸漸冷卻。她脫下了一隻手套，另一隻手仍舊躲藏在絨線手套裡尋找溫暖。可是在這個冰冷的世界裡，哪裡還找得到溫暖？

想到這裡，不由自主地憐憫起Sharon悽慘的命運。這時候，有人輕輕敲門，不用出去就可以知道這是小珍，只有小珍才會這麼小心翼翼。我不得不從床上跳起來，赤著腳跑出去，真的是小珍。小珍一反往常地興奮地對我說：「我是來請你們吃飯的，去吃自助餐！你兒子已經在我們的車子裡了呢，快走吧！」

「為什麼？發財啦？這麼突然要請客？」我問。

「我的老公找到工作啦！就在波德，是波德最大的一家電機公司，專業對口——電機工程師。」小珍歡天喜地地說。我想起來，那個張莉的丈夫好像也在申請這個工作，看樣子小珍的丈夫得勝了，也就是張莉的丈夫失敗了。

儘管張莉平時有些專橫跋扈，但想起來她還有一個剛滿周歲的兒子，不由感到同情。這就是激烈到了殘酷的競爭，一個工作機會出來，近百人去搶。競爭者的當中，常常是同窗好友甚至早年的師生。小珍的丈夫和張莉的丈夫在中國大陸的時候就是大學裡的同學，好像還是張莉的丈夫介紹這個同學來美國的。

不過小珍的丈夫找到了工作總是可喜可賀的，丈夫也從房間裡走出來說：「太好了，真的應該慶祝一下，我們去換換衣服就來。」

這一天的自助餐吃到我們都飽到頂顙的地步，兒子和小珍的女兒已經躺在長椅上睡著了，那兩個男人還在那裡你一言我一語地回憶這幾年走過的道路，一直到小珍的丈夫嚎啕大哭，我的丈夫也流出眼淚。我和小珍面面相覷，因為我們從來也沒有看到過他們這個樣子。

這天回家，丈夫一路無聲地駕駛著汽車，我則把睡熟的兒子緊緊抱在懷裡。我知道，雖然我們都為朋友可以找到工作而高興，但在內心深處更加為自己沒有著落的前景擔憂。

「墨西哥大學邀請我到那裡去當教授，工資不低……」丈夫在黑暗裡說。

「兒子怎麼辦？」我心裡想。一想到兒子，我的心揪痛起來。聽說墨西哥不大太平，丈夫有意讓我帶著兒子先留在這裡，可是讓兒子在那些爸爸媽媽找到工作的小朋友當中感到自卑，我是最不能忍受的，必須更換環境。

「我先到內布拉斯加去等儂，那裡比較鄉土，安靜也安全，生活水準低很多，兒子可以健康長大……」我機器一般地說

「你怎麼知道的？」丈夫問。

「千紅在那裡。」我回答。千紅是我幼時的朋友，就是住在我家樓上的那個紡織廠廠長的獨生女，文革當中被趕到「下只角」的工人新村。大家都知道「上海」是一個滿奇怪的地方，同樣是十里洋場，不同的區域代表不同的身分地位。社會名流聚集的地方叫做「上只角」，而平民居住的地方叫做「下只角」。「上只角」和「下只角」之間很少做朋友。我在後來再看到千紅的時候，她已經徹頭徹尾變成一個平民子弟了。她滿口粗話，也可以用蘇北口音和街坊鄰居當街對罵。只有在她途經她家老宅的時候，眼睛裡才會突然流露出對童年時代的懷念，她說：「總有一天，我會回來的。」

但是，千紅沒有回來，她到美國去了。我是在回中國省親的飛機場邂逅她的，那時候她正

打扮得花枝招展和她的第二任丈夫吻別。她告訴我，她的第一任丈夫是個工農兵學員，在她父親的工廠裡當技術員。後來七八屆大學生出來以後，工農兵學員一點噱頭也沒有了，她就和他離婚了。

那時候離婚並不是一件容易的事，為了推卸撫養女兒的責任，她和那個工農兵學員大打出手，弄得家喻戶曉，雞犬不寧。要不是她的父親，一個離休幹部出面，承擔全部經濟責任，還不知道要有多少麻煩呢。

「你把女兒丟在上海，不心疼嗎？」我摟緊身邊的兒子問。

「你怎麼這麼拎不清的啦？兒女都是討債鬼！」千紅看著我的兒子說，似懂非懂的兒子聽到這裡，眼睛裡呈現出惶恐不安的模樣。我立刻打住，不再繼續話題。可是到了美國以後，我仍舊時不時地和千紅打電話，畢竟是童年夥伴，又長我幾歲，我從小就習慣依賴她。

「他媽的，我又懷孕了……」剛到美國不久，千紅就在電話裡罵罵咧咧。

「快告訴你在中國的第二任丈夫啊！要不要我幫你打電話？」我擔心她的經濟緊張，那時候沒有便宜的電話卡，更沒有Skype，打一通電話是非常昂貴的呢。我因為已經在週刊工作，有一份固定的收入，經濟上比她寬鬆一些。

「快別提那個小白臉啦，我馬上就要和他拜拜啦。」千紅在電話那頭說，我看不見她的面部表情，卻仍舊可以感覺到她和那個男人的情分已盡。想起來前不久他們還在上海的機場大廳裡難解難分的樣子，此刻真是驗證了「夫妻本是林中鳥，大難來時各自飛」。

我知道千紅和這個男人是在上海人民廣場的「外語角」相識的，原本這個男人說自己的舅舅在美國，很快就會把他辦出去。那時候「到美國去」是極為風光的，於是，千紅施展出渾身解數，把這個比她小六、七歲的男人騙到了區政府的結婚登記處。

「到底是誰騙誰啊？明明講他的舅舅在美國，我到了美國才知道那是他鄰居的遠親舅舅，跟他八竿子打不到一起！」千紅氣憤地說著，就和這個小男人離婚了。事實上，這個小男人在還沒有收到這張離婚傳票的時候，已經摟著另外一個女人在人民廣場的角落裡親吻了呢，用的仍舊是那塊有個「舅舅在美國」的騙人幌子。

千紅是以讀書的名義拿到美國簽證的，語言學校昂貴的學費幾乎花盡了她的全部積蓄，此刻又發現懷孕了，我問她：「你打算怎麼辦？」

「當然要打掉！」千紅果斷地回答。

「這是美國啊，你到哪裡去做這種手術？不僅昂貴，許多地方還是違法呢！」

「這裡有一個倒賣中藥的皮包商，要收兩百美元。據說，他在中國大陸的時候當過赤腳醫生，這種手術對他來說易如反掌……」千紅說。

過了幾天，皮包商就用十多年前從中國帶來的殘缺的器械，在一張摺疊桌上為千紅施展了西醫手術。這張摺疊桌有四隻鐵腳，上面支撐著一塊簡易的合成板，是一般人家野餐時用的。有一天，皮包商在馬路邊上看見一堆被丟棄的舊家具，上面貼了一張「免費」的標籤，立刻統統拖了回來，其中這張摺疊桌，被他蒙上厚厚的人造皮革，就變成他的手術台了。

千紅就是躺在這張冰冷堅硬的「手術台」上，承受了這個駭人聽聞的手術。當一根陳舊的皮管子插入她的子宮裡，千紅疼痛到了昏死過去的時候，皮包商便手忙腳亂成功地從千紅的體內，墮下了一團血肉模糊的生命。

「像是個男孩！」渾身是血的皮包商把這生命盛放在一只破損的搪瓷碗裡，然後呈現到已經虛脫的千紅的面前，千紅好像看到那團血肉抽動了一下，她感到一陣昏眩。

我聽得毛骨悚然：「這是殺人啊！」還有半句話我沒有說出來，那就是：「千紅，你一定會遭受報應的！」

「幸虧把這個小人殺了，不然的話，我怎麼出去打工、賺錢吃飯啊？」千紅倒是無所顧忌，直言不諱，她說她不再去讀書，而是到處尋找機會打工。

千紅從報紙上剪下一份誠徵管家的廣告，所謂管家其實就是女傭，千紅來到一戶醫生家庭當女傭。她使出渾身解數，企圖引起醫生的青睞，結果黔驢盡技，這個白人醫生連眼皮也不朝她抬一抬。「種族歧視！」千紅在心裡暗暗咒罵。

倒是醫生的太太，整天無所事事，打扮得花枝招展，常常十三點兮兮地在千紅面前炫耀自己。有一天，醫生太太十分神祕地問千紅：「你知道女孩子讀大學最要緊的課程是什麼！」

「是什麼？」千紅正在擦洗馬桶，無心回答。

「是找一個有出息的男人做丈夫。」醫生太太無不得意地說，千紅豎起了耳朵。緊接著，這個醫生太太又告訴千紅，這還是她母親的祕笈呢。當年，她的母親把她送進大學的時候，從來就沒有要求她得「A」，而當她把一個醫學院的畢業生吸引到教堂的紅地毯上的時候，她的母親只說了一句話，那就是：「教育費總算沒有白出。」

「你想想，有出息的男人在哪裡？在餐廳？在舞廳？在大街上？No！記住，只有在大學的教室裡！那裡的男生比較純情，才有可能和你結婚。」

千紅立刻把這個醫生太太當作生活裡的最佳指導，她和醫生太太商量怎樣回到學校裡，去當一名半職學生。以後，她每週花費兩個半天到當地的社區學院去修課。她把短髮梳直了，戴著副白邊眼鏡，天真無邪得就像個中學生。兩個星期之後，千紅發現醫生太太的祕笈不靈光，時代不同了，千紅不再注意那些半路出家的大學生，而是把座位挪到了第一排，兩隻眼睛一眨不眨地盯著那位講台上的金髮碧眼的老師。

這個鄉村男教師其實已經是一個兩個女孩的父親了，但千紅還是不屈不撓地向他進攻。千紅在電話裡對我說：「這個男人實際是法國人，老早就移民到這裡了。他講課的時候喜歡坐在講台上，兩隻腳架在前排椅子的扶手上，扶手的後面，就坐著我。雖然，他講的內容，對我來說並不十分明白，也不很感興趣，但我仍舊專心致志地坐在那兒。」

千紅又打電話來了，她說：「每次上課最緊張的時候是在下課以後，因為我必須挖空心思想出幾個又深奧又天真的問題，孤單單地垂著眼皮站在這個法國人的面前。」

千紅再給我打電話的時候，已經為這個法國人懷有身孕了。「你不是不要孩子的嗎？」我想到了她在上海的女兒和那個沒有出生就被無辜打掉的男孩。

「這個孩子我是一定要的，你知道嗎？因為有了孩子，這個法國人才肯和他的老婆離婚。離婚以後又不馬上結婚，他講他的家裡有個試婚的傳統，孩子生下來以後，才決定是否進教堂。他媽的，這個老奸巨猾的法國鬼子，為了綠卡，我只能忍著。」

千紅因為沒有擠進六四綠卡的行列，正為身分的問題發愁，我知道她迫不及待地要為法國人生孩子，原因之一也是為了解決這件棘手的大事。

這一天，母親從上海打來了長途電話，她讓我一定要去買一頂草帽：「儂沒有看到那個千紅歪帶一頂寬邊草帽，夾著一個洋男人在美國賭城拍了一張照片，刊登在這裡的一份小報上啦，還有一篇文章，專門介紹伊追求幸福的創舉呢，真不知道這份報紙要發揚的什麼，只是那頂帽子滿漂亮的，讓一向不好看的千紅，也長出幾分姿色。」

我聽了大笑起來，心想這頂草帽還是我送給千紅的呢，但是我沒有說。過了幾天，母親又打來了電話，這次她告訴我：「千紅帶著伊的洋男人回上海來過啦，把伊的老娘氣得七孔冒煙。據說這個人一點規矩也不懂，人還沒有坐定，兩隻腳已經蹺到茶几上來了。伊還喜歡當著客人的面亂放屁，放了屁還要講一句『X什麼米』。大概因為不是吃米長的，放的屁來得個響，來得個臭，有一次，把家裡廚房間的警報器也熏得叫了起來。」

聽到這裡我愈發大笑起來，我說：「人家滿有規矩的呢，『X什麼米』的意思是對不起啊。」

母親說：「不要管他有沒有規矩了，只要對千紅好就好了，千紅這個花頭經十八齣的小姑娘，希望這次可以太平一點過日子。聽說小兩口非常甜蜜，『蜜糖』前『蜜糖』後地叫來叫去。」

千紅這次也是真心希望可以太平一點過日子的，可是老天爺就是不讓她太平。當她懷孕到了三個月的時候，她的「蜜糖」失業了。事實上這個「蜜糖」在社區學院的教書職位並不穩定，如果沒有五個以上的學生來修課，就不能開課，也就意味著失業。

「他媽的！我上當啦！」千紅在電話裡大叫，不僅僅是因為「蜜糖」的失業，還是因為這個「蜜糖」「懶得生蛆！」千紅又說：「與其說是和他試婚，還不如說是給他當了個免費的傭人。加上這種洋人來得個難伺候，衣服要燙得筆挺，馬桶要用手伸進去擦，地板要跪在地板上刷，廚房用具要洗得閃閃發亮……」

為了綠卡，千紅咬著牙齒忍耐，可是不能讓千紅忍耐下去的是：這個人還是一個酒鬼！「他整天在酒吧消磨時間，從來不操心家裡的日常生活，反正信用卡一劃，什麼都欠著。」

千紅受不了了，她不敢看倒欠的數字，只好咬著牙齒回去打工。那個醫生太太是不會再雇用她的，因為醫生太太和這個「蜜糖」的前妻是同一教堂的姊妹。於是，千紅只好拖著五個月的身孕，來到一家自助餐店打工。

自助餐店坐落在郊外，下班的時候，千紅駕駛著一輛渾身都響就是喇叭不響的「老坦克」回家。這輛「老坦克」因為通不過年檢，只好在鄉間的小路上繞來繞去躲避警察。千紅一邊開車一邊為自己遭遇感到悲傷，想起來自己從小被「上只角」驅逐出去以後，一直想拚鬥回去，不料始終回不到「上只角」的生活，最後落入現在的窘困——在這個被稱之為「鳥不拉屎」的內布拉斯加，還要像一隻過街的老鼠一樣。千紅愈想愈迷茫，最終真的迷路了。

千紅迷路了，甚至連路也找不到了，她想來想去想不出來自己怎麼會離開路面跑到這野地裡來的，滿天的星斗鋪灑在她的頭頂上空，周圍安靜到了連風吹草動的聲音也沒有，這時候她想起了她的「蜜糖」，畢竟那是一個高頭大馬的人：「這個世界上總算還有一個人的肩膀可以靠一靠的吧？」

千紅設法振作起來，徒步找到一家打烊的加油站，好不容易敲開了關閉的店門，撥通了電話，不料電話的那一頭傳來「蜜糖」的一頓臭罵：「你這個倒楣鬼，又笨得要命，你讓我怎麼辦？怎麼辦?!我的前途、家庭都是讓你給毀啦！」

千紅驚呆了。

第二天，千紅拖著沉重的身體前往自助餐廳，還沒有到下班的時間，「蜜糖」就趕了過來。不是接她，而是挖空她口袋裡的小費去喝酒。

下班前，千紅拖著沉重的身子把一桶桶冰塊倒入長餐桌當中的冰槽裡。冰槽上，架著一個個方形的不鏽鋼餐盤，裡面盛放著各種各樣的生菜瓜果。千紅巡迴在三排長桌的中間，不是給冷菜加冰，就是給熱菜加燙水，然後再把一個個空盤加滿，這就是千紅的工作。千紅有時連自己也不敢相信，自己怎麼會有這麼大的勁？二十磅的冰塊，一隻手就可以拎將起來？

「喂！雞腿沒有了，快來加！」一個肥胖到了走路也走不動的胖女人對著千紅叫道。

千紅連忙回答：「來了，來了，馬上就來！」這個胖女人是這家餐廳的常客，千紅看著她長滿了橫肉的屁股納悶：「這一大堆肉是怎麼長出來的呀？那條褲子足足可以放進去四個我呢！」

這個女人在等待雞腿的空檔裡，不停地往嘴裡填放生菜，千紅曾經告訴過我，她最討厭這種醫噬生菜的聲音了：「這些人就好像兔子一樣，一大盤生菜葉子，馬馬虎虎在水龍頭底下沖一沖，端出去，眼睛一眨，就被他們『咔嚓咔嚓』啃光了。」

從此千紅稱這些吃客為「兔子」，而我則告訴她：「生菜的營養豐富，含有多種維生素。」我的話應剛落，千紅憤憤不平地反駁說：「忘記了嗎？我們小時候學過的人類發展史裡說，人是因為會吃煮熟了的食物以後才變得聰明的。難怪這些吃生菜的『兔子』們，笨得像木頭一樣。當年那個十三點兮兮的醫生太太教我做麵包，四杯麵粉放一匙發粉，假如她要做八杯麵粉，還是只會四杯四杯地放，然後再把它們合到一起，從來也不懂一次可以放八杯麵粉兩匙發粉。」

我猜想讓千紅心裡最不能平衡的不是四杯麵粉和八杯麵粉的故事，而是如此一個大笨蛋，還可以悠哉悠哉地「吃飯」。吃盡苦頭的千紅，卻還要在自助餐廳打苦工。此刻，千紅正把一大盤炸雞腿從廚房裡端了出來，剛剛走到跟前，胖女人的手就伸了過來，她迫不及待地把手伸到盤子裡，抓起一條雞腿就往嘴裡塞。千紅看著她張開血紅的大嘴，突然感到惡心。正在這當兒，千紅又聽到老闆在叫：「這裡的冰塊還沒有加好，又跑到哪裡去啦？」

「對不起，我馬上加！」千紅急急忙忙加好雞腿又回到冷菜桌旁邊，她看了看地上最後一桶冰塊，心裡有點發忧。她想了想攥緊了冰桶的拎襻，深深地吸了口氣——冰桶剛剛離開地面，千紅癱軟了下來，一陣突如其來的巨痛撕扯著她的小腹。千紅感到自己的身體馬上就要斷裂開來，整個子宮都要脫落出身子，千紅昏倒了。

千紅直挺挺地躺在急救床上，嘴唇發青，眼珠反白。大家都以為千紅要死了，她的「蜜糖」正忙著和那個餐館老闆交涉賠錢的問題，好像還要上法庭。

醫生來到千紅面前，無可奈何地搖了搖頭。正在這當兒，千紅又活過來了，她咬著上下顫抖的牙齒，斷斷續續吐出一句話：「求求你，保住我的孩子。」

我不知道這個拋棄過兩個孩子的母親，想要的是孩子還是綠卡，但是當時在場的醫生和護士，無不為這中國母親感動。聞所未聞的手術開始了，那就是縫合陰道，不讓孩子掉下來，到生產時候再打開。醫生還說：「為了孩子的健康，只能用局部麻醉。」

縫合是從陰道的最深處開始，自內向外的一共要縫十四針。麻醉很快就過去了，手術針在千紅的皮肉之間戳來戳去。那種撕心裂肺的疼痛，從一個女人最要緊的部位，貫穿到千紅的全身。一針又一針，地獄的大門在千紅身上封閉，女人的火焰漸漸熄滅，千紅欲死無路。

醫生終於縫完了最後一針，他用粗大的手指在千紅的外陰處安放上了一個一只類似釘書器式的器械，然後「咯嗒，咯嗒」釘上了兩個釘子。頓時，天崩地裂，千紅那固定在手術台上身體，「騰」一下弓似地拱了起來，接著又像一隻蝦一樣蜷縮到一起，千紅她再次昏死了過去。

我就是在這個時候趕到千紅身邊的，走廊裡護士小姐無聲的腳步，像蜘蛛一般地逼近，金屬的器械和氧氣瓶都在撤離。窗外最後的落日明亮到了讓人昏眩的地步，我看不見躺在被單底下的千紅，看到的卻是一團血肉模糊的生命，這難道就是報應嗎？天空中好像有一個聲音在念誦著：「天網恢恢，疏而不漏。」

玉米棒子

一連三天都在打掃衛生，從廁所到廚房，從臥室到客廳，我的兩隻手被凶猛的洗滌淨浸泡得泛起白皮。丹丹請了半天的假，從丹佛趕過來幫我，她看到我赤著腳爬上爬下，渾身上下都是汗的樣子說：「你這樣不行，不累死也要被這些化學清潔劑熏死……」

「沒有關係，累是累了點，但心裡是輕鬆的。」我一邊擦洗煤氣灶一邊說。

「哎！用不著這麼賣力的，差不多就可以了，再說，你在這個爐灶上燒過多少飯，炒過多少中國菜啊，就是把你的押金全賠掉，也是值了。更何況你的老公找到稱心如意的工作了——大教授一個——還在乎這點押金？」丹丹說著便挽起袖子擦冰箱。

我笑了笑說：「並不是因為押金，一眨眼，我在這間留學生宿舍裡都住了四年了，現在要離開，點點滴滴都會引起許多回憶。還是盡力打掃乾淨，也算是對這幾間房子的一份感情。對了，你幫我看一看，這爐灶擦得夠乾淨了嗎？」

「早就夠乾淨了，啊喲，這還是我第一次看到這只爐灶這麼乾淨呢，中國菜的油膩是怎麼被你洗乾淨的？摸上去滴溜溜滑。」丹丹用手在爐灶的裡裡外外都摸了一遍。

「告訴你吧，美國人的白醋，在一元店裡買的，一美元一加侖。又便宜又好用。」我得意地說。

這還是兒子從他的一個義大利來的小朋友那裡學的呢，這家人從來不用化學清潔劑，洗碗都是用白醋。兒子聽了回到家裡，便在他那把噴水槍裝滿了白醋，狠狠地把爐灶從頭到尾地噴灑了一遍，還囑咐我要泡一個晚上。果真，早上起來用乾布擦一擦就乾淨啦。

因為有丹丹幫忙，很快把最後的一點掃尾工作做完了。丹丹特別把冰箱和爐灶都搬移開來，她說：「那些檢查衛生的人，常常會疏忽表面上的東西，卻不會放過這種角角落落的地方。」

「這下真的是一塵不染了，滿奇怪的，美國人正好和中國人相反，中國人是搬進去的時候要打掃衛生，而搬出去的時候一走了事，亂七八糟的垃圾留給後來的人打掃，這大概也是文化差異吧。」

正說著，丈夫駕駛著一輛巨大的搬家車「又航」回來了，車還沒有停穩，兒子就歡天喜地從上面跳了下來。很快，聚攏過來一群研究生朋友，大家七手八腳地幫我們把要帶走的家具統統搬了上去。

在此期間，兒子一直在旁邊興奮地跳來跳去，逢人就說：「我們要到東部去啦！我們要到費城去啦！我們要開著大卡車，橫跨美國啦！」

「真刺激！」一個看熱鬧的小女孩羨慕地說。丹丹走了過去，一把抓住他的小手說：「你一身臭汗，還是先跟我回去洗一個澡，然後讓若為叔叔帶我們到山上去吃烤野牛肉好不好？」

兒子有些不樂意離開，但是一聽到山上去吃烤野牛肉，立刻徵得了父親的同意，便高高興興地跟著丹丹走了。

丈夫和我回到了我們的EE-11，也就是被兒子讀成「意義—意義」的留學生宿舍。此刻，空落落的房間顯得碩大，平時這間朝西客廳，總會被西下的太陽毒辣辣地曬得滾燙，今天的陽光怎麼也變得柔和了呢？牆上退了色的Sharon已經被我珍藏到箱子裡。我拉開緊閉的窗簾，那座注視著我整整四年的洛磯山，包裹著金色的晚霞正柔和地看著我，好像要告訴我這些年，我留在它心裡的故事，這一切是多麼的恬靜！

丈夫走進臥室，他用手撫摸著兒子床邊被清洗得雪白的牆壁說：「兒子那些特別的圖畫都被擦洗乾淨啦！可惜在擦洗以前忘記留一張照片了，這裡面有兒子的成長的祕密世界呢。」

我笑了：「儂不知道我花費多大的力氣才擦洗乾淨呢，差一點把牆皮也擦掉了。」丈夫也笑了，他接下去說：「現在時間還早，我們在離開波德之前去看一場電影好嗎？」

「看電影？」

「是的，到電影院去看電影。」我已經忘記了上一次我們兩個人一起到電影院去看電影是什麼時候了，看的是什麼片子也記不得了，好像還是兒子出生以前事了。到了美國以後，因為繁忙，根本忘記了還有電影院這個娛樂的場所。有時候，丈夫和兒子到錄影帶的出租店巡視一番，花幾塊錢租一堆帶子回來，看一個晚上，我常常還沒有看完就睡著了。特別是那些恐怖片、戰爭片、災難片，我最不要看了，我對他們說：「生活已經夠痛苦了，還要增加痛苦做什麼？」

想起來丈夫是最喜歡看電影的，這幾年被生活、學習拖累得連看電影的興致也沒有了，實在有些可憐。於是，當丈夫提出來要去看電影的時候，我連去看什麼片子也沒有問，便跟在他的後面，直奔電影院。

美國的電影院碩大，一個電影院裡有好幾個場子，據說曾經有留學生在休假日，一大早就鑽進電影院，買一張票子，然後偷偷從這個場子溜進另一個場子，混上一整天，可以把這家電影院所有的電影看個遍。

此刻，丈夫把車停在電影院的停車場，便快速地跑到廣告欄前面查看了一遍，回過頭來對我說：「沒有選擇，現在這個時段只有一部美國電影《活下去》。」

「滿好，我們打拚的目的不就是為了活下去嗎？」我嘴上說著，心裡卻想著——快坐到電影院裡舒適的皮椅子上輕鬆一下，我已經累到了骨頭也要散架的地步啦。不料，這是一個人吃人的電影，其中慘烈悲痛的真實故事，把我震懾得一分鐘也不能輕鬆，反而是緊張得目瞪口呆。

走出電影院的時候，滿天星斗底下，我渾身都在顫抖，上下牙咯咯地打顫。丈夫把癱軟的我扶進我們新買的豐田汽車。我聽到他不知道是對我還是對他自己說：

「就算到了絕境，也不要放棄希望。」以後便一路無言直駛丹丹的家。這就是我生活了四年的波德，留給我最後的紀念。

第二天是週末，醒來的時候，已經近中午了。梳洗完畢下樓，只聽到丹丹在廚房裡忙碌，她一看到我就大聲的說：「你這幾天太辛苦了，好好休息吧，明天還要上遠路呢。」

「我兒子呢？」我問。

「他跟著他的爹還有若為一起回波德去辦理你們的退房手續，銀行轉帳手續等等，然後要把那輛『又航』開過來，還要到車行裡請人把你們新買的豐田掛在後面，忙著呢！」

「那你在忙什麼？」我又問。

「我在滷肉滷雞蛋……，帶給你們路上吃的，一路上好幾天了呢，也不知道哪天才能回來。」丹丹講到最後一句，不由流露出難捨的依戀。

我坐到廚房裡的早餐桌旁邊，丹丹為我盛來了一碗泡飯、一小碟蘿蔔乾、一小碟鹹菜炒毛豆和兩個滷蛋，她知道這些都是我的最愛，然後自己泡了一杯龍井坐到了我的對面。我們就這樣面對面地坐著，我已經記不清在這四年裡，我們面對面地吃過多少次飯了，從來也沒有想過離別就在眼前。

「沒有關係，我總歸會來看你們的，你也要來東部看我啊……」我說。

「記住，不管你搬到了哪裡，在美國的科州，永遠有你的一個吃飯的地方，一個家。」丹丹一字一句地說，我點了點頭。

以後的這一天裡，誰也不提「離別」二字，只是忙忙碌碌地打發時間。到了晚上，若為突然神祕兮兮地宣布，他要請我們去吃一道科州獨有的特色菜。他說：「這道菜，只有在科州才可以吃得到！」

「什麼東西啊？」大家異口同聲地問。

「洛磯山牡蠣！」若為大聲回答。

「洛磯山牡蠣？」聽上去還滿好聽的，牡蠣是我的最愛，山上出產的牡蠣倒從來也沒有領教過，不料這道菜的原材料竟然是水牛的睪丸。當一盤裹上麵粉、胡椒粉，炸成金黃顏色的水牛睪丸端上來的時候，大家只有倒抽冷氣的份了。

丹丹說：「這只東西割下來怎麼這麼大的啦？」我看見若為突然抽筋一般捂住自己的肚子，丈夫咧了咧嘴，舉起小刀，最終也沒有切下去。常常聽到外國人譏笑我們中國人喜歡雞腳、豬內臟，然而這些東西加起來的總和也遠遠沒有「洛磯山牡蠣」嚇人，這頓科州最後的晚餐，讓我終生難忘。

第二天早上醒來的時候，天已經大亮，看了看手表七點多鐘了。打開窗簾，絢麗的太陽光噴射進來。兒子歡呼說：「太陽真好，我們要開大車啦！」

丈夫說：「這就是科州的太陽，永遠都是金光燦爛的，不會讓人患上『憂鬱症』。」

我也被他們的高興感染了，連聲說：「好兆頭，好兆頭！」一邊說，一邊收拾乾淨下樓。

進了餐廳，只見桌子上擺滿了滷牛肉，丹丹一邊說：「吃飽牛肉有力氣」，一邊往一只紙板箱裡填放東西，那裡面除了滷肉、滷蛋還有煎餅、饅頭等等。箱子已經被塞得滿滿登登的了，若為又從冰箱裡拎出一打啤酒，我連忙說：「太多了，太多了，路上不能喝酒的呀。」

「這是科州生產的，到了旅館喝，喝不完到東部去喝，就好像沒有離開一樣……」若為突然卡殼。丹丹把罐裝的果汁、咖啡、奶茶堆在箱子上，我不再阻止。一直到我們一家三口爬上「又航」，安安穩穩地坐定在前車廂裡的時候，丹丹舉著一串香蕉奔過來，我不知道說什麼好，想到她平時常有胃痛的毛病，便說：「按時吃飯……」

丹丹點了點頭，這才揮手道別。丈夫鬆開煞車，一腳踩下油門，灌滿汽油的卡車，帶著巨大的轟鳴上路了。一開始，我曾經逞能說：「差不多三千英里路程，我可以開一半。」

不料一坐到駕駛座上立刻腳骨發軟，那感覺和開小汽車完全不一樣。首先是油門和煞車都要比小車的油門和煞車高出一大截，簡直就是要把大腿抬到胸口，才使得上勁踩下去。方向盤也比小車的大，我們的「又航」雖然是中型的，但是後面還有一節拖車，上面放著我們的小車，就好像是一輛兩節頭的火車，發動起來完全被後面的尾巴牽制住啦，似乎不是我在駕駛汽車，而是汽車在駕駛我。於是連滾帶爬地逃出駕駛室說：「不來事了，嚇死我。」

「老早就知道你是不行的，還是看你老公的吧。」

「三千里路程，儂一個人開，行嗎？對不起，都是我捨不得那些罈罈罐罐，堅持要開車，結果自己又開不了。」我有些內疚。

「不要這樣說，我一直想要嘗試一下橫跨美國的滋味，特別是開大車，很刺激的呢。你就在一邊幫我看路，負責準備吃的和喝的就可以了。」丈夫說。

「還有我呢，我會看地圖！」兒子大叫著說。於是，吃飽牛肉的丈夫，精神十足地把「又航」駕駛上了高速公路。一時間，周圍的小車看見我們都紛紛逃離。丈夫笑著說：「你看，大家都怕我們的呢！」

「為什麼？」我問。

「因為一看到『又航』，就知道是租來的車子，開車的不會是專業的卡車司機，還是躲遠一點好。」丈夫說。

「好開心哦！」兒子恨不得在座位上跳起來。

「啊喲，儂怎麼鑽到前座上來了？快回到後排去坐好！這裡危險，萬一急煞車，就會撞到前面的玻璃上去啦！」我說。

「我會綁好安全帶的，我喜歡坐在前面！儂看，所有的小車都在我們的腳底下，我們好神氣啊！」兒子這麼一說我才發現，確實坐在高高的卡車裡，很有一種唯我獨霸的感覺。筆直的公路、遼闊的田野盡收眼底，我感覺到丈夫愈開愈順手了。

科州的天空晴朗到了看不見一絲雲彩，蔚藍得就好像是一幅天鵝絨覆蓋在我們的頭頂上空。丈夫指著遠遠一塊路牌說：「看，我們馬上就要出科州了。」

話音未落，不知道從哪裡飛來一片烏雲，一下子把我們的卡車緊緊包裹，頓時天昏地暗，電閃雷鳴，不一會兒瓢潑大雨鋪天蓋地，丈夫把雨刷打到最高檔，仍舊一片灰濛濛的看不見前方。

我們不得不按下緊急燈，把卡車停靠在路邊。大自然的摧毀力是無法抗拒的，我聽到路邊的小樹「咔咔」地被折斷，整個世界都好像要翻過來一樣。剛才還是霸氣十足的「又航」，現在萎縮得像片破布，在風雨當中飄搖。兒子已經縮到後排的座位上去了。我打開一瓶罐裝咖啡遞給丈夫，又打開一瓶蘋果汁遞給兒子，順便把他摟到身邊，兒子問我：「儂怕不怕？」

我說：「不怕，有儂在身邊，媽媽什麼也不怕。」丈夫也說：「一家人在一起真好，這是上天給我們的一個機會，讓我們三個人在風雨當中體驗一下這就叫家庭。想當年，我一個人來美國，口袋裡只有三十美元，現在一家三口，背後還有一大車的家當，實在是上帝對我們的厚愛呢。」

說著，說著，不知道什麼時候暴雨當中出現了一線光亮，一忽兒雨過天晴，晴到簡直不能相信剛才的大雨。特別在我們卡車的前面不遠的地方，連公路的地面也是乾燥的。抬起頭來一看，丈夫剛才指給我們看的路牌就豎立在我們旁邊，上面寫著「堪薩斯歡迎你」。

「離開科州了……」丈夫說。

「剛才的大雨是科州的眼淚啊，送別我們的眼淚呢。」我說。這時候我發現，兒子已經在我懷裡睡著了。

這次我們橫跨美國，除了科州以外要途經堪薩斯、密蘇里、伊利諾、印第安那、俄亥俄、西維吉尼亞、最後才是我們的目的地。其中多數是農業州，常常一連行駛數百里看不見第二輛汽車，那時候交警管理的現代化設施還不那麼齊全，丈夫常常超速至九十英里以上，也沒有警察追蹤。

舉目遠眺，一片片金黃色的玉米地，或是一捆捆剛剛收割下來的乾草，時有牛馬羊群在那裡優閒地踱步。「咦？怎麼沒有人看管的啦？」我問。

丈夫瞇著眼睛回答：「你別看這是一望無際的荒野，其實周邊都埋有電網暗線。牲口是踏不出半步的。」

「那一個個高高的碉堡一樣的東西是什麼？」我又問。

「那不是碉堡，是囤積乾草的筒倉。我以前的一個美國朋友的父母有一個農場，休假的時候我去幫他們勞動。其實這裡的農民很少在田地裡勞作，多數都是機械化，坐在一間玻璃房裡按按電鈕就可以啦。」丈夫說著看了看鐘點說：「我們去休息一下吧，已經開了六個小時了。」

「又航」順著斜坡滑行到一片寬闊的空地，當中還有一小排紅磚的平房。裡面有喝水的和公共廁所，這就是美國高速公路上比比皆是的休息區。丈夫把「又航」停穩在平房的前面，就跳了下去，兒子立刻跟到了後面。我先把車廂裡的雜物整理了一番，把垃圾收拾到塑料袋裡，這才慢慢爬出車廂。

太陽當頭，我把兩隻手擱在額頭上搭起一個涼棚，正巧看到一個乾乾淨淨的中年婦女朝著我走過來，她熱情地對著我打招呼說：「嗨，搬家啊？」

「是的，從科州搬到東部去。」我回答。

「遠道啊，要走好幾天啦！以前來過這裡嗎？」當她知道我們是第一次來到她的家鄉時，竟一定邀請我們到她家裡去吃飯：「就在後面，一分鐘就到。」

我感到有些唐突，藉口還要趕路便客氣地謝絕了。她顯得有些失望，可是又突然想起了什麼，快速地爬到她的小卡車上，抱出一大捆玉米棒子說：「晚上帶到旅館裡，放在微波爐裡打幾分鐘，就可以吃了，保證你會喜歡，這是我家的特產，全美國找不到第二家呢！」我接受了，並再三感謝了她的好意。

丈夫和兒子回來了，兒子高舉著一支冰淇淋飛跑過來說：「後面有一隻很奇怪的動物，儂快去看！」

我想起來幾年前公雞的故事便譏笑說：「公雞啊？」

「不是的，不是的，黑顏色和白顏色的，有四隻腳，卻像人一樣站著走路。」兒子急了，我只好跟了過去，還沒有走到跟前就聞到一股奇臭無比的味道：「啊喲，這是黃鼠狼啊，快走，臭死人了。」

這是我第一次看到這麼漂亮這麼臭的黃鼠狼，我沒有想到黃鼠狼不是黃的，腦袋上有一束散開的白毛，而且還有一條雪白的尾巴，真的是站立著走路的。不知是什麼人惹怒了牠，牠便毫不客氣地撒下一泡臭尿，大家都捂著鼻子逃走啦。只有剛才那個中年婦女，正用一瓶番茄醬在刷洗地板。據說黃鼠狼的臭氣，只有番茄醬可以去除。

我們返回「又航」繼續上路。傍晚時刻，來到一家鄉村裡的汽車旅館安頓下來。先是清洗完畢，然後又把丹丹為我們準備的晚餐吃個飽，這才在微波爐裡打熟了玉米棒子，三個人一邊啃一邊到原野裡散步。我說：「這些玉米棒子確實又大又甜，只是不如上海的珍珠米又糯又有嚼頭。」

丈夫說：「不要挑剔好不好，想想這個素不相識的女人如此熱情，真的是難能可貴的緣分呢！」

「不好了！失火啦！」兒子大叫起來，我抬頭一看，果真！遠處一片火海，濃煙滾滾向著我們逼近。我抓起兒子的小手，拔腿要逃。丈夫卻蹲到地上不斷地按響照相機的快門。

「不要驚慌，不要驚慌，這是我們按照印第安人輪耕的生活方式，控制性燒火。這樣明年的青草會生長得更加茂盛。」一群騎在馬背上的農牧民舉著火把過來說，他們黝黑的臉膛被烈火映得通紅。

「奇怪了，那種原始的刀耕火種怎麼能在這個如此現代化的社會延續？」我問。丈夫卻阻止了我的問話，讓我凝神細聽：這時候，遠遠地就好像風一樣穿越過來一片充滿磁性的歌聲。這歌聲的穿透力極強，一下子覆蓋了整個的草原，令人感到激動不已。我對丈夫說：「不得了，這裡怎麼會有如此悠然自得的生活和自由自在的氣氛？真的是到了伊登了？」

丈夫說：「這就是中部人的淳樸，好像玉米棒子一樣的實在。」我們就是在這淳樸、實在的氣氛裡，度過了橫跨美國的第一個晚上。

第二天晚上，按照計畫，我們要趕到我幼時的朋友——露露家住宿。露露是我在上海少年宮時候的小夥伴，現在她和丈夫就住在俄亥俄州。丈夫按照露露用鉛筆畫得仔仔細細的地圖在郊外的小公路上找來找去，終於看到了小樹叢中有一個巨大的郵箱，郵箱上面還捆綁著一只氫氣球，氫氣球上面有幾個中文字，到了近處才看清那是：「歡迎東東全家！」

「這是露露怕我們找不到，專門給我們的標誌呢。」我笑著說。

「啊喲，這條行車道怎麼這麼窄？我們的大車進不去的。」丈夫焦慮地說。

「露露說了，一進去就寬敞了，這個地方人少地多，露露家有好幾公頃的地，所以邀請我們一定住宿她家，因為『又航』在她家門口可以隨意的停放。」我正說著，丈夫一踩油門，「又航」一頭撞進了露露家狹窄的行車道。

果真，進去就看到前面是一大片空地，少說也有半個足球場大，足球場的盡頭有一幢一半站在平地上一半倚在小山坡上的木頭房子，這房子有一點奇怪，像是少數民族的竹樓。正門在二樓，一條寬敞的大樓梯，直通上去。

露露聽到我們的汽車聲響，立刻從樓上飛奔下來，她和當年一樣，一件雪白的暢領短衫，一條寬大的燈籠褲，我們相互擁抱了一下，我便問：「嗨，你還有興致練功啊？」

「無聊啊，我沒有工作又沒有孩子，在家裡除了煮飯打掃衛生還能做什麼？去最近的咖啡館都需要走四十分鐘，真是寂寞，所以練練功，消磨時間。今天你們來了，我真開心，我和我老公已經扳著手指等了好幾天了。」露露說。

露露的老公是一個歐美哲學博士，好幾年以前就畢業了，卻一直沒有找到對口的工作，幸好可以留在他的母校教中文，也算有一口飯。這天，因為我們的到來，露露和他一大早就開始忙碌了，他們專門到城裡購買了香腸、海鮮、蔬菜、瓜果，回家自製披薩。這對夫婦雖然沒有孩子，倒也把生活安排得充實有味。露露說：「你們多住幾天吧，我現在很會做菜的，你們喜歡什麼菜系就做什麼菜系。」

「這麼大的本事啊！怎麼學的？」我問。

「長到這麼大，終於悟出一個道理，那就是吃飯最開心……」露露感慨地說。看著露露的面孔，我感覺到那裡有很多心酸的故事，我不想繼續這個話題。便割了一片披薩放進嘴裡說：「哦喲，真有創意，披薩上面放玉米粒，烤得焦黃，很香！」

那天吃完披薩又吃瓜果，喝了不少啤酒的丈夫帶著兒子先上床休息了，我仍舊坐在露露客廳裡的一張中式木頭沙發上和她閒聊，就好像當年我們坐在少年宮舞蹈室的地板上一樣。這時候我已經知道，露露家的老家具都是她從中國運過來的。

窗外，一輪明月高高地掛在樹梢上，周圍一片漆黑。我們說著說著，我突然意識到這個世界是多麼的寂靜，寂靜到了讓人感到恐怖。我想像著露露長年累月就是在寂靜當中生活，不由打了個寒顫。

「你冷了嗎？我到閣樓上給你拿條毯子。」露露說。

「不用，」我本來還想說我要去睡了，可是又不忍心把露露一個人丟在寂寞裡，於是跟著她一起上閣樓。樓梯有一點陳舊了，發出「咯咯」的聲響。到了閣樓上，露露點起一支蠟燭，火光底下我突然看到一個人，這個人在黑暗當中直挺挺地坐在一張陳舊的八仙桌的後面。

我嚇了一大跳，頭皮一陣發麻。仔細辨認，原來坐在那裡的人是露露的老公——哲學博士。

哲學博士示意我坐到他的對面，我小心翼翼地坐下了半個屁股。這時候，哲學博士把一摞紙推到我的面前，我看了看，那是他的博士論文，厚厚一大本關於海德格，我沒話找話地說：「修改論文啊？快發表了吧！」話一出口就後悔。

哲學博士沒有講話，兩隻眼睛盯牢八仙桌的當中，我的視線也跟了過去，立刻倒抽一口冷氣，那裡竟然躺著一把短劍。不是裝飾劍，而是一把真正的可以殺人的短劍，或者是一把已經殺過人的短劍。借助微弱的燭光，我看到鏽跡斑斑的劍鞘上雕刻著這麼幾個字：「贈第五期黃埔志士無往不勝」，落款是「中正」。

我不知道這把短劍和這位哲學博士有什麼關係，看樣子他已經在黑暗裡直愣愣地盯著這把短劍良久了，甚至若干年了。

「嚇死人了，這個人千萬不要殺人也不要自殺啊！」我不知道怎樣和這個哲學博士繼續對話，只是一邊想，一邊趁著他仰天長歎的當兒，偷偷地溜下了閣樓。

突然記起來好婆老早讓我背誦的一段話：「人生在世如身處荊棘之中，心不動，人不妄動，不動則不傷；如心動則人妄動，傷其身痛其骨，於是體會到世間諸般痛苦。」

鑽進被窩，推醒丈夫說：「這個哲學博士怎麼一點也不能領悟中國的哲理的啦！」丈夫說：「他不是不能領悟，而是執著。他執著地堅持自己的觀點，鑽牛角尖，結果到處碰壁，弄得一事無成……」

我打斷了丈夫的話說：「這就是上海人叫做『拎不清』的！這種事情我是一到美國就拎得清清爽爽了，那就是：『假如沒有辦法改變世界的話，只好讓世界來改變自己。』」

壽司和包子

我們的「又航」到達目的地以後，就直接把家具搬進了學校的教授宿舍。從留學生宿舍到教授宿舍，從中西部到東部，同樣都是大學城。不同的只是：在我們搬進來之前，這個小城裡只有三個中國人，一個是ＡＢＣ，一個是美國教授的台灣太太，還有一個是從馬來西亞嫁過來的華僑。因此他們說：「嗨，你們搬進來了，我們這裡中國人的面孔翻了一番。」

和馬來西亞華僑相識是在健身房裡做運動，她高挑的個子，烏黑的長髮。我們相互打了個招呼以後，就開始用國語交談，後來她和我一起步行回家，路過我家門口的時候，我邀請她進來坐坐，她卻看著我家門口一排紫色的小花呈現出莫名其妙的憐愛。後來她告訴我，這些小花是這幢房子前任的女主人種植的，那是她的朋友，一個日本人。下一次再見到這個馬來西亞華僑的時候，她從皮夾子裡翻出一張小照，就是那個日本女人的照片，我一看就說：「等一等，我看到過這個女人。」

「……」馬來西亞華僑張大了嘴巴，表現出不可置信的樣子。

「我真的看到過這個女人，她小眼睛小鼻子小嘴巴，個子特別矮小。面孔唰唰白，白衣白褲，兩隻腳踏在一雙前高後高的木拖板上。走起路來好像是飄的一樣，我還以為是綠化工人呢……」我說著，卻注意到那個馬來西亞華僑黝黑的面孔一下子變得煞白，然後偷偷溜走了。這以後，我很久很久都沒有見過她。

又過了幾年，兒子已經離家讀大學去了。一天我在一家新開的超市裡挑選鴨子，突然有人拍了我一下，回頭一看，原來就是那個馬來西亞華僑，寒暄一番以後，她小心翼翼地發問：「你還看見過那個日本女人嗎？」

「誰啊？哦，就是你的朋友啊？當然啦，每隔一段時間的星期五的清晨，晨曦升起來之前，她就會來了。一來就蹲在地上為那些紫色的小花培土、灑水、拔野草……」我說著，又注意到那個馬來西亞華僑黝黑的面孔一下子變得煞白，這次我沒有讓她逃走，一把抓住她的胳膊說：「告訴我，到底發生了什麼事？讓你嚇成這樣？」

「這個女人在你們搬進這座小城以前就死了！」她說。

「……」我立定在原地無話可說，我想我是看到鬼了。這天晚上，我坐在床上等待丈夫回家，我想把這個故事告訴丈夫，丈夫卻搶先告訴了另外一個故事：「今天我請了一個女人吃飯。」

「什麼？」我的眉毛站立起來，丈夫立刻又說：「不是女人是男人，不是男人是……，有人講他是男人，又有人講他是女人，我看看他像女人，但是喉嚨裡的喉結很大，好像是男人。」

原來，這個人就是馬來西亞華僑日本朋友的丈夫米格爾先生。當年，米格爾先生的太太在我們現在睡覺的臥室裡去世了。這一天，我們的鄰居琳達和她的丈夫聽到平時不聲不響的米格爾先生，發出了狼一般的悲號，徹夜難眠。

那以後，米格爾先生把自己關閉在這幢小樓裡，足不出戶，整整一個冬天。好心的琳達怕他出毛病，時而叩響他的大門，送他一個自製的麵包。米格爾用他蒼白的手指，接過麵包。這個平時最最講究禮儀，見面都要鞠躬的米格爾，此時的面孔，就好像被漿糊刮過一遍一樣，謝都不會謝一聲，就把大門關上了。

一直到春天來臨之前，一個寒冷的早晨，琳達正在煮咖啡，門縫底下塞進來了一張精美的摺疊成仙鶴的信箋。琳達把信箋翻來翻去，小心翼翼地打開，上面寫著鉛印一般的藍墨水字：

親愛的鄰里：我僅在這兒正式通知你們，經過法律驗證，從今天開始，這裡再也沒有米格爾先生，代替米格爾先生的是米格爾女士……

琳達有些想不通，短短幾行字她一連讀了好幾遍，後來她的丈夫——物理系的系主任走了過來，他們倆一起閱讀，也讀不出個頭緒。

這時候窗外走過來了米格爾先生，不對，是米格爾女士。只見她穿著一條黑色的呢子短裙，腳上蹬著一雙錚亮的高跟皮靴，鏤花的褲襪包裹著她精瘦的長腿。她的上身是一件雪白的羊絨上衣，令人矚目的是羊絨上衣的底下聳起了兩個高高的乳房。當這個米格爾女士走到琳達的窗底下的時候，她抬起頭來，咧開塗滿口紅的大嘴，朝著這對目瞪口呆的夫婦微笑了一下。

我的丈夫這天就是和這麼一個男人？女人？一起吃了一頓午餐。丈夫說：「我知道不應該歧視這種行為，只是當她像Sharon Stone那樣，把兩條長腿在我面前翻來翻去的時候，真讓人有些講不出來的味道。」

「我倒是很敬佩伊的行為，一個男人為了紀念妻子可以變性，實在是很了不起呢。我想請伊來吃飯……」我說。

「她不會來的，因為他的妻子就是在這幢房子裡去世的，他不會再到這個傷心的地方來的。」丈夫說完就翻過身體睡覺了，我則無法進入夢鄉。

想起來明日又是星期五，不知道那個女人會不會來澆花。她是來澆花還是來照看她的男人？月光透過雪白的窗簾把我們小小的臥室照得通亮，我想像著當年那對日本夫婦在這裡的情景，我似乎可以看到他們的相愛，難道世界上還是有真愛？

我打開窗簾，趴在窗台上俯身觀看窗台底下紫色的小花，那是我們花園裡長得最茂盛的一種花，我不知道它的學名，隔壁的琳達叫它銅錢花，我也就跟著叫了。這花第一年是綠色的草，第二年是紫色的花，第三年才結出黑色的子。那黑色的子莢在一片一片白色的半透明的葉瓣當中，就好像是圓圓的銅錢，據說這是日本的花，在這裡是很難養的。會不會真的是因為有個日本女人的鬼魂來照看，才會繁殖得這麼茂盛？

此刻，那些紫色的小花緊閉著，只有白色的銅錢般的種子鋪灑在黑綠色的葉子上面爍爍閃光。一股陰森森的霧氣從地底下升起，編織了一層透明的迷茫。這時候，我看到那個日本女人急急忙忙地踏著露水走進來。狹窄的裙襬幾乎把她的兩條腿縛在一起，步子很細小卻走得很快。她一邊走一邊噴水，那水是從她的嘴巴裡噴射出來的，還沒有走到跟前，水已經噴滿了花叢，我感到陰颼颼的寒冷。

台大有位研究電的教授，經過了十五年的科學實驗，證明有個靈的世界。研究結果發現，只有張開第三隻眼睛才可以看到那個神祕的世界。我摸了摸前額，沒有第三隻眼睛，但卻千真萬確地看到了這個從靈的世界裡返回來的女人。我想了想，記得我的婆婆剛剛去世的時候曾經在半夜三更問我要棉被，她說她很冷。這個女人想要什麼呢？哪怕她什麼也不要，我好像也應該送她些什麼。

第二天早上醒來的時候，已經九點多鐘了，天空灰濛濛的，好像要哭了一樣，我看了看旁邊空落落的被筒，知道丈夫已經去為他的學生上課了。閉著眼睛想了想，終於想出來了：做一盆壽司送給這個女人吧。

可是我從來也沒有做過壽司，不知道從哪兒下手呢。急急忙忙把自己梳洗乾淨，便習慣性地敲響了隔壁琳達家的後門，這個能幹的美國女人總是我最好的美式生活指導。

「壽司啊？韓國食品嗎？」一看見琳達一頭霧水地問我，我就知道這次諮詢是白搭了，琳達連壽司是哪一個國家的食品也弄不清楚，還是靠我自己吧。轉身鑽進我的小豐田，驅動車子，前往後來倒閉的那家美國圖書零售巨頭Borders書店。

Borders是家大型的連鎖書店，將近有四十年的歷史了，通常會陳列十到二十萬本書左右，一向是我們全家的最愛。剛到美國那陣，帶著兒子逛書店，面對琳琅滿目的書籍，因為囊中羞澀，沒有辦法購買。後來發現到這裡來真正掏錢買書的人並不多，大多數都是窮學生，他們找到自己的所愛，便坐到僻靜角落裡的一個沙發上、一把椅子上，或者乾脆坐在地板上，就全神貫注地投入到自己的閱讀當中了。

書店的工作人員不僅不會干涉，而且還很歡迎這些不付錢買書而只是來讀讀書的顧客，不知道那些被翻弄陳舊的書籍，以後怎樣處理。那時候還沒有無線電腦上網這一說，每逢週末，帶著兒子來到這家書店，就是最愜意的享受了。

在陪伴兒子讀書的同時，我又發現，這裡真是一個知識的寶庫，要什麼有什麼，貼在家裡冰箱上的第一張義大利麵條的製作方法，就是我從這家書店裡抄錄下來的呢。儘管後來的上網更加方便，但遇到問題仍舊首選Borders。

因此，當我看到連琳達也不會做壽司，立刻直奔Borders。果真，在Borders菜譜專欄，我一眼就發現了長長一排有關壽司的書籍，其中有一本還附帶了做壽司的小竹簾，於是毫不猶豫地買了下來。

回到家裡便開始手忙腳亂：米飯是現成的，加上美國超市裡買來的白醋、黃瓜、胡蘿蔔和仿蟹肉，又找出兒子當零食的紫菜，萬事俱備，捲起袖子，就做起壽司來了。不料書本上寫的和實際操作相差甚遠，把醋拌入米飯當中是最簡單的，醋飯做好以後，鋪到紫菜上面，也還算順利，但是要把各種菜餚捲就進去，就不是那麼容易了。不一會兒，弄得我手上、身上甚至臉上、頭髮上也沾滿了米飯，那壽司仍舊是鬆鬆垮垮地一團糟。

丈夫下課回家吃午飯，看著廚房間裡飯天飯地一片忙亂的景象無話可說。他從桌上胡亂地抽出兩張紫菜，把那一堆亂七八糟抓不起來的壽司放在當中，包裹成兩大個紫菜飯團，放進玻璃盒子，然後藉口下午還要上課，便夾著他的飯盒回辦公室去了。

懶洋洋的太陽散落在前庭大門口，琳達披散著一頭褐色的長髮坐在她家的台階上，她悠悠哉哉地閱讀著小說，我拖著自己疲憊的身體坐到了她的身邊，我告訴她：

「我失敗了。」

「這是什麼？好吃，很好吃，味道和當年米格爾夫人做的壽司很相像！」校園裡走過來了琳達的丈夫，到了跟前，這個物理系的大教授，伸手就從我捧著的盤子裡抓了一把紫菜、米飯等等，一起塞到嘴巴裡。

「真的嗎？」

「真的，真的，樣子不大相像，味道很正宗，比我們市中心那家中國餐廳賣出來的要好吃多了呢！」琳達也抓了一把放進嘴裡說。

「樣子不像有什麼關係，內容最重要了。味道很好，外觀是可以改進的呢！」物理教授說。

就這樣，這對金髮碧眼的美國夫婦，一邊讚美一邊把我失敗的成品打掃得精光。回到家裡，我在水池裡沖洗鍋碗瓢盆，在清澈的流水聲中，盤算著下一步應該怎麼做。

這天晚上，我對丈夫宣布：「從今天開始，我們每天吃壽司，一直吃到下週五。」丈夫嚇了一跳，連忙說：「美國白醋有一點太酸了，我的胃吃不消怎麼辦？」

「沒有關係，我已經到韓國超市買來了正宗的日本純米酢，順便買了一百二十張紫菜……」

「一百二十張紫菜吃完以後，我的面孔也要變成紫顏色啦！怎麼給學生上課？」丈夫拒絕接受。

「喂，儂忘記了儂的老祖宗是日本人啦，我剛剛讀過健康雜誌，上面介紹紫菜是健康食品，對身體有好處。原本我是想買三百張一包的紫菜，因為脫銷，才買了這包小的。」我是發了狠心要學會做壽司的，丈夫只好吃癟。

早上素菜壽司，中午雞蛋壽司，晚上海鮮壽司，一日三頓，頓頓壽司，我的手藝漸漸嫻熟起來，但是包裹起來的壽司仍舊有些鬆散，不像書上照片裡的那麼挺括。這一天，琳達吃完壽司抹著嘴巴對我說：「前面大馬路上有一家中國人開的壽司店，生魚片、牛油果都是包在紫菜外面的，非常漂亮非常好吃。」

中國人開的壽司店一定不會靈光，但是琳達如此推薦，決定前往看一看。一腳踏進店堂就發現，琳達講的中國人其實是馬來西亞人，那個黑黝黝的老闆會說幾句中國話，就被琳達誤認為是中國人了。這個馬來人也真聰明，菜單上的壽司都有一個極其漂亮的名字，例如：海灘上的愛、粉色的少女、孤島上的爆炸等等。我點了一份「海灘上的愛」，一份「火山的驚豔」，又要了一份日本清酒，就坐到前台的高凳上，優閒地一邊等待一邊和壽司師傅，也就是老闆，閒聊起來。

事實上我一點也不優閒，在等待和閒聊的過程當中，我的兩隻眼睛忙亂不堪，恨不得可以一隻眼睛盯牢壽司師傅的兩隻手，另一隻眼睛看清楚他的副手在幹什麼。我先看到，那個副手一邊用一只小風扇不斷地扇那桶添加了壽司醋的白飯，一邊奮力地攪拌。很快我又發現，那個壽司師傅手上帶著兩隻塑料紙的手套，除了衛生的功效以外，還有防黏的功能，加上他每做一個動作都會把手在一盤清水裡浸一下，那些飯粒就好像聽從他的指揮一般，均勻整齊地鋪平在紫菜上了。

隨後，我看到壽司師傅把鋪滿米飯的紫菜翻了個身，在紫菜當中放進炸過的蝦肉、胡蘿蔔絲等等，他好像沒有特別使勁，只是隨手一捲就捲起來了，接著又在飯捲的表面上鋪了一層生魚和牛油果，包上一張塑料紙，這才用小竹簾連塑料紙一起把壽司捲起來，擰緊。隨後壽司師傅打開小竹簾，拔出一把鋒利的刀子，連同塑料紙一起，把壽司捲切成六個等分。最後，去除塑料紙後的壽司被擺進一只長方形的盤子裡，撒上壽司醬，旁邊還有尖尖的芥末立在一圈薑片當中，漂漂亮亮地端到我的面前。

「哇，非常漂亮！你真是一個頂極棒的壽司師傅！我要好好看一看。」我情不自禁地說。

「不可以！」壽司師傅說著，開玩笑地用一塊小竹簾豎在他的前面，遮擋住我的視線。不一會他放下小竹簾說：「幸虧我的師傅沒有看到我這樣做，他看到了一定會氣得吐血。」

原來這位壽司師傅年輕的時候就奔赴東洋，他說：「一開始的大半年，只是在店裡打掃衛生，當當跑堂，等到師傅認同了才可以拿刀，學習處理小型海產物的刀法，三年以後到廚房裡學習蛋料理、各種肉類的處理和烹飪有關壽司用的菜餚，又過了三年才可以充當一位一年級的壽司師傅，出現在櫃檯的前面。同時學習了處理海鰻、鮭魚、鱈魚等白身魚的料理方法，後來還學習處理鯵魚、鯖魚等赤身魚的料理方法……前前後後差不多十幾年，漸漸學會區分各類魚材、海產，還要對各種各樣的料理：刺身、湯物、煮物、漬物、炸物甚至清酒等等，都有了相當的認識。」

壽司師傅把新做好的壽司讓他的副手放進油鍋裡快炸，這是我的「火山的驚豔」。當那盤令人垂涎欲滴的壽司放到我前面的時候，這位壽司師傅繼續說：「在日本壽司師傅的眼睛裡，壽司是非常神聖崇高的食物，每一個步驟都很嚴謹，什麼東西可以放什麼東西不可以放，橫著放還是豎著放，都有規定。例如壽司裡放了牛油果就不再是日本壽司了，變成了加利福尼亞壽司。而正宗的日本壽司追求的是簡單自然、古樸謙遜，這就是日本壽司簡約的哲理。因此，我這種花稍的搭配和手法，是我的師傅絕對不允許的。」

壽司師傅講到這裡，流露出羞愧的面容，而我，想起來家裡那一堆被我三下五除二弄出來的東西，更是無地自容。接著壽司師傅又說：「我也是沒有辦法，不翻點花樣，生意做不下去，家裡有三個兒子要吃飯……」

吃飯？我想起來著名美學家的「吃飯哲學」，那位思想界的巨頭把馬克思的「唯物史觀」冠冕上一個通俗的名字「吃飯哲學」，遭到不少假正經的學者們的譏諷。然而對我來說，反而還是「吃飯哲學」更加直接貼切。就好像台灣人把文雅的「如廁、方便、解手」等直稱為「放屎」一樣，讓人感到痛快淋漓。

吃飯實在是人的生命當中不可缺少的一件大事，為了吃飯，許多人甚至不得不違背自己良心，而我不也是違背了自己的本身嗎？想到這裡有些感傷，看著酒杯裡空空蕩蕩的清酒，嘴巴裡泛起苦澀。剛才還讓我垂涎欲滴的壽司，此刻放進嘴巴裡味如嚼蠟。我草草把眼面前的食物打掃乾淨，和壽司師傅說了聲再見便離開了。

回到家裡，先把那些原本準備做壽司材料都收藏了起來，在心裡悄悄對米格爾夫人說：「對不起，我不要褻瀆神聖的壽司呢。」

可是不做壽司還能做什麼呢？第二天又將是星期五，琳達在一邊以為我為晚飯發愁，她說：「做包子好了，你做得包子最好吃了！」

「好，你也不用煮飯了，我會多做一點的。」我想起來按照中國的傳統，蒸糕做饅頭都是拜祭的好方法。

「謝謝，我的兒子最喜歡你做的包子啦！」琳達說著便出去開車接兒子了。而我則挽起袖子開始發麵，在美國發麵不是一件困難的事情，他們習慣吃麵包，發粉做得非常好，不過從明州當過大廚以後，我發現美國的發粉喜歡牛奶，用牛奶發的麵粉更加鬆軟。我用食品加工機揉麵，不一會兒麵糰就發好了。接著我又用同樣的食品加工機分別打碎了青菜、豆腐乾、豬肉和高壓鍋裡燜爛的赤豆，加上各種調料，很快一盤豆干青菜餡，一盤豬肉餡和一盤豆沙餡就香噴噴地擺在桌子上了。

我站在桌子旁邊，快手快腳地把包子包好，又把多餘的麵糰做成了花捲，大功告成，只欠放在籠屜裡蒸一蒸了。趁著餳麵的工夫，我坐下來歇口氣。看著桌面上一排排各種內容的大包子，不由開心地笑了。想起來那台實用的食品加工機真好，我最喜歡這種現代技術的機器了，它使我們的生活簡單方便很多。

等到桌子上的包子漸漸發酵長大，便把它們放入蒸鍋，二十分鐘以後，揭開鍋蓋香氣撲鼻，剛剛用筷子夾起一個想嘗一嘗，就被後面伸過來的一隻大手接過去了，回頭一看，高興得跳了起來：「啊喲！儂怎麼回來啦！」

「我聞到家裡的包子香，就回來啦！」在耶魯讀大學的兒子咬了一口包子說。事實上他是因為要到華盛頓的國家實驗室裡送報告，途經費城，順道回家吃晚飯的。

「好吃，真好吃，這肉包子怎麼就好像上海的小籠包子一樣，一咬一包湯啊？裡面的肉又鮮又嫩，還有一粒粒清脆的東西，比上海小籠包子還好吃，再來一個。」兒子一邊狼吞虎嚥地吃，一邊說。

「儂還記得上海的小籠包子啊？媽媽的包子當然比上海的小籠包子好吃，媽媽有祕密武器呢！」事實上我是在精瘦的豬腿肉裡添加了新鮮的荸薺，另外還有美國人用來做果凍的原材料，這些無色無味的果凍粉，用水稀釋以後，攪拌在肉餡裡，就好像上海小籠包子裡的肉皮凍了。

此刻，看著一米八十六的兒子大口吞嚥包子的樣子，又好像看到他小時候的模樣。那時候他踮著腳要我抱，現在我就是踮著腳也抱不到他了。記起來他的中學同學羨慕他的高大，讓他們的母親來詢問我這個中國母親的訣竅，我笑著回答：「米飯，就是米飯啊！」現在想想是不是包子呢？

兒子大快朵頤地吃了一頓肉包子又去趕路了，剛才還是充滿了歡快的廚房一下子變得冷清無生氣。我拿起兒子才用過的碗筷，夾起包子放到嘴巴裡，努力抑制著自己的傷感……

「孔太太，我可不可以吃包子啊？」琳達的兒子有禮貌地站在門口，頓時把我從思念當中喚醒，小男孩手裡捧著一鍋他母親的拿手「南瓜湯」。

「可以，當然可以，你沒有看到我做了這麼多啊！」說著我把新出籠的各式包子夾到一只墊著茶巾的藤籃子裡，讓他帶回家去，又把他手裡的南瓜湯留了下來。

晚上，丈夫飽餐一頓包子和南瓜湯以後上樓去備課了，我拿著刷洗乾淨的鍋子推開了琳達的家門，這裡的氣氛好像有一點不對勁。琳達的丈夫走出來壓低了聲音對我說：「對不起，琳達剛剛做好南瓜湯的時候得到電話通知，她下崗了。幸虧有你送來的包子，不然的話，我們都不知道吃什麼呢。」

我一時無話，記得琳達告訴過我，她已經在這個畫廊裡工作了十多年了，她是一個照相寫實的畫家，我常常看到她會把幾張照片合成在一張大畫上，就好像在講述一個非常複雜的故事一樣。她工作得很辛苦，一張畫會消耗她幾個月的時間，當然這張畫的價格也是昂貴的。然而好景不常，新式的照片掃描和電腦裡的種種軟體，可以把她的技術發揮得更加完美，琳達憤怒地說：「這是『機器』對藝術的摧毀，對人類的威脅，我們這些依靠『吃飯』生存的動物，都會因為現代化的擠壓，沒有了生活來源而死亡！」

看著琳達倒豎起來的兩條眉毛，心裡有些害怕，因為我是最推崇現代技術的機器和電腦裡的各種軟體了，我不要做摧毀藝術的幫凶呢。但是又一想，波瀾壯闊的藝術長河，不就是在相撞衝擊當中前進的嗎？浪漫主義、現實主義、自然主義、超現實主義，還有抽象主義等等眾多藝術當中可以看到，真正藝術不會死亡，更新的只是技術。同樣，在這樣一個世界裡吃飯，面對的會是同樣的現實。能夠執著的追求不離不棄，實在不是一件容易的事情。

從對藝術的追求聯想起米格爾先生的舉動，這也是一種追求，一種對愛的追求。這種追求雖然很難被一般人的視覺接受，但是視覺美不等於美，視覺醜也不等於醜。試想當年米格爾先生（女士？）穿著短裙跨出家門的第一步，一定知道在他（她？）前面鋪展的是一條怎樣充滿荊棘的道路，對此我不得不肅然起敬。

想到這裡，突然記起來要祭奠米格爾夫人的包子，於是別轉身體來到我的花園，這時候暮色已經降臨，剛才在陽光底下還爭奇鬥豔的銅錢花，此刻變得萎糟起來。我找來了灑水壺為它們輕輕灑水，又挑了幾隻包子放在一個高腳盤子裡，點了三支香，鞠了三個躬……

當夜入睡，一夜無夢，這天以後，我再也沒有看見過米格爾夫人。

貓眼裡的故事

幾年以後，我們從教授宿舍裡搬了出來，住進了自己的房子。這實在是一幢滿不錯的小樓，裝修的時候，我們精心設計了每一個細節，弄得裝修隊的工人們幾乎瘋狂。終於，一切隨心隨意，我赤著腳，在打磨得光鮮照人的硬木地板上走來走去，感受著住進新房子的喜悅。

這是六月天氣，美國東部的初夏一片生氣盎然。我把大門打開，這扇大門原本被油漆工漆成綠顏色，就好像郵電局的郵筒一樣。一氣之下我自己動手，拋光、油漆，還用金粉把大門上的門牌號塗了一遍，現在這扇雪白的大門正映照著門前的景物，莊重地站立在我的面前。

我洋洋得意地用手撫摸著我的傑作，突然發現，我的大門上面少了一樣東西。一時想不出來是什麼，環顧左鄰右舍，原來家家戶戶的大門上面，都鑲嵌著一個正氣凜然的貓眼，唯有我家的大門上面沒有。

「我要貓眼」我大叫起來。於是又把裝修工人叫回來，隔日，我家的大門上面也虎視眈眈地瞪起了一隻貓眼。自此以後，我一有空閒就趴在大門背後，透過貓眼張看外面的世界。我的貓眼據說是最新式的，可以觀看一百九十度的廣角，我想不通，這麼小的一個貓眼怎麼可能超越一百八十度？只是說明書上這麼寫著的，我也就相信了。

晚飯前，先把碗筷放好在桌子上，趁著丈夫還在樓上洗手，我又把一隻眼睛貼到貓眼上面。門外是一條不小的馬路，兩邊豎立著各式各樣的小樓，有磚結構的，也有木結構的。對門高高的台階上，一個小女孩正在玩呼拉圈，幾個小男孩在她前面的人行道上溜滑板，那些滑板就好像是黏在他們的腳底板下面一樣，他們可以隨心所欲的奔騰跳躍，我情不自禁地向著他們揮手表示讚賞，忘記了我這是在大門裡面，他們根本看不見我，我笑了。

透過貓眼看世界真好，世界好像變大了，一些原本不經意注重的東西變得醒目起來，一些原本不便直視的事情現在可以放肆地看穿到底。那些行走的路人們，因為不知道有只貓眼在窺視，於是發嗲的發嗲，發怒的發怒，顯得愈發的自然和隨意，我想起來希區考克的電影《後窗》，貓眼實在要比「後窗」精采得多。

「吃飯，吃飯，你怎麼好像中國民間故事《蠢婆娘和巧媳婦》裡的蠢婆娘呢？專門喜歡躲在門縫後面偷看，要看就打開大門痛痛快快地看。」丈夫坐到了飯桌前。

「等一等，來了一輛半舊的兩扇門的小紅車『本田思域』，我們這條路上好像沒有這種檔次的汽車，怎麼會停到我們家門口來了？沒有人出來，駕駛座上是一個女人……」

「什麼事情？讓我來看一看。」丈夫放下筷子走到我的身邊，他把眼睛湊到貓眼上，張望了一下說：「斜對門的中國人，附近女校東亞系的歷史教授。」

「中國人啊？也是教書的，要不要請過來吃頓飯？讓我來看看這是怎樣的一個人，以後在街上相遇可以打個招呼。」我一邊說一邊把腦袋伸到貓眼的旁邊，卻被丈夫一把拽了回來：「先吃好自己的飯，再去請別人吃飯吧，人家已經走了呢！」

通過餐廳裡半透明的亞麻窗簾，我看到一個夾著公事包的男人從小紅車的後面穿過馬路，頭也沒有回一下就隱蔽到對面的一片灌木叢中了。小紅車隨著這個男人的消失，也「嘎」一聲竄上了行車道，一眨眼就消失在漸漸降臨的暮色當中了。

這以後我便開始注意這個斜對門的中國鄰居，作為一個外國人居住在異國，總習慣交接自己的老鄉，「老鄉」這兩個字的範圍之廣，一個東北人會隔著馬路大叫一個廣東人「老鄉」。都是中國來的嘛，有一個老鄉住在斜對門真好，不再是打開門都是清一色的黃頭髮了。

很快我就和歷史教授的夫人西夕變成了好朋友，除了西夕也是上海人以外，西夕的丈夫，也就是那個歷史教授，竟然還是丈夫在科州的同校同學，只是他比我的丈夫先前五年畢業，沒有緣分早日相識。

西夕很會做菜，又是上海口味，合我喜好。只是西夕很忙，在我的貓眼裡，通常捕捉不到她的倩影。西夕告訴我，她在市中心一家美國人的電腦公司有一份全職的工作，另外每逢星期五下班以後，還要背著一個滿滿登登雙肩包，前往馬里蘭州巴爾的摩去看望兒子。兒子是約翰霍普金斯醫學院的學生，快畢業了，忙得睡覺的時間也沒有，西夕心疼之極，於是一到週末就要趕到那裡去為兒子做飯。

有一天在貓眼裡，我看到她急急匆匆地朝著我家走來，一時忘記自己隔著大門不應該看見她，還沒有等到她走到跟前就先把門打開。她倒也沒有在意，只是遞給我一張小字條要我幫忙。我低頭看了一下，上面是一個人的名字「索瑞拉」。

西夕一連串地對我說：「這個索瑞拉是我隔壁鄰居的房客，剛剛畢業的漢語博士，今天要搬家，伊的房東出去度假了，特別請我過去幫伊照看一下。可是今天是星期五，我要到巴爾的摩去，儂能不能幫我一下啊，等我回來，請儂吃鹹菜黃魚湯……」

我連忙說：「好，好，我今天有空，更何況有鹹菜黃魚湯，對了，鹹菜可以自己做，黃魚哪裡來啊？正宗嗎？」

「不要管正宗不正宗，反正儂會吃到在美國最正宗的鹹菜黃魚湯，巴爾的摩的中國超市裡有賣的，不過是冰凍的。可是在上海，黃魚也不是鮮活的呀！好了，我要去趕火車上班了，不要忘記到索瑞拉家去啊！謝謝！」西夕的聲音未落，人已經從我家的台階上跳了下去，聽說她年輕的時候，練過體操，現在雖然徐娘半老，仍舊風韻猶存。有點奇怪，西夕衣著簡樸，從不塗脂抹粉修飾自己，卻乾乾淨淨地另有一番娟秀，我好羨慕她啊。

送走了西夕，我把大門關上，趴在貓眼上看了看，索瑞拉的家應該在一百九十度的範圍，也算是我的鄰居了，我好像看到過這個美國女孩子，文文靜靜地坐在大門外面的平台上看書。此刻，這個女孩正站在那裡左顧右盼，一定是在等我了。我急急忙忙換上一套勞動衣褲，反鎖了大門，朝著索瑞拉走過去了。

索瑞拉住在這幢大房子的三樓，主人已經把整個三樓改裝成一套自成一體的公寓房子出租。踏進索瑞拉的寓所，差一點被橫在門前的椅子絆倒，定下神來一看，小小的兩間房裡擠滿了笨重的家具，許多還是不實用的老家具。我在心裡埋怨：「這個人真麻煩，年紀輕輕的弄出這麼多的家當，看樣子我這一整天要泡湯了。」

索瑞拉並沒有要我動手，只是把我擠進一張布藝的沙發上坐穩了，自己從天花板上的一個洞洞裡爬到屋頂的空間裡整理雜物，她說：「你坐在那裡喝喝咖啡吧，看著我就可以了，我是害怕萬一不小心掉下來沒有人通報，所以請西夕幫忙，不料麻煩到你了，真不好意思。」

「沒有關係，都是鄰居嘛。可是我能幫你什麼呢，要不要我也上來，兩個人可以快一點。」我說。

「不用，不用，這裡擠不進兩個人呢，我已經叫了披薩，一會兒送外賣的來了，你幫我接一下，錢在飯桌上。」索瑞拉在閣樓上說。

我實在是一個閒不住的人，再說擠在家具的縫隙裡很不自如，於是放下手中的咖啡，試圖幫助索瑞拉整理一下。我打開冰箱。看見裡面還有一顆番茄半顆洋蔥和大半瓶開了口的義大利麵醬，一只塑料口袋裡還剩餘了幾粒核桃仁。我把這些東西集中到一起，先把冰箱擦洗乾淨，這才到廚房裡，把番茄和洋蔥切成小粒和義大利麵醬一起倒進鍋子，撒上碾碎的核桃仁粉，又看見在窗台上有幾顆乾癟的蒜頭和一小束九層塔，放進水裡泡開了剁碎，也丟進鍋子，加上水，大火燒開，小火煨上。原本還想滴幾粒橄欖油，沒有找到，只好作罷。

一會兒，整個房子都溢滿了香氣。索瑞拉悉悉索索地從閣樓上爬了下來，她說：「好香啊，西夕常說『巧婦難為無米之炊』，我這裡什麼也沒有了，你是用什麼做的呀？」

我笑了笑說：「累了吧，披薩已經送來了，快吃吧。喲，你看，門口來了一輛搬家車，是你叫來的嗎？」

「十二點了，他們真準時，我們到下面的平台上吃飯吧，讓我把垃圾帶下去，不然，他們會把垃圾也搬到我的新居去的。」索瑞拉說著就把垃圾捆紮好拎了下去，我也捧起湯和披薩，走到平台上，索瑞拉洗了手先盛出兩碗湯說：「我先喝了，你也快吃吧。」

我們倆排排坐在平台的台階上，一邊吃飯，一邊看著搬家公司的工人們把索瑞拉笨重的家具搬到搬家車上。

「你一個小姑娘怎麼會有這麼多的東西，不像這個年紀的人呢。」我忍不住說。

「這些都是我家裡的老家具，它們伴隨著我長大，給予我很多溫馨的記憶，就在那張你剛剛坐過的沙發上，爸爸媽媽和我一起看電視，看老鼠和貓的故事，常常笑出了眼淚。可是當我大學畢業開開心心地回家的時候，我發現再也沒有家了，留下的只是這堆舊家具。我的父母離異了，各自尋找自己的新生活，誰也不要這堆舊家具了。」

索瑞拉停頓了一下又說：「我發誓不會遺棄它們，我將和它們一起度過我的一生！」索瑞拉的聲音裡充滿了淒涼的苦澀，我放下碗筷輕輕地問：「美國人好像不大在乎父母的離異，很多人叫起『後父後母』比叫親爹親娘還自然，你是不是另類？」

「誰說美國人不在乎？我們是微笑在面孔上，痛哭在骨頭裡。多少孩子為此而頹廢、失落，甚至迷失了人生的道路，因此我是最恨第三者了……」

索瑞拉的話語讓我感到不寒而慄，我想起來兒子中學裡的一個朋友，原本成績也是名列前茅，卻因為父母離異得了憂鬱症，至今還閒蕩在家裡，無所事事，那父母真是不負責任。

正想著，那輛曾經停在我家門口的小紅車「本田思域」，又賊頭賊腦地駛進了我和索瑞拉的視線，在我們的面前猶豫了一下，便無聲地溜了出去。不知道是我的幻覺還是真實，我感到坐在我身邊的索瑞拉顫抖了一下，並低聲地罵了一句：「妓女！」

我不敢問為什麼，只是低著頭嚼嚥著變冷的披薩。

回到家裡，打開大門，電話鈴正在那裡一聲緊一聲地狂響，我以為是西夕來關心索瑞拉搬家的事，搶前一步拎起話筒，裡面沒有聲音……，一會兒電話鈴又響，拎起話筒，又沒有聲音……，反反覆覆好幾次，丈夫走進來說：「什麼事情啊？這次我來接。」

原來，這是已經在南方大學當教授的天潤。一聽是天潤，我的火氣就大起來了。記得那一年為了獎勵兒子考上耶魯大學，特別驅車到他所喜愛的作家福克納的故居參觀。途經南方大學，興致勃勃繞道造訪天潤的新居。當小車穿梭在一片「天蒼蒼，野茫茫，風吹草低見牛羊」的景色當中的時候，丈夫還興奮地說：「天潤看到我們突然出現在他的面前，一定會大吃一驚。」

結果「大吃一驚」的是我們，聖誕節的前夜，天潤根本不在家，他一放寒假就甩下妻兒父母到中國去了。

「怎麼可能？怎麼可能？他怎麼可以在這個時候放下你們全家，一個人出去逍遙？在波德，你老公對你這個美麗的妻子疼愛有加，恨不得時時刻刻黏貼在一起，我們家還有許多你們親暱的照片呢……」我笑著對天潤的妻子說，丈夫在我身後偷偷踢了我一腳。後來知道，天潤在外面有一個二奶，這個事實已經是公開的祕密了，只有他的老婆不知道。

當時這位昔日的校花，天潤的妻子，站在她臥室的窗前顯得格外的憔悴。她那兩隻憂鬱的眼睛，呆呆地注視著梳妝桌上，天潤當年送給她的一只長毛絨小白兔說：

「天潤過去說『合二為一』，現在說『要有隱私權』；過去說『天長地久』，現在說『人都是會有變化的』；過去說『坦誠相見』，現在說『沒有一個人是不騙人的』……。我就好像行屍走肉，生活在欺騙當中，時時刻刻心驚肉跳，非常可怕。」

想起來在科州的時候，天潤的妻子在一家繁忙的快餐店打工，一天要站十幾個小時，也不見她叫苦。有時候看到她辛苦得手腫腳腫，還沒有安慰她，她倒反過來安慰我說：「熬一熬，熬出頭就會好的。」不料熬出這麼一個結果。想到這裡，心裡泛起一股說不出的挖塞。

挖塞當中又想起來最近這種拋妻離子故事屢屢發生，一些留學生的妻子，就好像是八年抗戰，跟著丈夫含辛蓄苦種植出來了大桃子，卻被不勞者摘得。難怪天潤的妻子後來在長途電話裡憤憤地對我說：「我也想通啦，我不種桃子了，我也要去摘桃子，挑最大的桃子摘。」

「你不會的。」我說。

「為什麼？」她問。

「因為你沒有那麼自私，你還是一個習慣奉獻的人，假如沒有你的奉獻，天潤哪裡有今天？」我嘴裡這麼說著，心裡卻一點底氣也沒有，因為連我自己也感覺到我的回答是那麼蒼白。於是又加了一句：「老天是一定不會放過那些惡魔，他們一定逃不掉惡報。」

「算了吧，這個道貌岸然的大博士大教授，特別為自己自私的行為冠上一個崇高的抬頭，那就是：追求自由。還說自己到美國來打拚就是為了自由，知道嗎？他既不相信神又不相信佛，既沒有社會公德又沒有家庭道義，把東方的傳統和西方的文明都扭曲成了垃圾桶裡的垃圾。」天潤的妻子苦笑著說。

我無言。

「天潤真是瞎了眼睛，那個二奶遠沒有他的妻子漂亮，也沒有受過高等教育，媚俗得很。」看到過天潤二奶的朋友們一致說。

「不要去閒聊別人的家庭私事好不好！天潤就是有十個二十個二奶也不關我們的事，可是他的兒女怎麼辦？」我想起來那天在天潤家裡，那對寂寞的兒女看到我們，開心到了大發人來瘋的地步。他們就好像注入了興奮劑一般，不停地唱歌跳舞甚至翻筋斗，還把自己所有的「寶貝」統統搬了出來向我們展示，我那一向缺少耐心的兒子，也不得不趴在地上和他們一起打UNO紙牌遊戲。臨別的時候，這對可憐的兄妹抓著我們的手不放，讓我感到說不出的心疼。

因而此刻，當我一聽到已經離婚的天潤，帶著那個二奶變大奶的女人要來造訪，立刻豎起眉頭，丈夫見狀說：「我帶他們到外面的咖啡店坐坐。」不等我回答，他已經發動了我們新買的沃爾沃出門了，氣得我無話可說。

隔天來了幾個遠道的朋友，丈夫決定邀請他們到當地最好的一家中餐館吃飯，這家中餐館已經「亂搭」到了不能再「亂搭」的地步了，連上菜的方式也是西洋方式，每人先上一小碟子的湯，然後是一人一道主食，再是甜點等等。丈夫選中這家必須驅車一個多小時的中國餐館的原因是：「讓這些中國人嘗嘗美國的中國菜。」

不料剛剛踏進餐館，丈夫就想回頭退出去，無奈大家已經紛紛入座，丈夫只好轉過身體，半拉半擁地把落在最後的我，安置到背對大堂的座位上，又殷勤地為我脫下外衣，幫我掛好，然後坐到了我的身邊，擠得我連身體動也不能動。我有些受寵若驚，一些老朋友開始譏笑我們，丈夫乾脆把一隻胳膊圍到我的身後，這下我連脖子也轉不了啦。

「啥事體啦？還沒有開始喝酒就發酒瘋啦？儂從來不是這樣的，不怕讓人恥笑？」我用力掙脫了開來，一回頭，頓時驚呆了！

我看到了歷史教授，歷史教授正把自己盤子裡的小菜，夾到一個女人的盤子裡，又端過這個女人的湯碗，大大地喝了一口，儼然一副老夫老妻的樣子。這個女人當然不是西夕，比西夕臃腫很多。因為燈光有些昏暗，我看不清她的臉面。

我的手腳一下子變得冰涼，渾身顫抖起來，喉嚨也被堵塞了，一口飯也嚥不下去，我的眼睛裡湧滿了眼淚。記起來早些日子，我在貓眼裡看到西夕在門前的小院子裡種植一棵一尺多高的日本細葉紅楓，跑出去問：「儂不曉得這麼小的紅楓是很難種活的嗎？」

「是啊，可是儂曉得正真的日本紅楓多麼昂貴嗎？這麼一棵小樹在『家得寶』都要一百美元呢。」西夕說。

「種不好更加浪費錢呢，聽說這種樹喜陽光又怕烈日，喜溼潤又怕水澇，儂怎麼想起來種紅楓的？」我說。

「我的老公一向喜歡日本紅楓，伊的祖先有日本人，我總想為伊做一點事，今天下班早，就去挑選了這棵紅楓，讓伊驚喜一下。」西夕趴在地上一邊精心地疏鬆土壤一邊說。

「滿有情趣的呀！」我笑道。

「哪裡啊，告訴儂，我們雖然住在一個屋頂下，卻很少交流，週末我要去為兒子做飯，週一直接坐『灰狗』到辦公室上班。下班回來為老公做飯，可是老公常常忙得不能回家。我一個人，吃了晚飯上床睡覺，第二天醒來，老公還在睡夢當中，不忍心叫醒伊，輕手輕腳出門。晚上回來又是一模一樣，冰冰冷冷的一個人。現在我為老公種棵樹，就好像我站在門口一樣，也可以多給我一份安全感。」西夕說。

「哦喲，儂為了兒子和老公也做得太辛苦一點了呢。」我看西夕跑進跑出忙得手腳不停的樣子說。

西夕說：「我們結婚三十年了，一路走過來不容易。我是全心全意地辛苦付出，只希望得到一個安全安逸安穩的生活。辛苦是辛苦了一點，可是我心裡很開心，因為老公和兒子都需要我。只要我跑得動、做得動，就是我的福氣了。」

這天以後，我在貓眼裡看到西夕小樹旁邊擺弄一把遮陽傘，她把遮陽傘高高地插在一根棍子上，這樣又通風又可以遮擋正中午毒辣的太陽。也真虧得她想出來。然而她無論如何也想不到，自己辛苦建立的安全安逸和安穩，早已在風雨中飄搖了。

那天從「亂搭」的中餐館回到家裡，我立刻趴到貓眼上，淚眼婆娑當中彷彿看見西夕院子裡的紅楓旁邊坐著一個人，仔細一看是西夕。「今天是星期日，西夕怎麼提早回來了？」

遠遠看著西夕蔫頭耷腦地坐在那裡，心裡不由湧起酸苦的憐惜。此刻的西夕，就好像一頭只知道低頭拉車，耗盡了自己，卻一路受騙的老牛。聽說西夕出生於大戶人家，因為撞進「文革」，所以嬌生不慣養，又會做菜又會做針線，文章也寫得漂亮，能幹得一塌胡塗。借用漢語博士索瑞拉的話語：「西夕實在是千里挑一難能可貴的女人呢！」

西夕的難能可貴還在於她的能吃苦，有一天中午，我在市中心的中國城看到她，只見她急急匆匆握著個飯捲往嘴裡塞，她說：「午休買菜，時間來不及，在甜品店裡花一美元買個飯捲將就一下，味道很不錯。」我抬起頭來看了看甜品店的門面，那是一家簡陋到了破爛的小吃店，通常是勞動苦力者聚集的場所。後來告訴歷史教授，歷史教授說：「她自己喜歡的，又不是我不讓她吃好的。」

我當時想：「這個人說話怎麼這麼難聽？對老婆一點關愛也沒有，有點冷酷。」現在明白這個吃飽了的歷史教授的心態。又想起來有一天，我在貓眼裡看到西夕坐在平台上吃飯，跑過去一看是泡飯和榨菜。

西夕看到我說：「今天下班天色還早，就爬到閣樓上去整理一下陳年夾骨董的雜物，結果整出十幾包垃圾，弄得筋疲力盡灰頭土臉，原本想讓丈夫犒勞我一下，到外面去吃一頓，結果伊嘴巴上講『可以啊，可以啊……』就是不行動，我實在沒有力氣再做飯了，一碗泡飯打發一下算了。」

「儂老公吃什麼？」我問。

「伊已經在外面吃過了。現在正在伊的書房裡打電信呢。」她回答。

「伊向儂公開伊的電信嗎？」我又問。

「做夢啊，伊講這是伊的隱私權，從來不讓外人看的。」西夕苦笑了一下。隱私權，隱私權，西夕難道是她老公的外人嗎？就是這個自私的隱私權在作怪，現在這個妖怪都進入家裡了。

此刻，我趴在貓眼上，看著楓旁邊孤苦伶仃的西夕，不由感到心酸。這時候那輛該死的小紅車又停了過來，我猛然打開大門，朝著西夕奔跑過去。西夕看到我有些吃驚，想站起來，似乎又有些困難，原來是她背後那只碩大的背包把她拽住了。我幫她卸下背包，扶著她走進我的家門。

西夕說：「今天去買黃魚，順便買了一大堆豬腳圈，怕放到明天不新鮮，就提早一天回來，不知道是我的鑰匙出了毛病，還是我家的門鎖出了毛病，怎麼也打不開。到鄰居家去給我老公辦公室打電話也沒有人接，伊大概出去開會了，我就坐在這棵小樹旁邊等伊吧。」

我拎了拎西夕的背包，足有三、四十磅，我說：「西夕，儂是不愛吃肉的人，為什麼要買這麼多的豬腳圈啊？」

「這是我老公的最愛……」西夕的話音未落，我忍不住抱住她的肩膀大叫起來：「西夕，儂要善待自己，善待自己啊！」

西夕震懾了，一忽兒，她轉過身體拍了拍我說：「我知道，我知道，我是一個寧可玉碎，不能瓦全的人，儂放心吧。」語裡話間流露出早就看透了一切的韻味。

我偷偷回過頭，朝著我的貓眼裡張望了一下，只看到那輛小紅車像毒蛇一般，無聲地遊入黑暗當中，消失得無影無蹤：「遭天雷的，死去吧！」我在心裡咒罵。

這一天我又吞嚥了雙份的安眠藥才能入睡。第二天清晨，頭昏腦脹地從床上坐起來，側耳細聽，丈夫似乎在樓下和一個男人說話。再用心聽下去，原來就是那個歷史教授。一個念頭閃入我的腦際：西夕出事了！

「西夕怎麼樣啦？」我發瘋一般赤著腳從樓梯上跳了下去，丈夫看到我一副怒不可遏的樣子，立刻把我拉到一邊說：「還好還好，已經沒有生命危險了……」

原來西夕半夜三更爬起來，為老公煮好一大鍋豬腳圈以後，便割開了手腕。

「西夕實在是不值得啊！這麼聰明的人，怎麼可以為我這樣的人去死呢……」歷史教授歎息著。我一聽更加拊膺切齒，恨不得抽上這個男人一個耳光，西夕哪裡是為這個男人去死的，她是一個寧可玉碎，不能瓦全的人，她選擇了如此壯觀的舉動，完全是為了自己的尊嚴！

那個美國教授的台灣太太聽到這個故事說：「歷史教授是碰到了壞女人了，一個在日本拿了個博士學位的代課女人，瞄準了歷史教授的弱點，糾纏不休。她的目的就是利用歷史教授找工作、發表文章、開會發言，結果因為自身水平太低，文章發不出來，只能騙男人進出高級飯館，吃那些她平時吃不起的飯。她還要講這些都是正常的，把西夕當作戇大。」

西夕從醫院裡回來的時候，變成了一個自閉和厭食的人，第二年春季，我在貓眼裡看到歷史教授在自己的房子插上了一塊售房的廣告。那是因為西夕的兒子畢業了，回到他父親的母校科州醫學院工作，歷史教授也毅然辭去自己的教授職位，搬到科州去當一名中學老師。

我在貓眼裡看到搬家公司把西夕的家具搬走了，歷史教授小心翼翼地把那棵已經成活的日本紅楓挖掘起來，移入花盆，又放入他們的雷克薩斯，他說：「我們是開車過來的，再開車回去，希望一路的景色會喚醒西夕的心扉。」

我和丈夫去和他們道別，蒼白到了皮膚底下的青筋都清晰可見的西夕，仍舊是一副姿色超群的模樣。她雍容雅貴又樸素自然地端坐在前座上，她的兒子坐在駕駛座上，而歷史教授則坐在後座上面，緊緊抱著身邊的紅楓。他們的小車啟動了，我突然想說：「生活是多麼美好。」

吃喝玩樂

西夕的鹹菜黃魚湯是無緣到嘴了，她似乎在割開手腕的最後一刻，試圖為我做這道菜。也許是因為內心的糾結，一條黃魚油炸到烏漆抹黑，硬邦邦地丟棄在垃圾桶裡。歷史教授把這條焦炭一般的黃魚用保鮮紙精心包裹，捧在手裡給我們看，丈夫看了看輕輕地歎了一口氣，卻把我的食欲勾引起來。我說的食欲不是對歷史教授手裡的黃魚，而是想起來很早很早以前，那個瘌痢頭和尚講我要遠行吃飯早上，我坐在好婆家的灶披間裡，那碗放在我面前的隔夜菜——鹹菜黃魚湯。

鹹菜黃魚湯是寧波菜，寧波臨海，海產資源極其豐富。好婆講過：「在寧波，無論是富貴人家還是貧苦人家，鹹菜黃魚湯總是三天兩頭擺在桌子上的。黃魚不分大小，只要新鮮就好，燒出來的湯一樣鮮得一塌胡塗。」

還記得小時候，魚攤頭上的小黃魚不是論斤賣的，而是論堆賣的，一角錢一堆。買到家裡沖洗乾淨，刮去魚鱗，捏住背鰭的根部向上一扯，整條背鰭就撕下來了。然後在肛門處切一刀，把腸子割斷，再將兩根筷子分別從魚的嘴巴裡插進去，左鰓一個右鰓一個，插入腹部以後把這兩根筷子併攏，夾住腸子向著一個方向轉幾下，魚內臟就繞到筷子上，這時候拔出筷子，內臟、魚鰓統統跟了出來。再就是撕去魚的頭皮，黃魚的頭皮很薄，撕去頭皮以後頭顱骨呈蜂窩狀。

好婆告訴我說：「黃魚還會叫的呢，每年立夏的時候。漁民們就是根據黃魚的叫聲撲捉牠們的。」

黃魚肉質鮮嫩加上鹹菜的獨特口感，哦喲！這味道就好像寧波人的一句老話：「打耳光也不肯放」啊！想到這裡，我咂咂嘴巴說：「好想念那個味道啊！」

丈夫在一邊聽到了說：「這又不是什麼萬難的事情，最多到紐約去走一趟，包你吃到飽。」

星期六，我們倆興致勃勃地乘上了一輛中國人的長途汽車。因為第一次開車進紐約，汽車被砸，以後便避免自己開車進入那個是非之地了。其實，進紐約的長途汽車很多，中國人的長途汽車還是最新生冒出來的呢。他們揚言：「只要『灰狗』到得了的地方，中國人的長途汽車也要開到。」

為此各個汽車公司雨後春筍般地出籠，你爭我奪，甚至大打出手。還有人看見發生槍戰，流血滿地，這是另一種生存和吃飯場景。

現在汽車公司的爭奪戰已經平息，幾個大公司各占地盤，小公司只好捲鋪蓋關門。這天，我和丈夫就是乘坐在還留有槍彈的玻璃窗的旁邊，進入紐約的。丈夫原本持意坐「灰狗」，但是我說「灰狗」總站離中國城太遠，還是中國人的長途汽車爽快，長驅直入中國城。

進了紐約的中國城就好像來到了一個雜亂的大廟會，夠繁華也夠骯髒夠破爛。據說就是這個雜亂的大廟會，把義大利城也擠出去啦。人們在這裡隨地吐痰、亂丟垃圾，到處臭烘烘的，好像這個「落後」的垃圾桶就是中國。事實上中國哪裡有像這樣的地方，特別是上海，那是可以和紐約的第五大道媲美的呢。

丈夫一向不喜歡逛紐約的中國城，他不斷地催著我尋找飯店，而我夾在這亂七八糟人群當中像一隻沒頭的蒼蠅。亂撞一氣。突然看到一個腰板筆挺，衣冠楚楚的老女人，正四平八穩地杵了一根不鏽鋼的拐杖行走在我旁邊，連忙用國語相問：「對不起，請問哪一家江浙餐館最好？」

老太拎起拐杖朝著斜對門一指，那裡有塊招牌「上海飯店」。丈夫穿過馬路看了看，回過來說：「有點簡陋，不大乾淨呢。」

「問錯人了，這個老太婆一定是個『啊闞兮』，沒有進過大飯館，見過大世面的戇大。」我用上海話說。

不料我的話音未落，一句上海話飛了過來：「啥人講我老太婆『啊闞兮』，是沒有進過大飯館，見過大世面的戇大？告訴儂，我在紐約五十多年了，就住在中央公園旁邊，假如儂問我哪家俄國飯店最好，我會介紹儂去『俄羅斯茶室』，但是到中國城來吃飯，不是吃派頭，是吃味道，正宗的味道，懂不懂？」

「不好意思，對不起，前輩，你講得有道理，到中國城就是要吃味道……」看著這個頭髮梳得溜光，一副高視闊步的老太發起怒來，丈夫忙不迭地趕過來向她道歉，我則站在一邊窘迫得不知道做什麼才好。一忽兒，趁她喘氣的空檔，縮頭縮腦地跟在丈夫後面，快速地穿過馬路，鑽進了「上海飯店」。

店堂裡座無虛席，一個不年輕的跑堂熱情地上來招呼，一聽就是上海人。這個上海人把我們帶到窗邊的雙人座上，還沒有坐定我就問：「鹹菜黃魚湯有伐？」

「有，有，不過我推薦鹹菜黃魚湯麵，又好吃又實惠，包你們滿意。」跑堂說。

「湯麵啊？有沒有刺啊？」我有些懷疑。

「當然沒有刺啦，儂看，這裡很多外國人都在吃這道麵，怎麼可以有刺？」跑堂連忙說。

「好，好，就來兩碗湯麵，我最喜歡麵了，不要放味精啊！」丈夫大概是餓透了，一只大碗端上來，連湯帶麵胡嚕到嘴巴裡。我仔細地看了看，去了骨頭的黃魚炸得夠焦黃，鹹菜也是碧綠生青自醃的，湯汁熬得雪白，有點好婆家裡鹹菜黃魚湯的腔式。

丈夫吃完了，用餐巾紙擦了擦嘴巴說：「一會兒我請你去時代廣場吃個甜點，再看看百老匯有沒有新節目，滿意了吧？」

「我總歸是滿意的，只是不知道為什麼，這道鹹菜黃魚湯裡好像缺少了什麼，我講不出來是什麼……」我皺著眉毛說。

「儂的嘴巴真厲害，我這道鹹菜黃魚湯都是按照最正宗的方式和程序做的，就是這條黃魚和上海的不一樣，不是野生的，是人工養殖的。人工養殖的黃魚，當然沒有野生的鮮美，看上去就不一樣，肚皮上的皮也不是蠟黃的，我添加了日本的海鮮粉『達夕』[4]，還是被儂吃出來了。」

---

4 ほんだし，台譯「烹大師」，一種調味料。

跑堂走過來說，現在我知道這個跑堂就是這家餐館的老闆了。

「人工養殖的才好呢，現在海裡有汙染，又有寄生蟲，還是人工養殖的乾淨，吃了讓人放心。下次『達夕』也少放，裡面有味精呢。」丈夫真心真意的說，並用現金付了帳單和小費。那個老闆點頭哈腰地謝了又謝，我們就離開了。

「在美國開一間餐館真不容易，我一開始都沒有看出來，這是一個老闆在做跑堂呢。」我說。

「你的眼睛看得出什麼？竟敢在上海人面前用上海話罵她，也只有你這樣的馬大哈才做得出來呢。」丈夫說著哈哈大笑。

「喂，喂，不要笑了，前面好像出事情了？那是什麼？是殯儀館啊？怎麼在殯儀館前面打架？」我起勁地伸長了脖子。

丈夫拉著我就走，他說：「這種熱鬧有什麼好看，晦氣的啦！快走，我們到時代廣場去！」

「嗨！嗨！儂快看，打耳光呢，哦喲，這一記的耳光打得清脆響亮，不得了，拳打腳踢的，快看，稀奇的呢……」我一邊講一邊感到有些胡塗了，怎麼好像是置身於當年的群架當中？這些不年輕的中國人發瘋了嗎？為什麼會在大庭廣眾之下大打出手，殺聲震天？

「民主人士又打架啦！」一個婦女拉著一個七、八歲的孩子迎面走過來，那個孩子跳來跳去說著，當母親的只是拉著他快走。

我緊跟上去問：「什麼人死啦？還要打架？」

「一個老先生，叫『橫豎橫』……」孩子的母親帶著台灣口音說。

「橫豎橫?!」我和丈夫同時叫了起來。

「是叫『橫豎橫』呢！聽說在中國大陸相當有名，因為支持民運流亡美國。到了美國又沒有經濟收入，靠老婆幫傭帶孩子度日，生活非常拮据甚至寒酸。有一次我老公看見他在中國城被人追打，說是欠債不還，老人家抱著頭蹲在地上，慘不忍睹……」

孩子的母親還在繼續，我卻打斷了她的話：「他住在哪裡啊？怎麼會去世的？」

「好像是和別人同住在一間公寓裡，只有一間大約十平方米的房間，吃飯也吃不好，更不要說醫療保險了，後來發現癌症，已經到了晚期，沒有救了，客死他鄉，好悽慘。」女人的話語當中充滿痛惜，而我卻為這個「橫豎橫」鬆了一口氣：「總算是解脫了。」

我的母親曾經說過：「這個『橫豎橫』命裡和監牢有緣，一生當中坐過好幾次牢，不是國民黨的牢，就是共產黨的牢，而且還坐了兩次，反正幾面不討好。」

姊姊說：「這個『橫豎橫』老早住在我們的樓上，看到我們家裡有多餘的水果，就帶了他的七個孩子下來，在我們的爸爸媽媽前面表演『採茶撲蝶』。最小的女兒舉著一把大扇子，在他的頭上撲來撲去，撲完了以後，我們家的水果也就分光了。」

據說「橫豎橫」是個資深的共產黨，但是我看來看去不像，無論是他後來的身價地位，還是他的談吐風度，都好像一個底層的工人，後來知道他真的是工人出生，工人本色終生難改。那時候單位裡政治學習，別人在讀報，他縮在角落裡，把一只乾癟的香菸盒子反過來，塗塗寫寫，學習結束了，他的一篇豆腐乾文章也就寫成了。送進晚報當即發表，他說：「今朝晚上的小菜銅鈿著槓唻！」

我記憶當中第一次看到「橫豎橫」是在文革後期，那時候他是現行反革命，還在強制勞動，我的公公也屬於強制勞動的對象。照理說這種牛棚裡的黑人之間應該避免接觸，省得惹出麻煩，冠上一個「黑串聯」的罪名。不料這個「橫豎橫」真的是橫豎橫，他騎了一輛渾身都響就是鈴鐺不響的老坦克自行車，來到我的婆家門口，大聲呼叫我公公的名字，把全家人都嚇到靈魂出竅的地步，原來他是來送自製番茄醬的。

那年代，小菜場的番茄非常便宜，只有兩分錢一斤。「橫豎橫」背了一筐回來，在家裡大做番茄醬。殊不知，這些番茄醬塞在細頸的瓶子裡開始發酵膨脹，半夜三更「砰砰砰」打槍一樣把瓶蓋直沖天花板，弄得天花板上血淋湯底嚇煞人。合用廚房的鄰里們氣得七竅生煙，但是不得不承認，那些番茄醬實在是最醇正的美味。「橫豎橫」好像很有做「吃」的情趣，還自製過不少小吃，可惜吃了就忘記了，只記得那一瓶瓶的番茄醬，不很酸也不很甜，沒有添加任何色素、增味劑、防腐劑，卻有很濃厚的番茄的原味。不知道「橫豎橫」在最後的生活的窘迫當中，有沒有想到過這些美味的番茄醬？

這天半夜從紐約回到家裡，丈夫對我說：「在這個國度裡，如果沒有自身生存的能力，實在是很難有飯吃的。」

我說：「難啊，最近，我也一直在為自己的前景擔心。」

「你不用擔心，因為你有最好的自身生存能力。」丈夫說。

「是什麼？」我問。

「燒飯做菜啊！你可以開飯店，不要以為我這是開玩笑，是真的，就開在我們的樓下，不要太大，小小的。客人多的時候多做點，客人少的時候少做點，生煎饅頭菜包子，油煎麵包蔥油餅，或者乾脆開麵店，你就是做一碗冷麵也比這裡市中心的中餐館好吃。」丈夫說。

「誰來吃飯啊？」我問。

「多啦，我的那些同事，只要聽到你叫大家到家裡來吃飯，哪怕是在外地出差，也要想辦法趕回來的呢。」丈夫愈加認真了，他說他連飯店的名字也想好啦，就叫「吃飯」。真的，我們這個小城真需要有一家像樣一點的中餐館，當年丈夫邀請中國大陸的幾位著名導演來開會，他們回去以後，趁我們探親之際便爭先恐後地邀請我們進餐館，他們說：「這兩個人太可憐了，整個小城只有一家中國餐館，蹩腳得一塌胡塗，所有的菜餚一個味道，吃到嘴巴發麻。」

想到這裡，我起勁了，立刻就要開電腦做規劃。丈夫一把拉住我說：「再這麼折騰下去天也快亮了，你不要睡覺了嗎？」

我笑了，老老實實上床去睡覺了。第二天醒來的時候，已經到了午飯時節。丈夫正在有說有笑地打電話，放下電話對我說：「今天晚上有人來吃飯，你要好好準備幾個菜。」

「什麼人啊？還要儂這麼特別關照？」我問。

「你不認識的……」

「不認識的人，儂也會拉到家裡來吃飯啊？」我抱怨。

「這個人和你爸爸認識，稱你爸爸為老師。你不是要開飯店了嗎？創造機會讓你練練兵。」丈夫說。

「嗨，嗨，我的爸爸是老師，學生滿天下，都叫到家裡免費吃飯，我這個飯店要吃空啦！」我叫起來。

丈夫說：「那就去買。」他一邊說，一邊拉我出去買菜。這時候我已經知道要來的老先生是一位老作家，曾經寫過不少報告文學。在我讀書的時候，他的「忠誠論」轟動全國。而我，在一開始就對此感到迷惑。曾經在科州做中文週刊的時候，想以記者的身分對他進行採訪，卻遭到了他的夫人的阻擋。我倒不在乎，因為我本身對無論是哪一種的忠誠都不感興趣，我到了只知道吃飯的地步。

這天我們買了很多菜，有魚有蝦，有雞有肉，我想這大概是前一天在紐約被「橫豎橫」的故事嚇倒。我不知道這位老先生的生活是否會和「橫豎橫」一樣困窘，我只想盡我的全力，讓這位老先生吃一頓好飯。我知道老先生是東北人，於是精心炮製了一道小雞燉蘑菇。這道菜原本是最最簡單的了，可是美國的雞和蘑菇不像中國的雞和蘑菇那麼鮮美，家裡又不用味精，只好在製作過程中更加下工夫了。

「你最好不要在東北人面前做東北菜，這叫班門弄斧。」丈夫在一邊說。

「吃的東西也是有人性的東西，只要盡心盡力地忠誠伊，總歸會得到好的結果。」我低著頭，一門心思清洗從中國帶過來的香菇說。

「這好像又是一種忠誠啊。」丈夫笑道。我回答：「我以為忠誠吃的東西比忠誠某一個虛無的信仰真實得多。」

「哈哈哈，實用主義大暴露！」

「沒有我這個實用主義，儂吃啥？嘴巴都紮起來啊？」我反駁，又接著說：「這個實用主義是我到美國以後最大的長進呢！」

「你不要口無遮攔地亂講話好不好？」丈夫說。

「我從來就是這樣的，我就是我，沒有偽裝，不要掩飾，哦喲，儂嘗嘗看，我的小雞燉蘑菇怎麼樣？」我舀了一勺湯遞給丈夫。

「好吃，真好吃。看樣子美國的雞也能煮出好味道。」丈夫又到鍋子裡舀了一勺。

「是的，這裡的雞不能煮一大鍋湯，最好不要加水，就好像四川人的『乾鍋』一樣，一燒好就關火，燒過頭了一點味道也沒有了呢。對了，時間差不多了，儂幫我把桌子擺好。」我說著就把小雞燉蘑菇盛到大碗裡，端了出去。這時候我發現飯桌上已經擺滿了菜餚了。

「不得了，十幾道菜啊！就是來二十個人也足夠了。」丈夫一邊說一邊把餐具餐巾紙一一放好。

我說：「哎，聽起來滿嚇人的，十幾道菜。可是我們中國人家裡來客人，最少要做四個冷盤四個熱炒，再來幾個紅燒菜和清蒸菜，就是十幾道菜了。而外國人是前菜、主食、甜點，就算每樣都是雙份的，也只有六道菜啊。」

臨時從大學裡回來的兒子說：「外國人是一人一份分食制的，中國人是一大堆小菜放在中間共食制的，各有不同。可是我一直想不通：為什麼中國人吃飯用碗筷，外國人用盤子刀叉呢？」

丈夫說：「是不是因為米飯和麵食的不同造成的？中國人多稻穀，早就有『黃帝始蒸穀為飯』的歷史傳說，外國人多狩獵，於是便用『烤』，從烤肉到烤麵包。食物和烹飪的不同，造成了餐具的不同……」

丈夫的話還沒有說完，一輛小車停到我家門口，車門一開，裡面鑽出來六個人，一對老夫婦帶著他們的孫子，還有三個就是我們的朋友——新澤西大學的董教授一家。

把客人直接迎到飯桌上，也是我們家的特點，因為老先生是董教授帶過來的，所以他一進門就先做介紹，我連忙說：「不用介紹了，如此著名的大作家，有誰還會不知道呢？」隻字未提當年採訪吃閉門羹的事情。董教授的夫人則在一邊安頓幾個孩子，雖然都不是小孩子了，但他們仍舊習慣自己坐在一起。兒子帶他們上了二樓，他們以為遠離大人比較自由。

丈夫從酒櫃裡拿出各種各樣的中外名酒，董教授立刻站起來說：「你有這麼多的好酒啊？老婆，我今天不開車了……」

丈夫一聽到有人讚賞他的老酒，立刻高興地說：「對，對，一醉方休！一醉方休！」

我看見老先生拿起桌上西西里葡萄酒和蘇格蘭威士忌看了看，沒有作聲又放了回去。我立刻把那碗小雞燉蘑菇放到老先生面前，我說：「吃菜，吃菜，不知道合不合口味。」

老先生的夫人連湯帶肉地舀了一大勺放進她丈夫的盤子裡，又從當中夾了一塊雞肉，放進嘴裡嘗了嘗說：「這隻小雞真好吃，又鮮又香，你怎麼做的？」

董太太嘗了一口說：「這哪裡是一般的小雞，是走路雞，還是有機的，兩元多一磅呢！」

「是嗎？」老先生的筷子夾起了雞肉。我看到老先生慢慢吞吞地嚼嚥著，以為他的牙口有問題，連忙說：「吃魚，吃魚吧，這魚很新鮮……」

丈夫在旁邊聽見了說：「這是銀鱈魚，是最好的鱈魚。葡萄牙有名的特產，肉質厚實、味道鮮美、刺非常少。」

董教授接上來說：「銀鱈魚啊？有人稱它是『餐桌上的營養師』，它低脂肪、高蛋白，含有A，D和E等多種維他命。在葡萄牙還被稱為『液體黃金』，他們每年都有『鱈魚文化節』。」

董教授從文化節又講到種種文化習俗，並延伸到了世界各地的文化。董太太一聽到鱈魚這麼好，連忙站起身來，夾了幾塊鱈魚放進一只小碗，送到樓上的孩子那裡去了。這個董太太實在是個很操心的賢妻良母，飯局開始還沒有多久，已經跑上跑下好幾趟，為孩子們送菜送飯。這時候，老夫人在一邊輕輕問我：「這銀鱈魚是不是很貴啊？」

「貴是貴了一點，但是因為好吃，每次做鱈魚都會吃得精光，一點也不浪費，不像有些便宜的魚，辛辛苦苦買回家做好，結果因為不好吃剩下一大半，丟到垃圾箱裡，很浪費的。」我說。

「不浪費就好，不浪費就好……」丈夫在旁邊聽到順口說了一句。

「可是今天這麼多菜就是要浪費的了。」老先生有些鬱鬱寡歡的樣子說。這時候我注意到，整個飯局當中：丈夫和董教授大講他們吃飯文化；董太太不斷地為孩子們服務，似乎有點冷落了這對老夫婦。老夫婦講得不多，吃得也不多。回想自己在家裡無數次請客吃飯，還是第一次碰到這樣的僵局，不知道是菜做得不對，還是酒上得不對，我焦急起來。

正巧在這個時候，老先生起身去了一趟洗手間，趁他從洗手間走出來回桌之前，我帶他到兒子的書房看一看。兒子喜歡讀書是出了名的，他個人藏書上千本，通常不會讓人隨便參觀。今天我是到了黔驢技窮的地步了，不知道用什麼方法取悅老先生，只好把兒子的書房打開。

果然，一看到兒子四面牆壁上都是頂天立地的書籍，老先生立刻活泛起來，他一下子就從當中抽出黑格爾的《哲學的歷史》翻了翻說：「多數年輕人讀過黑格爾的《歷史的哲學》，你兒子卻讀了這部《哲學的歷史》，還做了不少標記，很不容易。」

「他從來也不亂花錢，一有錢就花費到書籍上了。」我說

「書籍是很貴的，那本《歷史的哲學》還是硬封面的，大概要四、五十美元了呢。」老先生一邊說一邊愛惜地把書翻到背頁，一看上面的價格是五十四點九五美元。

「你看我說的對吧？不過我可以拿到免費的。」說到這裡老先生得意起來。我連忙問：「哪裡可以拿到免費的書籍？」

「圖書館啊，當地的圖書館每隔一段時間，就會丟出一些書籍，放在門口的紙盒子裡隨便拿。有很多好書呢，你兒子這裡的許多書都可以在那裡找到。」老先生開心地說。

我心裡一震，原本想說：「那有多髒啊，說不定還會帶有細菌的呢！」可是看到老先生終於流露出的笑容，我把想說的話又縮了回去。

正在這時候老先生的孫子跑到我的面前，很有禮貌地問我：「阿姨，我可不可以向你提一個問題？」

我嚇了一跳，心想這位大作家的孫子是不是要考我一下啊，我可是一個不讀書看報的人呢。不料這個十幾歲的大孩子畢恭畢敬地說：「我看見樓下的茶几上有糖，我可不可以吃？」

我如釋重負，立刻回答「可以，可以」，並拉著他到樓下的果盤裡拿糖，我說：

「多拿一點啊，我們家裡沒有人吃糖的，都是為你們準備的。」

「真的嗎？那我都拿走了。」孩子說。

「不可以！」老夫人厲聲阻止。突然她又說：「啊呀，你的口袋裡鼓鼓囊囊的是什麼？快拿出來，怎麼塞了這麼多的面紙？從哪裡來的？」

「是我給他的，他在流鼻涕，我就給他了。」兒子聞聲下樓說。

「不要這麼多，太奢侈了，我們家裡有！」老夫人伸手想把一大摞的面紙從他口袋裡掏出來，可是那個孩子緊緊捂著口袋說：「我們家沒有，沒有，有的是很粗的手紙，我的鼻子都磨出血了，我從來也沒有用過這麼柔軟的紙，我想要。」

「不可以這麼嬌慣，貪圖享受，這裡的手紙已經比中國的手紙柔軟很多了……」老先生接下來說。

「用這種軟紙的手紙確實是一種浪費，粗糙的手紙可以鍛鍊皮膚，鍛鍊意志，鍛鍊……」我好像回到了「鬥私批修」的年代，前言不搭後語地胡說著，連我自己也不知道在說什麼。

我看到董太太莫名其妙地看著我；老先生顫顫巍巍地走到我父親遺像前面深深地鞠了三個躬；喝得正來勁的丈夫和董教授走過來，抓起糖果大把大把往那個孩子的口袋裡塞；兒子在一邊說：「這些面紙已經從盒子裡拉出來了，塞也塞不回去了，不用才是浪費呢。」

這天吃飯，吃到我筋疲力盡，隔天，董教授在電話裡笑道：「老先生回程的時候，一路上痛心疾首，他長吁短歎地批評我們這些年輕的知識分子，只知道『吃喝玩樂』，不關心國家大事，祖國的前途和人類的命運都不知道放到了哪裡！」

坐在地上吃烤紅薯

丹丹到華盛頓開會，我興奮得等不及丈夫有空，就自己一個人先坐著中國人的長途汽車去看望她。那時候，正值櫻花盛開的時節。華盛頓的櫻花是一九一二年，從日本飄洋過海移植過來的，一開始是三千棵，據說現在繁殖到了四千棵。細算起來繁殖得不快，然而就是這四千棵樹，每年都會帶來近百萬的遊客。

這天丹丹休會，陽光底下，我們倆徒步走向華盛頓紀念碑西南側的潮汐湖畔，那裡是櫻花的集中的地方。我們倆一路走一路講，雖然離別以後長途電話沒有斷過，可是一見面又有講不完的話。

還沒有走到跟前丹丹就叫起來了：「嗨，你看，前面紅顏綠色的是什麼呀？都是人嗎？櫻花在哪裡啊？」

「不要急，還遠著呢，那些紅顏綠色的是遊客和他們的車子，這就是我決定要步行的原因。」我說。

「還好，你有經驗，不然的話，停車位也找不到。是不是我們今天來得不是時候啊？怎麼這麼多的人呢？看得到櫻花嗎？」丹丹有些擔心地說。

「人多才好呢，一定是花好。去年因為雨水多，淒風冷雨當中只有幾朵凋零的花。遠道的遊人們又不甘心，他們擠在唯一開花的一棵櫻花樹下，假模假樣扯過一根枝頭，做出個笑臉。持相機的想方設法擺弄鏡頭，盡量把人物擠在櫻花中間，倒也有些爛漫似霞的韻味。但是快門一按下來以後，被照相的連忙鑽進棉襖裡颼颼發抖，可笑之極。」我說。

「今天一定不會，我已經看到雪片一樣的櫻花了。真漂亮……」丹丹興奮起來，她加快了腳步，我也不得不緊緊跟上。

跑到前面的高坡上，我們倆一起立定下來，這哪裡是來看櫻花的呀？明明是來看人的，整片的綠地已經被各種膚色的人鋪蓋了，他們常常是三個人一堆五個人一群，坐在自製的線毯上，線毯當中擺滿了各種各樣的吃食，最多的是「雞」。有墨西哥人的烤雞、美國人的炸雞、中國人的滷雞等等，幾乎是男女老少人手一塊雞。

「啊喲，我要吐了。」我一把抓住丹丹的手臂說。丹丹反身支撐住我說：「不得了，這裡簡直是萬雞大會，腥氣兮兮的味道簡直就要把人騰空起來了。」說著她從背包裡摸出一盒口香糖，塞了一塊到我的嘴裡又說：

「堅持一下，來也來了，我們還是到下面去看一看吧。」

我們小心翼翼地從高坡上走下去，不料，到了下面，丹丹也吃不消啦，她說：「這是什麼味道啊？雞臭？屁臭？人體臭？這些人怎麼這麼沒有公共衛生道德的啦？香菸亂抽，垃圾亂扔……，當心狗屎！」丹丹驚叫，我連忙跳了過去，頓時遊興全無。

我說：「我們走吧，到市中心去逛街好了。」丹丹說了聲「好」，兩人就設法離開這個人滿、雞滿為患的地方。然而，就是要離開也不是一件容易的事情，我們繞來繞去，大半個小時以後，總算繞開了地上鋪滿的線毯和垃圾，來到潮汐湖的邊上，我深深地喘出一口氣說：「我大概這輩子再也不要吃雞了。」

丹丹卻在一旁做出一副嚴肅認真的樣子背誦起白居易的詩詞來了：「小園新種紅櫻樹，閑繞花枝便當遊。」

「什麼『閑繞花枝』啊？我看是苦繞雞翅啊！」我的話語引起旁邊一對華人小夫婦的大笑。回頭一看，那個當妻子的已經是身懷六甲了，她的丈夫背著一個龐大雙肩包守護左右，我連忙說：「這裡的空氣不好，無論對母親和孩子都不利的呀。」

當丈夫的說：「是啊，我們剛剛到，就被嚇到了，正準備離開呢。原本也想到櫻花樹下坐坐，還帶了一大堆我太太最喜歡的烤紅薯，現在只好再背回去。」

當妻子的接下來說：「送你們一點吧，他的紅薯烤得非常好，又香又甜。我們家裡還有很多。權當幫個忙，幫他分擔一點，實在太重了。」妻子的話音剛落，那個男人就把一大半的烤紅薯塞到了丹丹的手裡，丹丹也沒有推辭，只是摸出一管著名的洛磯山太妃糖，放到那個即將當媽媽的手裡說：「太感謝了，這紅薯烤得真好，糖汁都烤出來了，還有些溫熱呢，我都饞了。」

隨後我們相互道謝道別，分道而行。丹丹說她從中部到東部來，有兩樣東西是一定要去品嘗的，一是Legal海鮮餐館的奶油蛤湯，一是Krispy Kreme脆皮甜甜圈。Legal海鮮餐館的奶油蛤湯相當時髦，據說連總統就職宴會上也要喝他們的這道湯。我知道Legal海鮮餐館就在市中心，但是因為生意興隆，平時要排很長的隊。好在今天大家都奔著櫻花去了，所以一踏進店堂，我們就找到了座位。蛤湯是乳白色的，具有獨特濃郁的奶油香味。除了奶油以外，湯裡還有蛤、貝、芹菜、洋蔥和多種香草料，味道極其鮮美。

我和丹丹坐在臨街的窗口，一邊用湯匙把奶油蛤湯送進嘴巴，一邊凝視著窗外的街景，溫柔的陽光漸漸西斜，透過巨大的玻璃灑落在我們的身上，玻璃外面一個乞丐伸出要飯的手……

丹丹說：「有點殺風景，落到沒有飯吃的地步是最大的悲哀了。」

我說：「假如是我，我就會先和這個世界說再見了。我比你年長，假如我先走了，你要照顧我的兒子……」

我的話還沒有說完，丹丹就厲聲打斷：「這種話怎麼可以亂說？告訴你『黃土埋人不分老少』，你不可以胡思亂想，你的兒子你自己照顧，我是不會照顧他的，你給我好好活著！不然的話，我會上天入地不讓你安穩的。」說著她揮了揮手，招呼跑堂，結了帳，我們就直奔Krispy Kreme脆皮甜甜圈了。

Krispy Kreme甜甜圈原本是生產甜甜圈的工場，據說是美國最早的流水生產機器食品，專門批發甜甜圈給雜貨店出售。後來很多人喜歡在工場門口，直接購買剛出爐的甜甜圈，於是老闆就決定把工場臨街的牆壁鑿開一個洞，作為售賣視窗，顧客們可以一邊挑選自己喜歡的甜甜圈，一邊看著自己的甜甜圈的生產過程，又新鮮又有趣。

這天我們一直吃到走不動才站在街口說再見，屆時天色已近黃昏，丹丹回旅館去了，我則拖著沉重的雙腿，走向中國人的長途汽車站。

一轉彎，讓我目瞪口呆，這裡怎麼這麼多的人啊？好像剛剛湧在櫻花樹下的人，統統集中到了這裡。

好不容易擠到車站的標誌下面，一打聽，原來今天是櫻花節，成千上萬的遊客從各地趕來，現在正好是回程的高峰，汽車公司的大客車來不及載客，加上堵車，大家只好滯留在這裡了。我大叫：「我有票，早上就買好的回程票！是六點鐘的！」

「有票又有什麼用？你有六點鐘的票，人家有三點鐘、四點鐘的票都沒有走呢，你還是老老實實一邊等著吧！」有人說。

「啊喲，今天是倒大楣了，人山人海的，過了半夜也走不了。」又有人說。

「他媽的，我恨中國人的長途汽車，我恨中國人！」一個黃頭髮的小姑娘當眾罵街。我原本正氣不打一處來，剛想罵這個不守信用的長途汽車公司，不料聽到這個小外國人罵中國人，就好像被罵的是我一樣，立刻罵了回去：「他媽的，你恨中國人還要坐中國人的汽車啊？沒有人請你來的，你滾吧！」

「好了，好了，不要吵了，有的事情不是自己的意志可以改變的，急也這樣，不急也這樣。

還是安安心心地等待老天來安排吧。」一個坐在地上的中國老太扯了扯我的衣襟下襬，並從屁股底下拖出半張報紙，示意讓我坐到她的旁邊。

我坐了下來，堅硬的水泥地面硌硌稜稜，本想把那只斜背著書包墊在下面，可是一摸，發現裡面鼓鼓囊囊的，原來，丹丹把那包烤紅薯又分了一半塞在那裡了，我笑了。丹丹從一開始就是這樣，任何東西不管多少都習慣和我分一半。我把書包移到面前，拉開拉鍊，噴香的烤紅薯一下子就暴露了出來。旁邊的老太咂咂嘴巴，我摸出一個遞給她。坐在我另一邊的是一個消瘦的小夥子，兩隻眼睛正貪婪地看著我手裡的紅薯，我也塞了一個到他手上。

「真香，好像我媽媽烤的一樣，皮和肉都烤得脫離開來了，甜極了。」小夥子兩口就把紅薯吞嚥下去了。

「慢點，慢點，當心噎住。」旁邊的老太說，我趕緊再遞給他一個紅薯說：「你媽媽在哪裡啊？你很久沒有見到她了嗎？」

「五年了，我有五年沒有見到媽媽了，我現在就是回紐約去看她的。」小夥子說。

「啊呀，你這是在外面幹什麼呀？這麼多年不去看媽媽，你媽媽多想你啊？」老太發出唉唉的歎息聲。

「我不是一個好兒子，我是離家出走的。」小夥子吃飽了紅薯，開始講述他的故事。

原來這個小夥子叫大衛，是個美國出生的ＡＢＣ。父親在中國城的餐館裡打雜，母親是車衣廠的工人。他們住在一家魚店樓上的閣樓裡，睡覺的地方連腰也直不起來。大衛說：「我們家裡從來不買魚，媽媽會在上下樓的時候，隨手從魚店放在門口促銷的魚筐子裡，神不知鬼不覺地摸一條魚回來，有時候魚店也會在那裡賣紅薯，那麼我們的閣樓上便滲透了烤紅薯的焦香。」

大衛的母親從來也不會讓大衛去幹這種事，她告訴大衛，她在老家的時候是一個唱戲的，大衛的父親在台上舞大刀，大衛看過父親的劇照，扮相十分威武。大衛想不通如此威武的手握大刀的父親，為什麼會甘心整天抓著一把小刀，在一大堆雞肉、豬肉當中割來割去。

儘管大衛看到，父親常常一個人坐在閣樓黑暗的角落裡發呆，但是大衛的母親對於這種現狀似乎十分滿足，她說她一輩子也沒有吃過這麼多的魚。大衛很想告訴母親，他厭惡吃魚，吃那些從樓下摸上來的魚，他厭惡中國城、厭惡直不起腰的閣樓，甚至厭惡自己的父親和母親。於是有一天，當她母親喜孜孜地把一大包紅薯塞進烤箱的時候，大衛從她母親的枕頭底下摸出三百美元，他想了想又留下一半，拿著另外的一半離家出走了。

那時候還沒有中國人的長途汽車，大衛背了一個雙肩包來到「灰狗」站，這一年他十七歲。他不知道自己要到哪裡去，只曉得愈遠愈好。正巧遇到「灰狗」大減價，九十九美元一直可以坐到賭城拉斯維加斯。大衛不記得自己在中學裡有沒有學過地理，他也不清楚這一路有多遠。那時候的「灰狗」不如現在的設施，一上路就開始顛簸，顛到大衛覺得自己的五臟六肺都要從嘴巴裡跳出來了，大衛開始想家。

幸好坐在大衛身邊的一位白女人一直在照顧他，一會兒給他喝水，一會兒給他麵包，有時候到了站頭，這個女人便扶著他到月台上走一走，歇一歇，乘坐下一班車再走。這個肥胖的女人叫雪麗，雪麗就住在拉斯維加斯。當她知道大衛無家可歸的狀況，立刻說：「不要怕，拉斯維加斯對你這樣的年輕人來說就好像天堂一樣，你沒有地方待可以住到我的家裡，我有一套獨立房。」

大衛想說自己真幸運，一出門就遇上了一位貴人。他很快忘記了自己的母親。走走停停差不多四、五天，最後汽車進入荒漠。窗外除了沙土還是沙土，偶爾冒出幾棵張牙舞爪的仙人掌，暮色當中鬼怪一般站立在那裡，大衛感到不祥，他閉上了眼睛。

半夜裡大衛睡醒過來，當他睜開眼睛的時候一下子驚呆了，只看到遠遠的沙漠當中一片金光，就好像一頂堆滿金銀財寶的巨大皇冠，正扎扎實實地扣在那裡。

「灰狗」停靠在一家金碧輝煌的賭場前面，雪麗說：「到了，我們下去吧。」大衛興奮地跳了起來，他背上自己的雙肩包，又從車廂下面的空間裡拖出雪麗大大小小五個包包，先把一個有著背包帶的花包包套在頸脖上，然後一手拎起兩個大包，好像駱駝一樣地跟在雪麗的後面。他們上了一輛公車，不久公車在遠離燈火的地方停了下來，他們下車了。大衛感覺不對，這裡怎麼這麼偏僻，不過再一想，美國的有錢人都住在郊外，不會住在市中心，市中心就好像中國城裡的那個閣樓。

「你真棒！力氣真大。」雪麗摸了摸大衛的胳膊說。

「那當然，我在學校裡是打籃球的，我的彈跳力很強！」大衛得意地擄起袖子，顯示出自己健壯的胳膊，又原地跳了幾下說。

「哦，真的呀！」雪麗突然把手伸到大衛的大腿上捏了一把，把大衛弄得個措手不及，他感到自己的大腿根顫抖了一下，小肚子一陣發緊。大衛偷眼望了望雪麗，雪麗好像什麼事也沒有發生一樣，雄赳赳、氣昂昂地走到了他的前面。

大衛口乾舌燥，他想了想剛才的事情一定是自己發生錯覺，於是搖了搖腦袋，像是要把剛才的一切都搖出去一樣。接著，大衛便跟在雪麗後面高一腳低一腳地走路，不知道走了多少路，他覺得自己的兩條腿都要走斷了，手臂也被沉重的包包拖拽得疼痛不堪，終於雪麗走到一片汽車房當中，七拐八拐，來到其中極其簡陋的一間房前，這就是雪麗的獨立房了。

大衛倒抽一口冷氣，一路上的憧憬和希望剎那間破滅。這房子比中國城的閣樓還要擁擠雜亂，廁所小到了轉不過身體，連一個洗澡的地方也沒有。雪麗說：「你以為這裡還是你的中國城啊？這裡是寸土如金的黃金世界，美國最大的賭城！要洗澡嗎？到外面去，那裡有個水龍頭，節約用水啊，這裡是沙漠地帶，水是很昂貴的！」

大衛在水龍頭底下把自己沖洗到麻木才回到房子裡，他在雪麗的指點下爬到一張不大的床上，把自己的身體擺平，腦子抽空，朦朧當中大衛好像看到雪麗賊頭賊腦地把他的雙肩包塞在烤箱裡，又把他的身分證塞進了櫥櫃的夾縫當中，「這個女人在幹什麼？不去管她了……」，大衛進入了夢鄉。

大衛在夢裡看見了自己的母親，母親正在煎鱸魚，這是他唯一喜歡的魚，突然這條鱸魚變得龐大，大到把他壓倒，壓得他氣也透不出來了。大衛開始掙扎，卻沒有力氣掙扎……。這時候大衛感覺到這條鱸魚生出一隻手，一把抓住了他的下體，他渾身毛骨悚然，清醒過來。不對，這不是夢，是真的！自己怎麼一絲不掛地躺在那裡，一個脫得精光的女人正壓在他的身體上，這人就是雪麗。

大衛從來也沒有經歷過這種事情，他一直在暗戀他的同班同學莉莉，他想像著將來有一天，發了財就去找莉莉，他要把較小的莉莉抱在懷裡，沒有想到他的童貞竟喪失在這麼個肥胖的老女人身上。他試著反抗，卻身不由己。

大衛沮喪至極，他毫無反抗之力地癱倒在那裡，雪麗肚子上的肥肉從他的身體上耷拉下來，兩隻碩大的乳房夾著他的腦袋，一次又一次，他感到自己馬上就要窒息了。月光底下大衛看著這個滿足了的老女人發出貪婪的呻吟，他恨不得拔出桌子上刀架裡鋒利的小刀，插進這個醜陋的軀體，可是他已經被這老女人折騰得連縛雞之力也沒有了。

雪麗終於睡熟了，大衛輕手輕腳地逃離了這個魔窟，出逃之前，大衛除了帶走被老女人藏在烤箱裡的雙肩包和櫥櫃夾縫裡的身分證以外，還席捲了老女人的錢袋：

「讓她去哭嚎吧，這還不夠我童貞的報酬！」

大衛來到了賭場，他在老虎機裡輸光了身上的最後一分錢，然後，身無分文的他，在那個人生地不熟的地方到處闖蕩。

「我打掃過衛生，清理過下水道，幫有錢人撿狗屎，甚至修路修房子，辛苦至極。一天下來累得半死，連飯也不想吃了。」大衛說。

「這下後悔離家出走了吧？還不趕快回去？」身邊的老太說。

「我不甘心這麼狼狽不堪地回家，我一定要賺大錢，帶一大筆錢回去！」大衛說。可是賺大錢並不是一件容易的事，有一天，大衛正在牌桌上一敗塗地，旁邊一個俄國女人幫他壓了一個三百美元的賭注，他又輸了，他正不知道怎樣對這個俄國女人交代的時候，俄國女人揮了一下手中的香菸說：「走，喝一杯。」

從此以後，大衛變成了這個俄國新貴的包養男人。俄國新貴要比大衛長二十多歲，精瘦苗條，然而這個精瘦苗條的女人卻比那個肥胖的雪麗強悍很多，她有著旺盛的性欲，甚至還有施虐狂。每次作愛的時候，她都要把大衛緊緊捆綁在床上，然後鞭打、刀割甚至燒灼。她要看到大衛啼哭叫喊一直到大聲求饒，求饒聲愈大她就愈興奮，甚至亢奮不能自制。事後，大衛便會得到令他甘心情願忍受這遍體鱗傷的巨額報酬。

大衛變成這個俄國新貴股掌之間的玩物以後，常常出入高級賓館，達官貴人的俱樂部甚至出國旅遊，最後連大衛自己也忘記自己是誰，找不到東南西北了。正在這時候，大衛被俄國新貴拋出門外，因為這個變態的女人只和二十歲以下的小「鴨」上床。

被俄國新貴拋出門外的時候，大衛已經不是當年從那個老女人雪麗的床上逃出來的模樣了，他經驗老到，心狠手辣，儘管在拉斯維加斯賣淫是違法的，但是他有自己的通道，可以在網上招攬生意。大衛變得有名起來，應酬不暇，他說：「只要有錢，我什麼樣的服務都做，甚至男人！」

「作孽，這是作孽啊！」身邊的老太又歎息起來。

「這些年，你就沒有回去看過你的父母嗎？」我問。

「看過一次，那還是俄國新貴在賀歲的時候帶我飛到紐約，在時代廣場參加『大蘋果下落』的慶典活動，我抽身去了中國城。我站在魚店的對馬路上很久，不斷地在心裡祈禱『讓我看一眼爸爸媽媽』。結果，在我必須離開的時候，我看到爸爸媽媽抱著一個和我長得十分相似的小女孩從外面回來，小女孩抱著一個紅薯開心地啃著，我沒有上前，心裡卻感到很溫暖……」大衛說。

「後來我找人把錢送到他們的手裡，讓他們在布魯克林購買了一套小公寓，本想等我洗手不幹的時候再回去換一套大的，可是我病了。」大衛又說。

其實大衛早就病了，只是他自己不知道。一開始好像感冒發燒、寒顫、關節疼、肌肉痛、喉嚨痛，一段時間以後開始渾身上下的淋巴結腫大，現在已經到了病入膏肓的地步，大衛走路也走不動，他把所有的錢都花費在醫藥費上，可是醫生告訴他：

「這是『獲得性免疫缺陷綜合症』（AIDS），無藥可救，來日不長。」

於是大衛毫不猶豫地選擇了回家，為了省錢，大衛購買了拉斯維加斯到華盛頓的飛機票，然後再乘坐中國人的長途汽車回家，不料卻耽擱在這裡。大衛一邊敘述，一邊吃掉了我一大半的紅薯。他的講述，讓我第一次知道，世界上還有這樣一類的吃飯故事。

記得幾年以前，丈夫帶我到紐約大都會觀看音樂劇。不料，前面的包廂裡坐著一個老女人和一隻「鴨」，整場歌劇當中他們竟然都沒有安靜過。我看見老女人付給那隻「鴨」一疊鈔票以後，那隻「鴨」便一刻不停地在老女人的衣服裡，上上下下摸來摸去，忙得不亦樂乎。老女人脖子上無法掩蓋的皺紋已經好像樹皮一樣了，她的身體卻還要在「鴨」的撫摸下扭來扭去。

我感到惡心至極，我說：「美國真是一個無奇不有的地方，吃這種飯的男人真不要臉。我看不下去啦！」

丈夫說：「這叫一張票子看了台上台下的兩齣戲。」

……正想著，身邊的老太利索地從地上爬了起來說：「嗨，你們看，到紐約的汽車進站啦！我也是到紐約的，我們一路走。」雖然我不去紐約，但也隨之起身，偷偷從包包裡摸出一雙橡皮手套戴上，然後和老太一起架起了大衛。這時候我看到，大衛衣領下面的脖子上，已經暴露出潰爛的痕跡。老太說：「這孩子真可憐，身上一點肉也沒有，一把抓上去，就好像直接抓在一根纖細的骨頭上。」

等待過久憤怒的乘客們蜂擁而上，老太大聲呼叫：「讓一讓，讓一讓，這裡有病人，重病人！」

「哦喲，這個人怎麼像鬼一樣的啦？瘦得這樣可怕，不要是傳染病啊？」有人說。

「可憐，那個老娘倒還是精神十足的樣子，看樣子這個白髮人要送黑髮人啦。」有人誤認為老太是大衛的母親了，一邊讓出一條通道一邊說。

我把大衛送到汽車上，又下車等待我自己的汽車，回過頭去，只看到大衛急猴猴地把腦袋伸出窗外，我以為他忘記了什麼東西了，立刻擠上前去，大衛說：「告訴我，我這樣回去，我的媽媽會原諒我嗎？」

我愣了愣，馬上回答：「當然會原諒你的，一定會原諒的，天底下哪有當媽媽的不原諒兒子的？」

大衛聽了我的話，臉上呈現出安心的神態，他點了點頭，揮手和我道別。

為吃飯乾杯

終於從櫻花盛開的華盛頓回到家裡，這時候已經是第二天的清晨了。丈夫衣著整齊地出來開門說：「幸好你早到了一步，不然的話我們就要錯過了呢！」

「儂這是要出遠門嗎？怎麼這麼突然？」我問。

「李兄去世了，我要趕早班飛機去紐約州。計程車來了，我走了，晚上回來。」丈夫說著就走出門，下了兩級台階又莫名其妙地返回身體，走到我的身邊，拍了拍我說：「不要難過，不要難過……」

緊接著旋風一般，計程車和丈夫一起消失在灰色的晨霧當中。我有些迷糊了，想起來丈夫剛剛對我說的「不要難過」，其實是應該我對他說的，可是我卻一時被這突如其來的噩耗弄得昏頭轉向，久久不能回過神來。

李兄是我到美國以後第一個來拜訪我們的上海老鄉，那時候我還在丹佛的華文週刊上班，天黑以後回到家裡，李兄就來了。記得那天我烤了兩隻八珍小雞，還悶了一個氣鍋。氣鍋是從上海帶過來的，裡面除了小雞以外，還有母親海運過來的香菇、金針和木耳，兒子在一旁跳來跳去說：「我等不及啦，我等不及啦，好香好香啊！」

「不要急，不要急，客人還在洗澡呢，等一會兒就好了。」我一邊安撫兒子，一邊把菜餚端到方桌上。不料李兄從廁所走出來說：「對不起，我是不吃雞的。」

「啊？我今天做的主菜是雞，湯也是雞，我不知道儂不喜歡吃雞或者是對雞過敏，不好意思……」

「不是不喜歡吃雞也不是雞過敏，而是我做人的原則！」李兄說。

「做人的原則是不吃雞？儂和雞有仇啊？」我好奇起來問。

「是的，我一到美國就發現雞是最便宜的東西了，只有窮人吃雞，中國人吃雞，幾乎每一家的中國人家的飯桌上都放著雞，好像中國人只會吃雞，所以我發誓不吃雞，我不要做窮人，這就是我的原則！」李兄做出一副很有骨氣的樣子說。

看著桌子上香噴噴的烤雞和氣鍋，我覺得李兄剛才的話就好像是罵我一樣，於是帶著譏諷的口氣說：「聽起來儂已經不是窮人啦？那我們怎樣來款待儂這位富人呢？」

「款待不必，只是不吃雞，這是我做人的原則。」李兄剛才理直氣壯的聲音明顯輕了下來，看樣子底氣不足。丈夫洗了手連忙過來圓場：「沒有關係，沒有關係，冰箱裡還有一包小餛飩，做一碗餛飩麵好了。早知道大家都吃餛飩麵，又簡單又好吃。」

「對不起，小餛飩也是雞肉做的。」我有些賭氣地說。

「對了，還有一包是蝦肉的……」我突然想起來，早些天超市裡小蝦減價，買回來發現有些鐵腥氣，於是包了一些小餛飩還放在冰箱裡，沒有人要吃。

李兄一聽連忙說：「好，好，我最喜歡蝦肉小餛飩了，離開了上海以後，我還沒有吃過蝦呢。」

這一天，李兄把我們囤積在冰箱裡的蝦肉小餛飩吃得精光，丈夫和兒子則把烤雞和氣鍋打掃得乾乾淨淨。兒子一邊啃雞腿一邊說：「真好吃，窮人吃雞，我就做窮人好了。」丈夫連忙用眼神阻止了他。

晚上丈夫在臥室裡對我說：「你不要不開心，李兄就是這樣一個人，自命清高，現在好像是英雄落難，大男人的一張面子總歸還要硬撐一下。對了，明天我們吃什麼？」

「明天我們出刊，最忙了，我回來的時候，帶兩張必勝客的大號披薩好了，兒子也想吃呢。」我說。

第二天早上，我送了兒子上學，自己去上班，丈夫到學校去上課，李兄講他要到圖書館去看看書，於是大家各忙各的了。到了下班的時候，老遠就看到兒子站在大門口等我，一看到我就像鳥一般地飛了過來說：「媽媽，爸爸講儂會帶披薩回來，我最喜歡ＢＢＱ的烤雞披薩了，儂有沒有買啊？」

「當然，當然，一張是烤雞的，另一張是牛肉丸子的，那個李叔叔不吃雞……，對了，爸爸和李叔叔回來了嗎？」我問。

「儂看，伊拉回來了。」兒子把手對著停車場一指，我看到丈夫和李兄正從汽車裡走出來：「嘿，正好，正好，我們都餓了呢！」丈夫接過我手裡的披薩率先進房，並快手快腳地擺好桌子，放好可口可樂：「吃披薩是一定要這種飲料的……」丈夫還沒有說完，李兄已經抓起一片披薩塞到了嘴裡。

「好，好……，哦咳哦咳，咳咳咳……」話還沒有說完，李兄就被披薩噎牢，突然大聲咳起嗽來。我看見他渾身顫抖，眼珠子翻白，我以為要出人命了。丈夫連忙捶打他的後背說：「慢點慢點，啊喲，李兄你這幾年在哪裡吃的飯啊？怎麼弄得這麼消瘦？渾身都是骨頭？」

事後，丈夫告訴我：「我上了一天的課，中午在食堂吃了個三明治，沒有時間照顧李兄，李兄大概沒有吃午飯，餓得發昏了。」

我說：「伊又不是小孩子，圖書館外面就有推車在賣熱狗。對了，那家熱狗推車店賣的是健康食品，雞肉熱狗。」

我沒有想到李兄真的這麼執著，為了一個莫須有的原則，竟然餓到發昏。於是又說：「吃飯應該隨和一些，人活著就應該隨和一些，總不見得活活餓死啊。」

丈夫說：「隨和一些就不是李兄了，上海名牌醫學院堂堂畢業生，硬是不肯掛牌開業，一定要做教授，教授做不到，就在業餘中醫學校裡兼課，收入低微。他的原則是：寧可『為人師表』餓死，也不做『江湖郎中』吃飽。」

我猜想，那時候的李兄已經有病了。李兄是我丈夫自小學起的老朋友，而我第一次看到李兄則是很久以後的事。那天，在上海一條雅致的小馬路上，一個筆筆挺排門板一樣的女人，挽著李兄悠悠地散步，老遠就可以感覺到他們的模樣和整個周邊氣氛格格不入，李兄點了點下顎說：

「這是我太太。」

他們走過去以後我說：「這個人屬於那種典型的上海老俠客。」我這裡說的「老俠客」和後來的「老克拉」完全不一樣，「老克拉」是指那些出身於老上海有鈔票人家會享受的人，他們追求貴族化的生活，這種生活是時髦裡的時髦。而「老俠客」更加原始，他們從來不追求時髦，他們本身就代表了一種「時髦」，完全生活在過去的生活當中，我行我素，自我欣賞。

李兄就是這樣的一個老俠客，他請我和丈夫到他家裡，坐進一張破舊的沙發，不知道從哪裡摸出一個洋鐵罐頭，他講：「這是我爹爹當年從國外帶進來的咖啡，德國貨。」

我問：「儂爹爹帶回來的？什麼年代的事情？」李兄做出一副神祕狀說：「三〇年代。」

接著李兄一邊不著邊際地高談和吃飯毫無關係的闊論，一邊在一只帶玻璃帽子的老式咖啡壺裡煮咖啡。咖啡壺在李兄的精心調整之下發出了「噗落，噗落」的聲響，空氣裡散發出一股三〇年代的灰塵的味道。丈夫倒也不掃他的興，舉起已經豁口的金邊咖啡杯喝了一口說：「老味道，老味道。」

這就是老俠客李兄，但是李兄這個老俠客絕對有老俠客的仗義，一個朋友因為被凶悍的丈母娘痛打，又反咬一口被關進去拘留，李兄立刻伸出了援助之手。

李兄還有老俠客的善心，只有幾百美元的收入，飯也吃不飽的時候，竟然還會贊助七個非洲兒童吃飯。

丈夫在機場等待飛機的時候，給我打來了電話：「李兄實在不應該出國的，他不屬於這個社會……」

「伊屬於現在的上海嗎？」我問。

「他，他好像也不屬於現在的上海。」丈夫回答。

「那麼伊屬於哪裡？」丈夫想了想回答：「他屬於過去的發了黃的老照片裡的老上海。李兄走了，老上海的影子——老俠客也就沒有了。」

丈夫的電話掛斷了，留下了嗡嗡的撥號聲讓我一個人回味，我看了看話筒，輕輕地放到座機上，彷彿是把整個的李兄以及有關李兄的故事，都關進那只小小的電話盒子一樣。我最後說了一句：「可憐的李兄再也不會吃飯了。」

說完之後，我便跳進放滿熱水的澡盆，似乎要把所有的疲勞和鬱悶統統讓水沖洗乾淨。不知道過了多久，我被一陣貫穿心膂的疼痛刺醒，我發現自己仍舊躺在澡盆裡，水已經變冷了，我試著爬起來，哦喲，不行，那疼痛就好像從天而降的兩隻巨手，把我的前心和後心一下子拍打到一起，「殼龍通」一聲，我又跌回到澡盆裡。

我躺在澡盆裡的冷水當中，那疼痛一陣緊一陣，痛得我幾乎斷氣，我看到地獄之門在我的面前打開，我想我是要和這個世界再見了。正在這時候，就好像是雨過天晴，所有的疼痛一下子消失。我拖著沉重的身體從澡盆裡爬起來，撲到大床上，剛剛擺平身體，那疼痛又回來了，同樣的疼痛，前心貼後心的疼痛，我欲喊無聲，再一次讓我看到了死神。就這樣來來回回折騰了我三、四次，終於把我折騰到了虛脫的境地。

我把自己身體深深地埋進「記憶床墊」當中，據說這種床墊無論仰臥還是側臥，都可以把人體調整到零壓力的狀態，到達徹底放鬆的目的。可是此時此刻，無論我仰臥還是側臥，渾身上下都找不到一塊地方是舒適的。我揚起面孔，兩隻眼睛盯牢了床頭上一片空白的牆壁。原本這裡應該是Sharon的位置，可是自從中部搬到東部以後，那幅〈自動售貨機〉就不翼而飛了。我明明記得是自己親手把它從牆上摘下來，包裹了一層又一層，仔仔細細放進那只父親的皮箱，可是到了東部以後，我幾乎要把這只皮箱拆卸開來，也沒有找到陪伴了我整整四年的Sharon。

我怎麼也想不通，這是父親要把Sharon的孤獨從我身邊帶走呢？還是Sharon要把她的孤獨留給我一個人承擔呢？每當我的眼睛落到床頭上那片空白的牆壁，Sharon那張蒼白的面孔立刻會呈現出來。這一天，在我經歷了劇痛以後，我一個人孤獨地對著空白的牆壁，又想起了那幅〈自動售貨機〉，想著想著我便睡著了。

醒來的時候已經過了午後，我看了看開始西斜的太陽，試著起身，立刻感到渾身上下一點力氣也沒有，努力走到鏡子前面，立刻驚聲尖叫起來。我看到一個面孔臘黃，眼珠子發綠的人。這時候我還發現我的小便是茶色的，大便是灰白的。

一定是閻羅王找到我了，讓我走到太陽底下去，我一邊想著，一邊穿戴整齊走出門去。明媚的陽光包裹著我的身體，仍舊讓我感到寒冷，一個年輕的母親帶著一個如花似玉的小女孩迎面散步走過來。小女孩看了看我，突然大哭。我想起來我好婆的話：「小孩子對著儂笑是好運；小孩子對著儂哭是厄運。」

小女孩的母親抱起女兒快步走了過去，一歇歇又回過頭來對我說：「你的臉色有點不對，好像，好像一隻香蕉……」

亞洲人被白人稱為「香蕉」近似於侮辱。我冷冷地笑了笑說：「沒有關係，我本來就是『香蕉』。」

那個年輕的母親連忙說：「我不是那個意思，我是這個意思……」她有一點不知所措的樣子，愈解釋愈不清楚。我不想搭理她了，轉身離開了這對母女。太陽很快西斜了，我想了想，決定去看我的家庭醫生，女醫生是熟識的，醫院也不遠，發動了汽車，一踩油門十分鐘就到了。

不料，一腳踏進醫院，所有的醫生和護士都好像看到了活鬼一樣驚慌失色，他們一反常規，直接把我的家庭醫生叫了出來，女醫生看到我，來不及和我寒暄，立刻讓一個健壯男人，把我橫過來舉到一張活動的醫療床上，並把我的兩隻鞋子拍掉了。

我光著腳，平躺在高高的醫療床上，從半掩著的門扇裡聽到女醫生正在急切地打電話，斷斷續續的話語當中好像是在叫救護車，叫專家醫生，叫開刀醫生……，我還弄不清什麼事情發生了，卻有一件事情很清楚：「不得了，自從昨天坐在地上吃了兩個紅薯以後，到現在我還沒有吃過任何東西呢，不行，死也不能做餓死鬼啊！」

想到這裡，我迅速地從高床上溜了下來，光腳逃出醫院，一路開車逃到家裡。打開凍箱，裡面有一盒紐西蘭綠殼淡菜和一包虎皮蝦，又從冰箱下面找出一把青菜和一碗剩飯，手腳並用，又洗又剁，一會兒，一鍋子海鮮菜泡飯就煮好啦！滿滿登登地盛出一大碗，坐到對著街景的窗前，大口地吞嚥起來。

好香啊，這菜泡飯真好吃，平時因為丈夫不愛吃泡飯只好忍痛割愛。此刻，丈夫不在家，讓我好好享受一下，說不定一會兒要見閻羅王了呢。正想著，一輛計程車「嘎」一聲停到了家門口，上面急急匆匆地跳下一個人，「啊喲，儂怎麼這麼快就奔好喪回來啦？」我說。

來人正是我的丈夫，他看到我就說：「你怎麼可以從醫院裡逃出來吃泡飯啊？我趕上了早一班的飛機，提早回來了。不料剛剛下飛機，就接到女醫生的電話，她講你膽結石跳出來堵塞了膽道，影響肝臟的工作，十分危急，馬上要開刀！」

丈夫說著，就讓趕過來的美國朋友幫他把我放到了車上。我聽到他說：「對不起，請幫我開車好嗎？我的腳骨也發軟了。」這時候我才意識到了這件事的嚴重性，我大叫起來：「兒子，我還沒有看見我的兒子呢！」

汽車不理睬我的叫喊，「呼」一聲開了出去，在繁忙的下班時間，繞過堵塞的車輛，直接開到急救室的門口，我打開車門兩隻腳剛剛踏到地上，就被兩雙強有力的胳膊拎了起來，一眨眼我已經躺在擔架上面了。

我聽見女醫生急促的聲音：「快，快，進掃描室，這個病人要動兩個手術，一個手術從喉嚨裡進去，打通堵塞在那裡的膽結石，另一個手術在腹部打四個洞，摘除膽囊……，家屬呢？家屬過來簽字……」

我在擔架上轉過腦袋尋找我的丈夫，可是擔架擱到救護床上，飛快地推進一扇對開的門裡，又一扇門……，我昏眩了。

等我醒來的時候，已經安放在一張狹窄的鐵板上面了，身邊圍滿了包裹得嚴嚴實實的工作人員，我分不清他們誰是醫生誰是護士，誰是男的誰是女的，只聽到有人說：「這根管子太粗了，換根細點的。」

「這根是最細的，沒有想到這個亞洲人的喉嚨這麼窄，只好硬插下去了。」

「他們講的是誰？難道是我嗎？硬插下去？我可不是豬玀啊！」我大叫並以為我的聲音足以震撼整個手術室，事實上卻好像蚊子一樣地哼了幾哼。一個女人和善地問我：「你想要什麼？」我一時忘記了要說什麼，只好說：「我躺在鐵板上很不舒服……」我想起來上海人講死人才是躺在「鐵板新村」的。

那個女人隨即說：「你馬上就會舒服的。」緊接著她把鐵板四面的另外四塊鐵板翻了起來，我便被牢牢地固定在一只鐵盒子當中，這使我更好像睡在棺材裡了。

有人進來報告：「主刀醫生李歐已經到了，正在休息室裡喝咖啡。」我想叫，可是叫不出來，一個玻璃罩子從我頭上罩了下來。

我最後在心裡只來得及說了一句話「爸爸來看看我！」以後就什麼也不知道了。爸爸沒有來看我，來的是莫名其妙的人。幼年時代火燒的疼痛，支離破碎地撞進了我的夢幻。感覺好像只有一剎那的間隙，殊不知已經六個小時過去了。眼面前一道白光，一隻冰冷的手拍打我的臉頰：「醒一醒，醒一醒，手術做好了！」

「醒一醒，醒一醒，你的家人來看你了！」

「醒一醒，醒一醒，你的兒子來了！」我一下子睜開眼睛，黑夜已經過去，東方的太陽正噴薄而出，丈夫和兒子俯身看著我，我安心地閉上了眼睛。不知道過了多少時間，我聽到丈夫遙遠的聲音，他焦躁地大叫：「不得了，你媽媽不行了，快叫醫生！」

「不要急，我來看看。」這是我的兒子走過來了。

「真的，不行了呀！血壓低到只有三十多，你媽媽要死啦！」丈夫又大叫起來。

「不要叫，不要叫，媽媽的全身麻醉還沒有過去，血壓低是正常的，其他指標也是正常的。媽媽眼睛雖然是閉著的，可是神志已經清醒，我們講話伊都聽得到，最好不要吵伊，讓伊好好休息。我看我們還是先去吃飯，從昨天到現在儂還沒有吃飯呢。」醫學科學專業的兒子穩重的聲音，讓我得到安慰，我又安心地睡了。

等我徹底甦醒的時候，眼睛還沒有睜開，先聽到丈夫興奮的聲音：「咦，你媽媽的血壓正常啦！」

「媽媽醒過來了。」兒子鎮靜地說，我笑了。這時候，一個護士走過來說：「你們扶她走過去上一次廁所，然後回來吃飯。」

丈夫驚愕地說：「她連做兩個手術，剛剛甦醒，怎麼可以自己走過去上廁所？太危險了！」

兒子已經在一邊抱著我的後背，把我扶起來了，他說：「走一走有助於排氣，防止腸沾黏，傷口癒合得也快……」

「我走不動。」我說。

「慢點，我和爸爸扶儂。」強壯的兒子把我托了起來，丈夫連忙在另一邊把我扶牢，就這樣，我在兩個大男人的呵護下去了廁所。回來的時候那個護士說：「怎麼這麼快？是你的家人把你扛過去的吧？再到走廊裡走一圈！要自己走啊！」

本想賴皮一下，再一看，床上的單子都被掀掉了，根本沒有辦法上床，於是不得不再走一圈。到了走廊的盡頭，靠在陽光明媚的窗台上，我說：「可以看到太陽真好，我餓了。」

兒子說：「這家醫院食堂裡的東西非常好吃，牛肉餡派做得很地道，還有蘑菇湯……」

「沒想到『派』做成鹹的也這麼好吃，除了牛肉的還有雞肉的和海鮮的，皮酥，內鮮，有點特別。」丈夫說。

「一會兒送飯的來了，也給我拿一份牛肉餡派，最好放一點人參，我需要力氣。」我說。

「做夢吧，人參是中國人相信的，美國人不會放這種東西。嘿，你媽媽真的活過來了，會動腦筋想吃的東西了。」丈夫說。

「我們回病房吧，儂看，送飯的推車來了。」兒子說。想到要吃飯了，我咬緊牙根，堅持自己走回到病房。床已經鋪好了，而且搖到了可以斜靠著吃飯的位置，我坐了上去。一個可以移動的小桌面推了過來，正好插到我的面前，上面是香噴噴的一大盤：有前菜、主菜和點心，竟然還有小小一杯紅酒。

我一時忘記疼痛，左手拿刀右手拿叉，左右開弓把面前的食品吃得精光，然後又躺下去睡著了。

醒來的時候，周圍擺滿了鮮花，有插花、花籃，竟然還有兩只小小的花圈，弄得我哭笑不得。我知道這些花都是那些美國朋友送來的。雖然有些不大習慣，好像是發喪一樣，但入鄉隨俗，有朋友關心總是好事。中國朋友就是另外一件事了，他們送來的多數是魚湯、肉湯以及桂圓紅棗湯等吃食。在中國人的眼睛裡，傷了身體，吃東西最要緊。

這天傍晚，我喝足了補湯，又吞下護士發給我的止痛藥，剛剛打開電視想看看新聞，藥性就發作了，倒頭進入夢鄉。夢中在吃烤籽魚，這「烤籽魚」應該就是「鳳尾魚」，同樣是上海食品廠的產品，同樣是長方形圓角的鐵罐頭，但是鳳尾魚裡面再也沒有烤籽魚的魚籽了。無論是在中國還是在美國，甚至在英國和法國，我再也找不到小時候的烤籽魚。

但是在睡夢當中，我吃到的是真正的烤籽魚，每一條魚都包裹著鮮美的魚籽！久違了，我小時候的味道，就好像父親最後一次帶回來的一樣……。

正在這時候，有人輕輕把手覆蓋在我的眼睛上，我以為父親來了，一定是父親，只有他才會在我睡覺的時候，把手覆蓋在我的眼睛上，然後說：「睡吧，做個好夢。」

可是這不是父親，是一個我不認得的中年男人，他就是今天為我動手術的主刀：李歐醫生。講老實話，在這以前，我根本沒有看見過這個李歐醫生的面孔，只看到一個被藍色手術服包裹得嚴嚴實實的壯實身胚，聽到過藍布底下發出了極其嚴厲的聲音，就好像指揮官一樣在指揮打仗。沒有想到走出手術室，脫下開刀的服裝，李歐醫生還是一個非常富有人情味的人。

「我剛剛在廁所裡，觀看了你小便的顏色，趨向正常，手術很成功，你的肝臟已經沒有問題了。」穿著一身便服的李歐醫生開心地對我說。

「……」我感到有些唐突，又有些尷尬，儘管他是一個醫生，但讓一個大男人這麼仔細地觀看我的小便，總有一些不好意思，幸虧這時候，我的丈夫和兒子端著一只沉重的砂鍋走進來，看見李歐醫生馬上說：「啊喲，李歐醫生，你怎麼來了？」

「我吃了晚飯，有一點不放心這位連續動了兩個手術的女士，所以開車過來看看，情況很好。對了，我還沒有問你，你們怎麼進來的？好像過了探望重病房的時間了。」李歐醫生說。

「我們不是探病房的，是送飯的。」丈夫腦筋一轉連忙說。

「還要吃啊？剛剛護士告訴我，你的妻子把食堂裡的飯吃得乾乾淨淨，還喝了外面送進來的各種湯，你怎麼又拎了這麼大的一鍋東西來了？」李歐醫生吃驚地說。

「這是藥——補藥：人參香菇大補雞，裡面有雞肉有豬肉還有一隻中國城買來的甲魚。」丈夫說。

「這樣的藥，我也要吃。」李歐醫生說。

「『吃』是我們家的標誌呢，幸虧吃得好，要不然媽媽怎麼可能一下子抗得起兩個手術啊?!」兒子自豪地說。

「看樣子我是遇到知音了，我也是一個重『吃飯』的人，懂吃飯的人。只有懂得吃飯的人，才是懂得生活的人。讓我們為生活，為生命，為吃飯乾杯！」李歐醫生說著便高高舉起了他手裡的咖啡杯，大家一起放鬆地笑了。

吃飯俱樂部

第二天我就出院了，丈夫把我安置到車子裡，一個年輕的小護士把一個硬邦邦的小枕頭塞在我的懷裡說：「回去多走路啊，抱著枕頭走路，感覺會好很多。」

「謝謝，你們想得真周到。」丈夫對小護士說，接著又轉過身子對我說：「你坐在這裡等一等，我去和李歐醫生打個招呼。」

「不用了，李歐醫生已經進手術室了，他是這裡最有名的主刀，非常繁忙，他的手術排得非常滿，你們很幸運，碰上他動手術。對了，這個小枕頭還是李歐醫生特別關照送過來的呢！」小護士說。

「是嗎？李歐醫生真是敬業，請代我們謝謝他！」丈夫說著便和小護士揮手道別，啟動了車子上路了。

離開了醫院以後我連忙問：「儂塞了多少紅包才找到這位主刀的？在上海還可以找找關係，走走門路，可這裡是美國，我們這樣的普通居民，怎麼可能有這樣的待遇？」

「我一個紅包也沒有塞，兩個手術一共才花費了兩美元。」丈夫說。

「怎麼可能？」我吃驚地問。

「保險公司出血啦，都是他們包掉的。那兩美元多還是因為昨天我們看了一會兒電視，那是電視費。」丈夫說。

我想起來當年走出國門為「吃飯」，沒有想到「吃藥」也是很重要的呢。回到家裡的時候，兒子正站在門口等我，看到他我馬上說：「儂快回學校吧，媽媽沒有大礙了。儂不要蹺課，教授會不高興的。」

兒子說：「沒有關係的，我們耶魯是大學校，和文理學院不一樣，文理學院的教授就好像爸爸媽媽一樣，兩隻眼睛盯牢儂，每堂課還要點名。而我們一堂課兩三百個人，蹺走十個二十個人就好像大海裡少了一滴水，教授根本不知道。」

「啊喲，儂是不是經常蹺課啊？」我問。

「那倒沒有，在我們這個學校蹺課的人都必須是高手，因為蹺一堂課，常常要追加兩三倍的力氣才可以趕上去，不然的話就會被淘汰出去啦。開學到現在，我們的物理課已經淘汰了三分之二的學生。」兒子說。

兒子講起來一副輕輕鬆鬆的樣子，卻讓我立刻感覺到在那種頂尖的學習氛圍當中的壓力。兒子從來就喜歡選這種競爭激烈的淘汰制課程，據說有學生讀書讀到發昏的地步。想到這裡，我立刻對他說：「儂要當心身體，飯要吃好。」

「放心，放心，我現在趕回去就是因為今天輪到我主持我們『吃飯俱樂部』的活動。」兒子說。

「什麼吃飯還有俱樂部啊？是你們耶魯大學的嗎？」我有點吃驚。堂堂長春藤大學，怎麼會有這種不學術的俱樂部？

「當然，吃飯也是一門學問，我現在很會吃飯了。等儂可以走動的時候，你們一起到我們學校來吃飯……。哦喲，時間不早了，我要去趕火車了，媽媽儂快點好啊！」兒子說。

「好，儂快走吧，有空回來，你們學校的食堂我是沒有興趣的，不過你們紐黑文的高級餐館我還是滿喜歡的。」我說。

「食堂、餐館我都喜歡，我們很快就會來的。」丈夫對著走出門的兒子說，又回過頭來看著我說：「他們學校的功課相當緊張，他還被選進稱之為『指導自殺』的課程，我一直很擔心他。現在聽到他參加了這個『吃飯俱樂部』，反而放心了。」

「我怎麼總歸覺得有點不正經呢？」我還是有些擔心。大概是吃得太好了，中國人有句老話「傷筋動骨一百天」，然而一連開了兩個刀的我，一個多月就恢復原樣了。那時候兒子剛好過了期末考，距離暑期實驗還有一個空檔，於是我們決定先到耶魯住兩天，再出去旅遊一下。

到達耶魯的時候，老遠就看見兒子站在鐵門外面張頭張腦，把車子停穩到他的跟前，他跳上來就說：「我餓煞了，我們直接去餐館吧。」

「好，好，快關上門，我們開車去，我也餓煞了。」丈夫說。我說：「我發現男人沒有女人可以耐餓，時間一到，一分鐘也不肯忍，不馬上把東西吃到嘴，就好像要昏過去一樣。」

丈夫連忙說：「男人比女人辛苦，今天我連續開車三個多小時，歇都沒有歇一歇。馬兒可以跑，但總要吃吃草吧。」

兒子也說：「我一連考了四天的試，所有的營養都消耗掉啦，再不補進去，我的腦子都不會動了呢。」

「好好，總是你們有道理。那麼，我們到哪裡去吃飯呢？還是到那家耶魯最有名的披薩店好嗎？」我的話音未落，車子裡的兩個男人一起大叫：「不可以！」

那是美國最早的披薩店，創立於一八九五年。就是因為這家店，耶魯被稱為是美國披薩的發源地，許多美國總統來耶魯訪問，也都會到這家披薩店吃披薩。每逢吃飯時間，那裡就會排起長隊，弄不好還要排一、兩個小時呢。現在丈夫和兒子都已經餓得吃不消了，他們等不及排隊了。

兒子說：「我帶你們到我們『吃飯俱樂部』最常去的一家店好了，女老闆是我們的校友。」

「耶魯的畢業生開飯館？耶魯有烹調專業嗎？」我問。

「她在耶魯的時候和我同專業，畢業以後在這裡的一家小餐館打工，從廚房的打雜開始到掌勺，又從店堂裡的領位開始到領班，什麼都幹過了，現在開了一家很有特色的法式越南餐館，非常成功。」兒子想了想又小心翼翼地接下去說：「從來也沒有規定過『成功』一定要在科學、文學等領域，開餐館的一樣可以是偉大的成功者，說不定比一個科學家更有成就。」兒子說著便帶我們走到一家典雅的餐館門口，立刻就有兩個帶著領結的領位上來招呼我們。

「喲，倒是很別致，桌子底下是鵝卵石，頭頂上是綠色的叢林，有一點熱帶雨林的情趣。」我剛說完，女老闆就走出來對我兒子說：「你怎麼不打電話定位啊，都客滿了！」

「學姐，我要餓死啦！」兒子叫起來。

「好吧，我讓他們把那棵棕櫚樹搬走，加一個桌子給你們。」女老闆說著又回過頭來對我們說：「不好意思，請等一等。」

很快桌子就擺好了，菜單是女老闆親自製定的，很有創意，前菜是芒果番茄和辣椒，切得很細擺得也好看，沒有想到的是這三樣完全不搭的水果和蔬菜混搭到一起，竟然很般配。酒足飯飽以後，我們來到大街上，漫步在哥特式風格的建築群中。

兒子一邊走一邊為我們介紹周邊的餐館和特色，一會兒我發現他幾乎熟識每一家餐館，我說：「幾年大學讀下來，儂好像變成一個吃客啦?!」

「我們俱樂部幾乎每個月都有一、兩次活動，每次活動都很有意思，一邊吃一邊討論哲學、文學、藝術、新聞等等，很放鬆，比那些只會空談的俱樂部要有意思得多。」兒子說。

第二天早上，兒子請我們到他的食堂裡吃早飯，我拿起桌子上的調味品看了看說：

「有點過分了吧，這裡的番茄醬、芥末醬都標明了『有機食品』。」

「這裡的『有機』和化學裡的概念是不一樣的，這是指糧食、蔬菜、水果、乳製品、禽畜、蜂蜜、水產品、調料……根據國際有機農業生產要求和標準生產加工的，在生產加工過程中，不可以有農藥、化肥、激素、防腐劑等一類的人工合成物質，最後還要經過有機食品機構認證。」

兒子說。

「我們在中國的時候，中國人就不用農藥、化肥、激素的，我們吃慣有機食品了。」我說。

「那時候的人也不是長生不老的，而且很多東西還會長蟲、繁殖細菌，像這種番茄醬，打開以後很快就會霉變……」丈夫說。

「不過有機食品好吃一點，不相信你們嘗一嘗。」丈夫是一個很會接受新鮮事物的人，從耶魯回來以後，他就忘記自己一開始會「霉變」的理論，變成最積極推崇有機食品的人了。我提醒他不要上當，並告訴他：

「儂曉得吧？當年可口可樂為了和百事可樂競爭，推出『新可口可樂』，過了幾年搖身一變，又打出『老可口可樂回來啦』，弄得消費者跟在後面團團轉，實際是舊翻新，一樣的內容翻燒餅。一會兒有機一會兒無機，最後還是消費者吃虧。」

丈夫聽了不搭理，只是塞了一片有機黃瓜到我的嘴裡，我一吃就說：「再來一片，真的很好吃。」一看標價嚇了一跳，立刻講：「啊喲，這麼貴啊，明年我自己在院子裡自己種黃瓜，有機黃瓜。」

丈夫說：「你種出來的不叫有機黃瓜，充其量也就是綠色食品罷了，不過自己種出來的總比超市裡賣的好。」接著我們就一起規劃怎樣在院子裡開荒種地了。想起來自己也弄不懂了，當年想方設法逃避到農村去種地，現在卻不怕蟲咬太陽曬，心甘情願地面對黃土背對藍天在田地裡勞作。

這一天丈夫對我說：「我也準備參加一個『吃飯俱樂部』，這個俱樂部叫『慢餐俱樂部』。」

「又是什麼新花頭？」我問。

「這不是新花頭。八〇年代中期就開始了，是一個義大利人發起了『慢餐協會』，又在『慢餐協會』的旗下發展了『慢餐俱樂部』。他們的宗旨就是反對快餐食品，提倡傳統美食，他要通過保護美味佳餚來保護人類享受快樂的權利，他讓大家即使在最繁忙的時候，也不要忘記傳統的家鄉美食。」丈夫說著摸出一只小小的紙袋給我，我打開一看，是一枚金色的蝸牛別針。

這只蝸牛別針製作精緻，它是「慢餐」的標誌。我看了看笑著說：「儂還記得文革當中的蝸牛事件嗎？因為美國人送給一個中國代表團人手一個玻璃蝸牛的工藝品，結果全國上下義憤填膺，說是美國人譏笑中國人是蝸牛。」

「當然記得，據說為此，中國和美國的技術談判破裂，害得中國人晚了五年才看到自己的彩色電視。」丈夫說著順手把蝸牛別針帶到了衣領上。接著又說：「『慢餐俱樂部』過兩個月在紐約有活動，我們一起去。」

兩個月以後，已經是秋天時節了。這天是星期五，丈夫下了課，我們就穿戴整齊驅車直奔紐約。我們在紐約時代廣場一家昂貴的五星級酒店預訂了兩個夜晚的住宿，丈夫如此大手筆是因為我新發現網上可以拍買到星級酒店的房間，於是便興致勃勃花費了整整一個晚上，先是請教了一位拍賣老手，又做仔細研究，最後摸清其中的套路，眼明手快地以半價拍定了房間。這是我第一次參加拍賣就取得如此顯著的成就，得意至極。

丈夫說：「太好了！酒店地下室有停車場，又方便又安全，我們開車進紐約！」這還是自上次小車停在紐約路邊的停車咪表計時器旁被砸以後，我們第一次自己開車去紐約呢。

一路上，車窗外呈現出一片金秋迷人的景色，愈是往北愈是可以感受到大自然的絢麗。層層疊疊的楓樹在陽光燦爛的映照下，恍如披掛著紅色的舞裙，偶爾一片落葉，我說：「真是一葉知秋啊，有些感傷。」

「不要掃興好不好？我們馬上進城了。」丈夫說。一進紐約城，就好像進入了另外一個世界了。繁忙的人群，嘈雜的街景，我立馬把剛才的感傷統統丟到腦後，我興奮起來。丈夫停好汽車，我們從電梯裡上了大堂，穿過金碧輝煌的大堂，我們到前台辦理好住宿手續就直奔自己的房間了。

「哇，真漂亮！」我情不自禁地歡呼起來。碩大的房間裡是古色古香的擺設，高高的架子床頭，搭落著鏤花的布幔，打開厚實的窗簾，是壯觀的街景。丈夫說：「我先洗個澡，換換西裝，就去隔壁餐廳，『慢餐俱樂部』的活動就在那裡。」

我說：「現在時間好早啊，儂洗完澡先去餐廳開會，我到中國城跑一次，買一點好吃的，晚上看電視的時候可以吃。」

「隨便你，早去早回。」丈夫說著就進了浴室，我則換上旅遊鞋和休閒服，一副短打裝扮，走出了酒店的大門。

先在大門口問清地鐵的方向，我知道紐約地鐵是最便利的交通工具，乘上地鐵很快就到達了中國城。到了中國城，我就好像如魚得水一般，找到了我最喜愛的食品店。一進店門，我嗅了嗅鼻子，怎麼都是我喜歡的味道唻？

買半隻烤鴨和一包叉燒肉，又買了熏魚和醉雞，這家店的蘿蔔糕做得很好，當然也要買一盒，結了帳以後立刻穿過三條馬路，直衝上次那家「上海飯店」，記得那裡的小籠包子很好吃。等到我兩隻手都提滿了食品，才想起來，有點太重了。這還不是最棘手的問題，最棘手的是，我忘記回程的地鐵站是在哪裡了。

天色漸漸黑暗下來，我一手拎著一包吃食，站在街口開始焦急。這時候，一個中國老頭走過來說：「我聽到你在問到時代廣場的地鐵，正巧我也是要到那裡去的。你跟著我走吧。」

「好，好，太謝謝了。」我立馬活絡起來，拎起吃食，跟在這個老頭的後面，繞來繞去繞進了地鐵站，我都有些昏頭轉向了，好在有這個中國老頭帶路，不用多想，上車再說。地鐵啟動了，開得飛快，風馳電掣。似乎覺得比來路遠很多，好像已經過了二十多分鐘了，怎麼還沒有到呢？我看了看中國老頭，老頭逃避我的目光，又有些緊張地說：「快了，快了，快到了。」

我朝車窗外一看，哦！不對了，這地鐵怎麼到了地上，而且正通過一片海灣。我好像是被冷水激了一下，猛然驚醒，不得了，我這是碰到人販子了。我立刻跳將起來，地鐵剛剛到站，我就竄了出去。那個老頭緊追不放，他幾乎要抓住我的衣襟了，還在不斷地說：「還沒有到，還沒有到……」

我迅速地前後左右觀察了一下，確定這個老頭並沒有同黨，而且也不強壯，我完全可以打倒他。於是我的眼睛裡冒出了凶狠的光說：「他媽的，你以為我是這麼容易被騙的人嗎?!」

老頭被我嚇到，但是出了車站，卻把我嚇倒：這是什麼地方啊？怎麼這麼黑暗？周邊的房屋沒有一線燈光，仔細一看，所有的門窗都被木頭釘死，好像是一個被廢棄的死城。

老頭仍舊跟在我的後面，我加快了腳步，我想走到路口，起碼弄清楚我這是在哪裡。

到了路口讓我感到更加可怕，幾個窮困潦倒的白男人，正圍著一個燃燒的柏油桶取暖。當他們看到我的時候，就好像飢餓的野狼看到了獵物，陰沉沉地形成了一個半圓形，無聲地向我逼近，我驚恐地後退。這時候，我發現那個中國老頭已經逃得無影無蹤。

我斜眼搜索，就好像是從地底下冒出來的一樣，隔一條馬路的大樓底下，走出來一名警察。當即，我知道我得救了，於是別轉身體，拚了命地向著警察奔跑，跑到警察的跟前，我激動得幾乎撲倒在他的身上，給他一個大大的擁抱。

警察大概被我突如其來的出現嚇了一跳，當他弄清楚我的困境的時候，當即帶我離開了這個危險的地區。我想叫一部計程車，警察瞪大了眼睛看著我說：「我們這裡沒有計程車，你給司機雙倍的錢，司機也不敢來的。」

我愕然，只得又回到了地鐵站，臨別的時候警察特別關照我說：「在沒有弄清楚情況的時候，千萬不要走出地鐵站裡面的鐵門。」

四十多分鐘以後，我從時代廣場的地鐵站走出來。剎那間，車水馬龍，燈火輝煌。我有些迷糊，僅僅四十多分鐘的距離，卻完全是兩個世界。回到酒店裡那間豪華的房間，我甩去身上的衣物就跳進了寬大的浴房，這間浴房是四面出水的，一打開花灑，晶瑩剔透的水珠子就把我緊緊包圍。回想起剛才的窮困潦倒和眼前的繁華富貴，就好像電影一般，在我的腦子裡重疊呈現，讓我又一次清晰地領略到人世間不同的解剖面。

有意思的是，就在剛才慌手慌腳拚命逃跑的過程當中，我把一條昂貴的真絲圍巾都丟掉了，而那兩大包累贅的食品仍舊緊緊抓在手中。走出浴室，我先把那些食品一一擺到沙發前面的茶几上，這才開始梳妝打扮。

丈夫走進來說：「怎麼去了這麼久？」

「儂擔心了嗎？」我問。有人為我擔心總是一件開心的事。不料丈夫說：「那倒沒有，我聰明的老婆不會給別人騙走的。」

我聽了無言。只是穿上真絲的外套，跟在丈夫後面往餐廳走。餐廳裡面熱鬧非凡，左右兩邊是各個飯店的桌位，上面擺著自己的拿手好菜；中間是一張張的圓桌，圓桌旁邊早就坐滿了食客，還有不少人走來走去添加食物。丈夫告訴我說：「左邊是素食，右邊是肉類。」我當然是首選肉類。

通常我不喜歡羊肉，可是這一家的烤羊排實在誘人，焦黃噴香。據烤肉的主人說他們什麼調料品都沒有加，連鹽和胡椒都是擺在一邊讓食客們自己添加的。鮮美的關鍵：這是紐西蘭小羊排。我咬了一口有些不相信，因為我也買過紐西蘭真空包裝的小羊排，完全不是這樣的味道。

大廚笑著告訴我，這些小羊排是從紐西蘭屠宰場直接空運來這裡，剛剛從樓下的食品通道裡搬上來的，新鮮不說，而且在整個的運輸過程當中，保持攝氏零下一度（正負溫差限制在攝氏〇・五度）。再加上小火慢烤，羊肉本身的鮮香味統統封死在肉的本身，一點也沒有流失。

「怪不得，我可是要多吃一塊啦！」丈夫站在我的旁邊說。我也順便多拿了兩塊。下一張桌位是海鮮，上面有各種各樣的生蠔，我從小就喜歡好婆家裡的寧波小菜，一向對這些生吃的海鮮情有獨鍾，於是站在那裡恨不得把所有的生蠔吃個遍。不同的只是這裡的調料和好婆家的不同，我嘗試了芥末和檸檬，都是我喜歡的。這時候，帶著高帽子的大師傅推薦了一道Uni，那是在桌面當中，一個透明的玻璃缸裡盛放著小刺蝟般的活物，仔細一看，那一個個小刺蝟背後的長刺都在來回搖動。丈夫立刻說：「你在這裡吃，我到下一個桌子上去吃德國豬手了。」

大師傅笑了，我說：「我不怕，可以嘗嘗。」於是大師傅伸手就從玻璃缸當中拎出一個小刺蝟，用一只像夾子一樣的工具，一下子從頂部插了進去，然後用力一夾，就把這隻小刺蝟打開了。接著拿出一柄小勺子，把裡面桔黃色的肉挖出來，放在冰水裡洗了洗。我一看樂了，這不是海膽嗎？

以前吃的海膽都是已經處理好才端到餐桌上來的，這還是第一次看到處理海膽的全過程。活殺的海膽比冰凍的海膽好吃一百倍，及其奶油，我連忙讓丈夫過來嘗一嘗。

接下去，我又選擇了德國豬手，吃完德國豬手以後，我幾乎吃飽了，端了個空盤子找到坐在圓桌旁邊的丈夫。他正在切一塊牛排，看見我便說：「快來嘗嘗，這是最好的夏多布里昂牛排，很好吃。」

我說：「無論是夏多布里昂還是冬多布里昂，我都吃不動了。我要坐下來歇一歇。」

丈夫說：「你這個人總是這樣的，餓的時候猛吃，三道菜下肚就飽到喉嚨口，慢一點好不好？這是慢餐俱樂部，就是提倡一個『慢』字。去拿一點水果蔬菜或者義大利的冰淇淋，坐到這裡來慢慢吃。」

結果冰淇淋好吃至極，我又迅速地吞嚥下去一大碗。我對丈夫說：「我真的不行了，要到房間裡休息一下，不然的話，坐在這裡就想吃，一直這麼吃下去非要吃出毛病來了。」

「去吧，去吧，一會兒再過來，不要忘記在門口拿一個塑料手鍊，表明你已經付過餐費了。」丈夫說。

我揮了揮手，顯露出手腕上的塑料手鍊說：「老早就帶好啦。」說著我便離開了餐廳。

回到房間，打開房門，一股油汲汲的中國餐館的味道撲鼻而來。一想，這不是我剛剛歷經風險帶回來的吃食嗎？立刻摸出一罐空氣清新劑上下噴了噴，這才坐到沙發上。突然聽到丹丹在Skype裡叫我，打開電腦視頻，看見她正坐在廚房的早餐桌旁在吃消夜，那是一大碗紅棗桂圓白木耳湯。

我把茶几上的食品小菜一一捧給她看，又順手拈起一塊熏魚放在嘴巴裡。丹丹看到我手背上有刮傷的痕跡，便問：「這是什麼？」

我一看，才想起來，剛才逃跑的過程中不知道在哪裡刮了一下。於是一五一十地講述了一遍自己的歷險記。丹丹聽得目瞪口呆，停了一歇又哈哈大笑地說：「老早對你講過這句話：世界上壞人很多，你這麼容易上當受騙，總有一天被人家賣到非洲去，想不到真的兌現了。不得了，我明年要到非洲去旅遊，差一點在那裡看到一個壓寨夫人就是你啊。」

「人販子把我賣出去當一個壓寨夫人還算是福氣了，多數是當奴隸，那就慘了。」我的話音未落，不知道什麼時候站在門口的丈夫跑到我的跟前說：「為什麼不告訴我，怎麼會發生這種事？」

丹丹在視頻的那一頭說：「不要激動，事情已經過去了，應該開心才好。早幾年看到報上有篇報導，說的是上海有個女大學生，被一個從來沒有讀過書的鄉下姑娘騙到窮鄉僻壤，賣給那裡的老農民當老婆，簡直是笑話；不料在美國，堂堂一個教授夫人，差一點被一個跳船的非法移民賣到非洲去，也算是報紙上的重大新聞哦！幸虧沒有發生，這是不幸當中的大幸，我們應該慶祝一下。」

「是應該慶祝一下！」丈夫走過來撕下一隻鴨腿咬了一口說。

「不得了，像你們這樣吃下去，把人家非洲兒童一年的食品都吃掉啦，怪不得要把你賣到非洲去呢！」丹丹說著，我們一起大笑起來。

最難下嚥的午餐

大家正笑著，我手上的一塊包滿醬汁的叉燒肉掉到了電腦的鍵盤上，連忙用紙擦了擦，還好電腦沒有壞，只是Enter鍵有一點「澀」。想起來過去在公司裡上班的時候經常發生這種事情，都是一位電腦技術員幫助解決的，於是決定找出這個技術員的網址，打封電信諮詢一下。

很久沒有和那些老同事聯繫了，自從公司倒閉以後，樹倒猢猻散，原本天天見面的男男女女很快就變成了陌生人。還好我是一個懶人，好幾年的電信都沒有清理掉，用搜索的方法，一下子就把那個技術員的網址找了出來。喲，這裡還有一封從來沒有打開過的電信，那時候我的情緒不好，常常好幾天不去查看電信。要是一個新的工作機會，那就耽誤了呢。

我一邊想著，一邊用力按下Enter鍵，沒反應，再按一下，還是沒反應，我有些不耐煩了，狠狠地一連串地按了下去，電信打開了，我楞住了……

這是一封只有兩行字的電信，上面寫著：「阿爸不行了，醫生已經通知他沒有幾天了，這個週末下午三點鐘，他在市中心的老兵醫院等待我們，這是他最後的請求。希望你一定抽空前往……」

再看左上角上的日期，那已經是一年以前的事了。一年以前一個週末的下午，阿爸一個人躺在市中心的老兵醫院的病床上，等待著我們，這是他最後的請求，可是我沒去，留下了永遠也無法彌補的愧疚。

第二天上午，丈夫和幾個朋友到紐約大都會看展覽去了，我說我要靜一靜，於是留在酒店裡。我一個人坐在寬大的沙發上，呆望著碩大的窗戶，淅淅瀝瀝的秋雨正飄打在玻璃上。我想起來第一次看到阿爸也是一個秋天的雨日，我夾著一張剛剛拿到的文憑，到市中心的這家建築設計公司去面試。老城多數是單行道，我因為不熟悉地形，當我開著小車轉來轉去總算找到公司的大樓的時候，已經比約定的時間遲到了二十多分鐘。我相信這次面試已經泡湯，只是因為禮貌，才硬著頭皮走進電梯。電梯上到八樓，一個滿頭銀髮的猶太老頭已經等在電梯外了，這就是這家公司的老闆——阿爸。

阿爸見了我就說：「你真不錯，我第一次來這個地方的時候晚了一個多小時。」他的一句話就把我緊張的心情一掃而光。當他和我交談了四十分鐘以後，突然問我：

「什麼時候可以來上班。」

我一驚，在沒有準備的情況下回答：「任何時候。」不料阿爸立刻笑起來說：「好，那就從現在開始吧。」

這以後，我便在阿爸的旗下一口氣工作了十年。那時候的公司規模不大，一共只有三四十個人，多數是男性工程師。但是辦公室倒是碩大的一間，又被預製板分割成一個個小方塊，好像每個人都有一個隱私的空間。事實上這種辦公室最不隱私了，第一個房間放一個屁，最後一間都可以聞到。

有一天午休時間，阿爸看見我一個人坐在電腦前面放空就說：「到外面去走一走啊，一拐彎就是那口著名的獨立鐘，旁邊的綠地裡有舒適的長椅，你可以坐在那裡看看野景。你的同事們多數在那裡休息。」

我開玩笑地說：「同事們在那裡休息是因為想看看女人，我去看什麼呢？辦公室裡有足夠的男人，我看都看不過來了呢。」

阿爸大笑，幾個星期以後，我發現辦公室多出一個新來的女同事，這個女同事叫「李」，李的年齡比我大很多，是一個單身的老處女。第一天她就對我說：「我是一個老師，長期從事教育工作，比較有經驗。」

我說：「請多多指教。」從那以後李就真的擔當起指教我的角色啦。我發現美國人都很有主人翁的精神，一旦有機會，就會擺出一副比你高一等的樣子，教育教育你。反正我比她年輕，也就隨她去了。

這天李吩咐我到打印房裡換紙，那是要把幾十磅重的一捲打印紙搬到一米多寬一米多高的機器裡，阿爸正巧看到了，立刻跑過來幫我。我有些不好意思，阿爸說：

「我有一個女兒，和你一般大，看到你，我就想到自己的女兒了。」從這天開始我叫他阿爸。大家都跟著叫，他也很高興地答應了。

阿爸那天還對我說：「不要對李不開心，她是一個很可憐的女人，沒有家庭沒有親人，常常連一頓正正規規的飯也吃不上。大家在一起工作，休息的時候多和她講講話。」一個老闆能夠如此關心員工，在美國也是少見的。

有一天我發現，李的中午飯竟然是中國城裡最便宜的韓國袋裝速食麵，她用一塊海邊揀來的石頭把速食麵砸碎，塞進一只小塑料杯，到廚房的咖啡機裡加一點熱水就算是一頓飯了。我原本想對她說，速食麵裡的防腐劑和高鹽對身體不好，可是她翻著眼皮對我說：「我不喜歡油水，這樣比較健康。我看你也可以試試。」

第二天我帶了幾個自製的包子給李，包子是豬肉餡的，油水很大。我看到李一拿到手，一下子就吃了三四個，我心裡有些為她難過。在美國，如果沒有家庭沒有親人，最後的結局就會這麼悽慘。

這一天，李正在一個接著一個啃肉包子的時候，美國發生了九一一自殺式恐怖襲擊事件，同事們都停下了手上的工作，盯著電腦裡的新聞視頻，這次事件好像是自珍珠港事件以後，美國本土第二次遭受來自空中的襲擊，當時大家都不能相信視頻裡的事實，一時慌了手腳，不知道明天會發生什麼事情。

阿爸帶著嚴肅的表情走到辦公室的當中，他站到一個高凳上對大家說：「大家停止工作，把電腦關好，自己的東西收拾好，然後回去，和你的家人待在一起。上帝保佑美國！」

大家紛紛把電腦關上了，然後迅速離開了辦公室。一會兒，嘈雜的辦公室變得悄然無聲。李這時候才把腦袋從肉包子裡抬起來，一臉天真地問阿爸：「今天有沒有工資？」

阿爸想了想說：「如果還有明天的話，當然有工資。」一聽到這句話，李跳將起來，拍了拍手上的包子屑，轉眼就不見了。

我幫阿爸關好電燈，鎖好大門，一起走出了辦公大樓。大街上熙熙攘攘的人群不斷地擠來擠去，食品店門口排起了長龍，阿爸看了看說：「你看，我們這些美國人，一旦災難發生，第一件事就去搶購麵粉、牛奶和雞蛋。好像在世界的末日裡，只要有這三樣東西就安全了。」

我說：「很有道理，有了這三樣東西就有飯吃了，餓不死啦。你要不要也去買一點？」

阿爸說：「我的太太大概已經把鎮上的食品店都搬回家了呢，每次自然災害她都會第一個奔出去搶購，我就不用操心了，倒是你可以帶一點回去。」

我說：「我們家的冰箱和食品櫃，無論有沒有災難都會填得撲撲滿，每次想到家裡有這麼多的吃食，就有一種說不出的安心。」

阿爸說：「那就趕快回去，和你的家人在一起好好吃飯。」我說：「謝謝，我要去趕地鐵了，明天見。」

「希望明天見。」阿爸朝著我揮了揮手又說：「這次美國是遭大難了，假如國家需要的話，我明天就會去上戰場的，我是一個參加過韓戰的老兵。」

我想說：「阿爸，你有一點過分了，等到國家需要你這個白髮蒼蒼的老頭子上戰場的時候，國家大概也差不多滅了。」但是看著阿爸一臉悲壯的樣子，我把我要說的話又嚥了回去，只是輕輕地說了一句：「好好保重。」

在我們這個公司裡，凡是上了一點年紀的又坐在緊要位置上的人，不是打過韓戰就是打過越戰的老兵，有的甚至還是從一條戰壕裡爬出來的，因此這裡會有一種特殊的融融樂樂的家庭氣氛。

我們的公司沒有食堂，但是有一個碩大的廚房，到了吃飯的時候，大家就坐在廚房的餐桌旁一起吃午飯。總統大選期間，廚房間就更加熱鬧了。那些美國同事們為了堅持自己的觀點，常常爭執得面紅耳赤，好像這是一件很重要的事情。想起來當年在中國，我也參加過選舉的投票，那是等額選舉，我以為有些滑稽，一個個排著隊，舉著一張同樣的選票走一個形式，於是說：「選不選都是一樣的，最後結果也不是按照小老百姓的投票來決定的……」

不料，我的話語簡直就是引火自焚，話音未落就遭到大家的群起而攻之，特別是當他們發現我還不知道要投誰的票的時候，立刻對我展開了另一番攻勢。這天下午，我的小方格子裡一分鐘也沒有安靜過，一會兒是為共和黨拉票的，一會兒是為民主黨拉票的。他們倒不是強迫性的，只是沒完沒了的遊說，一直把我弄到要崩潰的地步。

在那個大選的非常時期，辦公室裡的同事們，無論平時關係多麼好，甚至是當年情同手足生死共存亡的戰友，此時此刻只要不是一個黨派的，就會一直爭吵到面紅耳赤。有意思的是我們的祕書和她的丈夫，也就是那個電腦技術員，竟然是對立派的，在廚房裡你一句我一句爭執的聲音，比任何人都響。這怎麼有一點像當年的文化大革命裡的兩派鬥爭？

離投票的日子愈來愈近了，公司裡一個最不起眼的小職員還去義務勞動，上街助選。我中午出去買飯的時候，看到他正大汗淋漓地在演講中心維持秩序，我問他：

「哎，什麼人讓你這麼做的？老闆發給你工資嗎？」

「什麼？這是我的義務啊！一個公民履行義務還要什麼工資？」他很自豪地揮動了一下手裡的小旗子，儼然一副很有權利的指揮官的一樣。我心裡想：什麼稀奇，充其量不過像上海馬路上的退休老伯伯，叫大家穿穿橫道線罷了。再一想這也是美國人心裡平衡自我調節的方式，一個平時在辦公室裡的底層工作人員，終日唯唯諾諾任人差使，終於發現了一個機會，可以堂而皇之地在公眾的眼目當中指揮別人，實在是有錢也買不到的——壓抑的宣洩！更何況許多參加義務勞動的義工們來自社會的各個地方，不同的層次，無論職位的高低，錢財的多少，到了義務勞動的隊伍裡，他們都變成了平起平坐的「義工」。

我看見我們辦公室裡的小職員拍了拍他的義工同黨的肩膀，這個義工同黨是我們隔壁一家大公司的老闆，他們就好像是難兄難弟一樣站在街口交談。這種感覺真好，下次我也要爭取去當一名義工！

終於——投票的日子到了，這天早上我發現，那些平時邋裡邋遢不修邊幅的同事們突然整潔起來，好像過節一般，一個個西裝革履的樣子。

我捧著自己的茶杯到廚房裡泡茶，看見桌子上擺著一份當日的報紙，頭版頭條有關競選消息的大標題下面，有兩幅兩個競選人的大幅照片。不知道什麼人竟然在民主黨的候選人臉上畫了個大叉，下面寫了一句罵人的話，我想一定是那些小青年的作為。這時候阿爸走進來，一看就來火了，他二話不說，從口袋裡摸出一枝墨水筆，狠狠地在共和黨候選人的臉上也畫了一個大叉，用力過度，還把報紙戳了兩個洞。看看不解氣，效仿前者，加上一句更加惡毒的罵人話。

阿爸在做完這些以後滿意地笑了，他隨即問我有沒有去投票，說話的時候還有意無意地點了點民主黨候選人的照片，我為了少惹是非立刻說：「去了，去了。」阿爸也沒有問我選的是誰，大概想當然和他一樣，所以讚許地說：「好，好。」就回他自己的辦公室了。

九一一以後，美國經濟急劇衰退，公司開始大幅度地裁減人員。我們的公司原本已經發展到近百人了，這下子又縮了回去，甚至比我剛進去的時候縮得更加小，大家憂心忡忡。這一天午飯之前，阿爸走到我的背後，我渾身汗毛都豎立起來了，我想這下子要輪到我了。

阿爸苦笑了一下對我說：「放心，還沒有輪到你，哪天輪到你了，也就是輪到我了。我來找你是因為知道你常常出去買午餐，希望有可能的話，去K百貨買，他們好像要破產了。」

「K百貨是你家親戚開的嗎？」我問。

「那倒不是，只是這家具有一百多年歷史的廉價百貨商店，就好像是美國的經濟發展的象徵，它和我們一起長大，真不希望看到K百貨破產。我知道個人的力量是微不足道的，可是起碼讓大家知道，這是美國人的願望。」阿爸說。

「可是我們家附近沒有K百貨，我都不知道哪裡有啊。」我尋找理由推託。

「我知道，這裡附近就有一家，如果可以的話我再約一些同事，一起去吃午飯。」阿爸起勁起來。

「好吧。」我有一點勉強，心想自己的公司都泥菩薩過河自身難保了，還要去幫助別人，這就是天真的美國老百姓啊。

我原本並不知道K百貨還有賣午餐，不料我們這一群人剛到了那裡，就看到已經有人排起了長隊，走到近處阿爸不斷地和他的熟人打招呼：「嗨，你離開這裡那麼遠也來啦？」

「看到報上的消息就專門趕到這裡來吃午飯了，你呢？」

「記得我們讀書的時候常常來的，以後一定要多來。」只要看到這些老頭子一個個筆筆挺的樣子，就可以知道他們多數是阿爸的戰友，現在都是相當有身分的了，我不得不被他們的精神感動。可是K百貨的午餐實在不敢恭維。我要了一份美式雞胸脯，結果又貴又沒有味道，那塊雞肉簡直就是一塊柴爿；第二天的午飯，我要了一片披薩，那硬邦邦的麵餅差一點把我的牙齒別斷。

到了第三天，我勉勉強強地跟在阿爸及同事們後面，剛剛走出辦公室，就聞到隔壁一幢很現代化的大樓裡飄出來陣陣香氣，一定是牛肉湯。我問：「這是什麼地方啊？看上去很高級，我們為什麼不搬到這裡面去呢？這樣就可以天天有熱呼呼的牛肉湯啦！」

阿爸連忙說：「這裡面是不能去的，進去了就出不來啦，那是監獄，模範監獄。」我大吃一驚說：「什麼？監獄吃得這麼好？」

「最近發生了一件很特別的事情，你可以到網上去看看。」阿爸說。

這天我買了兩支熱狗，對著大家說了聲：「嗨，你們慢用，我先回辦公室啦。」一就一個人回到我的小方格子裡了。我一邊上網，一邊啃著那根橡皮一樣的熱狗，一下子就查看到了有關監獄的新聞。原來是一家中餐館老闆和檢查違章停車的工作人員打架，結果被罰到裡面去燒飯啦。

這家中餐館已經不能算是中餐館了，它的菜餚都是法式的，加上洋派的布置和精美的餐具，早就被認為是這裡最佳餐館之一，甚至還選定為「廚師的菜譜」活動的定點餐館。

「廚師的菜譜」是美國東部一些城市一年一度最熱鬧的餐飲活動，都是由最成功的、已經著書立傳的廚師，親自議定菜單並主廚。要想品嘗他們的手藝，那是要老早就預定座位的，有一次我們定晚了，竟然把我們安排到晚上十點以後才能用餐。那天儘管我們在前廳裡等得飢腸轆轆，但是一坐到餐桌上，一道道精緻的小菜端上來，立刻把剛才的怨氣全部丟到了腦後，回想起來那裡的美味，仍舊口齒留香。

現在這個老闆兼主廚因為打架，把一個墨西哥女人打得流產，於是被罰到隔壁的監獄裡煮兩個月的飯，難怪每到吃飯時間，隔壁就會飄過來陣陣芳香。我在網上一看這條消息就饞得恨不得立刻拋棄K百貨的午餐，而是到隔壁監獄裡去吃飯了。這天下午，我看到阿爸在辦公室裡喝牛肉湯，不敢問他是不是隔壁端過來的。

美國的經濟愈來愈糟糕。阿爸的臉上就好像刮了一層漿糊一樣。平時不要說和他一起出去吃飯，就是面對面地看到他，也最好躲開。因為不知道可以和他說什麼。

這天早上，我去中國城尋找裝修隊，聯繫安裝抽油煙機的事宜，早了十幾分鐘到達辦公室。

推開大門一看，阿爸已經站在門廳裡了，只見他心事重重面對著一張張巨幅的工程圖照片。聽到我開門的聲音，他轉過身體毫無表情地對著我點了點頭，然後就離開了。

後來我把這件事告訴了我的朋友會計小姐，會計小姐偷偷告訴我說：「我們的公司已經好幾個月沒有進賬了，但是幾十個人的工資、日常開銷卻是天天要出去的，阿爸壓力非常大，他的壓力一大就站在這裡看照片，據說這些照片都是公司創業的時候留下來的。」

「上半年我們不是完成了好幾個工程嗎？」我問。會計小姐看看周圍沒有人，放低了聲音又說：「阿爸被他的韓戰戰友騙啦！」

「怎麼會？」我吃驚地問。

「阿爸韓戰戰友的公司一直是我們的合作夥伴，去年我們幾乎全部都綁在一起完成了好幾個大的工程，可是今年收錢的時候那個戰友攜鉅款而逃，好像是逃出國到古巴去了呢。」會計小姐說。

「啊喲，我們的公司不就要死了嗎？」我問。

「是啊，本來還接到好幾個大工程，後來因為經濟蕭條，都一一撤銷了，阿爸不得不動用了大家的共同基金……」說到這兒，會計小姐突然意識到自己說漏了嘴，立刻把食指豎嘴唇的中間，示意我不可外傳。我倒是嚇了一大跳，這好像是違法的呢！

公司倒閉前的幾個月，簡直就是度日如年。這一天阿爸從K百貨訂購了一大堆的食品，有沙拉、火腿、火雞、甜品和一大堆的啤酒，放在廚房的餐桌上，大家心裡發毛，也不敢多問，只是一個個捧了個紙盤子，排著隊到餐桌上拿食物。阿爸站在餐桌旁，不斷地對大家說：「多拿一點啊！」

大家拿好食物便離開了廚房，回到自己的小方格子裡去了。阿爸看著桌上一大堆剩餘的食物觸目傷懷地說：「真是今非昔比，當年公司興旺的時候，再多的食物也都會一掃而光，現在只動了三分之一還不到。只要看看大家的吃飯，就可以知道一個公司的狀況了。」

接著阿爸歎了口氣又說：「這個公司還是我的老岳父創辦的，那還是在二戰結束以後，我剛剛從大學畢業。老岳父和我還有我的妻子，就在汽車間裡開始了這家公司，那時候的條件真是艱苦，後來經過種種艱難困苦，終於一步步熬了過來。還記得老岳父臨終的時候，親手把他一生當中最寶貴的兩件東西交到我的手裡，一件是這家公司，另一件就是他的獨生女兒。他要我保證一輩子看護好這兩件東西，結果我都沒有看護好，我的妻子十年前因病去世了，這家公司也要倒閉在我的手裡……」

這是阿爸第一次當著員工的面說出了「倒閉」二字，在場者不由面面相覷，無不深感痛心。這實在是一頓最難下嚥的午餐。這天下午，大批員工下崗，我的名字也在其中，阿爸在讀到我的名字的時候，簡直不敢直視我的眼睛，他痛苦萬分的樣子，讓我不得不反過來安慰他。他終於走到我的面前說：「權當休息三個月，三個月以後我一定要把你要回來，相信我！」

三個月以後，阿爸給我寫了三個字：「我無能……」我知道這天阿爸也被專門處理倒閉公司的官員宣布了「下崗」，公司倒閉了。聽說阿爸離開的時候是空著手走的，他的女兒在第二天過來把那些原本掛在門廳裡，後來丟棄在地板上的照片撿了起來，搬回家裡……；又聽說阿爸最後把自己的積蓄統統賠了出來。填補共同基金的虧損……。

很久以後有一天，丈夫早上醒來拉開窗簾，看著花園裡面對臥房的一棵大樹說：

「我要請人過來把這棵樹拔了。」

「這麼大的一棵樹，兩個人都抱不攏，要花大價錢的。」我說。

「我不管，我每天早上起床，第一眼就看到它，就不舒服，我是一定要拔掉它的。」丈夫說著就爬起來打電話尋找綠化公司。最後確定了一家最便宜的綠化公司，價錢要比別家便宜了一半多。第二天早上，我還沒有起床，他們就來了。我從樓上往下看，哦喲，怎麼都是這樣年輕的啦？好像比我的兒子還小。我有些心疼，於是下樓搬些可口可樂之類的易開罐出來，又起了個油鍋，炸了幾個薯條餅，拿出去給他們當早餐。

我把薯條餅分發到這些孩子的手裡時說：「這是我最喜歡的美式早餐，因為它很像中國上海的一種早點叫——」

我的話還沒有說完，其中一個瘦小的黃頭髮男孩接下去說：「粢飯。」我驚乍了一下，一看，喲，這不是阿爸女兒的小兒子嗎？當年他曾經到我們辦公室來過，那天我正把自製的上海早點粢飯放在廚房的餐桌上，讓大家分享，這個老闆的外孫也來品嘗。只是他不認識我，我認識他罷了。

這一天阿爸的外孫和他的夥伴們，在我家院子裡工作了一整天，累得像一條條斷了脊梁骨的癩皮狗一樣，終於把那棵幾丈高的大樹拔走了。現在算起來，阿爸的外孫淪為苦力工人的時候，阿爸已經在市中心的老兵醫院，乾等了我一個下午，最後離世了……

結束

「慢餐俱樂部」的美食，讓我嘗到了吃飯裡的美食文化和另一種人生哲學；阿爸一年多以前的邀請，卻好像那根狗骨頭，一下子又卡到了我的胸口。從紐約回到家裡，好不容易迷迷糊糊地進入夢鄉。深更半夜電話鈴遽然狂響，我一下子坐了起來，心裡怦怦亂跳，好像預感到不祥，赤著腳站到羊毛地毯上，看著那只不屈不撓不肯停頓下來的電話座機渾身發抖。

丈夫起床，拎起電話，一分鐘以後他看著我說：「馬上訂購機票，媽媽在等你……。」

幾個小時以後，我登上了聯航的班機。我奔跑，拚了命地奔跑。從美國跑到中國，跑到上海，跑到淮海中路，跑進那條魂牽夢縈的大弄堂，上氣不接下氣地撲上那扇陳舊到了發黑的小門，大聲呼叫：「媽媽，我回來了！」

想起來童年往事，多少次都是我站在這扇小門前，等待著上班的母親回家，被批鬥的母親回家，出差的母親回家。無論在任何艱難困苦的情況下，母親總是想方設法在她回家的時候，從她的包包裡摸出一點吃食。有時候是老大昌的小蛋糕，有時候是食堂裡的肉包子，實在沒有東西了，她也會給我一粒別人塞給她的水果糖。

母親就好像一隻每天出去覓食的小鳥，辛苦勞作。年復一年，母親一天天萎縮，我一天天長大……

想到這裡，我不由趴在小門上大哭起來。這時候小門打開了，出來開門的是新來的保母，我問保母：「媽媽呢？」

「媽媽在等你。」保母說。我問樂樂：「媽媽呢？」

「媽媽在等你。」樂樂說。我問姊姊：「媽媽呢？」

「媽媽在等你。」姊姊說。

我衝進臥室，一把抱住母親大叫：「媽媽，我回來了！我給儂帶美國的牛腱子來了！」說著我便從我的行李箱裡拎出碩大一盒牛腱子，摸一摸還是冰凍的，那是離開美國的時候，我從家裡的冰凍箱裡拖出來的。還記得好幾次告訴母親，美國的牛腱子如何鮮美筋道，母親說她沒有嘗過，可是以後每次回來都忘記了這件事。

姊姊一邊流淚一邊燉煮牛腱子，她告訴我母親在最後的日子裡胃口大開，拚了命地吃飯。常常剛剛吃過午飯就要吃晚飯，於是姊姊就指指牆上的掛鐘對她說：「時間還沒有到。」

母親說：「掛鐘壞掉了。我餓了。我要吃飯了。」「我要吃飯了。」這是母親在清醒的時候說的最後的話。

姊姊又說：「媽媽好像在那段時日裡，把一生當中所有欠吃的東西都吃了一遍，其中有逃荒時期的、抗戰時期的、三年自然災害時期的、文革時期的……。她吃了自己碗裡的，家人碗裡的，甚至客人碗裡的食物。」

樂樂說：「專門雇用了一個鐘點工，騎著自行車全上海地搜索，搜索那些儂媽媽點著名要的食品。儘管買來的東西常常牛頭不對馬嘴，但是她倒也吃得津津有味。」

大家都說母親是幸福的，想吃什麼就有什麼，可我心裡知道，她就是沒有吃到早就渴望的美國牛腱子。我把牛腱子湯端到母親的嘴邊，把臉緊緊貼在母親漸漸變得冰冷的臉頰上，輕輕呼喊：「媽媽，我回來了。」母親沒有聲響，她的眼珠子在眼皮底下深愛地注視著我，似乎因為終於等回了不歸的女兒，她鬆了口氣，喝了一口遲到的牛腱子湯，安心地進入她吃飯的夢鄉。天塌下來了，地陷下去了，母親走了。

母親穿戴整齊地平躺在她生前躺了大半輩子的床上，這是她自己的意願：「我要在我自己的床上離開，不要醫院，不要搶救。只要安安靜靜地吃飽了上路。」

母親走了，被老太公附身的姊夫，兩隻手捧進來一個巨大的瓦盆，振振有詞地走到母親穿著一雙大紅鞋子的腳後，一轉眼，瓦盆已經坐穩在母親的腳底板下面了，兩根送行的紅燭高高豎起，兩粒燭火照亮了瓦盆裡褐色的泥土。

母親，踏著她這一輩子踏熟了的土，走上了不歸的路。敞開的窗戶外面是夜間凜冽的風，老太公面孔鐵青，筆筆挺地守護在母親的腳邊。我不自覺地閉上了眼睛，漸漸地，我的呼吸變得平穩起來，深沉又勻長。突然，在我的眉心裡颼颼竄出一股冷氣，速即看見母親的腳，正邁出去了第一步。我隨之大叫，沒有聲音，只是母親的腳腕顫抖了一下。燭火在原地踟躕，可是母親沒有停止，仍舊一步一步向著另外一個世界行走。

燭火在跳動，母親朝著前面走。這條路好像特別漫長，周圍一片蒼涼，母親一個人固執地踏著乾枯的泥土執著地走。她走得很快，似乎放下了人世間的一切恩怨，無牽無掛地甩著手向前。想起來這也是她一貫的行為：一旦做出決定就不會患得患失，立刻獨立果斷地堅持著自己的意願。

大半個黑夜過去了，我渾身冰凍得僵硬起來，突然看到母親的腳步變得歡快，瓦盆的另一邊竟然莫名其妙地跳出了另外的兩粒火苗，我看得驚呆了，大叫：「媽媽！媽媽！好婆和小孃孃來接儂了。」母親跳躍起來，臉上呈現出來了微笑，她加快速度地向著對方撲過去。終於她們擁抱到了一起，燭火一下熄滅了。老太公變回了姊夫，他吐出一口氣說：「媽媽走到了……」

我霎時癱軟到了地上。趴在母親昨天還乘坐的輪椅上，感覺著她身體上的餘溫。輕輕撫摸著床上雪白的被單，被單底下是母親僵直的身體，我不能相信，一床被單就可以把我和母親分割成兩個世界。偷偷掀開母親臉上的手帕，我看見她的嘴角呈現出一絲平安的微笑，就好像她剛剛撲到好婆和小孃孃身邊的時候一模一樣。

母親頭七的那天清晨，姊夫又變回了老太公，他閉著嘴巴對我吩咐：「因為我們家裡情況特殊，子女兒孫多在遠方，所以做七的排列有所不同：頭七東東做，二七哥哥做，三七姊姊做，四七樂樂做，五七孫子做，六七外孫做，七七大家做。」

我說了一聲「好」，就提著一個竹藤結構的八角灶籃出去採購了。灶籃有三層，每一層可以放一個大盤子或者兩三個小盤子，上面有一個蓋子，大紅顏色。現在的大街上已經沒有人會提這種笨重的灶籃了，這只灶籃還是好婆家裡留下來的呢，要用兩隻手才能合抱起來。過去逢年過節的時候，好婆就會讓她的保母阿莘提著這個灶籃過來，裡面是糕點小菜。現在我提在手裡去為母親採購頭七的食品，我是想讓母親老遠就認得這是她的小菜。

我提著灶籃直奔淮海路，我記得在襄陽路不到的地方有一家叫茂豐的水果店，有一年水果店的門口出售堂吃新疆哈密瓜，那瓜甜到了讓人愛不釋手。我的母親，一個上海小姐，顧不上臉面，當街就啃了起來，她啃了一塊又一塊，還邀請我的朋友一起啃。可惜這個水果店沒有了，明明記得是在汾陽路和襄陽路之間，我在這兩條小小的馬路當中走了一大圈，就是找不到這家水果店，代替這家水果店的是一幢冰冷的摩天大樓。

我還記得陝西路過去一點有一家叫江南的包子店，那裡的麵食做得極其精道。可惜這家店也找不到了。小時候和母親坐在那裡吃生煎包子，鄰桌上的一對男女竟然把肉吃掉了，包子皮堆在旁邊像小山一樣準備丟棄。母親站立起來走過去說：「這樣的吃相太難看了，沒有人教育你們我來教育你們，記住，頭頂三尺有神明，浪費這麼多的糧食，總有一天會得到報應的。」

看樣子在淮海路上再也找不到過去的味道了，還是找到那個專門為母親尋找吃食的鐘點工，她在手機裡告訴我：「去雲南路，你媽媽喜歡的東西都在雲南路。」

「雲南路啊？那條每天早上家家戶戶都要出來倒木頭馬桶的地方？」我問。

「什麼時候的老黃曆啦？你去看看就知道現在是怎麼一個樣子了。」鐘點工說，言外之意是：「你怎麼比我這個從鄉下出來的鄉下人還要鄉下人啊！」無奈，只好抱著灶籃，叫了一部出租車，直奔雲南路。

到了雲南路才發現，這裡和老早的雲南路完全不是一回事了，乾乾淨淨一條步行街，兩面一家挨著一家的吃食店。抬頭望去，好像當年大馬路上的各種老字號特色小吃，都被趕到這裡來啦，其中還擠進了幾家不倫不類的快餐店。

據說雲南路是從九〇年代初期才開始變成這樣的，隨著大上海的不斷現代化，那些趾高氣揚的新式餐飲，特別是帶著外國面孔的新式餐飲得寸進尺，最終把黃面孔的傳統飲食掃地出門到了這條倒馬桶的雲南路上了。

我馬上就在這條雲南路上找到年糕排骨、白斬雞、醬鴨、粽子，雞鴨魚肉，蹄膀火腿等等，一下子就把我的灶籃塞滿。抬頭看見一家曾經和母親經常光顧的西餐館，怎麼也搬到這裡來了？坐進去要了一份湯，端出來的時候有一點冷，用一把鋁製的小勺舀到嘴裡，清湯寡水，我感到有些失望。

提起了沉重的灶籃，我回到大街上，轉了幾個彎，來到了繁華的南京路。記起來，在我結婚的前一天，母親和我就在前面的大光明電影院看了一場印度電影，一支沒完沒了的愛情歌曲唱得觀眾們紛紛逃跑。只有母親和我堅持到了最後，走出電影院，母親讓我先回家，她說她要一個人走一走。我知道她當時的心情是複雜的，後來她在給友人信中寫道：「這是第二次分娩的痛，第一次是女兒離開我的身體，第二次是女兒離開我的生活。」

我知道那天母親一個人在南京路上走了很久，後來又走回淮海路。我現在就站在母親走過的地方，這是母親走了一輩子的大馬路，這些大馬路上的每一粒小石子都有母親的腳印。我踏在母親的腳印上，我不知道要到哪裡去。

抬起頭來，只看到頭頂上的天空，被水泥的建築物切割成了碎片，冰冰冷地窒息在那裡。我感到非常沉重，沉重到了自己也好像變成了水泥。我邁不開腳步，我流不出眼淚，我真害怕自己流出的眼淚也是水泥。

堅硬的水泥，牽引著無意識的我在母親的腳印上走動，一步又一步，我已經記不得自己走了多久，我的腳開始僵直，手臂發麻，我好像感覺不到自己的存在，這時候我突然發現，冥冥當中的母親，已經把我帶到了長樂路三十四弄的大門口。這是我母親的娘家——好婆家，母親就是從這裡走出來。

我提著好婆的灶籃，站在好婆的弄堂口，兩隻腳就好像被捆綁住了一樣，糾結在那裡不能移動。門口的小皮匠和裁縫師傅也不曉得到哪裡去了，前弄堂第一排的街面房子，都已經變成了一間間的小商店，有的是賣服裝的，有的是賣化妝品的，還有一家燈紅酒綠的，不知道裡面賣什麼。

我吃力地抬起我的腿，強迫自己走進那條鋪滿了水泥的跆硌路。我發現兩邊的青磚瓦房已經刷滿了白顏色的牆粉，我在白顏色的牆粉的夾縫裡尋找，尋找我的好婆家，尋找我母親念念不忘的地方。一開始我還奢望可以遇見一兩個幼時的熟人，但很快就放棄了，開口詢問掃弄堂的阿香老頭的消息，沒有一個人能夠回答。

兒時的記憶裡，這是一條僻靜安寧的石庫門弄堂，走在弄堂當中，兩邊的天井裡不時會傳出留聲機裡紹興戲的唱腔或者無線電裡說書的聲音。有時候從一家半敞開的大門裡看進去，正看到兩個老先生在那裡對弈。旁邊的藤椅上，一隻小花貓躺在那裡打哈欠。

然而現在，這條僻靜安寧的石庫門弄堂就好像是一條大馬路，沿著大弄堂的小窗口裡，個個充滿了商機。細想起來這些窗口的裡面，原本應該是吃飯間，現在不是在這個窗口裡出售廉價的化妝品，就是在那個窗口裡出售手機裝飾，甚至還有一家的窗口裡掛滿了奶罩三角褲，不知道這些人家會在哪裡吃飯？

又走了幾步，耳朵裡充滿了「嘩啦嘩啦」洗麻將的聲音和吆三喝四叫牌的喧嚷。不知道從哪裡冒出來那麼多不會說上海話的上海小姐，心急慌忙地在弄堂裡竄進竄出，我感到失望，因為在這裡我似乎再也找不到上海人那種優閒的生活情趣了。

我的好婆家在哪裡？

我一步步，一個個數著小弄堂裡大門上的門牌號，……十號、十一號、十二號……，我停了一停，屏足一口氣，準備迎接我母親的娘家十三號。咦？十三號為什麼沒有了？我走過去又走過來，十二號和十四號的中間，就是少了一個十三號！十三號，十三號，我突然想起來了，十三號就是我的母親，母親把十三號帶走了。她不但是在這個十三號裡長大，也是在十三號這個日子裡離開了這個世界！我被我自己的念頭嚇了一大跳，世界上哪有這樣的巧合？

然而母親的十三號真的沒有了，不僅十三號沒有了，連過去一直豎立在那裡的，和別人家一模一樣的那扇烏漆抹黑的木頭門也沒有了，木頭門後面的那棵無花果樹和天井都沒有了！有的只是兩扇對開的玻璃門，玻璃門的旁邊水泥柱子上，掛著一個紅白藍間色的轉燈，原來母親的十三號竟然變成了一間理髮店。

聽到我在門外的動靜，天井改成門廳的前台後面，刷一下站起來兩個穿著短裙的女孩，實際的年齡不會那麼年輕，看見是我，又毫無興趣地縮了回去，我不甘示弱一腳踏到裡面，這時候發現，那裡早已面目全非。穿過門廳，外公出殯的客堂間裡放著幾張理髮和洗頭的升降椅。碩大的一間房間又被木屑板分割成兩個部分，木屑板後面安放外公靈床的地方居然橫著一張按摩床。我感到有些褻瀆……

一個油頭滑腦的小老闆正坐在那裡吃盒飯，盒飯是從外面小攤上買回來的。看見我，他緊張兮兮地放下了盒飯，跟到了我的後面，大概以為我是工商局的檢查人員。我不予理睬，自顧自地用手輕輕撫摸新刷過的牆壁，只希望幫助母親尋找到當年的痕跡。沒有了，什麼也沒有了，哪怕是一道裂縫。這時候，我熟門熟路地推開通向後面灶披間的小門，裡面一片黑暗——窗戶被灰土埋沒，沒有電燈，一股霉變的味道撲鼻而來，看樣子已經很久沒有人在這裡燒飯了。

等我的眼睛適應了黑暗以後，我打了一個寒顫，因為我看見靠著灶披間的後牆，居然站立著一口紅漆剝落的家櫥，那紅漆和我手裡的灶籃一模一樣。我一眼就認了出來，這是我好婆的家櫥！這口家櫥還是文革期間，好婆一家被趕出十三號的時候留在那裡的。

家櫥是江南人家廚房裡的家具，分上、中、下三層構成，上層是兩扇對開的鐵紗窗拉門，兩邊的板壁也是由鐵紗窗做成，那時候沒有冰箱，剩菜剩飯放在裡面比較通風；中層是兩個抽屜，放放菜刀、剪刀、砧板、擀麵杖一類的用具；下層和上層一樣是兩扇對開的門，不過不是鐵紗窗而是兩塊木板，上面雕了花草圖像。裡面是鍋碗盤瓢。

面對我好婆的家櫥，眼面前影影綽綽浮現出我們坐在這裡吃飯的景象：好婆從家櫥裡把醉雞、醬鴨、鹹香魚端出來，母親和小孃孃在一邊比賽切鴨胗乾……

我驚呆了，我好像真的看見了我的好婆、母親和小孃孃，她們都在這裡，這間被廢棄灶披間頓時回復到原先的興旺，漸漸變得亮堂起來。我想了想，把灶籃裡的白斬雞端到家櫥裡，然後輕輕地說：「媽媽、好婆、小孃孃，我給你們添菜來了。」接著，我關上家櫥的門，回到客堂間裡的理髮店。我抱著我的灶籃，一屁股坐到高高的理髮椅上，顧不上中國人傳統：親人去世不能理髮的規矩，指著自己的腦袋說：

「剪髮！」

我要讓我的頭髮撒落在這裡，撒落在十三號，陪伴著我的好婆、母親和小孃孃一起吃飯……

這天晚上哥哥問我：「不知道是不是我出了毛病，今天儂從那些老字號店裡買來的小菜一點味道也沒有。」

我看了看他說：「我也是，我覺得那些小菜變了，變得和老早不一樣了，沒有那個小時候的味道了。」

姊姊在一邊說：「我看是你們這些到了國外去的人變了，變得和老早不一樣了……」

姊姊的話讓我想起來哈佛的一個教授做過的實驗，他把一座小島上的昆蟲統統趕盡殺絕，結果幾個月以後，這些昆蟲又回來了，這些看上去一模一樣的昆蟲，生活的習性卻和過去完全不一樣。

我不知道是我不一樣了還是那些食品不一樣了，總之就是不一樣了。我找不到那個在我異鄉的長夢裡常常出現的味道，過去的味道，小時候的味道，我自己的味道……。我迷失了，二十多年以前，我在迷失當中走出的家門，建立了新的家，然而那裡永遠都不是我的家。二十多年以後，我要回家，可是我再也回不去了。

我迷失了，那是在台北的夜市裡迷失的。老天也來和我作對，劈頭蓋腦地對著我澆灌下來一場瓢潑大雨。我站在伸手不見五指的雨霧當中渾身是水，瑟瑟發抖。突然，一隻強有力的手抓住了我的胳膊，把我拖到一個屋簷下，那裡有一排老式的帶著窗格子的木頭門，其中的一扇在我走到跟前的時候，「嘎吱」一聲打開了，我懵懵懂懂地一腳跨過了高高的門檻。

一個聲音傳過來：「來啦？來啦？」有人回答：「來了，來了。」

穿過杯觥交錯的前廳，我被引進正面的一間不小的房間，那裡面有兩張八仙桌上散坐著客人，我看不清他們是什麼人。靠著後窗還有一個高几，我坐了過去。脫下溼透的外套，立刻就有一張滾燙的熱毛巾遞了上來，我把毛巾蓋到臉上，一下子捂熱了我的全身。我感到有些奇怪，為什麼毛巾裡有一股我所熟悉的卻又遙遠的味道？這是「雙妹」牌的花露水！我把眼睛湊到毛巾前面看了看，上面沒有印花，只是一條最普通的全棉本色毛巾，老式的螺旋織法，握在手裡厚實柔軟。

我不記得自己點過小菜，一個貌似好婆丫鬟桂花的小大姐，踩著碎步從後面端出一個個大大小小的蓋碗，小大姐把一雙銀色的筷子架在我前面的筷枕上，然後就好像變戲法一樣，把那些蓋碗統統打開，我愕然了！

我愕然了，那裡面竟然都是我夢中思念的菜餚，一份單檔油豆腐、百葉粉絲，其中的鮮美絕不是味精，而是海蜒；一盤油爆蝦，外脆裡嫩，略微甘甜的醬汁從外殼一直滲透到蝦肉當中；最最讓我感動的還是那道鹹菜黃魚湯，我沒有辦法形容，只曉得就是這個味道，這個味道和很早很早以前，好婆家灶披間裡的鹹菜黃魚湯一模一樣。

雨仍舊在下著，積水在泥土地上流淌，一切都是平常自然地發生著。旁邊一扇卍字紋花窗的外面，一棵茂盛的無花果樹，在煙雨濛濛的霧色當中，正孕育著自己新生的果實。無止無盡的天雨，就好像是人生舞台上的一幅大幕。漸漸地，大幕拉開了一條細縫，在那裡，我彷彿看到了一個我自己——一個正背負著累贅的行李，從東到西辛苦地尋找吃飯的我自己。

我找到了吃飯，卻丟失了味道，這是在我異鄉的長夢裡常常出現的味道，過去的味道，小時候的味道，我自己的味道……

麥田文學 264

吃飯

作　　者　章小東
責任編輯　賴雯琪
校　　對　吳淑芳

副總編輯　林秀梅
編輯總監　劉麗貞
總 經 理　陳逸瑛
發 行 人　涂玉雲

出　　版　麥田出版
　　　　　104台北市民生東路二段141號5樓
　　　　　電話：(886)2-2500-7696　傳真：(886)2-2500-1966；2500-1967
　　　　　E-mail：bwps.service@cite.com.tw
發　　行　英屬蓋曼群島商家庭傳媒股份有限公司城邦分公司
　　　　　104台北市民生東路二段141號2樓
　　　　　書虫客服服務專線：(886)2-2500-7718；2500-7719
　　　　　24小時傳真服務：(886)2-2500-1990；2500-1991
　　　　　服務時間：週一至週五09:30-12:00；13:30-17:00
　　　　　郵撥帳號：19863813　戶名：書虫股份有限公司
　　　　　讀者服務信箱E-mail：service@readingclub.com.tw
　　　　　歡迎光臨城邦讀書花園　網址：www.cite.com.tw

香港發行所　城邦（香港）出版集團有限公司
　　　　　香港灣仔駱克道193號東超商業中心1樓
　　　　　電話：(852) 2508-6231　傳真：(852) 2578-9337
　　　　　E-mail：hkcite@biznetvigator.com

馬新發行所　城邦（馬新）出版集團【Cite(M)Sdn. Bhd.(45832U)】
　　　　　11, Jalan 30D/146, Desa Tasik,
　　　　　Sungai Besi, 57000 Kuala Lumpur, Malaysia.
　　　　　電話：(603) 9056-3833　傳真：(603) 9056-2833

封面設計／繪圖　好春設計・陳佩琦　書名題字／張充和
排　　版　宸遠彩藝有限公司
印　　刷　前進彩藝有限公司

初版一刷　2013年3月　Printed in Taiwan.
初版二刷　2016年11月

定價／350元

ISBN：978-986-173-896-3
城邦讀書花園
www.cite.com.tw

國家圖書館出版品預行編目資料

吃飯 / 章小東作.-- 初版. -- 臺北市 : 麥田出版 : 家庭傳媒城邦分公司發行, 2013.03
面； 公分.（麥田文學；264）

ISBN 978-986-173-896-3

857.7 102003363